U0018088

文史台灣

陳芳明。主編

日本的台灣及南方殖民地文學
Under an Imperial Sun
Japanese Colonial Literature of
Taiwan and the South

# 帝國的太陽下

阮斐娜 著　吳佩珍 譯
by Faye Yuan Kleeman

# 「文史台灣」編輯前言

陳芳明（國立政治大學台灣文學研究所所長）

　　台灣文學與台灣歷史的研究，在二十世紀八〇年代下半葉開始展現前所未有的磅礴氣象。這一方面是由於戒嚴體制的宣告終結，使長期受到壓抑的思想能量獲得釋放；另一方面則是由於台灣資本主義的高度發達，使許多潛藏於社會內部的人文智慧獲得開發。見證到這種趨勢的日益提升，坊間逐漸以「顯學」一詞來定義台灣文學研究的盛況。

　　在現階段，台灣研究是否臻於顯學層次仍有待檢驗。不過可以確定的是，以中國為價值取向的研究途徑，已逐漸被以台灣為主體取向的思維方式所替代。這種學術轉向在於印證一個事實，所有知識的追求與探索，都不可能偏離其所賴以維持生存的社會。戰後台灣知識分子的前輩大多致力於言論自由與思想自由的爭取。在強勢的中國論述支配下，台灣學界往往充滿感時憂國的焦慮情緒，以及承受歷史包袱的危機意識。這種沉重而濃厚的政治風氣，自然不利於台灣研究的開展。

　　解嚴後的十餘年來，幾乎每一門學術領域都次第掙脫政治權力干涉，使知識建構開始與社會改造產生密切互動。「台灣政治學」、「台灣社會學」、「台灣經濟學」等等社會科學的研究，都先後回歸到自己的土地上。因此，台灣文學與台灣歷史的研究也在同

樣的軌跡上，順勢崛起，蔚為風氣。一個「台灣學」的時代已經來臨，並且也預告這個名詞將可概括日後台灣學術研究的總趨勢。

在面對全球化思潮的挑戰之際，台灣文化研究風氣的高漲，誠然具有深遠的文化意義。在二十世紀，當台灣還停留於殖民地社會的階段，知識分子所負的使命，便是如何對現代化做出恰當的回應。現代化運動轟轟烈烈到來時，他們既要站在本土化的立場進行抗拒，又要站在思想啟蒙的角度採取批判性的接受。在抗拒與接受之間，台灣知識分子創造了極為可貴而又可觀的批判文化傳統。這份豐碩的文化遺產，為台灣本土運動奠下厚實的基礎。

進入二十一世紀以後，全球化（globalization）的趨勢，則又漸漸凌駕於現代化運動的格局之上。做為第三世界成員的台灣知識分子，承擔的使命更為艱鉅。在龐大全球化論述籠罩之下，本土化運動顯然必須提高層次，全面檢討與人文相關的各種議題。本土論述所要接受的挑戰，已經不再只是特定帝國主義的霸權文化，而是更為深刻而周延的晚期資本主義文化。台灣文化的自我定位，有必要置放在全球格局的脈絡中來考察，在這樣的形式要求下，抵抗策略固然還是維護文化主體的主要利器；不過，如何以小搏大，如何翻轉收編與被收編的位置，如何採取更為主動的姿態來回應全球化趨勢，正是二十一世紀台灣知識分子的全新課題。尤其是參加世界貿易組織（WTO）之後，台灣社會開始被提到發展知識經濟的日程表上。在全球知識生產力的競爭場域，台灣的學術研究確實已經達到需要與國際接軌的階段。

「文史台灣」叢書的設計，除了豐富台灣文史研究本土論述的內容之外，更進一步肯定勇於突破、勇於超越的治學精神。文學本土論與台灣主體論誠然有其生動活潑的傳統，但停留於僵化的、教條的思維，必然為學術研究帶來傷害。本叢書系列強調開放的、差異的主體性思考，尤其特別重視具有開展性、擴張性的歷史解釋與

文學詮釋。文化差異絕對不可能構成文化優劣，因此本叢書的目標在於尊重由各種不同性別、族群、階級所形成的知識論。所有在地的知識都是台灣文化主體的重要一環，也是形成全球文化生產不可或缺的一環。在迎接「台灣學」的時代到來之際，本叢書系列編輯主要有三個方向：

　　一、有關台灣議題的探討研究，以文學與歷史為重心，同時也不偏廢哲學、藝術、政治、社會等專書論述。

　　二、有關台灣文史的外文著述之漢譯。

　　三、結合當代國際思潮的台灣文史研究。

# 中文版序

　　今夏有緣來到英國劍橋大學克萊爾學院做短期研究。五月天清氣朗，草樹青翠，淡淡紫藤，馥郁丁香與繽紛的玫瑰鬱金香爭豔。劍橋大學創立於1209年，歷史悠久，直至19世紀與牛津大學為英倫學術傳統之雙璧，通稱「牛橋」（Oxbridge）。從牛頓（Isaac Newton）、達爾文（Charles R. Darwin）、霍金斯（John Hawkins）到佛斯特（Edward Morgan Forster）、薩爾曼‧魯西迪（Salman Rushdie）等，劍橋造就歷史上許多科學家、思想家。今年正逢創校八百年校慶，各項活動絡繹不絕熱鬧非凡。然而學期漸近尾聲，學生大多潛藏在莫大的圖書館中或滯留於層層古藤環繞的宿舍裡準備期末考試。流連於狹隘的中世紀高牆古道，恍如隔世。徘徊在遠離城中心觀光客少有涉足的學院群，讓我有機會靜下心來思考最近十年來個人的知性與心路歷程。

　　牛橋的學院制度尊重傳統，從正式午晚餐必須嚴守的規矩到細瑣規矩如誰有資格踩踏院內草坪，每個不同的學院都有他們自己的規矩，不得違反。有位教授說笑的告訴我，著名的女作家吳爾芙（Virginia Woolf）拜訪Trinity學院時，不小心誤踏草皮被管理工人大罵的逸話。教授學生文質彬彬，開明有禮，似乎難以相信一世紀半以前，這裡是世界的中心，殖民經營的老本家。我自幼在台北長大求學，從1970年代末期負笈東瀛，1980年代穿梭美歐日三地求學工作，1990年代定居任教美國各地。回想起所居住過的地方，

大都會如台北、東京、柏克萊／舊金山、巴黎、紐約、洛杉磯，小城鎮如維吉尼亞州古雅小鎮威廉斯堡及現在定居的科羅拉多州洛磯山麓的坡德城，即或時代背景迥然不同，每個地方的歷史或多或少都與各種不同形態的殖民性有所關係。威廉斯堡為17世紀美國創始期新教徒脫離大英帝國宗教迫害所創建的小鎮，至今城裡的殖民時代復原村為全美觀光景點，學子學習美國歷史必朝訪的史跡，重溫昔日先祖抗拒英國課加重稅，憤起獨立的光榮過去。位於洛磯山脈的丹佛市與坡德城是美國在19世紀從東岸往西部拓廣時建立的新城鎮。狂熱的淘金潮帶動大量的移民從東部西移，帶來畜牧，農業以及工業，創造出今日的美國。然而在這短短兩百多年的建國歷史當中，許多原住民部族卻因此被同化消滅。如今他們過去的存在及文化遺產煙消霧化，只殘存在一些小城鎮的鎮名及街名當中。全球性的都市如巴黎、紐約、倫敦顯現其多種族匯集的大都會性，而每個城市必見的唐人街、越南人區、中南美洲人區、非洲人區則反映出後殖民的逆轉的殖民性。從美國建國先驅抵抗英國宗祖國的制壓，轉為殘虐踐踏原住民以擴展其資源版圖，或歐美帝國自各殖民地撤退後，帝國人口倒流的逆轉現象，（後）殖民的反諷性隨處可見。

　　我個人在台時的兒時記憶是暑假回南部老家，留日行醫的祖父在一天工作完後，帶著我們這些孫兒女們去看日本劍鬥電影。祖父家中聽的是西洋古典音樂及日本演歌。台北家中父母在家說日語台語，國語電台及美軍電台則是我們年輕的一輩的天下。然而台灣的日語環境隨著歲月轉變，日語漸漸從公共場合消跡，隱蔽到私人空間裡。1970年代後期我上大學專修日語時，日語已成為禁忌，日語報章書籍、電影音樂，是一般學生不能輕易入手的奢侈品。同學們湊一點錢，深夜到電影公司的試片室去看日本電影的記憶猶新。就在這種特殊矛盾的後殖民語言的大環境下，我對日本殖民時代語言

文學的狀況有極大的好奇心。這也是我動手寫這本書的個人動機。

　　後殖民研究成為系統性的學術研究始於1978年薩依德（Edward W. Said）的《東方主義》（Orientalism）一書之說現在已漸成定論。當然薩依德之前並非無人研究殖民主義。薩依德的貢獻乃在於將殖民研究從歷史社會學的實證主義延伸到論述運作層次上。受到傅柯（Michel Foucault）的影響，薩依德鋪陳展現語言與知識之間的密切關係，及其經常被隱蔽的權力運作之面相。

　　近年來，安德森（Benedict Anderson）的《想像的共同體：民族主義的起源與散布》（Imagined Communities: Reflections on The Origin and Spread of Nationalism）及哈伯瑪斯（Jürgen Habermas）的《公共領域的結構轉型》（Strukturwandel der Öffentlichkeit）的概念對語言、種族認同與國族主義，媒體的複雜性及其相互依存的共謀性（complicity）做了極為詳細而深入的詮釋。然而綜觀近代文學的研究範疇似乎仍多局限於以單一語言所構築的一國文學（National literature）之狹隘空間裡。因而，除了上述個人動機之外，這本書的學術主題摘要而言觸及下列三項關鍵議題。一為對日本近代文學的範疇再作定義，擴大其想像空間及領域界線。二則試圖從複數觀點來重審日台殖民經驗的文學表現，以便建構一個整體性的透視全像而非僅限於某個種族或階層的局促點面。三則欲示證並非所有的殖民文學文本都是反殖民的抗爭文本（resistant text）。

　　本書重點之一在於闡明日本殖民期台灣／南方的日本語文學生產的語言、文化、歷史與政治背景。殖民主義的同化政策的核心策略乃語言及文化之認同。這也是本書第三部分特別著重的部分。日本明治期近代化的成功建立於近代口語與書寫體的統一，亦即所謂的「言文一致」運動的成功的基礎上。日本殖民時代在台灣所生產的以日文為創作語言書寫的文學「日本語文學」可視為日本語言近代化的延伸，而這個新領域的研究是我個人試圖突破這狹窄的學際

分業局限，將文學文化研究的領域擴展到跨領域的實證考察。日本殖民時代經過多年日語教育與日本文化的薰陶，台灣人作家開始用日語創作。尤其是1970年代，由於語言的滲透度及混雜性達到某一程度，以日語為第二母語的作家世代便誕生了。然而他們的心血作品卻在戰後有意或無意的被大眾遺忘了。不似歐美殖民帝國的去殖民化的緩慢過程，日本帝國猶如建造在散沙上的城堡，隨著敗戰在一夜之間消聲匿跡。日本投降後不到一年半的時間，絕大多數駐在外地的軍隊、官僚、移民等計數百萬人返回日本本國。日本的殖民帝國畫下休止符。戰後日本積極從廢墟中重建其工商業基礎，經濟發展成為政府人民全國上下精力集中之要務。根據小熊英二，以天皇為象徵元首的家國體制需要一個統一論述，日本單一民族的神話就因此而誕生。在這排外的純血統文化論述的影響下，近代日本文學史專注於在日本出生、以日文創作的自國文學史，拒絕納入弱勢少數者的聲音。戰後的台灣，眾所周知在冷戰及兩岸緊張的局面下，政府的語言教育亦採取強制性的統和政策，大肆排除日語與方言的使用。直到1970年代後期至80年代初期鄉土文學運動興起之前，以中文書寫，承傳大陸文學傳統的「主流文學」享有特權之尊，殖民歷史被封鎖於過去的記憶當中。台灣人以日文書寫的文學作品到底屬於日本文學還是台灣文學的領域？在這兩面封殺的情況下，台灣的日本語文學在日本中心或中國中心的近代文學史中皆被掩飾抹消。本書將焦距對準這群被遺忘的作家，透過對他們文學創作的重新評估以期對日本近代文學史的範疇再作定義。

其二，本書試圖從多視角的觀點檢視日本／台灣的殖民經驗。「殖民經驗」依種族、階級、性別、支配／被支配、壓抑／被壓抑等多重因素而異，一概而言的單一「殖民經驗」是虛幻不存在的。「內地」日本作家，「外地」台灣作家，日本國籍但在台灣出生或成長，除台灣之外無處為家的「灣生」作家的三種觀點綜合融會才能

展示殖民經驗的全體性。

　　第一部處理內地作家如中島敦自幼在殖民地朝鮮長大，以文化官僚身分駐外南洋孤島。中島敦取材自中國古典的作品如《山月記》（1942）、《李陵》（1943）等膾炙人口，較鮮為人知的是以英國冒險作家羅勃‧史蒂文生（Robert Louis Stevenson）的觀點來敘述大英帝國在南洋殖民的《光與風與夢》（光と風と夢，1942）。林芙美子的《浮雲》被譽為描述日本戰後混亂時期的最佳代表小說。本書試圖從後殖民理論的框架再讀這些被視為日本現代文學的經典之作，挖掘其隱藏於字裡行間的政治性。大鹿卓的《野蠻人》和佐藤春夫的《魔鳥》描寫「高砂族」文化是典型的異國獵奇小說，挑撥當時內地讀者的窺竊好奇心。然而將此二作放置在被殖民者對殖民者的野蠻對文明的論述架構時，法農（Frantz Fanon）所提示的「殖民暴力」的形態則歷歷可見。

　　第二部探討在台灣的日本人作家西川滿的文藝活動，檢視「灣生」作家在日本祖國文化與自幼生長的外地本土文化之間的游移來回。透過西川滿的文藝活動來探討外地與內地的文化聯繫和知識流通，以及認同的曖昧性。不同於第一部如中島敦，佐藤春夫等的典型殖民旅行者的凝視，經過西川滿的文化中間人（cultural in-betweenness）的視野，我們可窺見到多重殖民凝視（multiple colonial gaze）並體會到層層相錯的殖民性並非單純的支配／被支配、壓抑／被壓抑、抵抗／同化的二元模式所能盡言。

　　第三部討論日本語「語言接觸區」（linguistic contact zone）形成確立後，各項人文因素在這政治衝突互撞中融合成一種新的混雜文化概念及文學力學圖騰。統治者的語言滲透鞏固同化政策的文化結構，但也同時必須面對在地文化對這文化控制的挑戰。楊逵的文學喚起國際社會主義，竭聲鼓舞內地外地勞動階級聯合抗衡現代資本主義的經濟結構；呂赫若的作品表現出在傳統與現代之間的擺

盪，日台親和與敵意的起伏交替間失落迷失的年輕知識分子對統治
當局來說無疑是棘手的威嚇。至於學者敬遠的「皇民作家」周金
波、陳火泉折衝於對殖民現代性的欲望希求與充滿挫折感和罪惡感
民族觀念的箝拘空隙，混淆了「殖民文本皆為反殖民抗爭文本」之
後殖民研究的第一要義，提供我們思考殖民的「第三空間」的可能
性。我多年來在美用英文教日本文學。以各種非母語的工具來思
考、辯證、論述的個人經驗讓我深刻地體會到從語言認同到文化認
同到以非母語的作品生產的路途是漫長而顛簸的。本書融合文本批
評、文化評論、後殖民理論，以及歷史、社會語言學等不同領域，
希望對日台之間半世紀的文化遭遇做一個客觀而中肯的評價。

　　本書草案初出時為2002年前後，日本的國際交流基金提供研
究資金到日本東京大學做為期一年的日本殖民地文學的研究。英文
版 *Under an Imperial Sun: Japanese Colonial Literature of Taiwan and
the South* 於2003年在美國出版以來，承獲諸多先學指教勉勵，甚
感欣慰。日本慶應大學出版會在2007年將本書日譯出版以來亦受
到日本學界、文化界各方的注目。除了專業學術雜誌《殖民地研
究》、《東方》、《言語》之外，一般大眾媒體如《朝日新聞》、《東
京新聞》、《日本經濟新聞》、《週刊讀書人》、紀伊國屋書評網站都
請專人講評。《讀賣新聞》書評欄甚至由不同學者前後發表了兩篇
書評。並有幸被著名日本近代史學者成田龍一選為他個人2007年
必讀的五本書之一，繼而榮獲日本圖書館協會指定為當年的選定圖
書。然而我最希冀的理想讀者是台灣的讀者，由於台灣特殊的歷史
政治環境，他們不只能真正的了解多語言多文化生活狀況所帶來的
豐饒與衝突，這也是他們每日所經驗的日常。自英文版問世之後，
台灣殖民文學的研究起飛，許多年輕新進學者對這議題有更深入更
精闢的研究。本書的概略簡介或已過時，但如果能為我父母一輩的
「日本語」世代所經歷的歷史做一註腳也算是長年流浪海外的台灣

兒女對日本殖民時代台灣文學史的一個微薄貢獻。

　　最後，在此對陳芳明老師及譯者吳佩珍教授致最摯誠的謝意。如果沒有陳老師的全盤支持與鼓勵，如果沒有佩珍在忙碌的教學研究之餘，犧牲假日完成翻譯工程，這本書是不可能與大家見面的。

　　　　　　　　　　　　　　　　　　　　　阮斐娜
　　　　　　　　　　　　　　　　2009 年初夏於英倫劍橋

# 謝辭

本書在調查及執筆過程當中讓我有機會造訪日本及台灣。而如果沒有眾多朋友和同僚的協助，以及來自補助機關的援助，我想是無法達成的。

我在東吳大學蔡茂豐的指導下開始學習日語，之後在日本繼續我的研究，師事淺井清、堤精二、犬養廉、平野由紀子。到了加州大學柏克萊分校後，古典文學方面得到Bill及Helen McCullough夫妻的指點，近代文學有Francis Motofuji，現代文學則是得到Van Gessel等的指導。與同僚們，包括紐約市立大學的Babara Brooks與科羅拉多大學的Steve Snyder長年以來的交流，也令我獲益良多。

邀請我進入日本殖民地文學研究的是御茶水大學的同窗，現任教於橫濱國立大學的垂水千惠。她的日本語文學研究是日本殖民地文學研究先驅。由於她的引介，我得以結識東京大學的藤井省三。本書構思的靈感來自藤井省三將過去百年台灣文學集結的著作。1999至2000年滯留東京調查時，我從他所組織的學會、研究會，以及多次的意見交換當中受惠良多。我同時要深深感謝河原功及中島敦利郎對於資料所在的不吝賜教。在台灣，受到中央研究院中國文哲研究所的盛情款待，與彭小妍、張季琳、台灣史研究所周婉窈，以及政治大學陳芳明的對話當中受教許多。我也要感謝立德大學（Reed College）的費德廉（Douglas Fix）在許多方面提供資料及有益的建言。愛知大學黃英哲則幫助我理解殖民期到後殖民期過

渡期間文化與文學的發展。此外，明治學院大學四方田犬彥對演員李香蘭的研究，為我提供了混合型文化的研究典範。

全美人文基金、國際交流基金、蔣經國基金會提供了本書充裕的研究經費。凱頓原稿獎（Kayden Manuscrpite）的出版補助讓我得以在書中加入中文及日文。在科羅拉多大學東亞圖書館，以及台灣與日本的研究機構幹練的成員協助下，讓我的調查得以順利進行。夏威夷大學出版社的匿名審查者，以及編輯成員在內容和呈現方法上，多方面地給我有益的建言。我同時要感謝我的父母阮發和莊秋月。出生及受教於日本占領期，同時見證了台灣現代史反覆的變遷，這本書真正是關於他們以及他們的世代。

最後要感謝我的家人容忍我長期不歸及經常工作遲至深夜，沒有他們，本書的計畫是無法完成的。

# 目 次

日本的台灣及南方殖民地文學
Under an Imperial Sun
Japanese Colonial Literature of
Taiwan and the South

帝國的太陽下

## 導論

# 帝國主義與文本

1942年11月3日，來自中國、滿洲、蒙古、台灣[1]、朝鮮及日本的115位具代表性作家、編輯及評論家聚集在東京帝國飯店，參加第一次大東亞文學者大會。在正式開幕前，他們向皇居的方向深深鞠躬。會議兩天前，這些來自日本殖民地及準殖民地的代表們在微霧細雨中被帶到皇居、明治神宮，以及靖國神社宣誓他們的忠誠。會議中，韓國現代文學之父、朝鮮作家李光洙，為殖民地的作家們，做了一番慷慨激昂的演說。

大東亞精神本身是一個事實。它不能是人為的。像是被組成的國聯，我們在這不是為了創造大東亞精神，而是為了發現大東亞精神。最簡單明瞭地來說，大東亞精神的基礎與精髓，也就是犧牲精神和犧牲自我。奉獻個人的精神與犧牲個人，我相信是人最有價值的道路，也是最接近通往完全真實的道路。為什麼？因為我們身為日本人的目標不是企圖成為一個強大的國家，例如美國或者是大英帝國，而是為了拯救全世界的人

---

1 台灣代表團由兩位台灣殖民地日本人作家西川滿與濱田隼雄，和本地人作家張文環與龍瑛宗所組成，我將於續章詳細討論這些作家。

們⋯⋯但是，它將不是由我們自己個人，而是由天皇來完成這
個目標。我們所能做的只是並高聲讚美天皇，為天皇而死。我
深信犧牲個人和完全奉獻的精神必須成為大東亞精神的基礎。
（川村湊　1997a: 101-11）

國族主義作家，之後成為協力者的李光洙，他這番熱血澎湃的演
說，在會議中受到高度評價；但是在戰後的殖民地文學與韓國論述
當中，這番談話卻對他糾纏不去。[2] 在戰時的日本國民當中，像這樣
誇大的言詞是很普遍的。但是出自於殖民屬國的臣民口中，依然吸
引廣大的注意。之後，李光洙私底下將當時的朝鮮作家所面臨的困
境歸咎於日本的作家，如草野心平和川上莯太郎。[3]

　　當帝國相繼展示從殖民地所得到的文化以及知識上的戰利品
時，大東亞文學者大會替殖民地作家提供了一個舞台讓他們對帝國
宣誓忠誠。第二屆會議在 1943 年 8 月再次於東京舉行。日本動員了
著名的作家，如久米正雄、菊池寬、高村光太郎、小林秀雄、橫
光利一和三好達治等，聚集了當時名符其實最著名的現代日本文

---

2　留學日本時，李光洙一開始是參與朝鮮獨立運動的運動家及民族主義者。1919
　年，他起草 2 月 8 日獨立宣言因而遭日方下令逮捕。在日方當局的追捕下，他
　逃往上海，加入朝鮮流亡政府並寫下小說〈無情〉，以及短篇小說〈少年的悲
　哀〉。這些作品被認為是朝鮮早期的現代小說。自上海返國後，他出版了備受爭
　議的〈民族改造論〉並被貼上反民族主義者的標籤。1930 年之後，他開始與殖
　民地政府合作，改名香山光郎並成為殖民地時期最敢言的協力作家。
3　見台灣代表濱田隼雄所發表的〈大會的印象〉（《文藝台灣》5[3][1942 年 12 月]:
　17-21）。其他三位台灣代表也在同一期雜誌發表文章提供情報。同一期雜誌中出
　版的會議特集，見頁 5-38。這次會議對殖民地作家似乎是一大盛事，來自台灣殖
　民地日本人作家陣營（西川滿、濱田隼雄、龍瑛宗），以及本地人作家陣營（張
　文環）都有著共同觀點。對手雜誌《文藝台灣》也有詳盡的報導。張文環的《台
　灣文學》在隔月也發表了大會專欄。見《台灣文學》（3[1][1943 年 1 月]: 62-71）。

學者。[4]第三次也是最後一次的會議是於1944年11月在中國南京舉
行，除了台灣之外，日本帝國其他的領地都派出代表。第四次會議
原訂於滿洲的首府新京舉行，但由於戰爭結束而未能實現。

　　這一系列的會議樹立了東亞文學圈，它是日本帝國的延長且凝
聚了日本文學與文化傳統。在這個圈域中，日語的教育、日語媒體
的曝光率、日本流行文化的傳播，以及日本政治與法律體系的出現
促進了普及性的世界觀，並且提倡了一個普及的文學論述。雖然帝
國是建立於軍事上的征服，獨裁統治以及系統上的分離與對異議者
的暴力鎮壓，甚至殖民統治其中一面是對文學創作的有系統監控與
檢閱，但這個超越國境的亞洲文學圈之建立是一個重要的成就。但
在短短半世紀的時空當中，日本如何能夠將東亞、東南亞，以及南
洋各種不同文化與歷史傳統形成為一個單一的文學圈，而在此不同
國籍與族群的人們如何能夠交換意見，並共享他們的文學創作呢？

　　這樣的過程對於新日本世界內在的個人文化及共同體，到底產
生了什麼影響？這些非日本人成員如何理解他們與地方，以及他們
祖先的國家文化傳統的關係？此外，為了日本帝國而放棄他們原有
的傳統這一點，他們如何辯解呢？雖然日本帝國的政治及經濟上的
影響已經成為許多研究上的主題，[5]但是殖民文學——包含日本的旅
行者對殖民地印象的作品，旅居殖民地日本作家的創作，以及被殖
民者以日文所創作的散文與詩歌——在戰後的日本文學界長久以來
大多受到漠視。[6]因為日本的特殊地位，這是非常敏感的主題。由於

4　川村湊指出參加者名單與1957年參加於東京舉行的國際筆會會議有明顯地重
　　複。深入參與殖民地事業的作家在戰後仍持續占有優勢的現象，在文學研究中很
　　少被提及（川村湊　1997a: 23-24）。

5　參照如Peattie與Myers（1984），Beasley（1987），Brooks（2000），Tsurumi
　　（1977）以及Young（1998）。

6　此處援用黑川創（1996）所指出的殖民地文學的三重構造。

明治初期的不平等條約，日本曾經受到西方殖民主義的壓迫，以及將其帝國欲望強加於他的亞洲近鄰。這樣的議題由於受到大東亞戰時意識形態的影響而呈現更加複雜的局面。大東亞戰時意識形態是鑑於西方對於東亞進行帝國主義式壓榨下的洞察分析，但事實上卻是用來合法化且正當化日本對於該地區其他民族的暴力占領、奴役與剝削。

　　薩依德《東方主義》的出版，同時後殖民研究成為新興學術領域再加上日本天皇的過世，解除了殖民時期的禁忌，也讓日本殖民史在各個層面開始重新被檢證。許多研究出現於1990年，主要集中於日本殖民事業的文化層面。小熊英二的先驅研究（1995, 1998）改變了我們對日本人民族認同論述的了解。駒込武的殖民地教育體系研究與李妍淑（1996）、子安宣邦（1996）、安田敏朗（1997, 1998, 1999）、石剛（1993），以及長志珠繪（1998）的現代日語建構研究，說明了殖民地教育機構與日本教育機關的相互影響。評論家如上野千鶴子（1998），則探討了殖民地時期性別與國家主義的不穩定關係。[7]

　　殖民地時期的文學研究是最近才開始的。川村湊的許多關於日本殖民地文學研究集中於韓國及滿洲，對於深化各個作家的研究開拓了日後的道路。此外像荊子馨（Leo Ching 1994, 1995, 1998）、張誦聖（Yvone Chang 1997, 1999a）、垂水千惠（1995a）、河原功（1997）、藤井省三（1998）等學者都從後殖民研究批評的觀點來檢視這個時期的文學創作。中島敦利郎與河原功（1998, 1999）復刻這個時期稀有且難得的文學作品因而加速了這個領域的成長。

　　本書包含三個部分，包括日本殖民地的訪客、旅居殖民地的內

---

7　關於性別（gender）、情欲（sexuality），以及民族主義的女性主義觀點分析，請參照本書第3章所舉例的作者們。

地人作家及台灣人作家。第一部將透過居留殖民地的日本人作家與台灣居住者的書寫來探討帝國論述的形成。首先以南方為組織性概念,用來定義日本與一部分亞洲的關係。日本是亞洲的一部分,由此日本看到自己的過去——以日本民族南方起源論為根據的柳田國男及其他理論——和未來的南進。因人口壓力與憂慮現代軍事勢力的減縮而接近臨界點的日本,後者是他們優先選擇的一條擴張途徑。南方為日本世界觀中的原始與野蠻提供了一個空間,我們可看到反映於早期的是關於南洋島國天堂牧歌式的故事,後期的則多是被半同化的台灣原住民心中所隱藏的野蠻暴力之駭人故事。

我們可以看到區域的晚期概念反映在兩個日本作家——林芙美子與中島敦的戰時故事與經驗。他們曾短暫地居住在這些地域,同時書寫的紀錄,在宗主國被廣為閱讀。自1895年起台灣成為日本帝國的一部分,在南方思維中成為流行的焦點。佐藤春夫的《魔鳥》取材自台灣原住民替罪羔羊相關的神話,並成為1923年關東大地震時在日本被處決的被殖民少數民族的隱喻。

西川滿是第二部的焦點,將提供殖民時期所發展的一個更台灣式的觀點,以及與當地文學風景的連結。他在台灣度過了大半輩子,非常熟悉台灣所發展的複雜、多族群、多語言的社會。透過他許多台灣地方文化的類民族誌的相關作品,西川滿不僅提倡台灣人民全體應該同化於日本的語言、風俗以及信仰,同時台灣獨特的遺產應收編至日本,使之成為新區域形式。第二部最後將對西川滿兩部小說進行仔細以及交錯閱讀。這些小說反映了他對台灣前殖民過去的浪漫援用,以及他與被殖民者文化的性別化(genderized)關係。

第三部也是本書的最後一個部分,將敘述以日語創作的台灣本土作家,如何以文學回應他們的台灣殖民經驗。首先我們要檢驗的是與日本殖民文學有關的語言問題。一個現代標準的口語日文也就

是國語，對於現代日本文學是不可缺的先行工具；而將這個語言傳播給殖民地臣民們，實需要重新省思日本語言的構造及其與其他亞洲語言的關係。這個情況在台灣更顯得複雜，因為口語台灣話並沒有供以書寫的文字，而且有著島上語言使用的多樣性，以及中文白話文學的新近發展問題。結果，多語言主義與高度混種性質成為這個語言環境的特徵。

即使有這些障礙，文學在台灣確實地發展，雖然在日本文學史或是中國文學史的經典當中尚未有其適當的定位。此處介紹的其他部分主要集中於對此傳統有貢獻的兩個集團作家：本土作家與皇民作家。本土作家集團於1920至1930年代蓬勃發展，包括主要接受日本教育但仍然維持與中國文學傳統強力的連結，且不完全輕易認同日本文明的作家。像楊逵、張文環、呂赫若都是受到普羅文學運動所提倡的社會正義強烈的影響。在〈送報伕〉與〈鵝媽媽要出嫁〉的故事中，楊逵詳細敘述台灣人民受到階級的逐漸滲透影響與性別的壓迫。張文環對於日本殖民統治為台灣所帶來的現代化衝擊，則提出烏托邦式的文學回應。多才多藝的呂赫若則擅長捕捉日本人與台灣人之間人性特質的關係。他最著名的〈牛車〉便是敘述一個人如何在日本的殖民剝削與規範下，被迫漸漸走向貧困。像故事〈玉蘭花〉中，我們可以看到日本的攝影家如何被台灣的鄉間魅力所蠱惑，但他卻幾乎無法解放自己的靈魂。

比較起來，皇民作家的位置是備受爭議的，而他們的文學創作從來不曾是學術上嚴肅探討的主題。主要創作於日本殖民後期，與日本文化同化的壓力到達臨界，像周金波、王昶雄及陳火泉等作家所面臨的文化混種性問題便是來自這些壓力。在周金波的最早期作品，例如〈水癌〉，我們可以看到曾在日本宗主國受過教育有著高度教養的年輕男性，為如何改革傳統的台灣而掙扎；但在之後的作品，〈天候、信仰、慢性病〉中，我們看到一個成年人改信神道，

他得到解放，並透過在他年輕時有著輝煌歷史的中國儀式中重新振興傳統的家庭生活。陳火泉的〈道〉其特徵是主人公致力於提升工廠的生產量，當他因族群問題而未獲得升遷，更加倍努力企圖成為日本人，最後志願從軍為日本而戰。雖然對於這些小說，在普遍的民族主義式閱讀上通常會導致他們是迎合殖民者利益的背叛者等等之責難，但在時代脈絡中，這些故事也可解讀成像里拉・甘地（Leela Ghandi）所稱的「卡利班典型」，藉著模仿壓迫者的語言企圖顛覆後者的主權，具有非常諷刺性的意圖。本書的結尾將思考戰後與後殖民期的台灣，日本語文學的後續創作問題。雖然這樣的文學被後殖民主義評論者所否認，同時被日本的國粹主義者以一種懷舊殖民地的形式所讚美，但我的主張是：事實上這樣的文學形式是一個獨特的戰略性台灣認同的肯定。直至今日，台灣複雜的文化遺產仍然明顯的是依舊處於以優勢的中文為基礎，混合了台灣話、日語甚至英文要素的一種現代語言之混種形態中。

　　日本殖民帝國的多文化、多語言的環境中，有著命名與專門用語的許多問題。台灣原住民問題，我所使用的「aborigine」這個字，譯成中文為原住民，是現在對於這些族群所通用的字。但在敘述日本殖民者與漢民族對於原住民的態度時，我選擇使用像番人（barbarian）與野蠻人（savage），因為在當時相同的字彙適用於此論述。然而這些字彙其實都無法再現殖民時期台灣原住民的社會、族群及語言的多樣性。

　　在論及過去四百年來移民到台灣的漢人族群的台灣居民，我採用典型的「台灣人」一詞。台灣是個中國字彙，但在被中國人殖民前，它從未被用來描述這島嶼；再者，像「台灣人」或「台灣人民」經常被用來指稱殖民時期與後殖民時期居住於台灣的漢民族。但這不是意味著台灣原住民不是這塊島嶼的原始住民，當我使用「native」這個字，指的是台灣人與原住民者。

　　基本上我敘述台灣人的人名是以現代中文的發音並且以羅馬字拼音來表記。[8]這樣的記述似乎不太尋常，因為在當時似乎並沒有人以這樣的發音來稱呼他們。日本人則使用音讀來表記漢字，或者是以他們的日本名來稱呼，如果他們有的話。視個人背景或情況而定，台灣地方人民則會以某些台灣方言，如漳州話、泉州話或客家話來記述。使用中文讀法將會讓語言的混雜有了統一，並且可讓讀者尋找這些個人的其他資料。而1930年代的台灣話書寫系統，我們並沒有更進一步發展。這書中如果使用台灣話的標記，我的依據是K. T. Tân的《英中字典：台灣方言》（1978）。

---

8　作者周金波的發音，我遵循台灣的習慣採用Zhou Jinpo，而非現代中國慣用的Zhou Jinbo。

# 1
# 書寫帝國

# 第1章

# 「南方」的系譜

　　「南方」指的是日本以南的土地以及群島,明治維新以後數十年以及日本殖民帝國的建構期間向來是日本的關心所在。「南方」是擁有自然美景,以及未開化蠻人的處女地,在此,日本人的想像可以自由發揮,在當時由歐洲列強所支配的殖民帝國中,這裡也是日本能夠以其亞洲式的殖民帝國視野擴張其激增人口的區域。本章將探討「南方」的概念(日語中,稱南方〔nanpô〕、南島〔nantô〕、南洋〔nanyô〕,而文學性以及其他更具浪漫意義的表現則稱南國〔nankoku〕以及南海〔nankai〕),這個語彙在日本殖民主義中雖然扮演一般的角色,但在日本文學當中是有其特殊意義的。[1]檢視早期的政治小說以及之後所流行的,在報章雜誌中南太平洋的形象後,我將仔細觀察南方中的關於台灣,分析各種小說、短篇小說、流行歌曲,以及電影中台灣的原住民形象,特別是原始性的表象,日本殖民主義的教化,以及致力於同化「野蠻人」的任務。最後,我將探討兩個從未由殖民主義觀點探討過的現代經典——中島敦的《光與風與夢》(1942)和林芙美子的《浮雲》

---

[1] 矢野暢指出「南洋」在戰前是最普遍的用法,而戰爭期間「南方」或「南方圈」則成為主流,這地區在戰後被稱為Southeast Asia或是東南亞。參照矢野暢(1975: 6-7)。

（1949）。我將在下文中解釋兩篇作品在殖民地脈絡中的南方象徵意
義以及影響。

　　日本和「野蠻」他者的相遇可追溯自早期的紀錄如《風土
記》。日本人將中華帝國的世界觀視為典範，發展其獨特的宇
宙觀，將日本定位於文明世界的中心而且沿用漢字如「番」或
「夷」，將周緣異族認定為野蠻人。在日本早期的詩集《萬葉集》，
我們已經讀到士兵被派遣駐守邊疆，防範蠻族侵襲日本周緣危害其
安全。

　　日本的殖民主義既不是始於台灣也不是始於韓國。雖然在檢視
日本殖民主義時，常會略過艾努人[2]或沖繩人，但是日本國家早在
19世紀開始擴展其近代的殖民地時，幾乎是同時向北，以及向南入
侵上述民族所居住的區域。[3]隨著1869年開拓使的任命以及1886年
北海道廳的設置，北海道逐漸被併入成為日本近代國家。其腳步在
接下來幾年有了快速的轉變。全道徵兵令在1898年實施，北海道
土人保護法在翌年通過，1900年眾議院選舉法進場，而1901年北
海道會法正式立法，以北海道為其他地方政府之施政模範。在世紀
交替時期，北海道已經被併入日本的領土。自然資源被強奪的原住
民艾努人也在強制的同化政策下，被迫捨棄自己的語言以及習慣。

　　同時，南方的前哨——琉球王國雖然自1609年起便間接為薩
摩藩所支配，但還是能夠以一貿易小國之姿在中國以及薩摩之間找
到生存之道。1871年，維新後的明治政府將沖繩置於鹿兒島縣的行

---

2　譯者註：至今為止「艾努」之譯文多作「愛奴」，但「愛奴」之譯文有貶抑之意
　　味，本書中譯為「艾努」。

3　雖然殖民政策的發展與中日甲午戰爭、日俄戰爭同時並行，但是「殖民」一詞的
　　首次使用是在關於北海道的記述。日本的殖民主義首先實驗於北海道，在此，殖
　　民研究的創始者新渡戶稻造對札幌農業學校學生教授殖民地史以及殖民理論。參
　　照村井紀（1995: 92-119）。

政管轄區。同年，一艘琉球的漁船在台灣觸礁擱淺，船上漁民被原住民殺害。隔年，日本政府賜予琉球國王華族封號並將王室遷移至東京。1874年，日本以之前的台灣事件為由，派遣軍隊至台灣，聲稱琉球——也就是其日本國臣民——的權益遭受侵犯。此次的衝突在西方一般被稱為台灣事件。（日文稱台灣出兵或台灣攻略，這更確切地反映此軍事行動的性質）。日本要求琉球斷絕其與中國的所有關係並改革其政府，當琉球反抗時，日本便派遣警察與部隊鎮壓其反抗行動，之後便併吞琉球王國。1879年琉球正式設縣，象徵日本文化融合，以及南方的直接統治開始。當然要琉球人歸屬成為帝國臣民，在某種程度上並非易事（參考Christy 1997）。日本民俗學家、政治家及琉球人同時開始聲稱他們來自同一族群，以及有著共同的文化遺產。[4]

　　南太平洋群島是日本航海者早期的關心所在。岩生成一在近代早期南海的日本移民研究指出，早在17世紀初期，來自日本的亡命基督徒以及荷蘭東印度公司所雇用的傭兵所建立的日本人居留地遍及南太平洋（參照岩生成一 1966, 1987）。日本海賊及商人遠航至麻六甲海峽，並於中國沿海東岸定期掠奪。而此活動大都在德川時期的鎖國期間（1600-1867）中斷。明治維新及對西方的門戶開放釋放了鎖國期間所積蓄的能量。浪人及在近代日本國家中漂泊不定的其他冒險者，將南太平洋視為與亞洲大陸一樣，是可贏得名聲以及財富的土地。緊接著日本明治政府成功地宣稱對北海道、千島群島、琉球群島，以及小笠原群島的主權後，政治家將南洋視為擴張帝國領土的可能區域——也就是南進政策的一部分。

---

4 柳田國男在《海上之道》使用「同胞種族」一詞形容琉球人民。琉球島在日本帝國的適當定位所陷於兩難的境地，反映在台灣出兵後，日本已經認定琉球已脫離滿清中國這個事實。中國得到位於群島南端的宮古島和八重山島諸島，日本則企圖支配掌控其餘領土。參照後藤總一郎（1992: 210-11）。

　　「南方」的概念在政治小說中成為流行的主題，也在1890年代引起大眾的矚目[5]。早在1887年，如後藤南翠的《旭章旗》、小宮山天香的《冒險企業：聯島大王》、久松義典的《南溟偉跡》都前進南洋並主要描寫開拓人煙渺茫的諸島。不久，以政治小說宣傳政治改革，和以民權聞名的著名作家，如東海散士（柴四朗，1852-1922），其《佳人之奇遇》中（1885）對愛爾蘭革命動向的矚目，《東洋的佳人》（1888）則以東南亞為背景。矢野龍溪（1850-1931）的《浮城物語》（1890）則描寫一群明治期的愛國志士，由於不滿國內的政治情勢，遂決定至南洋探險。他們成功地與蠻人完成交易，劫持一艘海盜船命名為「浮城」，之後與原住民聯合並雙雙打敗了荷蘭以及英國的海軍。末廣鐵腸（1849-1896）在隔年跟進的兩篇作品為《南海大波瀾》及《風雨將盡》（あらしのなごり）。《南海大波瀾》則以菲律賓的獨立運動為故事背景。此時期的作者從未到過他們描寫的這些舞台，只有在太平洋戰爭爆發的1940年代前期，作家們才被派遣前往南亞以及太平洋，以寫作及報導方式協助戰爭。在明治時期，作者以及讀者都明白他們所寫所讀的是一個遠離他們所在的想像世界。以南洋為舞台的目的，主要是用於設計故事情節，而其主要意圖仍在敘述對日本國內政治的關心。對《南海大波瀾》的介紹中，末廣鐵腸提到：「我並非是要描寫南洋的地理或是風俗。其中虛中有實，實中有虛。我在紙面上創作蠻煙瘴氣之地，那是因為這是唯一可發洩我心中鬱積不滿的途徑」（矢野暢　1979: 20-21）。

　　此類前進南洋探險的小說在1880至1890年代中期大肆流行，因而催生了政治小說的分支：「南進小說」或「海洋小說」。但隨著1895年中日甲午戰爭的爆發，以及朝鮮半島情勢緊張，大家將

---

5　關於政治小說時期，參照Keene（1984: 76-93），關於此處所討論的小說，請參考岩生成一（1966, 1987），以及Peattie（1988: 9-14）。

注意力轉移至大陸，一直要到1930年代南洋才又再度成為大眾想像的焦點。鈴木經勳的《南洋探險實記》（1892）中可發現關於南太平洋，以及居住於偏遠地區蠻人的早期紀錄。明治初期，鈴木經勳與後藤猛太郎被派遣前往馬紹爾群島調查日本採集珍珠的水夫被島民殺害的事件。鈴木經勳記述島上的居民「相處融洽宛若親族，鮮有紛爭。島民對島上首領尊敬，甚至可說崇敬如神明。如島民接受外訪者所帶來的珍奇物品或食物，便習慣性地分贈鄰居及友人」（川村湊 1994b: 30-31）。即使鈴木經勳有實際觀察，以及受到島民友善招待的經驗，但是他對原住民——懶惰、不服從、無道德觀、迷信、雜交，以及有食人習慣——的成見，始終如一。[6] 鈴木經勳和類似的觀察者之論述，影響日本人對此地區居民的觀點甚為深遠，時至今日，此影響力仍然殘存。

　　日本第一次正式的南太平洋貿易航行始於1890年代，而其貿易在之後數十年間持續發展。雖然遭到於1899年從西班牙手中接管若干島嶼的德國殖民政府之反對，但是日本很快地便獨占這個區域貿易的鰲頭（Peattie 1988: 20-26）。雖然日本帝國持續其擴張意圖，但是不久之後日本便知道已有數國西洋列強宣稱擁有南太平洋島嶼主權。在第一次世界大戰爆發後，日本便藉故奪取德國在密克羅尼西亞的殖民地。在凡爾賽，國際聯盟委任日本託管其早已占領的島嶼，日本進而將諸島併入帝國。

　　矢野暢將明治時期和大正時期企圖擴張勢力進入南洋的視野，以及昭和時期實踐目標之間做了區別；他並不認為早期的構想與後來大東亞共榮圈的政治化意識形態有直接關聯。早期的南方觀點是來自某種殖民地擴張的類型，主要是國民個人移居台灣、菲律賓、新加坡，以及其他東南亞的特定區域以尋求機會。這些人在上述異

---

6　在鈴木經勳經常被重複同時頻繁變更的任務敘述中，這幾乎不是唯一不正確的記述。參考Peattie（1988: 9-14）。

地懷抱致富或成名的夢想，但從未放棄將日本當成是自己真正的故鄉。1930年代及1940年代的殖民主義，相對地，是概括性的、國家主導的版圖擴張，主要目的是擴大日本支配領域。這個路線的典型例子是石原莞爾（1889-1949）所開發的「關東軍滿蒙占領計畫」（1929）。矢野暢將1930年代視為由商業、企業家路線轉變成為殖民地的政治化，以及帝國主義路線的轉捩點。也是在此時，南方第一次被納入大東亞共榮圈構想的一部分。

　　對西方開放門戶的最初十年，南方被建構成為複雜而且具有多重價值的形象。它曾經與西洋有關係（南蠻，曾經是指歐洲人），甚至日本所占領的地區都保有早期西洋殖民主義的遺跡。明治時期社會與文化產生巨變，傳統的武士失去其封建主君，而平民階級的商人[7]開始夢想更偉大的事業時，象徵日本人能夠成名致富的探險地南洋的浪漫意象是極具魅力的。1930和1940年代臻至成熟的日本帝國當中，南方更是能讓夢想成真的所在。對中島敦和林芙美子而言，南洋已被認定為某種類似其在西方想像中的位置：大自然嘉惠的田園牧歌式土地，以及可能逃離近代化日本社會壓力的慵懶閒居地。但是這些區域過度殖民的背景帶來了不同層次的意義。對中島敦而言，南洋代表啟蒙式殖民主義的理想，而這理想則來自西洋改革者羅勃・史蒂文生的啟發。對林芙美子而言，南洋則如同聰慧、精明，極為幹練的越南裔法國女性瑪莉，象徵一個日本主人公追求無望的理想。在兩個例子當中，南方似乎提供了烏托邦式的逃亡，但是其殖民地的歷史卻暴露了近代日本的臨界點。在下一章，我們會看到當日本人致力於將原始性定位於南洋時，特別在台灣，也遭遇了相似的表象問題。在此，他們將會與野蠻的他者發生最密切的接觸。

---

7　譯者註：町人。

第2章

# 馴服野蠻人

　　19世紀後期第一次的南洋熱潮爆發後，對於南洋的興趣似乎便逐漸消減了。而1930年代熱潮再度復活，此時連環漫畫《冒險團吉》（冒険ダン吉）非常流行。這個由島田謹二啟三所創作的故事由1933至1939年連載於少年雜誌《少年俱樂部》。漫畫主人公少年團吉在釣魚時打瞌睡，醒來後發現他漂流至某個叢林茂密的熱帶島嶼，充滿了椰子樹與野蠻人。憑著智慧與勇氣，他很快地統治了各種部族並且成為酋長。為了提醒讀者他來自於文明社會，漫畫家鉅細靡遺地描繪的神氣主角團吉總是穿著鞋子並戴著手表。團吉的豐富資源和文明優勢（衣服、鞋子、手表）很快地替他贏得了原住民的效忠。這些原住民被稱為黑仔或黑寶。一開始團吉為他的原住民隨從命名為香蕉、鳳梨、檳榔。但當這個系統變得太過於複雜時，他後來只在他們的胸前寫上數字，並稱他們為1號、2號等等。除了帶給原住民編號系統，團吉也將許多制度帶到這個原始社會，如學校、郵政設施、醫院、軍隊與金錢概念。[1]

　　島田啟三談到他的創作—團吉，那是充滿著他自少年時期便

---

1　關於《冒險團吉》的詳細論述見矢野暢（1979: 154-55）及川村湊（1944b: 21-26, 87-90）。

懷有的夢想—「到溫暖的南方島嶼旅行的夢想……並成為無人島的酋長，動物是我的臣屬。在那裡沒有金錢煩惱，更沒有家庭作業」。這個野蠻人的熱帶島嶼很明顯的是以國際聯盟託管給日本的南太平洋島嶼為雛型。島田啟三後來回憶道：「此時的南太平洋島嶼是在日本的統治下，南進的意識形態已經朝南洋實現了。日本所有注意力都在南洋，而我想，對團吉的冒險而言，這是非常理想的舞台設定。」[2]團吉的故事提高了大眾對於異國南洋的興趣，這個現象和西方許多流行的作品中對熱帶島嶼嚮往的表象有許多共通點。如羅勃・史蒂文生的《金銀島》（*Treasure Island*）、布洛夫（Burrough）的《泰山》（*Tarzan*），或吉卜林（Kipling）的《森林王子》（*Jungle Book*）。這個「團吉症候群」如矢野暢所主張的，提供了一個快樂且歡愉的描寫。而這也強化了日本內部南方的典型概念：落後、原始同時充滿了駭人的獵首者及食人族。川村湊指出，這種不實概念的產生是由於缺少地域的第一手知識——這可從團吉的動物臣屬來自各種不同的動物生長區的現象看出，包括了非洲或沙漠的原生動物，如獅子、大象、長頸鹿及駱駝。川村湊相信團吉故事的功能之一，便是描繪已臻至成熟的日本，在對照之下所呈現的是一個現代且文明的國家。故事當中，缺乏教育且落後的野蠻人凸顯了日本人文明化的特質，更再度確認了他們的文化優勢。換言之，團吉症候群正是東方主義所代表的日本觀點。[3]另外一個例子來自大眾的意識，是石田一松當時走紅的歌曲——〈酋長的女兒〉（酋長の娘）。[4]部分歌詞如下：「我的愛人是酋長的女兒，雖然

2　見再版《冒險團吉》（東京：講談社，1967）的介紹。

3　川村湊（1994b: 26）。富山一郎在〈熱帶科學與殖民地主義〉中有相似的見解。見酒井直樹（1996: 59-60）。

4　川村湊（1994b: 88）指出音樂本身在大正時期已經存在，石田一松重新譜詞並編曲而使其走紅。Peattie（1988: 338, n. 37）論及此首歌曲時將曲名誤為〈村長的女兒〉。

她皮膚黝黑，但在南洋可是個美女……就在赤道的南邊，馬紹爾群島上。她風情萬種的跳著舞，在那椰子樹蔭下。」透過收音機及留聲唱片等新興媒體，這首歌於1930年代傳遍了整個日本，同時掀起了對於遙遠並充滿異國風情的熱帶的旋風。

這些南洋的普遍再現，和外國以及異國風情的再現有著某些共通的特徵：地域皆很偏遠，同時原住民都被認為還沒完全進化成為人類，並且社會的構造及禁忌，使得文明在此缺席。日本社會當中的壓力，迫使人們遵守普世標準並過著傳統的生活，相對於此，南洋世界似乎是個逃離文明的理想之地。下一章我們將討論中島敦，他便是這個例子的典型，雖然結果並不如他所預期。接下來讓我們更進一步地檢視野蠻人。

## 凶暴的蠻人或高貴的野蠻人：高砂族

在北海道與庫頁島的艾努被征服及鎮壓後，台灣的原住民部族便取代了日本人想像中原始他者的代表。台灣在日本帝國中相當特殊，因為包含了兩個極端的殖民經驗：一是沒有文字、原始的「野蠻人」，一是已開化，教養程度高的漢民族。此節之焦點將放在電影與文學中所再現的台灣原住民，以及日本人在其中被建構的原始意象。

日本對於南方現代殖民的擴張其實是一個意外的形成，與蠻人的暴力性邂逅便是象徵。1871年，載滿沖繩漁夫的四艘船，在台灣南方海岸因颱風觸礁，其中漁民大多（66名中的54名）被排灣族所殺害。日本要求中國的清廷賠償其臣民的損失。對此中國不僅挑戰日本對沖繩的主權主張，並否認對於此次事件的責任；宣稱原住民是「化外之民」。對日本而言，中國推卸此次行動的所有責任，即是代表放棄了對原住民的宗主權。對此，日本派遣了3千6百名

士兵到台灣，而清廷最後賠償50萬兩黃金以平息此次紛爭。由於
台灣事件，此區域引起人們高度的興趣，而許多關於這個主題的無
論是官方或私人書籍，很快地被出版。[5]這些早期的紀錄已經很少為
人所閱讀，但是在塑造台灣原住民的形象時是非常重要的。

　　1875年由藩處事務局所出版的《處藩趣旨書》，如果我們考
量其開端：「啊！台灣蠻人是危險、暴力且殘酷的！那是理所當然
的，自古以來世界所有的國家都視之為食人族國度，而這也是世界
的隱憂。我們必須除去他們」（引自矢野暢 1979: 11）。無可置疑
的，這是為自己所書寫的文書，企圖正當化日本對於原住民所採取
的行動。而他也開了一個先例，在此後的紀錄當中，將台灣形容為
高度危險之地；而其居民也是極度野蠻的。諷刺的是，台灣的自然
環境證明了卻是比原住民更致命的。派遣到台灣的3千6百名士兵
當中，有29名因戰鬥或受傷而死亡；但有5百61名死於瘧疾（富
山 1997）。

　　馴服這些「野蠻人」及處理危險的熱帶風土疾病成為帝國最大
的挑戰之一。文明啟蒙的使命始於對原住民詳細的研究調查。在台
灣，早期的人類學家是第一次在實際的田野調查中，能夠開始真
正運用異同的理論，而這正是這個領域的核心。早在1895年日本
接收了這塊島嶼時，人類學家伊能嘉矩（1867-1925）便接受了殖
民政府聘請，前來探勘台灣。[6]伊能嘉矩早期的興趣在於調查原住民
族，他的日記記錄著自己與野蠻島民的邂逅，並成為有關原住民最

---

5　私人資料包括伊藤久昭的《台灣戰記》（1874）、本多政辰編《番地所屬論》
　　（1874），以及松井順時編《琉球事件》（1880），官方文件包括藩地事務局的
　　《處藩趣旨書》等都有紀錄。見矢野暢（1979: 11）。

6　伊能嘉矩從1895年起便主導台灣原住民田野調查約有十年。由於他是日本民俗
　　學之父柳田國男的好友，柳田國男為伊能嘉矩身後所出版的大作《台灣文化志》
　　寫序。

早的系統紀錄文書資料之一（伊能嘉矩 1992）。此外另一位早期的先驅者則是鳥居龍藏（1870-1953）。他在1896至1900年之間主導了四次的台灣探勘，其主要研究對象為原住民文化。[7]

　　日本已經著手啟蒙的原住民，有著各種不同的部族並散布在這島嶼上。第一任總督樺山在到任台灣不久後，曾經如此說道：「為了殖民這塊島嶼，我們必須先征服野蠻人」（石剛 1993: 36）。這些台灣的原住民族從明朝（1368-1646）之後被中國人稱為「番人」以及「土番」。日本人則以日語承襲這些舊稱，稱之為番人（banjin）或者番族（banzoku）。再次地承襲中國人的慣例，雖然各部族在文化及語言上已各有所差異，根據他們文明開化的程度而定，統括分為兩個族群：「已馴服的番人」（字義上為未開化的番人，生番）與「已馴服的番人」（字義上為已開化的番人，熟番）。1923年新名詞「高砂族」正式被啟用，是為了紀念太子（之後的昭和天皇，裕仁）[8]——來自皇室的訪問。然而其中包含了許多不同的部族，他們的語言不同，生活形式也形形色色各有不同，從狩獵到定居農耕，居住區域的範圍也從海岸到內地平原，一直到深山。[9]這些具有異國情調的野蠻人也是帝國的新臣民，成為文明宗主

---

7　關於鳥居龍藏的四次台灣調查，見中薗英助（1995: 29-54）。鳥居龍藏在《台灣通信》中連載關於原住民文化的文章見鳥居龍藏（1996）。

8　關於「高砂族」一詞為何使用於原住民身上，眾說紛紜。富德蘇峰在《台灣遊記》當中指出日本以「高山」或「高砂」指稱台灣是因為其為高山所環繞。另一種說法指出當日本人一到達台灣，為其壯麗的海岸所驚豔，並且令他們聯想到播州的高砂海灘，所以之後便沿用「高砂」一詞指稱台灣。雖然另一個解釋認為是台灣南部打狗山發音的誤用。（台灣第二大城市「高雄」一詞源於日本將台灣的「打狗」一詞轉換日語發音相同的漢字「高雄」）。戰後的台灣，各種不同的部族被稱為高山族或者是山地同胞。近年來，一般被稱為原住民，這個名詞避免了後山區域的歧視語感，同時也可讓人認知他們是島上最早的居民。

9　關於日本統治下原住民的表象，見荊子馨（1998）。

國大眾最有興趣的目標之一。

為了滿足異國情調的欲望，許多日本藝術家選擇高砂族成為他們的電影、繪畫與文學作品的主題。枝正義郎製作了第一部此種類型的電影《哀歌》：關於一個年輕女孩從東京被綁架然後賣到馬戲團，最後成為台灣高砂族酋長的女兒的故事。儘管整部電影全在日本拍攝並且缺乏吸引力，但這部電影仍然喚起了觀眾的好奇心。因為觀眾們總是在尋找新的故事，而且自從第一部動畫在西方被製作的半個世紀之後，電影已經成為他們生活中的一部分。

這個綁架的主題不僅是在電影，在小說中也是當時非常流行的一個構思。宇野浩二（1891-1961）的〈搖籃曲的回憶〉（揺籃の唄の思ひ出）便是典型的例子。[10]當原住民突襲日本人在蠻地的開拓村，一個叫千代的女孩被原住民綁架。十五年後野蠻人偶爾來襲，但是村莊已經能夠防禦他們的侵襲。千代的舊搖籃仍然掛在老地方，現在是最小的嬰兒阿露睡在裡面，然而當時由一位女首領所帶領的蠻勇野蠻人戰士集團，已經襲擊了很多日本人的村莊，而這村莊也開始警戒。當這個年輕女孩成為襲擊行動的主腦因而被捕，謠言馬上傳開。說她便是失蹤的嬰兒千代。雖然女孩極力否認，堅持她是原住民，並拒絕承認她的身世，千代的父母親想盡辦法勾起她喪失的記憶，但都徒勞無功。直到她聽到母親對嬰兒唱起搖籃曲，於是開始哭泣。

這故事不像許多早期嬰兒被美國印第安人綁架的故事，代表的是一種在秩序與混沌、文明與野蠻當中的掙扎。故事當中的性別關係呈現了一個有趣的倒錯，而這在殖民地故事當中是非常普遍的。通常殖民者扮演支配者（男性）支配被殖民者（女性），但這些故

---

10 參照《少女之友》（8[6][1915年5月]），再版見中島利郎、河原功編（1998, v. 6: 7-17）。

事中，野蠻力量似乎扮演男性的角色來捕捉女性，例如像是帶走新娘。在這故事當中，女孩被當成野蠻人撫養並扮演男性的角色帶領部族打仗，但以搖籃曲為象徵，透過與母親的連結，她被拉回到文明化日本人的身分。如果是生番，野蠻的原始力量擊敗了雄性的帝國，那麼面對帝國被建構，以及被管理的文明國度外的武力時，殖民權力也不再是絕對的了。在帝國渺小而偏遠的深處，潛伏著一股黑暗未知且未被馴服的力量。[11]

## 原住民的黑暗之心：野蠻人

最接近且最為人知的原始力量的例子，便是台灣原住民成為自然國度的象徵，長久以來受到文明社會壓抑的內部深處的衝動得到自由解放。在此意義上，相對於現代都市生活，以及伴隨而來的拘束，原住民扮演了一個相對性的角色，如同冒險團吉中的故事。對於某些人而言，這個被壓抑的力量被召喚出類似像傑克‧倫敦（Jack London）《野性的呼喚》（*The Call of the Wild*），或者是康拉德（Joseph Conrad）《黑暗之心》（*Heart of Darkness*）這樣的故事。像大鹿卓所描寫的類似故事，便直接地稱作《野蠻人》。

大鹿卓（1898-1959）以詩人身分開始他的文業，但他最膾炙人口的便是與高砂族相關的故事。大鹿卓一家在1898年曾經短暫遷居台灣，當時他只有7歲。在日本從中學校畢業之後，大鹿卓想成為藝術家，但家人說服他進入秋田的礦業職業學校。1921年從礦業職業學校畢業後，進入京都帝國大學就讀經濟，不久中途退學回

---

11 這個故事被認定為童話，並刊載於雜誌《少女之友》，但是同樣的主題可在許多為成人讀者所寫的故事中發現。參照筆者於本章中對大鹿卓、中村地平，以及佐藤春夫以高砂族為主題的作品所做的探討。

到東京。透過他的兄長，詩人金子光晴[12]的關係，大鹿卓參加了樂園詩社且於1924年一起創立了詩歌雜誌《風景畫》。1925年，他們加入了林芙美子、世松月船與其他主張對傳統詩歌採取反編制立場的詩人，一起創立了《抒情詩》。

出版了幾本詩集後，大鹿卓轉向小說創作。第一篇短篇小說——〈立高動物園〉（1931）是由橫光利一在文學雜誌《作品》上介紹的。〈立高動物園〉描述在台灣深山中的立高隘勇站，一隻山貓被捕之後關在籠子裡。被關在籠子裡的山貓象徵山中的寂寥與被壓抑的野性。這是描寫原住民的短篇故事系列與小說中的第一篇，該領域使他成名極早。之後所創作的〈番婦〉（1931），[13]描寫高岡社與殖民警察的衝突，這場混亂起因於高砂族女性與日本駐在警察之間的情事。其他的故事中，也重複同樣的主題。大鹿卓許多故事的構思都以原住民女性為隱喻，描寫殖民者與野蠻人之間所發生的衝突。

這個日本人與原住民關係的主題在《野蠻人》[14]（1935）當中有更進一步的發展。這部小說被當作大鹿卓的代表作，在小說中，大鹿卓由內部觀點來描寫1920年薩拉茅藩的暴動。[15]這是台灣的原住民所引起的幾個大型暴動中的第一次蜂起，規模最大且最令人震驚的霧社事件則發生在十多年後。大鹿卓在霧社事件之後便馬上著手高砂族題材的作品也許不是偶然，因為高砂族在此時已經成為大眾所關心的焦點。《野蠻人》這部小說是為了文學雜誌《中央公論》的懸賞活動而寫。由於主題的恆久性以及（在當時）異常的性與暴

---

12 金子光晴由金子家族收養，因此不同姓。

13 見《作品》（1931年12月），再版見河原功（2000b, v. 18: 59-90）。

14 見《中央公論》（50[2][1935年2月]: 67-101），再版見中島利郎、河原功編（1998, v. 6: 335-90）。

15 1920年9月18日，薩拉茅部族襲擊霧社的駐在所並殺害19名警察。

力內容，這篇小說在一百二十多篇徵稿小說中脫穎而出，並贏得首
獎。雖然文本中並沒有任何關於霧社的描寫，毫無疑問的讀者們是
能夠將兩者聯想在一起的。佐藤春夫在薩拉茅藩暴動不久後所發表
的一篇名為〈霧社〉的小說中，以較為客觀的觀點呈現走訪這個地
區的紀錄。大鹿卓則是從虛構的參與而非偶爾經過的觀察者的觀點
來戲劇化此流血事件所呈現的熾熱張力。這個年輕的主人公田澤是
一個剛到達深山原始部落白狗社的年輕人，他來自富有的家庭，但
田澤不同意他父親經營礦坑的方式，特別是對待工人的行為，因而
被逐出家門。當他開始傾倒於蠻荒時，這篇小說開始往回追溯他一
生的軌跡。田澤一開始為年輕的早熟部族女性所吸引，特別是酋長
—太摩卡魯的女兒。田澤描述她是一個「具野性且素樸」的女子。
雖然為她所吸引，但田澤依然覺得兩者之間有障礙。在鎮壓薩拉茅
暴動當中，田澤砍下了原住民的頭並且越境進入野蠻的世界。這個
行動讓他著迷於解放的意義，毅然而然地開始進入野蠻之旅。當凝
視著「有著赤裸裸野性呼吸」的原住民女性，他的野性更加高漲；
在強暴她並且娶她為妻之後，他終於發現第一次嘗到何謂「真正的
野性」。田澤決定「走入原始」，跨越征服者與被征服者無可改變
的界線（諷刺的是，強迫女性與他發生性行為）。他加入女性的家
庭，並穿著原住民的服飾。最後他發現原住民的自由仍然是不夠
的。他問為什麼「被征服者的熱情居然是如此被壓抑」，並且發現
自己仍然像是「一隻被關在籠子裡走來走去的野獸」。

　　不像其他殖民地文學作品，故事中的主人公「走入原始」，大
鹿卓並不關心人種混種的議題。田澤的行為是由野蠻的殺戮行為所
觸發，雖然他與異人種有了性行為，然而在此與「原住民」的性關
係並不代表他純潔的種族遭到污染；而是與家族的關係得到解放。
田澤很快地發現：他所擁抱的「完全被解放的野性」，或許比起他
原有的生活，更加受到束縛。與康拉德的《黑暗之心》中的喀茲

（Kurtz）一樣，田澤似乎想要體現脆弱、原始，以及恐怖的複雜意義。作者以同情的筆調描寫原住民。他讚美他們與生俱來的求生本能，以及男性的雄性力量與女性對性的開放。但真正吸引田澤的是：在某種無意識的層次中，某種原住民赤裸裸的能源是一種混沌且不可解的力量。的確是這股無可馴服且無法證明的力量根源，如同漩渦般吸引田澤。

　　殖民地統治當局對於光明正大地描寫原住民暴力的作品都非常敏感。結果佐藤春夫的小說集《霧社》與大鹿卓的《野蠻人》在殖民地都遭到禁止發行的命運。[16]雖然《野蠻人》在日本得到《中央公論》的文學獎，並且刊登於該雜誌，文本中露骨描寫性與暴力的部分統統被塗黑，稱之為「伏字」（fuseji）。例如下列的引文，在第一次出版時，畫有傍線的部分完全被塗黑。[17]這是主人公第一次砍下敵人頭顱的場景：

　　　　一根根地砍下屍體上的指頭，然後他開始刺向喉嚨。他的番刀刺到一半便停止了。該死！該死！他拿起路旁的石頭不停敲打番刀，由於太費力氣，於是用沾滿泥巴的雙腳不停地用力的踩。

主人公田澤強暴原住民女性的場面也被嚴格檢閱，所有畫線的部分

---

16 佐藤春夫從殖民地返回日本多年之後，在《改造》（1925年3月）首次出版他的旅記，而大鹿卓的《野蠻人》最初則刊載於《中央公論》（1935年2月）。兩者都在1936年以單行本發行。參照河原功（1997: 78, 84）。

17 中島利郎、河原功編（1998, v. 5: 355-90）的再版，採用首次出版於《中央公論》的有檢閱空白處版本。而大鹿卓的短篇小說集《野蠻人》則在戰後由不同的出版社出版了兩次。白鳳書院版（1949）和元元社版（1955）都復原了被檢閱的部分。

完全被塗黑：

> 他忽然把她拉進懷裡，如動物皮膚般的氣味撲鼻而來。惡臭
> 麻痺了他的腦袋。他忘記了所有的牽掛，轉身變為狂暴的男
> 性。他將她拖進叢林深處，
> 　她因田澤粗暴的轉變而受到驚嚇，眼中充滿了恐懼並本能地
> 扭動她的身軀，不久恐懼轉為興奮與愉悅。她躺到地上放任自
> 己的身體。兩人身體周遭的濃密草叢颯颯作響。
> 　不久，田澤從叢林當中獨自走出來。

主人公所施加的殘酷與性暴力反映了大鹿卓的努力。他意圖平衡暴力與野蠻只有原住民部族才會因循的認同。《野蠻人》暗示著：無論任何文明人，只要與生俱來的野性覺醒，都可能有著同樣的行為。在這故事當中，對於殖民地統治也有著暗涉批評。如果說部族的獵首行動（稱為「出草」）是殘忍的，那麼殖民地政府的殘暴鎮壓也是有過之而無不及的。雖然故事盡量避免過分簡化描寫原住民，並且呈現一個年輕日本知識分子逐漸遠離文明，但仍然小心翼翼的避免對這宗衝突事件賦予政治解釋。結果這部小說提示的結論仍舊投殖民統治者所好：這些暴動是偶發的，非理性的暴力暴動是深植於原住民的野蠻天性之中。這個允許帝國（包括大鹿卓本身）對有系統鎮壓規避自我反省的論調，是屬於殖民主義結構的一部分。

　　大鹿卓對於田澤被野蠻人所吸引的描寫─對野蠻真實且生動的再現─是一種將野蠻主義浪漫化的形式。田澤對吸引他的原住民女性的看法，便是這樣的結果所產生的矛盾之最好例子。她毫不害羞的追求田澤，流露出野性。但田澤描述她有「一顆純潔無邪的心」。相對於他將煤礦產業加諸於礦工們的不公不義之社會主義傾向的描寫，宗主國的讀者們對於《野蠻人》的閱讀也許就像是另一

種類型的浪漫殖民地小說。[18] 大鹿卓對於大部分的讀者把這本小說當作是對高砂族的未開化狀態的一種聳動式的描寫來閱讀，表達不滿。事實上他企圖呈現這些民族更複雜的樣式，並且解釋為何他們會做出如此激烈的反抗。姑且不論他的不滿，這本小說獲得了佐藤春夫的極度讚賞，當這本小說以單行本形式發行時，他還提供了插圖，而這本小說也成為大鹿卓的代表作品。

## 一個同化的故事：吳鳳傳說

　　雖然有些作家如大鹿卓，是喜愛原住民的野蠻甚至為其辯護，然而殖民時期的首要目的是要引導他們走向文明，並使他們高度同化於帝國。日本人不是首位殖民者，也不是第一個創造同化故事者。早在日本占領台灣之前，吳鳳的故事，是19世紀末的漢人為了說服原住民放棄他們出草的習慣所創作的，被證明了對於日本人以及後來統治台灣的國民黨而言是相當有用的。《台灣府志》中，吳鳳是阿里山原住民的通事，拒絕獻祭流浪漢給他們。在知道不久之後將會被殺害，他要求家人幫他畫了一幅畫像，騎著白馬一手握著寶劍，另一手則提著蠻人的頭。當他被殺之後，家人焚燒了這幅畫像並且祝禱「吳鳳將會進入山中」。之後只要看到他的原住民便會被疫病所侵襲。他們知道這是吳鳳的鬼魂作祟之後，向其祈求並誓言再也不會殺害嘉義郡的人（《台灣府志》：179-80）。台灣總督府於1914年將吳鳳傳說編入《公學校讀本》。在這個版本裡，吳鳳嘗試說服阿里山的曹族放棄出草的習慣，首先為他們在未來40年的每一年的儀式，先儲存了40個人頭。40年過去後，原住民同意

---

18 大鹿卓也以採礦題材的小說著名。他的《採礦日記》成為第六屆芥川賞入圍作品。

放棄4年的儀式，但是到最後仍然要求人的獻祭。吳鳳決定獻出自己。在第45個年頭，當原住民仍然要求獻祭時，吳鳳頭戴紅帽身穿紅袍出現。後來原住民發現殺了吳鳳，於是便發誓放棄出草的習慣，並奉祀他為神明。台灣其他的教科書，日本內地所使用的《國定國語讀本》以及官方的參考資料也有這個故事的其他版本（參考駒込武 1996: 166-67）。1932年，安藤太郎拍攝電影《義人吳鳳》。駒込武認為援用吳鳳傳說，是殖民政府為了動員台灣的漢人族群加入對抗原住民的行列，讓他們參與馴服野蠻人的論述。[19]雖然這個故事的發生遠在日本占領台灣之前，殖民政府似乎在這個神話的塑造，以及官方宣傳上扮演了非常重要的角色，並利用這個人物進一步強化統治力量。

　　吳鳳的故事在殖民地與日本都極為有用，雖然其目的各有不同。在殖民地，它再次強調漢族台灣人對於原住民的偏見並使他們感激帝國的保護。在日本，則使殖民地的啟蒙使命正當化，並將大多數的被殖民者描繪成是這個計畫的自願參與者。當對中國的戰爭越來越激烈，而皇民化運動也成為首要前提時，日本人竭盡其所能地利用吳鳳的故事，用來轉換島民們的文化語言及日常生活。1940年小學課本做了改版，日本孩童的課本裡刪去了吳鳳的故事（雖然本島孩童的公學校課本仍舊保留）。[20]他被一個新寫成的當代故事所取代：一位名叫德坤的台灣少年於1939年的大地震中身受重傷，臨死前意志高昂地高唱著日本國歌〈君之代〉。很明顯地，1940年代早期的首要任務便是：與其滿足宗主國對異國情調的幻想，還不如展現帝國的實力贏得殖民地所有人們對天皇的忠誠，並將他們集

---

19 駒込武（1991, 1996），Leo Ching（2000: 797）同意這個故事的機能之一，便是「強化」漢人和原住民之間在早期征服原住民時期就早已存在的敵對關係。

20 關於殖民地時期教科書內容的演變，請參照蔡錦堂，〈日本統治期台湾公学校「修身」教科書の一考察〉（收入大濱徹也編〔1999: 299-311〕）。

結起來為神聖任務而戰，最後為帝國而死。[21]

## 暴力的詮釋：霧社與霧中番社

　　日本在整個殖民時期所一貫努力的，便是啟蒙原住民以及改造他們成為良善的日本人。為了達到此目的的主要手段是一個統治構造：讓既是警察也是學校老師的帝國代理者，握有集教育和執法於一身的權限。基本上這些職位原來只限於日本人從事，但到最後原住民被訓練以便接替管理政權中較低的職位。從1910年開始，殖民地政權樹立一系列五年理番計畫，並且將文明帶給原住民。[22]有一個計畫針對那些願意被同化者是，帶領這些原住民酋長到台灣的主要都市，甚至宗主國旅行。在那裡他們可以親身目睹：透過同化，將會有許多驚奇等待著他們。在文明與日本化計畫的過程中，雖然有時候因大型的暴動而中斷，例如薩拉茅事件。但是沒有一個事件像霧社事件般重要，且帶給殖民者偌大的恐懼。

　　霧社事件無論在殖民地或宗主國都帶來極大的震撼。1930年10月27日一個晴朗的秋天早晨，當所有來自日本台灣與原住民學校的學生們聚集在此參加運動會，泰雅族的成員們襲擊了群眾並殺害136名參與的日本人。更令人驚訝的是，在所有同化的原住民中，泰雅族是被視為同化程度最高的。事實上霧社蜂起的首領莫那魯道是曾於1911年到日本旅行的四十二位部族頭目之一。[23]殖民地

---

21 關於吳鳳神話建構的詳細研究，參照駒込武（1991, 1996: 166-90）。

22 這些計畫經常都以帝國利益為目的來操作未馴服原住民、同化程度較高的「馴服」原住民和漢族。例如關於殖民者日本人、漢族以及高砂族三者之間的關係，見大鹿卓的短篇故事〈莊的欲望〉（莊の欲望，1935），請參照大鹿卓（1936: 247-74）。

23 見田村志津枝（2000: 172），Leo Ching（2000），Kerr（1974: 152）。柯爾

政府投資了大量的資源與人力讓部族文明化，並將霧社部落推舉為
同化部落的模範。由於在這些部落當中相當積極地進行日本化，因
此在許多方面他們甚至比台灣的漢民族同化程度更深。不像台灣人
般經常會緊緊依附著中國大陸文化與語言根源，憎惡被吸收進入
日本文化圈，許多原住民非常樂意使用日語，而且把日本的殖民統
治視為另一種他們曾經遭受過的，來自於台灣人的歧視。1930年
兩個同化最成功的例子是花岡一郎（Dakkishu Nobin）以及花岡次
郎（Dakkishu Nawi）。他們倆都是當地霧社部落的警察與老師。這
些同化的日本臣民都受到殖民者當局的恩惠而受教育或結婚，甚至
成為備受尊敬的警察。令日本人非常驚訝的是，花岡兄弟背叛了他
們。[24] 對於這個關係的認知上所出現的極大差距，日本人的結論是，
他們認為原住民居然不知感恩。但事實上殖民地當局苛刻的強迫勞
動政策與對傳統部落首領們的不敬，導致原住民爆發了長久以來遭
受壓抑的不滿。很明顯的，理想的殖民地主人與從屬關係已經解
體。

　　日本媒體所做的聳動報導，吸引了大眾的好奇心並使帝國的
權威與聲譽遭到威脅。殖民地政府耗費了兩個月，出動了3千名士
兵，同時根據傳聞，以裝載了毒氣瓦斯的飛機來鎮壓暴動。[25] 這突

---

（George H. Kerr）將頭目名稱誤稱為Moldanao。

24 蜂起顯然經過精心策畫並且只針對日本人為目標，除了兩位學童；其中一人穿著
正式的和服，台灣人則逃過一劫。事件的細節可以參照田村志津枝（2000: 169-
82）。後來花岡兄弟與其他3百人包括兒童的原住民，集體自殺。關於他們是否應
該入祀，即相當於日本靖國神社的忠烈祠，花岡兄弟的定位到戰後仍備受爭議。
許多年來他們被認定為是投靠日本人的賣國賊（透過改姓名以及帝國主義化），
並被迫從抗日英雄的行列除名。2001年4月，台灣政府以他們的形象塑造新硬幣
並公開宣稱他們是反殖民政權的英雄。

25 霧社事件研究甚多。如森田俊介（1976）、中川浩一（1980）、戴國煇（1981）、
邱若龍編（1993），而最近的研究則有向山寬夫（1999）。

然的襲擊使政府與大眾受到震驚，並且讓殖民地政府的理番政策陷入混亂。根據事件調查所歸納出的原因是：族群衝突、強迫勞役與高壓殖民統治，[26]但是當時一般的分析，皆傾向於將此事件視為來自某種深藏於原住民內部野蠻的無可預測之暴發，他們難以理解原住民們並不感激殖民政權為啟蒙他們所做的努力。而台灣的殖民政府將這次事件視為對帝國統治的一種污辱並限制媒體報導，但大眾對此事件是感到震驚並且好奇的。河原功對五十種以台灣原住民為創作題材的作品進行調查，發現有四十部作品多少與霧社事件是相關的。[27]而創作這個主題比較重要的作家之一是中村地平（1908-1963）。[28]

　　中村地平受到佐藤春夫的台灣相關作品之啟蒙而進入台灣的高等學校[29]就讀。返回日本後，進入東京帝國大學攻讀美術，在井伏

26 例如，由川上城太郎與河野密刊登於《改造》（13[3][1931年3月]）的〈霧社事件の真相を語る〉（敘述霧社事件的真相）對事件做了細密的評估。川上城太郎是全國大眾黨的政治家，與河野密在台灣民眾黨的邀請下到殖民地進行調查。他們也在《批判》（1931年2月）發表〈台湾統治素描〉，以及在《中央公論》（1931年3月）發表〈霧社事件の真相を暴く〉（揭露霧社事件的真相）。這些報告與台灣總督府發布的官方報告〈霧社事件の顛末〉（霧社事件的始末）（1930年12月）內容有矛盾之處。而河野密是大鹿卓的妹婿，所以大鹿卓可能透過妹夫得知暴動的情況。參照河原功（2000b, v. 18: 解說2-4; 1997: 81-84, 106-20）。

27 中村地平在《文學界》（1939年12月）發表的〈霧の番社〉，坂口䙺子的〈時計草〉（《台灣文學》[2(1)(1942年12月)]），西川滿的〈番歌〉（《面白俱楽部》[4(4)(1951年4月)]），以及吉屋信子的〈番社の落日〉（《別冊文芸春秋》71[1960年3月]）。作品由1930年代發表至戰後時期，最近的作品有寺田勉的《太陽の怒り　高砂族の反乱》（東京：白帝社，1986），請參照河原功（1997: 62-63, 69-105）。

28 中村地平的名字「chihei」有時發音為「Jihei」。

29 中村地平於1926至1930年就讀於台北高等學校。為了以1871年台灣事件為題材的小說《長耳國漂流記》（1940-1941）進行調查，1939年，即十年之後，他再度訪台。他這次的旅行也創作了〈番界の女〉（1939）、〈霧の番社〉（1939），以

鱒二的指導下，和太宰治與小山祐士成為文學同伴。1935年加入日本浪漫派，並且開始為《作品》與《四人》等文學雜誌開始創作。他對南方的憧憬始終如一，之後並創作了許多以台灣為舞台的作品。1939年的兩篇短篇故事〈番界之女〉（番界の女）[30]與〈霧中番社〉（霧の番社）[31]是高砂族一系列的相關創作。[32]

　　作品〈霧中番社〉是第一篇直接描寫關於霧社事件的虛構小說。中村地平的小說取材主要根據台灣總督府的官方調查、紀錄與當時的報紙報導。雖然在細節或結論上並沒有明顯偏離，但他仍然對於大屠殺提供一個比較特殊的洞察，詳細敘述六名原住民首領為何會參與蜂起。透過每個例子，中村地平以人道的立場來看待這場暴動，詳述為何所發生的事件如何致使他們轉向暴力。大鹿卓所描繪的原住民天生具有野性，但中村地平認為暴動的根源，是源自於連鎖性的對峙、人種、社會，以及性／別衝突所構成的錯綜複雜網絡。例如莫那魯道是馬赫坡部落的首領與蜂起的領導者，他以族群相異為理由反對妹妹嫁給日本警察。當妹妹最後被丈夫拋棄，而他自己遭受日本官僚輕侮時，他發誓要報復日本人。Hipoarise參與這場蜂起的原因，是因為他的父親被日本警察所殺害。但並不是所有

---

及改編自高砂族神話的〈太陽征伐〉（1939）。

30 刊載於中島利郎、河原功編（1998, v. 6: 237-66）的復刻版《文藝》（9[1939]）。也請參照河原功（2000b, v. 20: 199-244）復刻版短篇小說集《台灣小說集》（東京：墨水書房，1941）。

31 《文學界》（12[1939]），收入再版河原功（2000b, v. 20: 1-66）復刻版短篇小說集《台灣小說集》（東京：墨水書房，1941）。

32 中村地平以台灣為舞臺的作品並非全都與原住民相關。〈熱帶柳の種子〉主要以他學生時代的經驗，描繪當地台灣女孩與三個日本學生之間的友情。〈廢れた港〉（1941）的靈感得自佐藤春夫的「荒廢之美」，中村地平對兩個古老但已荒廢的海港——安平和淡水致敬。他在〈旅先にて〉也生動地描繪一位日本女性，以及她在殖民地和一位牙醫的不幸婚姻生活。參照中村地平（1941）。

的原因都牽涉政治。荷歌部落的 Hiposatsupo 由於被妻子與妻子的家庭所捐棄，所以他希望出草以便再度贏回族人的尊敬與男性尊嚴。

　　與大鹿卓相同地，中村地平非常小心謹慎地處理這場暴動可能的中心主題：反抗強迫勞役。最後他歸納出某種心理學上的解釋，他主張已與日本人同化的原住民們所被壓抑的野蠻性，隨著同化計畫的進行使原住民們瀕臨滅種時，他們所採取的最後以及絕望的行動，便是放射性爆發的暴力，而不是淹沒在被文明同化的潛意識裡：

> 　　在那時候並不是只有三個，很多人一定都在相同的情況下感覺到，如果不出草便無法改變運氣，便無法在共同體中生存。由於日本啟蒙政策的成功，他們的野性逐漸減弱，且逐漸被某種稱為「文化」的東西所包圍。這個族群的暴力性與原始性已開始走下坡，宛如中年的女性面臨失去生為女性的生物性機能般。這個為美麗山群所包圍的霧中開拓地同樣有著已經是美人遲暮的致命徵候。
>
> 　　當一個女人看到自己漸漸年華老去，她對青春的渴望與執著，伴隨著生理上的憂鬱，這時便使她開始行為異常。同樣地這些野蠻人為他們逐漸消失但卻殘存的野蠻性所驅使。他們所嘗試的最後一戰雖然敗北，但卻是一場對抗文明，對抗根本不適合他們的生活方式的一戰。（中村地平　1941: 39）

如同這過程所顯示的，我們可以看到霧社事件被一分為二，也就是野蠻與文明的二元對立。在當時的日本殖民意識形態中，「野蠻」這個字眼具有非常重要的機能。像「原始」、「野蠻」、「部落」、「未開發」與「異國情調」等這些字彙，都是以帝國日本為標準並定義他者為「劣勢」、「異常」、「脫軌」、「隸屬」、「能夠服從的」

（Torgovnik 1990: 21）。所有日本殖民地臣民，特別是高砂族，他們為帝國所利用；用來建立帝國自己「文明化」文化的優勢，那是閃耀在原始文化的黑暗之上。但是霧社事件卻揭露了此文明使命中矛盾的一面：

> 自從日本初次到來接收台灣直到今天為止，這並不是蠻人唯一一次試圖反抗。在這個島嶼上已經有許多相同的策動，通常他們都在發生之前就被發現且被鎮壓。但那是因為這些頭腦單純的人們的團體中是無法保有祕密的，總會有人洩露祕密。
>
> 　而這次的事件則是唯一的例外。他們在合作無間與周詳的計畫及保密上，展現了令人不可置信的能力。其中的原因之一當然與莫那魯道卓越的領導能力有關，但仍然顯現了野蠻人的智慧有了驚人的進步。在這個事件之後，日本人無法不嘆息這個為他們帶來文明之後的諷刺結果。（中村地平 1941: 42-43）

中村地平發現了如何說明這個事情的補償式觀點。在描述接受了殖民地政權教養多年之後，加入族群反抗日本人的（抗日）英雄花岡兄弟時，他對於花岡兄弟的參與行動敘述如下：

> 一開始這個原住民警官花岡一郎穿上正式制服，並且在典禮當中加入主事者這一邊。在有人注意到之前，他脫去制服且改穿部族的原始服裝。他鮮少穿上原始服裝。他一定預先知道這個計畫。（9）

在事件之後，日本人便懷疑花岡兄弟是煽動者——很顯然的只有在帝國制度中的訓練，才能執行如此英勇並且極為周密計畫的行動——同時也有諸多猜測這些忠誠的帝國僕人會參加蜂起的原因。

在〈霧中番社〉中，敘事者做了一個最為大多數可以接受的分析，也就是花岡兄弟雖然是台灣師範學校的畢業生，但他們卻無法晉升到管理階級，因為他們不是天生的日本人——但最後他對於他們的參與做出一個較不實利主義的結論。他描寫花岡一郎是被夾在「對共有血緣族人的愛」與「覺得虧欠了日本人的愛與恩情的義理人情」之間（57）。當日本軍隊逐漸逼近而且他們即將遭到逮捕時，花岡兄弟決定自殺。從他們的死亡，我們可以看到帝國啟蒙政策的成功，雖然只是一部分：

> 11月1日，一郎與二郎及家人脫掉傳統部族服裝，換上唯一的日本和服。當他們結婚時，在霧社的霧丘神社舉行神道儀式婚禮，所有的日本官僚與警察都到場觀禮。那是他們從日本人那兒所得到的正式服裝。當他們準備好時，所有的族人安靜地走向荷歌部落東南方的森林當中……穿著銘仙質地33的單衣和服頭綁著白布，一郎先用一呎五吋的日本刀砍掉他孩子們的頭。之後便切腹死去。他的太太一樣穿上日本和服，然後把孩子放在他與丈夫之間。之後準確的用刀刺進咽喉跟隨丈夫死去。
>
> 二郎穿著有梅花家紋的半褂和服，而他的家人全在附近的樹上上吊死亡。（60）

在故事開始沒多久，有一個場面描述台中知事水越來拜訪他們，因為霧社是他的管轄地。回到都市不久後，他動員當地日本人捐出舊衣服給原住民，並將一卡車的衣服送到山上。事件之後的一星期，水越知事帶領軍隊代表團來探勘損害的情形，最後到達了花岡一族集體自殺的地方。敘事者說道：

---

33 銘仙是便宜的紡織品，質料混合著絲質，經常用於日常和服。

　　所有人都穿上日本人給的和服然後面對最後的命運。這些捐獻的和服是應水越知事的要求在春天時用卡車載來籠絡他們的。（66）

我們一定不能不注意到中村地平小心翼翼的描寫服裝，他的小說人物們如何在不同的場合中有不同的穿著。外在的因素如皮膚的顏色與身體的特徵，都正確的描繪出種族的不同，但衣服卻標示了文明的界線。在提高文明時，讓赤裸者穿上衣服──或者，在這個例子中用少量的粗陋的纏腰布來交換（附有家紋的）和服──是非常明顯的進步。中村地平在故事中的各種關鍵轉折處，野蠻人穿上或不穿上衣服都指出了原住民所隸屬立場的轉變；也就是對於支配的殖民勢力與它頑抗的臣民之間力量不停轉變的態度。看著花岡的屍體，日本人非常沮喪，有人說道：

　　「即使我們用感情真心對待他們……他們終究不過是番人，無法像我們一樣。」
　　可是有人打斷他：「一郎的死法──切腹難道不是教育的結果嗎？」
　　在那之前，番人的自殺方式都是上吊。花岡一郎是當地番人中第一個執行切腹自殺的。（61）

這個極致的儀式性自殺場面，遵從傳統日本自盡儀式，由覺得自己愧對帝國的帝國臣民來執行。透過這個高度的象徵性行為，由於了解了崇高（日本）文明的珍貴情操，野蠻人成為了高貴的野蠻人。為了避免花岡一郎被認為只是單純的野蠻人的同時，中村地平熱切地為花岡一郎辯解，並為他的人物提供一個心理學的特性，但是他忽略其中異常辛辣的諷刺──無論是出草或切腹自殺的死亡儀式，

兩者都內含的野蠻。

　　中村地平的故事像大鹿卓的《野蠻人》一樣，嘗試以同情的筆觸展示野蠻人所犯下的血淋淋的暴行。大鹿卓所描寫的暴力的內在衝動，是隱藏在甚至是最文明化的人當中，同時歌頌在原住民社會中這樣的自由表達方式。在此所影射批評的，是文明基本程式已存在於殖民主義本身。中村地平了解由於在不同的衝突當中，原住民的人性被撕裂成為複雜的多樣性，並且具體地指出日本人對待原住民的方法是不對的。當花岡兄弟自殺時，花岡二郎寫下遺書說道：「我們必須要離開這個世界。非常可恨的是，由於非常不講情理地驅使原住民來搬運木材，所以才讓事情演變到這個地步。」

　　大鹿卓與中村地平都對殖民系統指出其具體的缺陷層面。也許是在日本普遍實施檢閱的關係，使得他們未能做更進一步的批判。儘管如此，還是沒有人願意面對原住民對日本人所採取的暴力與殖民主義的共犯關係——即使是反對其實施。取而代之的，暴力被詮釋成是「文明」與「野蠻」接觸後的產物。中村地平的〈霧中番社〉與〈吳鳳的故事〉對於讓原住民同化於日本社會的可能性抱有樂觀的見解方面，有許多共通的構想。在原始的〈吳鳳的故事〉中，吳鳳的鬼魂糾纏著原住民，使他們飽受疾病的折磨直到他們放棄屠殺。之後日本的版本中，原住民改過自新。由於喜歡吳鳳，所以非常後悔殺害吳鳳。兩個版本的結尾都是原住民以他們的方式補償並且放棄暴力。中村地平在同化的軌跡上敘述了這樣的觀點：現在原住民即將達到文明化，而他們能夠反抗進到真正的文明的最後一步，以及文明化的日本人身分，但是這種反抗以暴力形式於駭人的瞬間出現。不過花岡一郎的日本式自殺方法仍舊存在另一種救贖。此外，另外一種期待就是同化幾乎成功，最後仍會勝利——也許在部分的原住民族群是成功的——有一天這些野蠻人村落的住民將會被文明的大日本帝國臣民所取代。

## 莎勇：同化完成了嗎？

　　當大東亞共榮圈意識形態隨著太平洋戰爭的進行，將野蠻但充滿異國情調的帝國邊緣的人們改變成為模範的帝國臣民——這理所當然地被認為在日本帝國主義的發展當中是他們最合適的位置——成了當務之急。日本人對於南洋的島民們已經不再視他們為異類，他們反而被認為非常接近日本人。1942年厚生省在「南洋的發展與人口問題的報告」中，採用了大量身體文化人類學研究對島民的分類，得出的結論是：

> 　　很明顯的，在適應南洋生活上的能力，歐洲人跟日本人是無法相比的。我們的肌膚已經是南洋（原住民）的膚色，而且肌膚的顏色也與現在的族群無異。一位生物學者曾經研究過日本人的汗腺，且宣稱我們的汗腺跟南洋人們是接近的。日本人不會因南洋的太陽而眩目；而且鼻子的高度也不像北方人那樣高。與歐洲人相比，日本人對南洋的適應力更強，而且絕對不會有理由不活躍於南洋。從體型與調節能力看來，我們是南洋的人民。[34]

這個非常清楚的修辭轉變，是明顯地從文明對野蠻，以及優勢對劣勢這樣的迷思到強調日本人與他們殖民地臣民們有關的相似性。柄谷行人（1993a）相信這樣的手法是日本殖民主義的特徵。這個「接近的相似性」正當化了日本在南洋的存在感與領導權。

　　雖然霧社事件產生很多疑慮，但意識形態上要求台灣原住民必須和日本人相似，且能夠同化。中村地平對於霧社事件正面性的詮

---

34 高野六郎，《人口問題》（4[4][1942]: 22），轉引自酒井直樹（1996: 66-67）。

釋奠定了基礎。皇民化運動為原住民注入日本文化，帶來了新的動力——包括巡迴演出的人偶劇團，演出日本人的犧牲，以及在山中居民的勝利等啟發性故事。[35] 相同的意識形態轉變也可在當時流行的電影中看到。1943年，當戰爭越來越激烈時，描述原住民部落生活的電影也都蒙上了戰爭的意識形態。原住民不再被描繪為是對文明的日本人或台灣人一種普遍的威脅；現在他們轉型成為殖民者在文明恩澤的計畫當中成功的典型例子。日本在莎勇的身上發現轉型者最完美的代表。她是一位年輕的原住民女孩，1938年時，她為了即將被徵召至中國前線的日本老師搬運行李，在途中死亡。莎勇在日本與殖民地的媒體裡被塑造成某種典範人物：一位柔順的原住民女孩為了日本的戰爭，心甘情願地奉獻生命。清水宏的〈莎勇之鐘〉（1943）也許是在台灣拍攝的最有名之戰爭電影。由當時紅極一時的李香蘭（山口淑子，Shirley Yamaguchi）主演莎勇。[36] 他描寫莎勇和年輕日本士兵的一段羅曼史；而她的家也被塑造成當時皇民化運動中模範的皇民部落村（四方田犬彥 2000: 106-24）。在非常具有說服力的分析中，荊子馨指出這個故事是「透過自我犧牲的原住民對日本所表現的補償與奉獻」，在日本人與原住民當中相當流行，

---

35 由侯孝賢導演，回顧著名布袋戲人偶師李天祿一生的《戲夢人生》描述了這些巡迴布袋戲劇團。電影出現為以日本士兵身分死亡的原住民舉行葬禮的場面。

36 多才多藝的女演員李香蘭是位生長在滿洲和北京的日本人，而她在戰前都以中國人的身分活躍於電影事業。她所扮演的典型角色是甜美溫順的中國姑娘，最初都懷有反日情感，在電影中最後都愛上年輕且英俊的日本男性。她也扮演帶有異族風情像是高砂族或是朝鮮女孩。戰後，李香蘭差點被以戰犯身分制裁，但終於逃過一劫，返回日本。1950年代她前往好萊塢並扮演《日本戰爭新娘》（*Japanese War Bride*, 1952）中的戰爭新娘。1970年代，她是在日本成功地訪問了阿拉法特（Yasser Arafat）和巴勒斯坦紅十字會的第一人。她也成功地參與選舉並當選議員。李香蘭波瀾狀闊的人生故事使她成為她那個時代的傳說。以李香蘭一生所改編的音樂劇，不僅在日本也在中國造成轟動。參照四方（2000: 119-20）。

因為他描繪的是一個普通人，而不是偉大英雄，而且心甘情願地為帝國犧牲（Leo Ching 2002: 81）。

在這裡所討論的故事都是根據歷史事件，而且描繪成原住民與文明社會持續發展的關係。像這樣的故事是由支配的意識形態所塑造，認為身為殖民勢力的日本人使命便是將文明帶給野蠻的台灣原住民，而且要求這些野蠻人最後出於自願地回報上述努力，並且心甘情願地同化於日本文化。現在讓我們回到1920年代，並考量日本作家、詩人佐藤春夫與原住民邂逅後的反應。他的反應是完全不同於我們在此所討論的，而且他所描繪的也極為不同：在他的旅記當中，他公開批評日本對同化所做的努力，而且在一個根據原住民的神話所改編的傳說中，將原住民的野蠻暴力與帝國加諸在子民身上的暴力畫上等號。

## 佐藤春夫的南方之旅

1920年夏天，新進作家佐藤春夫（1892-1964）到台灣及中國南方沿岸旅行並度過夏天。他提到：他被「還未見過的南國魅影」（島田謹二 1976: 214）所召喚。這個旅行延長了許多次，他也寫了12篇作品包括短篇小說、改編自地方傳說的旅記。在之後的章節，我們將會討論這個旅行與小說〈女誡扇綺譚〉。在此我要談談關於在他的旅記──〈霧社〉所觀察的原住民生活與取材自原住民神話的〈魔鳥〉。在〈霧社〉[37]裡，佐藤春夫毫不客氣直接記錄在霧社所見的，他非常震驚某些原住民的鼻子是畸型的，因為那是梅毒的象徵。於是做此結論道：「在此蠻荒之地，與其說看到梅毒而感到震

---

37〈霧社〉在他從殖民地回來四年半之後，首先在《改造》（1925年3月）刊載。之後收入同名散文集（東京：昭森社，1936），再版見中島利郎、河原功編（1998, v. 5: 21-54）。

驚，還不如說是起因自看到它發生在原住民身上。」他特別感到困擾的是，15歲與16歲的賣春婦企圖引誘他。像這樣的插曲散見於佐藤春夫對於原住民的浪漫式先入為主的成見中。他從沒預期到會在野蠻人社會遭遇到現代社會當中的病理。不過他的確在那兒有些愉快的經驗，比如他認識了一位自醫學校以優異的成績畢業的酋長兒子。但當佐藤春夫投宿的旅店中女侍自稱為「番人」時，佐藤春夫對她的親近感油然而生。而這樣的感覺，他形容近乎於對「所寵愛的小狗般一樣的感情」。雖然佐藤春夫避免煽情同時以同情的筆調來沖淡，但我們可以看到他對所謂自由的局限性：他的主人／寵物的記號揭露了他固定的優越感，而那正伴隨著殖民者與被殖民者的關係中，支配與臣屬的階級關係。

　　佐藤春夫對於殖民地的教育制度做了最嚴厲的批判。當他拜訪某公學校時，他觀察到老師教給孩子的是：「台北是台灣最大的城市。東京是日本最大的城市。日本最偉大的人物是天皇。台灣最偉大的人物是總督。」之後老師測試了這些情報，學生回答，「東京」是台灣最偉大的人，「天皇」是日本最大的城市。佐藤春夫評論道：

> 　　四個問題的回答完全是錯誤交雜的。這是一堂複習已教授的課程，我知道事實上學童們所面臨的困難不是他們的日文能力不足，因為所有的學童都能講流利的日文，而是他們不斷地被填充他們的世界裡所無法想像的概念，我對於老師與學生們的努力深表同情。（佐藤春夫　1936: 50-51）

對於帝國企圖啟蒙野蠻人的不快反應，與佐藤春夫有著類似的不快的，是另一位作家石川達三，他曾經拜訪帛琉島的公學校。他注意到校長來自日本的東北區域秋田，有著一口濃厚鄉音。他彈著風

琴，企圖教導當地的兒童唱歌。

幾度嘗試後，他最後終於彈完這首歌，而女孩子開始唱起
來，用她們高尖的嗓音開始合音。當我聽見她們以標準的日文
唱著時，我有些微被背叛的感覺。這些女孩們唱著愛國進行
曲，這是獻給軍神——廣瀨中佐[38]的一首歌。另一首歌則是關
於兒島高德。原住民女孩無法了解日本的傳統，也無法了解所
謂「八紘一宇」的精神，以及「為國殉己」的概念。那只不過
是鸚鵡般的美麗合音。[39]

石川達三與佐藤春夫都注意到殖民地教育中的缺陷。由於被束
縛於「啟蒙」野蠻人的意識形態，所有的殖民地政權都採用帝國且
軍國主義式的神話來訓練原住民。但這個知識的固定框架是被取決
於千里之外的宗主國，這對於居住在狹小且貧窮的村莊，並且遠離
現代都市生活地區的孩童們是無意義且沒有幫助的。這個狀況所呈
現的諷刺，比起住在日本人共同聚落，殖民地教育者與官僚企圖建
構的日本複製品，對於直接訪問野蠻人學校的宗主國旅行者而言是
更加明顯的。或許其中最有想像力且對於野蠻人是以隱喻的象徵來
描寫的是佐藤春夫的寓言故事〈魔鳥〉（魔鳥，1923）。這是根據
當時台灣原住民的神話所改編的。[40]佐藤春夫在〈魔鳥〉一開始便對
野蠻人與文明人做預測，並驚訝發現兩者之間有許多共通性。在短

38 死於戰場者被稱為「軍神」。其被神格化過程見山室建德（1999）。

39 引用自《群島日記》，三篇旅記其中之一包括《赤蟲島日誌》。由於石川達三是
公式訪問，所以這些日記都遭海軍省檢閱。參照石川達三（1972: 403-46）。

40 最初刊載於《中央公論》（1923年10月），之後收入《美人》（東京：新潮社，
1924）。近年刊行的包括《佐藤春夫全集》集6（東京：講談社，1967）等。此處
討論的則是黑川創版本（1996, v. 1: 39-52）。

篇故事的序言中，開頭是這樣的：

> 　　我現在要講的故事是關於某個野蠻部落的迷信信仰。即使是
> 野蠻人他們也有迷信，在這個定義上他們與文明人並無任何
> 不同。但相較於文明人是複雜且更高貴〔的迷信〕，野蠻人是
> 更出自本能且更加無知的。某些人認為只有野蠻人是迷信的，
> 而文明人並無如此習慣，那是一個錯誤的觀察。就好像文明人
> 看到了野蠻人的生活習慣當中有許多迷信；野蠻人也可以（發
> 現），文明人為了確實讓他們的社會存續，他們的所作所為當
> 中有著無數的迷信。他們或許會認為我們考量的道德或正義是
> 迷信，就好像我們判斷他們的道德與人性是迷信一般。（黑川
> 創　1996, v. 1: 39）

這篇文章展示了一個對稱性的結構，就是寓言書寫類型的特徵。佐
藤春夫捨棄了他以洗練著名的和漢文散文體，而為地方民話選擇了
較單純且浪漫性的表現。全篇的語調都非常沉鬱。但或許是因為顧
忌當局也許會在這故事當中讀出政治意味，作者故意抹消具體的地
名及確切的人名以達到神話故事特徵的筆觸，儘管如此這個故事並
不排除政治意味的暗示。事實上在許多層次上，這個作品非常技巧
性且非常細緻地對日本於1920年代內外的殖民狀況揭露了一個非
常批判性的論述，以一種伴隨著為了生存的需要，或者說是合理化
其需要的殘酷野蠻的暴力。像這樣的政治解讀，可由此事實做聯
想：你可以看到在故事裡面所署的完成日期是1923年12月，也就
是緊接在毀滅性的關東大震災之後。佐藤春夫所影射的批判是在關
東大震災後，那些針對左翼分子與在日韓國人所行使的暴力。
　　接下來的故事中包含了兩部分。第一個部分是關於魔鳥的抽象
且具哲學意味的冥想，以及牠所發生的作用可能存在於任何社會的

暗示。這個有紅色爪子的小白鳥是死亡的召喚者，看到牠的人只有少數能夠存活下來。牠由魔鳥巫師所掌控。他世世代代傳承他們的力量，並且隱身在人群當中。與非洲的巫師們相似的是，這些魔鳥巫師是為人們所厭惡且害怕的。只要被發現，一家人便會被處死。佐藤春夫對於社會的某些固定成員做出詳細的描寫：經常是缺乏協調性且無法跟其他人融洽相處的人們。從他們詭異的眼神，曖昧的臉部表情，或者遇見他們之後所襲擊而來的不幸，便會被認定是魔鳥巫師。佐藤春夫在這個介紹當中做出結論，提到他最近所觀察到「某個文明」國家，對待其殖民地原住民宛如動物一般。他用寓言來比喻這個國家對人民的待遇，這些人被迫害或有時遭處死只因為他們抱持不尋常的看法，雖然他們所渴望的只是使這世界變得更美。[41]

　　緊接著這個介紹之後是關於佐藤春夫帶著兩個同化的原住民一起前往深山旅行的悲慘故事。佐藤春夫了解到這個故事是魔鳥巫師及其家人被謀殺的最近例子。這個故事是關於一個家庭被懷疑是魔鳥巫師，因為他們走路時看著地面，避免跟路人眼光接觸，甚至這家人的小孩也從來不笑。這個家庭有位15歲的女孩名叫Pira，雖然已到適婚年齡，但臉上並未有辨識她新地位象徵的刺青。傳說她跟著日本人，也或許是被日本人強暴了，這也就是為何她無法通過表現自己貞潔的成年禮。日本軍隊也在這時候巡邏此區域，在每個村莊集合成年男子在一個小屋，並將小屋燒燬。村人聽說日本人即將到來，便認為是魔鳥巫師對村莊下了詛咒。村人將這家人關在小屋，並且燒燬。只有Pira及最小的弟弟Kore逃入森林。他們在那裡生活數年後，確信他們雙親是無辜的，且深入了祖先的聖域。當這

---

41 這是對於社會主義者及左翼分子，例如無政府主義者大杉榮（1885-1923）的迫害證明，他在大地震後被捕及遭處決。

個女兒死去，彩虹的出現確認了她來到被認為神聖領域的地方，那是架起生者與祖先世界的橋梁。Kore獨自居住並孤獨地懊悔著為何不跟隨姊姊到更好的土地上。有一天他看著彩虹並追隨著它進入森林，被外出打獵的其他部族所發現，確定他不是來自同一部落後，便殺了他並且砍下頭來以作為他們成年的象徵。

　　佐藤春夫做了以下結語。當他聽到這個故事時，他正前往傳說中的著名景點旅行；之後他踏著每一步想像自己會看到這個年輕男孩無頭的屍首。沉思於這個暴力的場景，他做出結論：野蠻人的迷信及對他們所引發的暴力，其實與文明社會中所發現的並無不同。

　　在這個故事當中原住民不再被浪漫化。他們被同情的筆調所描述，同時，也許他們的行動有著某種純潔無垢。即使如此，他們在這故事中最主要的角色是一個象徵性的謀略，透過他們以評論日本社會。他們是沒有任何明顯區別的他者，他們徒具人的形態但卻是原始或是未文明化。雖然佐藤春夫在台灣旅行並造訪了他們的部落，他並未努力找出故事中相關的兩個部落。他也沒有將魔鳥故事跟其他任何特定族群部落做連結。對他而言，只要這個行動發生在高砂族，日本殖民地的原始野蠻人便足夠了。因為這個故事真正想要透露的訊息是：即使是如此高度文明化的日本人，他們對付不符合政府所規定的正統者，便宛如野蠻人一般。台灣的原住民是一個能夠傳達這個主題的模糊記號。雖然佐藤春夫所關心的主題是日本的左翼知識分子，[42]這個社會正義的訊息是暗示性地包含了台灣山中的無名部落。在連結不義與暴力時，佐藤春夫間接地責難殖民事業。如果我們同時閱讀佐藤春夫旅記的評論，也能注意到他對日本殖民主義核心的文明啟蒙計畫根本的疑惑。對政府暴力的批判終究

---

42 我們應該注意到佐藤春夫並未提及震災後，韓國在日者成為政府或者民眾暴動的犧牲者。

命中了戰爭爆發前數年的殖民地事業，以及同質性的權威主義式社會支配的核心。

　　日本在20世紀早期便早已經是人口過密的工業化國家，同時國家社會壓力嚴格限制個人的自主性。在獲得台灣殖民地之後，日本人也獲得了他們自己的野蠻人：在這塊空白處，可以透過教育來揮灑書寫日本文明。許多日本人到台灣旅行只為了一瞥所謂的原始。整體來說，徵召小說家們則是為了更大的服務目的。對某些人而言，使用原住民記號是為了證明我們所有人的內裡也存在著凶暴，而對其他人而言，這意味著在原住民的寓言中，可以發現到已經文明化且洗練的日本式行為。可是無論在何處我們都無法聽見原住民真正的聲音，他們在帝國臣屬位置已牢牢不動，而這些緊緊相隨的意義使得他們難以改變，讓人聽見他們的聲音。

　　在下一章，我將檢視被派遣到南洋協助戰爭的作家，並且考察兩部以南洋為舞台的小說，以及1940年代居住在帝國勢力南端的這些作家。他們將呈現給我們真實的殖民地生活且完整的視野，同時當日本從戰敗與占領中覺醒時，殖民地生活是如何懷舊式地被重新擷取。

# 第3章

# 作家在南方

　　動員作家支援戰爭是近代日本國家的特徵。首次在1894年中日甲午戰爭實施，以及之後1905年的日俄戰爭，但哪一個例子都無法與第二次世界大戰時，大量派遣作家到東南亞和南太平洋[1]的規模相比。1937年8月一開始，隨著與中國的衝突爆發，出版者和新的組織派遣活躍中的作家們到中國前線充當特派員。吉川英治（《東京日日新聞》）、小林秀雄（《文藝春秋》）、林房雄、石川達三（《中央公論》）、佐藤春夫、保田與重郎（《新日本》）、吉屋信子（《婦人之友》）是被派遣至中國報導戰況的知名特派員。第二年，情報省召集了十多位當時最有影響力的作家說服他們加入軍隊，包括菊池寬、久米正雄、吉川英治、橫光利一和佐藤春夫，除了橫光利一希望到中國北方之外，所有的人都被派遣前往南方。由於橫光利一並非不能拒絕「邀請」，所以應該可以看作不是被強迫參加的。但是即使如此，橫光利一還是有著應該扮演某種角色的義務感（神谷一孝、木村一信　1996: 5）。陸軍以及海軍都組織了他們自己的「筆部隊」。參加總數超過70位作家。他們並沒有正式成為步兵或是海兵，但是他們被軍隊派遣，期間從5個月至3年，並且

---

1　相似的文化人徵召也同樣實施於戰時的台灣。見 Fix（1995, 1998）。

由軍隊支付薪餉。此外還有「臨時徵召」的最下階軍種，多以女性作家為徵召對象。林芙美子便是其中之一，我們將會簡略地探討她的南方經驗。林芙美子和佐多稻子、吉屋信子都被送往戰場。[2]

　　雖然作家們在這樣的文化召集中是眾人矚目的焦點，但以自己國家的文化代表所派遣者當中，事實上他們只占一小部分。畫家、漫畫家、電影工作者、戲劇工作者、廣播工作者、報社記者、出版業者、宗教工作者、攝影家，以及翻譯者也一樣被動員。隨著日本帝國軍隊占領區域的增加，徵召小學老師到南洋教授日文的需求量也增加。在給寺坂浩《戰爭側寫》（《戰爭の橫顏》）的序文中，井伏鱒二提到僅在馬來亞就有120位作家及文化工作者。

　　這些為數眾多的文化工作者與作家們在戰線上的活動主要有三個目的。第一個，也是最重要的：主導占領區的宣傳活動。他們從事製作及宣導政府官方文章給占領區的民間大眾，特別是使用日語的傳播，以及推廣這種令人有退避三舍衝動的工作。如同在早期的殖民地，首先便是設立日語學校。有些地區推廣得比其他地區成功。最成功的是在新加坡的日語學校。在英國投降後一個月（1942年2月15日），日本重新命名這個島嶼為昭南（意為「照亮南方」），並且創立著名的昭南日本學園，教育來自中國、印度，以及馬來亞等多族群的學生。其他學校接著跟進。從荷蘭手中占領爪哇之後，便創立了千早學園。武田麟太郎（1904-1946）在《爪哇羅紗》中提到他訪問學校，聽到印尼的學童們唱著日本軍歌，以及國歌〈君之代〉時是如何地感動。在緬甸和菲律賓則有了更多的衝突，結果使得日語教育課程落後。即使在仰光也有兩所日語學校。在菲律賓，日語和菲律賓語兩者都成為官方的語言。

---

2　其他包括阿倍豔子、美川清、水木洋子、川上喜久子，以及小山系子。參照神谷忠孝、木村一信（1996: 8-9）。

　　文化團體的第二個使命是教育帝國軍隊聖戰的意義，以及提高士氣。這部分大都透過出版報紙，例如主要於印尼、緬甸和太平洋群島發行的《昭南日報》、《赤道報》，帶給所有士兵們勝利的消息。他們的第三個工作性質是針對日本的敵方製作和散播官方宣傳。作家們負責針對敵方撰寫所有的廣播內容。有時候，日本作家的作品在這些新區域受到歡迎，故此這些作家的印象旅記被翻譯成英文並廣播出去。

　　此時期所產生的新文學領域——從軍文學（以及軍事文學），包含了軍事活動戰果，以及描寫衝突的小說和評論的大量報導。神谷忠孝和木村一信根據作家的主張將這些資料大約分成四類：表示忠誠於大東亞共榮圈的主張，透過拜訪當地印證了對當地的先入為主的成見。透過和當地居民的積極交流矯正了偏見後再傳播地方的確實狀況，以及作家們對自己經驗的真實感受。神谷忠孝和木村一信認為前二者比後二者更有價值，雖然他們承認有些作品是不太易於分類的。

　　作家和其他藝術工作者的行程都已事先安排並有專人陪伴，所以他們的見聞有限。同時在檢閱的監視下寫作，他們無法自由的表達。如同大東亞文學者大會的例子，文學被視為以日文為唯一的記號，把不同的殖民地聚集在一起的工具。動員文化工作者也被視為將前線帶回給國內大眾的有效方法。透過這些作家的作品，日本大眾更能夠認識帝國。

　　在下一個章節，我們將探討兩位作家所描寫的南方，但是他們的創作與在政府的後援下被徵召，以及派遣到南方者的典型創作有明顯的不同。林芙美子是被派遣到戰場報導戰爭狀況的作家之一。相對的，中島敦則是前往南洋文化代表中的不同典型。他是南洋省的官僚並且參與編撰為當地原住民兒童所寫的日文教科書。他們為了任務遠赴數千里以外的東南亞和南洋。中島敦的《光與風與夢》

是在前往南洋之前所寫成，而林芙美子的《浮雲》則在戰爭結束數年之後所寫成，兩個遙遠地域的心象風景深植於兩部作品中。林芙美子的小說描寫年輕女性幸子在越南的性冒險，而中島敦的韻文體紀錄，在描繪英國浪漫派作家羅勃・史蒂文生的南太平洋冒險則是非常個人性的，特別是身體，在急進南方的帝國中富有微妙差異的探險。如果我們仔細觀察閱讀這些文本，便可知道帝國並非僅僅建構在為帝國而戰同時死去的無數士兵，以及他們的殖民犧牲者之屍首上。有其他並不直接因為殺戮，而是為平穩帝國躍動的欲望或預見帝國即將降臨的破滅而獻身（例如林芙美子的例子）或損耗（例如中島敦的例子）的屍體。不同於被派遣作家們功利主義式的作品——大部分是地方風景的膚淺紀錄，或者是官方說詞的拙劣描寫——這兩部作品歷經時間考驗，是捕捉日本殖民帝國特殊的時間與空間的文學結晶。

## 金銀島：中島敦與南洋群島

把中島敦的《光與風與夢》當成殖民文本來談似乎有些奇異。畢竟這個作家曾經宣稱：「戰爭是戰爭，文學是文學，我深信他們是完全不同的東西。」他曾經討論過當軍方意識形態成為獨占的社會論述，所有的演說寫作和言論都在檢閱的監視下，作家該如何自處。「你如果無法寫作就該停筆。我看不出有任何要勉強自己寫下去的理由」，「放棄『作家』的頭銜，以一介戰時國民的身分為了完成戰爭所必須履行的一切事務。」像這樣被動的消極態度恐怕是在當時異常惡劣的環境中個人能做的最激進發言了。透過拒絕寫作和拒絕作家的頭銜，中島敦強調了不成為戰爭共犯的決心。幸運的是，他仍然太年輕而且沒沒無名，所以不會像其他有名的同行被徵召為軍隊服務。即使如此，他最後仍然加入了南洋廳成為官僚。雖

然他的確參與了殖民事業，但他仍然拒絕以他的藝術為戰爭服務。

中島敦出生在下町的商家，在東京日本橋地區十二世代，代代製作神轎。他的祖父慶太郎捨棄家業成為儒學者。他的兒子及孫子們也繼承了這個傳統，許多人成為漢學者或活躍於滿洲殖民地政府。中島敦的父親在高等學校教授漢文。當時教師的薪水是由學校的校長所決定的，而殖民地的學校有時支付比日本內地更高額的薪水，以便吸引內地的知識分子。中島敦的父親並沒有大學學歷，而是透過檢定考試獲得教授漢文的資格，所以他在階級觀念牢固的日本社會，前途受到了限制。1920年他接受了首爾的教職，中島敦在此度過了少年時期。對教師而言，從這個殖民地到另一個殖民地謀求更高的薪水並為家人謀求較好的生活是很平常的。當他父親接受了大連的另外一份工作時，中島敦留下來完成他高等學校的教育。他在首爾的同學當中有湯淺克衛（1910-1982），成為韓國殖民地時期最重要的作家之一，出版過《艱難》（カンナニ，1935）、《火焰的記錄》（焰の記録，1935）以及其他多種短篇小說。[3]

和他35歲就死於肺結核的母親一樣，中島敦長期以來有健康的問題，並自18、19歲起為嚴重的氣喘所苦。大部分的讀者和評論家認為他是個富有詩人氣質但卻孱弱的天才，事實上他是個既活躍又充滿活力的年輕人。大學時期中島敦著迷於社交舞、打麻將、騎馬，以及女孩。一則有趣的逸聞證明了他的青春活力。他曾經企畫組合淺草的舞孃們前往台灣表演。據說他為這次巡迴表演編寫了所有的劇本與音樂。雖然這次巡迴沒有實現，但上述事情證明了至少在年輕時期，中島敦是充滿活力與創意的。

健康問題從來沒有中斷中島敦對文學的熱情。當他在韓國的中

---

3　湯淺克衛的23篇短篇小說被收入選集再版。參照湯淺克衛，《カンナニ》（東京：Impact，1995）。

等學校時期，他便以自己的殖民地經驗開始創作。[4]短篇故事〈某種生活〉（ある生活，1927）是以滿洲為舞台，敘述一位日本男性和一位年輕美麗的俄國女性之間充滿異國情調的愛情故事。[5]〈巡查所在的風景—1923年的一幅素描〉（巡査のいる風景——一九二三年の一つスケッチ，1929）描寫朝鮮殖民地的人們如何遭受殖民警察的凌虐而飽受痛苦。[6]〈D市7月風景（1）〉（1930）[7]以大連市為舞台從各種角度揭露殖民主義的荒謬。這些作品凝視殖民地生活，特別是後兩部作品是由被殖民者的觀點來敘述，而這在戰前時期是非常不尋常的。從這點來看，中島敦對殖民主義的敘述是來自自己的經驗，而非透過喜好閱讀的旁觀者式想像。有兩位作家可說和這個例子相同：描寫滿洲的安部公房以及台灣的埴谷雄高，他們並非為了寫作而寫，而是基於他們的生活經驗。從東京帝國大學畢業之後，中島敦便在橫濱的女子高等學校教授英語，以及日本文學，但由於他的氣喘有時使得工作無法持續，最後在1940年還因此而停職了一年。在這期間他組織了家庭並且到小笠原群島和中國旅行。他甚至嘗試考上研究所，但一年後因為健康問題被迫放棄。當時中島敦開始有關羅勃·史蒂文生的創作，無疑地是因為兩者的生活有某種程度上的相似點。兩人都早慧而且具有企圖心，同時都因病所苦而英年早逝。15歲那年史蒂文生便知道自己是天生的作家，雖然家人希望他繼承父親的衣缽成為工程師。他在大學攻讀法律，在創作生涯中，為了創作他喜愛的領域與題材而對英國文學市場的壓力做出抵抗。中島敦也在15歲時從事創作和出版，由於他的父親及祖父都是教育者，選擇成為學者和創作較易為他的家人所接受。經濟上

---

4　關於中島敦在朝鮮的創作活動，見日本社會文學會（1993: 88-89）。

5　發表於一高預備學校校友雜誌《校友會雜誌》（1927年11月）。

6　《校友會雜誌》（1929年6月）。

7　《校友會雜誌》（1930年1月）。

的困苦成為兩人在文學創作上的障礙。兩個人都為慢性疾病所苦，而那最後提前結束了他們的創作生涯（肺結核困擾史蒂文生，而中島敦則為氣喘所苦），兩人同時都在熱帶地區尋求溫暖而且慵懶氣候的庇護。而中島敦被史蒂文生反對薩摩亞的殖民政策所啟發，而且最後和史蒂文生一樣對殖民地政權和官僚體制表示厭惡。在同一個時期他也熱中於弗雷澤（James George Frazer）的《金枝：巫術與宗教之研究》（The Golden Bough: A Study in Magic and Religion）與柳田國男的民話創作，這一切都刺激了他對原始文化的興趣。

中島敦對史蒂文生的嚮往都凝聚在他一開始就命名為《說書人之死》（ツシタラの死）[8]這部作品裡。這是中島敦的南洋見聞之前，根據史蒂文生在薩摩亞的生活，以及與當地殖民政府的戰爭所寫成的。故事的敘事者是史蒂文生，但也代表了中島敦自己，同時死亡這個命題既是史蒂文生悲劇的結束，也是忽隱忽現持續困擾著中島敦的疾病之結果。福田久也在評論當中提到，中島敦將手稿委託給他親近的友人，《文學界》的編輯同意將它出版，並要中島敦縮短篇幅並改變這個不祥的命題，讓它成為更具吸引力的《光與風與夢—五河莊日記抄》（1942）。這篇小說終於出現在《文學界》（1942年5月），深獲好評並且被認為可能獲得芥川賞。[9]命題的改變將讀者的注意力從寫作的行為，轉移到異國情調的風景，奠定了當時小說主流的論述：對南洋生活的詩情幻想。但是這個改變模糊了作者原來意圖所要描寫的作者——史蒂文生，以及他艱苦的寫作過程。

中島敦對於南洋的遐思不久更具體成形。完成這篇作品不久後，中島敦透過他朋友久晴的幫助獲得了南洋廳的職位。帶著國語編輯書記的頭銜，中島敦於1941年夏天前往帛琉島。由於三倍的

8　原來的書名使用的是薩摩亞語「Tusitala」，意思是「說故事的人」。

9　《光與風與夢》和石塚友二的《松風》在芥川賞上激烈競爭，但在這次入圍中無人勝出（1942年下半年度）。

薪水與溫暖的天氣，他為這個職位所吸引，同時認為應該能夠減輕自己的氣喘病。[10]當然，他對史蒂文生——無論是作家或是其人格——的嚮往，以及他前往南洋的渴望都對這個決定有了影響。

在內政省的新職位，中島敦參與為島民編寫所使用的日文教科書。1941年6月下旬一個雨天，中島敦離開橫濱展開一週的旅行單獨前往帛琉島。7月6日抵達島嶼後，他馬上就被一連串氣喘發作、登革熱以及瘧疾的發作所苦。那裡的炎熱讓人難以忍受，同時食物難以下嚥。即使如此，中島敦巡迴了當地區域，拜訪了一個島又一個島，調查日語教學狀況。在日記中他提到只有坐在航行中的船隻時才能紓解他的氣喘發作。他在島上的悠遊成為「從令人厭惡並且無法忍受的官僚制度得到解放的唯一時間」。[11]從1941年6月到隔年的3月這短暫停留的9個月中，中島敦寫信給他的妻子和兒子們。這段期間他所寫的這些風趣且富洞察力的家書，敘述他在島上的經驗、他的病情、他的思鄉，以及他的愉悅。而這些成為當代日本作家最佳的書信典範。[12]

進入作家成熟的階段，中島敦開始轉向他所熟悉的資料，也就是家學淵源的中國範疇。改編自中國古典的系列寓言歷史小說，中島敦博得了對中文和古典文學的高度賞析能力以及造詣的名聲。由於他對東西方古典的熟悉程度，以及能以流利的現代日文改編的技巧，一時之間中島敦被喻為芥川龍之介再世。他兩篇最有名的小說，《李陵》是改編自漢朝將軍李陵和史學家司馬遷的著名故事，〈山月記〉則是改編自唐朝傳奇的〈人虎傳〉。〈山月記〉的主人公

---

10 在給深田久彌的信中，中島敦提到經濟壓力以及自己的病，是他決定前往南洋的原因。

11 參照收入中島敦《光と風と夢／わが西遊記》中鷺只雄的〈作家案内〉（東京：講談社，1997: 240）。

12 同前註。

李徵，是個才華洋溢的作家，他辭去了低微的官職並企圖以詩揚名立萬。最後被迫放下自尊重回官場。一天晚上當他在執勤時，他消失在黑暗當中從此不再出現。他的老朋友袁傪當時位居高位，在旅途中遇到了一隻老虎，聲稱自己是李徵，由於對詩的執著因而變身成為野獸。他送給袁傪自己的詩集並懇求他照顧自己的妻子與孩子。之後在月下咆嘯便遁入夜色中，從此不再出現。每一個故事都寓意著作家所遭遇的困難之訊息，而這個主題則延續至他的代表作《光與風與夢》。

　　雖然中島敦以改編中國歷史故事的間接文本創作而著名，[13] 他的南洋相關作品一樣令人激賞。其他作家如金子光晴、高見順、阿部知二也描寫南洋，但大部分都是在軍隊徵召下來到這個地區，並且在他們短暫的停留中寫下旅記或者他們浮面的印象。雖然中島敦最後居住在這個地區，小說探討的不是他在南洋的生活，而是作者貪婪的閱讀羅勃・史蒂文生後的靈光一閃，在詳盡的調查下發揮他對史蒂文生在薩摩亞最後的日子的豐富想像所醞釀出來的創作。這個作品並無包含如日記或旅記般印象組合的描寫，事實上是建構於一個田園式的、浪漫式的，而且有時是充滿異國情調的南方樂園之反殖民論述。

　　《光與風與夢》是以羅勃・史蒂文生的生涯為基調的小說，但是金恩（Donald Keene）指出「中島敦對史蒂文生的形象注入了自己的信仰」，風格轉變是無法避免的，同時也因中島敦所創作的史蒂文生日記反映的不是史蒂文生式的樂觀，反而是中島敦的悲觀。更重要的是評論家們對於中島敦讓史蒂文生說出反映中島敦對當代殖民主義的見解部分多有所批判。史蒂文生批評了當時薩摩亞的特

---

13《悟淨出世》（1942）、《山月記》（《文學界》[1942年2月]）、《弟子》（《中央公論》[1943年2月]）、《李陵》（《文學界》[1943年7月]）。

定政策和統治當局，他同時提倡友善殖民主義，那能夠使殖民者對
於所統治的原住民福祉以及啟蒙負起責任。

　　從1940年夏天開始，中島敦閱讀羅勃・史蒂文生。[14] 被史蒂文
生孤獨地抵抗英國在薩摩的殖民地政策所吸引，他閱讀所有能找
得到的史蒂文生作品和手邊所有的自傳性資料。他所創作的小說交
織著他對史蒂文生生平的詳盡調查，以及透過作品中匿名敘事者表
達對於文學和哲學等主題的洞察及思考。中島敦經常透過敘事者將
自己的觀點轉嫁給史蒂文生。例如，對於「沒有布局的小說」的省
思，呼應了1927年芥川龍之介和谷崎潤一郎之間關於這個主題的
論戰。對於間接使用中國古典文本，中島敦則經常被拿來與早期的
芥川龍之介做比較，但在此他直接反駁芥川龍之介，認為沒有布
局的創作是創作中最純粹形式的觀點，而堅持布局是故事的「脊
梁」，並且認為在小說中輕視布局便像是「孩童勉強且不自然地模
仿企圖變為成人」。作者在此處不僅對英國評論家批評史蒂文生的
浪漫冒險，以及左拉（Émile Zola）的寫實主義改良做辯護，同時
也是作者企圖對抗當時獨占日本文壇的私小說傳統的文學創作辯
護。[15] 透過史蒂文生這個角色，中島敦連結他的思想與現實，以及文
學作品之間的關係：

　　我曾經聽說左拉先生無聊的寫實主義橫行於西歐的文壇。難
　道他們認為他們能夠對他們所看到的一切，鉅細靡遺地記錄便
　能再現自然的真實嗎？這樣的寡聞是可笑的。所謂文學也就是
　選擇，而作家之眼便是做選擇的雙眼。描繪絕對的事實？有誰

---

14 參照郡司勝義編撰年譜，中島敦（1979: 239-49）。

15 在某方面，史蒂文生在他的日記當中揶揄某些作家的告白傾向，呼應了中島敦本
　身對於私小說流派的輕蔑。參照中島敦（1992: 139）。

能捕捉完全的事實？事實是皮革。文學作品是鞋子。雖然鞋子是由皮革所製成，但他們不只是皮革。

透過這個象徵性的敘事，中島敦重申小說是他自己的創作，史蒂文生的生涯是材料（皮革），但故事完全是他自己的。

在史蒂文生的反殖民地活動部分，敘事者所提示的「史蒂文生」的內向思考是中島敦自己的見解與有所共鳴之處。同樣地，敘事者克服創作上的障礙，同時史蒂文生必須隱忍執著於「黑色以及棕色人種」的批評而產生的不滿是共有的。但是當中島敦深思逐漸逼近的死亡正等待著史蒂文生（以及他自己）時，主體／客體的距離幾乎被抹消。當史蒂文生將自己與另一位蘇格蘭詩人勞勃·華格森（Robert Fergusson, 1750-1774）做比較時，想起了他們的相似處：對詩都懷有年輕的熱情，他們的病痛，以及之後的死亡，預告他自己（以及中島敦）的終結。故事的原始名稱所反映的創作以及死亡的關係，在下列1894年8月的日記中做出最完美的註記：

> 頑固的咳嗽及喘息，關節疼痛、喀血、倦怠。我為何還苟延殘喘呢？自從病使我想要停止活動以來，對我而言所謂的生命只有文學。創作文學已無樂也無憂，而是無以言喻的東西。因此，我的生命既不幸福也非不幸。我是蠶。無論幸福與否，蠶都得吐絲結繭。我只是以文字的絲織出我故事的繭罷了。哎，這可憐的病蠶即將吐盡絲成就他的繭了。他的存在再也沒有任何意義了。「不，有的」，朋友中有人說道。「你會轉變的。蛻變成蛾，衝破繭，飛出去！」那真的是巧妙的比喻。但問題是，我是否仍有任何力氣殘存衝出繭？

在此我們所應注意的觀點轉變——從人物史蒂文生第一人稱內心的

獨白，到關於蟲與繭的客觀評語，再到由第三者的觀點凝視史蒂文生存在的全能敘事者。（史蒂文生在之後的文章被稱為「他」）。這個觀點的轉變使得之後與不知名友人對生命意義的探討變得模糊。觀點的轉變指的是史蒂文生，或者是敘事者？敘事主體介入主人公意識的例子可在整個文本中發現。因此《光與風與夢》既是傳記也是自傳。

　　中島敦小說最初的意圖是說故事者，但是作品卻完全傾向於被解讀為南洋樂園島嶼的詩歌幻想般生活。即使如此，對中島敦而言史蒂文生執著的藝術家眼光，社會正義的英雄式意識，以及他對原住民的移情作用才是故事的中心因素。再者對於當地的描寫完全是想像中的地貌；中島敦在他的小說完成後才到南洋。當中島敦接受前往南洋的任務時，是為了滿足他對小說舞台的好奇心——但也是為了確認史蒂文生的蹤跡以表示對他的敬意，也或許為了面對如同發生在史蒂文生身上一般，逼近他的死亡。

　　史蒂文生發現熱帶地區並未對他的慢性疾病帶來太多的紓解。當中島敦到達南洋，他發現的悲慘世界無疑是讓他的氣喘更加惡化。周遭的環境的確令他喪氣，工作令他挫折，而且人民普遍不滿。在寫給妻子高的信中，他提到：

> 帛琉每天都下雨。沒有一天地面是乾的。也因為如此天氣是無益於我的氣喘。比起帛琉，五月到十月的日本對氣喘無異是要好得多。我懷疑我的身體能否承受像這樣的地方，對抗氣喘直到戰爭結束。我考慮請調回東京，讓我使用上野的圖書館。因為在此我沒有參考書，所以工作也一籌莫展。但是在這個時間點，我不知道何時才能被調回東京……在官廳的生活一如往常令人不快。我每天都覺得非常厭煩。[16]

---

16 與夫人書簡，日期為 1942 年 1 月 9 日，見中島敦（1979: 247）。

身體被慢性疾病折磨得滿目瘡痍，而嚴峻的環境只有使它更加惡化，中島敦開始感到幻滅。為了完成使命他千里迢迢來此，但卻覺得此任務似乎毫無意義。他抱怨道：

> 從這次的旅行，我可清楚了解為土人編撰教科書是毫無意義的。讓土人幸福的，應該還有許多其他更重要的事情可做。而教科書是最不最不重要，微不足道的小事。目前的狀況下，我們無法使這些人快樂。照南洋目前的情況，慢慢地，滿足地提供他們食物以及住所將會越來越困難。在這樣的時期就算稍微改善教科書到底有何用處！半調子的教育或許帶來的傷害多過好處。我已經失去了對編纂工作的熱情了，不是因為我不喜歡這些土人，而是因為我愛他們。[17]

中島敦對原住民教育的目標及手段表示反對。舉例來說，他對當地學校所採用的嚴格軍事方式感到震驚。[18]他敘述曾經見到當地的男孩，在日本人老師的示意下，用棍子毆打他的同學，只因為這位少年無法正確發出神話中日本建國之父的名字——「大國主命」。不幸的是，中島敦對殖民地教育批判的聲音從來未曾讓「內地」納入考量。

德國人從西班牙人手中接收了南洋，而之後日本人又取代了德國人，面對這種高度殖民的環境，中島敦對於列強之間的關係醞釀出犬儒式的深度思考。他在寫給兒子的明信片中，以形而上式的書寫表達其態度：

---

17 與夫人書簡，日期為1942年11月9日，見川村湊（1994b: 151）。

18 馬克・皮提（Peattie 1984: 187）指出初期國際聯盟託管地密克羅埃西亞，教育委任於「身穿著制服、帶著配劍的海軍軍官」。明顯地，文官教育的替代並沒有完全改變此處教育的特徵。

> 今天我受邀到村民的家中，他們拿出椰子、麵包樹果實以及
> 香蕉招待我，非常美味。村民的家中，有狗、貓、豬、羊和
> 雞。只要有人丟擲椰肉給牠們，便蜂湧而上。牠們之中，狗是
> 統領者。如狗不在、豬便稱王。如果狗和豬都不在，羊便得到
> 支配權。豬變得如此自大不是一件很有趣的事嗎？[19]

中島敦的生涯，從宗主國東京到韓國、中國，最後流轉至南太平洋
群島。他所旅行過的廣大地域與擴張的帝國重疊，而他的書寫也反
映了他特殊的殖民地經驗。他文學中明顯的抵抗或是政治化並不為
人知，儘管如此，中島敦寓言故事的戰略是巧妙的。[20]他的中國故事
改編了另一個時空的古典羅曼史，但仍反映了他身為現代作家所遭
遇的困難。他的韓國殖民地故事，以及透過史蒂文生雙眼的南洋探
險，特別是對日本殖民政府以及普世的殖民地事業構成了細微但生
動的告發。

## 林芙美子《浮雲》中殖民地的欲動

林芙美子（1903-1951）是旅行商人的女兒，早年的歲月經歷
了悲歡離合。她的第一本小說《放浪記》（1928）詳述了那些苦
難，很快地受到好評並成為她的代表作。在那之後的20年，她成
為日本最著名的女性作家之一。林芙美子經常描寫受盡欺凌但仍樂
觀進取的社會邊緣者，也因為不忘個人的樂觀主義與信念因而與普
羅作家反目。當她博得名聲並開始受邀於知名的媒體執筆，她斷斷

---

19 引自川村湊關於中島敦的〈解說〉（1992: 211-12）。

20 奧野政元（1996: 18）將中島敦的平靜與具尊嚴的樣式稱為日本現代史的黑暗時
　期中「藝術家的抵抗」。關於中島敦以寓言正面指涉文明的方式，請參照川村湊
　的討論（1994a: 154-66；2000a: 34-46）。

續續地旅行並見聞了東亞以及歐洲各地等許多地方。[21] 她另外一部公認的傑作《浮雲》,[22] 是帝國終結以及占領期間長篇的人生探險敘事小說,由於日本軍事上的失敗甚至讓向來林芙美子不屈的樂觀主義萎靡,這部作品象徵著她的「黑暗時期」。《浮雲》是篇龐大的作品,在此我們聚焦於以印尼為舞台,以及小說前半部對殖民主義的暗喻。《浮雲》對於帝國的描寫是非常不同於男性作家們的作品中所描繪的。雖然這是一部關於帝國「喪失」的小說,但女主人公幸子曾經居住和工作過的「殖民地」依然對她糾纏不去至死方休。這也是一部糾結個人以及國家利益的小說,展現人的情欲以及帝國欲動的關係。水田宗子認為《浮雲》是林芙美子「最重要的作品」以及「戰後小說中的傑作」。[23]

　幸子是相當素樸而且平凡的女孩,在女學校畢業後便離開家鄉來到東京。[24] 她住進姊夫伊庭杉夫家中,並在那兒擔任基層事務員。伊庭杉夫強暴她並強迫她暗地裡與他持續發生性關係。幸子厭惡伊庭杉夫但卻接受這種關係,因為她無處可去,同時也未曾被人如此觀注過,所以對這種扭曲的關係也樂於接受。當日本剛從法國接收

---

21 林芙美子於1930年到台灣旅行,1931年到中國,1931至32年到歐洲,1936年訪問滿洲與中國,1937年成為《每日新聞》駐南京的特派記者,1938年以「筆部隊」的身分被派遣前往上海和漢口,1940年訪問滿洲和朝鮮,1941年再度前往滿洲,1942至43年以特派記者的身分跟隨軍隊前往法屬印度支那和新加坡。參照Fessler(1998: 73ff, 183, n. 12);林芙美子,〈年譜〉(1964: 497-503)。

22 《浮雲》分成兩部分連載,1949年11月至1950年8月在《風雪》連載,1950年9月至1951年4月在《文學界》連載,後來於1953年由新潮社以單行本出版。我引用的是1964年再版的日本文學系列,47集,《林芙美子》版本(237-474)。

23 水田宗子(1996: 329)。Fessler(1998: 42)讚譽這是林芙美子的最優秀的傑作。

24 水田宗子(1996: 337)將伊庭杉夫誤認是幸子的伯父,而蘇珊娜・佛斯勒(Fessler: [1998: 144])則說是「姊(妹)夫」(brother-in-law),但文本則清楚地顯示了兩者的關係。

了印尼，而前往工作的機會降臨在她身上時，為了開始新生活，她便馬上抓住這個機會。她毫不猶豫地放棄了枯燥的工作，以及與伊庭杉夫毫無將來的性關係。

比起幸子更美麗而且外向的女孩們被送往如西貢般的大都市，在此不僅可遠離母國軍事政權當局的監視，同時能享受多采多姿的都會生活。幸子被派遣前往北邊偏遠山區的大叻，以協助進駐法國人所建造的山中避暑別墅的森林研究團隊。大叻和陰鬱、擁擠以及令人窒息的日本完全不同。位於山中的高原小鎮在幸子看來「宛如投影於空中的海市蜃樓」（251）。日本森林事務所位在法國人所建造的渡假小屋，四周叢林環繞並面臨湖泊，設有網球場以及花團錦簇的花園，後方聳立著著名的蘭賓山（Lang Bian Mountain）。

在此，幸子變身為生氣蓬勃且「帶有致命吸引力」的女性，與一名男子眉來眼去的同時又為另一名男人所吸引，陷入了改變他們人生的三角關係。一開始她羨慕比她更具吸引力的同僚們，因為她們享受著愜意的都會生活。但在殖民地前哨的大叻女性稀少，日本女性更是特別短缺，所以幸子享受著備受矚目的待遇並很快地適應了舒適的殖民地生活。她的生活物資充裕（比起她在日本的生活），周到的越南「女侍」驕縱了她。殖民地讓幸子體驗了到目前為止從未經歷的不同生活，從忍耐著非自願的性關係以賺取工資者，搖身一變成為自由奔放、獨立摩登的勞動女性。

## 大叻的牧歌式生活

殖民地的自由空氣為幸子帶來前所未有的女性活力與熱情。殖民地的空間得以讓她離開陰鬱的大都會東京而開始擁有特權、西化、令她眼花撩亂的殖民地生活。帝國的權力延伸並豐富她性的活力；幸子第一次覺得她成為主動的性主體而不再是被動的玩物。

　　擺脫了單調、日復一日的生活和日本家人的干涉，以及遠離了
戰場，她開始耽溺於愛情的幻想，追逐、誘惑已婚的富岡。而富岡
也享受著他從同事河野手中搶走了幸子的征服幻想。樂園背景中虛
幻的寧靜，奢華的生活，遙遠但卻緊迫的戰況，以及與社會束縛的
暫時隔絕，都是拉近幸子和富岡的原因。

　　這篇小說所描繪的殖民地要遠比朝鮮和台灣來得複雜。雖然日
本的南方概念是包含了部分亞洲，但是越南已經在法國的殖民統治
下產生了變化。族群及傳統上仍保持東洋模式，但與西方，特別是
法國的殖民文化已經形成了重層變化。結果殖民地矛盾是遠比舊有
的殖民者和被殖民者的典型二元對立關係更顯得複雜。日本與當地
及其他西方列強因利益產生衝突而發生緊張的三角關係，這種現象
也能在如哈爾濱（滿洲），以及上海的殖民都市文學中見到。當日
本的主體性企圖取得支配原住民位置而遭遇西方勢力既存的支配論
述時，其自己本身曖昧的立場便會無可避免地使它迷失了方向。在
這樣的殖民地所建構的糾葛但自我內省的立場引發了戰後的討論，
使得像《浮雲》這樣的故事在當時開始流行，而對於前殖民地如台
灣和朝鮮幾乎無人提及。

　　西方殖民者、日本殖民者和原住民之間微妙的平衡關係，透過
欲望和征服的煽情構造呈現。像幸子這樣的年輕女性，在某種意義
上與被送往前線為日本軍隊解決性欲問題的慰安婦是相似的。雖然
她們並未被強迫提供性服務，但無論是在事務上或者性欲上，兩者
都是被送往戰場扮演她們已被規定的性別角色。如同幸子敘述的，
大部分的事務工作都由一位名叫瑪莉的法越混血兒恰如其分地完
成，而家事勞動例如燒飯、洗衣則由越南女傭麗奴所負責，她幾乎
無事可做。訝異於瑪莉毫不費力便能完成各種工作，同時也能打
字、彈鋼琴，並說得一口流利的英文、法文和越南文，幸子對她投
以欽羨的眼光：

> 瑪莉年約24、5歲，但看起來比實際的年紀大，或許是因為
> 帶著眼鏡的關係。據說她來自良好謹嚴的家庭。她那雙瘦削似
> 麋鹿的雙腳總是穿著海軍藍的襪子和白色鞋子。她腰的曲線苗
> 條而且背影楚楚美麗。短而稍微燙過的淡金色頭髮及肩，形成
> 波浪狀。沒有特殊才藝的幸子，只要聽到瑪莉彈鋼琴，總不禁
> 湧起人種的劣等感。瑪莉的英文、法文和越南文都很流利，工
> 作效率良好。有時幸子想到應該沒有必要千里迢迢地將像她這
> 樣無能的人召喚到這種偏遠的印度支那高原來。（256）

乍看之下，這似乎是輕描淡寫的敘述介紹瑪莉這個角色，但事實上
說的卻是幸子本身。不久之後，幸子便和富岡在餐桌上發生爭執，
因為他質疑她自稱出生於東京（事實上她來自靜岡）一事，而且
猜測她的年紀不是22而是24歲。幸子相當尷尬同時憤怒，衝出飯
廳。她的反應部分解釋了比起聰明、多才多藝且出身良好的瑪莉，
唯有年輕是自己的優勢。被她心儀的富岡剝奪了這層優越感，無疑
地對她造成殘酷的打擊。幸子的追求者加野在花園追上她，並趁機
向她展開攻勢。

雖然加野對她有撫慰作用，但是在憎惡、自尊，以及最重要的
性的征服欲望挑動下，幸子決意追求富岡。很明顯地，幸子覺得無
法與瑪莉匹敵——雖然瑪莉對她的憎惡不以為意，同時也對已婚的
富岡沒有興趣，然而幸子並不覺得已和富岡有長久且歡愉的性關係
而且最後還懷了他孩子的麗奴對她有威脅。我們可以檢視麗奴服侍
他們晚餐時，幸子對麗奴第一印象的描述：

> 當幸子將雙手放在漿得筆挺的白色桌巾上，她感到自己的雙
> 手甚至比越南女傭的看起來還髒。九重葛花瓣漂浮在玻璃的
> 洗手盆中……女傭看起來似乎年過30歲，但她有雙漂亮的眼

睛。她的前額光禿，帶著綠色的玉製耳環，而且她在她那平板
而且沒有血色的臉上撲上了粉。（252）

比起對瑪莉主觀而且直斷的觀察，幸子對於麗奴的評價是客觀的。
她一開始對自己勞動階級的雙手（比女傭還要髒）的自卑，很快隨
著她了解到這個女傭實際比自己年紀大而且有張典型「東方」的臉
孔而消失。幸子非常有自信，因為她一眼就看穿了麗奴。林芙美子
迅速地將複雜的人種，以及階級的抽象認識論巧妙地轉換成為具體
的兩性之間的狀況。她以作家的雙眼馬上看穿了隱藏於女性之間的
競爭意識，因此掌握了作品角色的潛在意識。觀察瑪莉和麗奴這兩
個女性後，幸子的評價映照了日本在現代化的黎明之後所自認的世
界觀：西方是一個想像的建構，既具誘惑力同時也具有威脅性；而
東方是一個既知的實體，其「扁平」的表面之外無必要調查。對幸
子而言那是一個計算下的假設（也許並不正確），因為同樣身為東
方女性的她清楚地知道那扁平臉孔下隱藏著什麼。很快地將麗奴拋
諸腦後可以讓她全神貫注於應對瑪莉在性的競爭上：希望變成瑪莉
而且要超越瑪莉。

　　最後幸子成功地贏得了富岡的青睞。在肉體上，幸子讓富岡想
起了妻子邦子。「奇異的發現在富岡的心中迴盪：最重要的是他們
彼此理解話中的微妙意涵。在語言以及生活上只有同人種的男女才
能相通的親暱性，透過幸子出現在眼前」（262-63）。讀者可以看到
在他們出外到森林時的第一次接吻已經有了前兆：

　　　富岡將幸子的臉從胸前放開，出神地凝視她的雙唇。這個與
　　他語言溝通無礙，同人種的女性的可貴，可以從他前晚與麗奴
　　之間的吻是完全不同中發現。沒有遲疑，只感到放鬆與暈眩，
　　他盯著幸子發紅的臉。閉著雙眼，試著壓抑沉重的呼吸，幸

> 子的臉看起來像極了他的妻子。事實上當他捧著幸子沉重的臉
> 時，他麻痺的心卻漫無目的與方向地神遊到千里之外。富岡對
> 渴望追求更不同的東西因而焦灼的心已無駕馭之力。（268）

對幸子的熟悉不僅因為她是日本人，也因為她酷似自己的妻子。這
帶給富岡即使熱切地追求性欲的滿足也無法獲得的某種心安理得
感。這一個既長且深的吻使得幸子如此地亢奮而讓她「將指甲深深
的搯入了富岡的肩膀」，當富岡的「熱情逐漸冷卻，他回應幸子的
要求而採取更進一步的熱情已經消失」（268）。

　　非常諷刺的是，頻繁地寫信給他的妻子，同事們公認富岡是個
標準丈夫，但事後卻證明他只是個不負責任的窩囊廢，戰後他拋棄
了婚姻的責任和病弱的妻子（以及他在大叻的私生子）。這場三角
戀愛的第三者加野在被富岡問到在日本是否有愛人時，他輕描淡寫
地承認了。富岡在一次旅行返回後的一場對話中，兩個男人之間有
了一番迂迴曲折且充滿暗示性的談話：

> 富岡先生，在西貢有沒有什麼趣事啊？
> 怎麼可能會有那樣的事。
> 真的嗎？我才不信。
> 在你回城奔〔TrangBom〕之前，應該到西貢旅行舒緩自己
> 一下。
> 西貢，哦？我有一陣子沒去了。（261）

在這段充滿情欲的對話結束後，加野馬上回想他在南京從軍的時
期：

> 那一場陰鬱的戰爭掠過他的腦海裡。想不起那個湖的名字

了，黑夜裡，女人偷偷地上了船，那段倉促情事的回憶如陰影般爬上了他的眼簾。（262）

當情欲高漲，男人們就不停的尋找下一個性的邂逅，一如往常，事後他們總覺得失望。從中國到東南亞，一段接著一段周而復始的短暫情事彷彿是這些男人們為了證明自己還活著，還有性能力。置諸腦後的妻子與愛人已不再重要，因為男人們遠離了日本及社會羈絆。不過愈是進行這趟性的冒險，男人們似乎更加陷入混亂而虛弱。對照之下，幸子卻愈來愈大膽而且予取予求，而麗奴「那不知疲憊的女性活力」（264），使得富岡有些不知如何對應。某種隱喻擴獲了這些殖民地男性個人的挫敗，以及就更廣的意義來說的整體殖民地的事業，因此富岡轉向植物的管理：

除非是這塊土地土生土長的植物，否則沒有辦法長得好。只要看看那些種植在大叻森林事務所庭前的貧瘠的日本杉樹，富岡開始出現奇妙的想法：民族的不同宛如這些植物。植物不就是生根在各自族群的土地上嗎？……根據松樹分布圖面，據說在大叻的松樹有3萬5千畝的。慌慌張張地來到此地，一介頭腦魯鈍的日本山林官僚如何能掌握這塊外國土地的統計數值呢？……只因這些樹的形狀以及紋理美麗，便要將這大片的松林賣到國外？難道我們只不過是忽然闖進到此，搶取別人長年培育使之成長的寶藏的外來者嗎？……加野和自己都愛上了非自己所愛者。兩人都喪失了在日本內地曾經擁有的精神力。漸漸的我們宛如被移植到大叻高原之後便枯萎的日本杉樹。我們只不過是一群南洋妄想患者。富岡不自覺地在口中喃喃自語。（264）

　　日本男性們在東南亞的外國森林裡迷失，膽怯於他們所執行的大規模任務，擔心遠離他們熟悉的環境後是否無法生存下來。所謂「南洋妄想」應該可以說是達到帝國目的的精神——一個引導他們遠到日本國境之外冒險，以參與創造更強大日本帝國的助力精神。我們可以將它解讀為對戰況已開始漸漸惡化的徵兆之覺醒，特別是林芙美子於 1949 年寫下這部作品時，一定已經看穿試圖統治這麼遙遠的土地，以及支配這麼幅員廣大且相異的複數社會，是日本的一廂情願。無論這個故事的政治意涵為何，以富岡的人生逐漸墮落的個人層次，描摹失敗以及接踵而來的噩運預告了「過度擴張」的主題，是具有說服力的。

　　日本女性的命運似乎有些不同。幸子到南方尋求刺激與冒險，這個經驗對她而言雖攪亂她的心但也讓自己獲得解放。她生平第一次能夠超越日本性別階級的結構。不需要成為姊夫伊庭杉夫的性奴隸，現在有麗奴服侍她，一個有異於她的族群以及階級的女性。在日本，幸子只不過是個年輕的事務員，而且不太可能與富岡或加野這樣的官僚有往來，但在殖民地她有著殖民者這種不同的社會身分。有著「同人種女性」的特權立場，挾著她日本女性的性優勢，幸子能夠操控兩個男人對她言聽計從。麗奴雖然一時之間得以用性來捕捉富岡，但由於她寄宿於當地原住民的身體，使她在本質上劣勢於幸子。

　　或許不是所有在越南的日本女性都享受這種舒適待遇，但對幸子而言生活方式的改變是非常顯著的。事實上《浮雲》大半部是描寫她回到日本後被迫再次開始在日本社會中低微且無助的生活。因為南洋與日本的生活差異是如此地巨大，這也許困擾著幸子。她憂慮大叻的歡娛與奢華的美好生活恐怕是短暫的而開始感到不安。而這個恐懼在到達大叻時，她的上司牧田的問題也就成了預警：

[牧田]對幸子問道：「聽說日本內地的生活愈來愈困難，那當然使得這個地方看起來像天堂，不是嗎？」

天堂？幸子從沒有度過這樣的生活，因此她覺得這兒甚至遠勝過天堂。但這逐漸地使她不自在，她的心為焦慮的空虛所籠罩，彷彿迷路進入了空無一人的富貴人家宅邸。（254-55）

這個如夢般的生活令人陶醉，但總有著不過是置身旅次般的心情，賦予了時空感扭曲的意象，與幸子在得過且過的時光中更貪婪地追尋冒險的渴望互相交錯糾葛。而她的亢奮總伴隨著不安與流離失所的感覺，而且這類似於富岡所感覺到的，宛如是移植到越南熱帶雨林中的日本杉樹般。

## 歸鄉

日本的戰敗挑戰了日本男人的陽剛性質。幸子回到了日本，無法忘懷她在大叻的歡娛美好的回憶，但她第一次看到了自己曾經瘋狂地愛上的男人已變得萎靡。在池袋的黑市人群正中央一個骯髒的小旅館房間中，幸子看著富岡想道：「為何我周遭的男人都變得如此萎靡與悲慘呢？……這個人在印尼時是充滿了活力與生命力，回到了日本之後就一下子萎縮了」（291）。

與富岡繼續幽會的同時，幸子曾和一個美國士兵有過短暫關係，但旋即恢復了與她姊夫伊庭杉夫的關係，但大部分是因為經濟的因素。林芙美子在伊庭杉夫這個角色上有著精采的諷刺描寫：他在戰前是個低階上班族，然而戰後搖身一變爬升成為新興宗教界有權有勢的人物。法西斯軍事體制中法西斯主義狂熱轉化成為即時的救贖以及迅速致富的熱切追求。伊庭杉夫為幸子在教會找到工作並且為她買了房子，這樣一來他便能夠瞞著妻子與她幽會。

在《浮雲》中林芙美子精采地描摹一個女性如何以變換不同的身分來對應多變的環境，以及被政治與經濟轉變的混亂所翻弄導致筋疲力竭、喪失自我的男性們。一如這位作家所創造的典型女性角色，幸子依靠自己的生存本能。她既不無病呻吟，也不自命清高於環境。如同當時有人說道：「戰後變得更強韌的是女人與絲襪。」

萎靡度日的富岡只能詫異於幸子對生命（與愛）的無窮欲望。當幸子繼續沉醉在大叻瘋狂甜蜜的氛圍中，富岡訓誡她：日本戰敗了，從前的日子已經一去不返了。對富岡這樣的男性而言，喪失帝國即喪失自信甚至等同於喪失性欲。當自己背負著家庭重擔，經濟看似無以為繼時，他對幸子能夠在惡劣的環境中斷然決定以維持生計感到不快。

浪漫的幻想也消失無蹤，大夢初醒的富岡和幸子鬱鬱寡歡，緊抓住過去殖民地即將褪色的記憶，而那是唯一能夠連結他們的。作者透過與越南高原的旅行相似的新年溫泉旅行凸顯已經改變的環境。幸子懇求富岡與她遠走高飛，同時在溫泉地兩人企圖自殺。那陰暗微雨的天空、廉價簡陋的旅店及可疑的旅館管理者，與前不久，在乾淨明亮的高原溫暖而且慵懶的旅行相較呈現了清楚的對照。最後兩人無法下定決心自殺。相反的，則是富岡和溫泉地酒吧的老闆娘陷入了情事關係，當她尾隨他回東京時，憤怒的老闆追了上來，殺死了他的妻子隨後自殺。

幸子懷了富岡的孩子之後墮胎——那似乎是種因果報應，因為富岡拋棄了麗奴和她的孩子。這一連串的意外沉重地壓在富岡的身上，他決定遠赴日本最南端的屋久島工作。幸子盜領了伊庭杉夫的教堂資金，同時與富岡逃到南方，夢想著能夠再過大叻時期令人雀躍的生活。因為沒有完全從墮胎手術中恢復，同時也患著肺病的幸子在漫長的旅途中體力消磨殆盡，在抵達這個偏遠的南方小島不久後便死去了。川村湊認為這個結局顯示林芙美子和她創作的小說

人物幸子一樣，感到困惑。對川村湊而言，這個結局讓整個故事解體。他說道：「如果富岡以及所有的男人都死了而幸子存活了下來，在戰後的世界生氣蓬勃地活下去，這一個故事將會令人更容易理解⋯⋯我認為這個故事的結構是因為林芙美子受了戰後產生的混亂的影響」（1998a: 152）。

　　透過富岡和幸子對不幸的差異對應，林芙美子確立了戰後女性作家小說中共同的主題：被解放的女性對戰後的適應與回復力。但是以幸子的死迎向故事高潮這樣出乎意料的結局，揭露了有關性別角色及殖民經驗的重要事實。雖然殖民地對許多女性提供了自由的環境，但是這自由是短暫的，並且與帝國共存亡。如同美國男性返鄉後，鉚釘工人羅絲（Rose the Riveter）[25]再回到廚房一樣，對日本女性而言，喪失帝國意味著喪失機會。當他們再度被拉回到日本社會，過去的性別階級再度復活，而幸子也再度回到她被支配的地位。[26]

　　幸子在回歸之後所顯示的頑強，只不過是殖民地生活的殘餘影響。她如帝國本身一樣完全的消失了。存在與富岡之間的愛和肉體的熱情—或者如幸子所說的「瘋狂」——這樣的幻想，只能存在於當他們遠離日本在異鄉的土地上。幸子和富岡之間羅曼史的幻想，也許只能存在於日本外部，而那與帝國自身的幻想無異。日本的向外擴張證明了如同幸子與富岡之間的羈絆是反覆無常的。

---

25 譯者註：Rose the Riveter是第二次世界大戰時美國媒體所塑造的女性形象，鼓勵美國婦女接替前往前線作戰的男性的工作崗位，以協助美國贏得戰爭。

26 當法西斯政權動員女性為國奉獻以支持在前線作戰的男性時，要說有什麼區別的話，對於許多，尤其特別是在戰時滯留日本本土的女性而言，性別的位階更加嚴酷。關於女性戰時的角色研究，參照加納紀實代（1987, 1995a, 2000）。

## 重層殖民區域的生活

中島敦的南洋經驗，和林芙美子的幸子所滯留的都是重層殖民的區域——在這些地方，日本殖民化不斷地遭遇過去殖民事業的殘餘影響力。荊子馨指出這種環境所產生的曖昧性創造了二元對立，而這在典型的殖民地脈絡中成為殖民者與被殖民者關係的特徵，

> 非白人，但與當地人不盡相同但卻又相似的矛盾立場，日本對亞洲臣民所投射的支配視線，幾分矛盾地，有著被西方帝國凝視之後反射到自己本身的必然性。日本殖民地論述的特徵便存在於同時身為凝視的主體，以及被凝視的客體之間不安的動搖。[27]

中島敦和林芙美子與這個曖昧的殖民地脈絡的關係有著差異，而這也形成了他們作品的不同風格。

中島敦被在日本帝國中以教育者身分度過了大半輩子的父親所扶養，在殖民地成長。他初期的文學創作主要是描寫殖民地政策加諸於當地原住臣民身上的不公不義。戰爭時期日本知識分子陷入無力感的環境中，為了隱蔽他無法在創作上隨心所欲的苦惱，遂以國外為舞台，外國人為主人公，退而到描寫遙遙過去的歷史小說。他在羅勃‧史蒂文生身上發現了同質性的靈魂——早熟的才能且病弱的身體，被迫從事陳腐文學範疇的創作，但卻在南洋繁茂的熱帶美景中發現了避風港。史蒂文生對被殖民臣屬有利的、溫和的殖民主義的構思，也與中島敦相通。

---

27 此處荊子馨所討論的日本殖民經驗是概括整體的，這論點對於日本承繼西方霸權所統治的區域特別能夠適用。

　　完成對史蒂文生的讚歌後，中島敦出發到南洋希望能發現他的烏托邦，一個能夠治療他飽受折磨的肉體，並提供他能夠表達自己的利他傾向之天然理想異鄉。然而他卻發現這是個悲慘世界，自然環境折磨著他並使他的病情惡化，原住民為了生存基本所需，依賴著他們的殖民主人，過著被剝削而悲慘的生活。更進一步地中島敦發現他的任務是個字謎遊戲──編撰教科書，教導這些原住民一個在他們的環境中並無用處的語言，而並不是改善他們的生活環境。幻滅的他回到日本，諷刺的是，他之前所創作的史蒂文生悲慘命運的故事得到評價。然而他悲慘命運的真實性是，歸國不久後很快就過世了。對中島敦而言，西方的殖民主義如同在有關史蒂文生的書寫中所描寫的，被證明帶給被殖民者的疑慮。但是史蒂文生的生涯也提供一個楷模──透過與南洋的他者的面對面接觸，以及鼓吹溫和殖民主義來解決問題。當中島敦的改革夢想被證明是無法實現時，《光與風與夢》當中所捕捉的史蒂文生殖民地經驗卻為他帶來了名聲。

　　林芙美子對殖民主義並不陌生。她曾經到過台灣、中國、朝鮮、滿洲，以及印尼旅行，並且看過形形色色的殖民地光景。而且她是第一位在大屠殺之後進入南京的日本女性，[28] 她甚至目睹了帝國赤裸裸的攻擊。佛斯勒（Susanna Fessler）指出林芙美子戰後作品的兩個變化源自於她的戰時經驗：她反對戰爭態度變得強硬，而且她開始相信幸與不幸是無規則可循的。[29]

　　在《浮雲》中林芙美子小心翼翼地避免直接提及戰爭，但命運

---

28 林芙美子記錄了她偶然聽到兩個士兵冷靜地討論他們應如何處決所俘虜的抗日分子，她讚美他們決定從容地砍下他的頭，如同反映了他們「軍人的忠純之心」。佛斯勒評論道：「她在旅途中所不得不目睹的病、死，除非受苦者是日本士兵，否則她是無動於衷的。」參照 Fessler（1998: 133-34），以及 Ericson（1997: 80）。

29 Fessler（1998: 135）。佛斯勒認為戰後象徵她的「黑暗時期」。

似乎出其不意的打擊了小說人物。當然，這個戰後回顧的主要訊息是殖民地環境為殖民者帶來了解放的影響。富岡和加野都不受家鄉所愛的人之拘束，透過各種性的征服追求他們男性欲望的需求。幸子則免於階級、教育及地域的限制，追求她渴望的男性。水田宗子指出：「幸子將自己隔絕於日本社會構造之外，能夠對男性展示她原來具有的性欲望以及生氣，以及與他們立足於平等點。」[30]她也過著從未有過的豐裕物質生活，以及〔在法律上以及社會上的〕特權地位，那是她在日本不可能得到的。個人的自由及物質的安逸都是身為殖民者女性的特惠。

對幸子而言殖民地是烏托邦，回到日本之後，在短暫的生命中她試圖找回那些歡樂。[31]雖然殖民主義解放了幸子，但對於被殖民者女性麗奴而言並非如此。她被迫與富岡維持性關係，受孕且被拋棄，成為殖民者男性情欲的犧牲者。幸子並不把她的女傭放在心上，而且至少一開始不知道富岡與麗奴的關係。但她的確有時會注意到麗奴，只在於對這黑皮膚，年約30有著「扁平且沒有血色的臉孔」充滿優越的滿足感時。麗奴是個被殖民者，在她殖民主人的強求之下，對她自己的人生幾乎處於沒有自主權的地位。

瑪莉的角色反映了殖民地脈絡中人的關係與複雜性。瑪莉是法越混血兒。如同部分屬於殖民地臣民，部分屬於殖民權力，瑪莉以她超越界線的身分解構了主人／奴隸的二元對立。她個人的影響力因為在會計、音樂、語言的高度技巧上的才能而擴張。瑪莉因為有著一貫性、情報及自信，所以並不至於淪落為當時印尼殖民當局脅迫下的犧牲者。瑪莉混淆了殖民權力向來的性／別構造──也就是

---

30 水田宗子（1996: 339）。她也評論道：「富岡和幸子能夠相遇是因為戰時的極為特殊環境，那連結了『另一個』遠離他們之前生活的世界。」

31 參照水田宗子（1996: 330），她雖然感到困惑，但仍主張幸子逃往至殖民地是「引她墮落並成為社會的邊緣」。

成為殖民者男性從屬的構造。

　　身體也是這兩個故事的中心。中島敦的身體與羅勃・史蒂文生重疊，對他而言是痛苦、悲傷及焦慮的來源。他在南洋殖民地的環境裡痛苦掙扎而且無法恢復。中島敦的身體的消磨象徵性地預告了帝國的毀滅。為了庇護與同情，幸子以身體與伊庭杉夫、富岡和美國軍人交易，在印尼時，被解放的身體成為她追求自己想要的東西時的武器。為富岡及加野所引誘的亞洲女性們的身體，留下日本帝國主義穿越亞洲地表的擴張記號。麗奴大腹便便的身體象徵著殖民地帶給被殖民者的遺產，他們被肆虐、拋棄但受孕而且準備成長，脫離被殖民的現狀。瑪莉有著羚羊般長腿的高大身體，代表的是無法接近的他者：對日本而言，是無法到達的一個先前殖民地權力的地位象徵。最後幸子依舊年輕的身體因苦惱、經濟貧乏、感情紛擾而受凌虐，這個失敗的墮胎手術的犧牲者，在日本的最南端旅館的房間中孤零零且默默地迎向死亡的終結。

# 2
# 殖民欲望與相剋性

# 第4章

# 西川滿與《文藝台灣》

馬利亞斯・詹森（Marius Jansen）在他的〈日本帝國主義：明治後期展望〉（Japanese Imperialism: Late Meiji Perspectives）中指出，當西方勢力幾乎完全瓜分了全亞洲而不是全世界，對當時地理環境的安全考量上，明治後期日本殖民地統治的特徵是「完全理性的進程」（Peattie and Myers 1984: 61-79）。他更進一步比較日本帝國主義與西方帝國主義，認為「帝國主義從未成為國家意識的重要部分。沒有日本的吉卜林，幾乎沒有日本封建君主相關的神祕通俗解釋，比較上來說，也幾乎沒有舉國沉浸於自我滿足」（76）。我們所見到的作家如佐藤春夫和中村地平，通常只是短暫地訪問了南方，帶回來充滿異國風情的漂泊，以及未馴服野蠻人的故事，而且這些故事在宗主國相當的流行。而居住甚至成長於殖民地的日本人以殖民地為故里，並且以深刻的洞察來描寫殖民地。如果日本的讀者大眾並不認為這些描寫有著殖民地的印象，也許是因為在日本主要殖民地，例如台灣及朝鮮的日常生活並不特別有異國情調，也與日本的偏遠地區沒有什麼不同。大英帝國將帝國的委任形塑成共同的社會使命，成功地動員了本國國民。相較之下，日本帝國主義似乎是破碎不完整而且是建構不良的。由於日本帝國主義的事業一開始便缺乏宏觀，所以日本的帝國主義觀點最後只能成為輔佐帝國擴

張的回溯性的嘗試調整。例如像「內外如一」、「內鮮一體」，以及「五族協和」等口號所整合的日本殖民地論述，只不過是為了趕上軍事和政治實際情況的一種意識形態之後知後覺。

　　詹森也許是正確的，日本作家當中沒有人像吉卜林一樣在回到宗主國之後，仍舊以一種強迫的方式過著殖民地式生活。但日本帝國的確存在著以殖民地為家，而且企圖在文學當中捕捉其生活經驗的殖民者世代。西川滿（1908-1999）是以殖民地台灣為根據地的著名作家和編輯，他企圖以文字和影像傳達台灣文化，以及島上的日本居民經驗。[1]西川滿於1908年出生在會津若松一個具有冒險精神的家庭。他父親曾經參與日俄戰爭而且滯留滿洲直到戰爭結束。西川滿的名字，「滿」（日文讀音為man），事實上便是紀念他父親與滿洲的關係。

　　西川滿在兩歲時舉家移居台灣，投靠管理屬於家族財產煤礦的親戚。除了預科和早稻田大學的六年之外，西川滿都居住在台灣，直到第二次世界大戰結束為止。日本統治在台灣逐漸穩固，特別是1915年的西來庵事件之後，台灣進入和平穩定期。[2]西川滿享受著豐裕的童年，父親是著名的企業家和政治家，其家族生活優渥的程度遠超過殖民地其他的統治階級。[3]在慈愛的雙親環繞下，西川滿有著充分的自由和經濟上的援助，追求自己的興趣——特別是他在文學和藝術領域極早萌芽的興趣。他在中學二年級時創辦了自己的回覽雜誌。

---

1　西川滿知名的台灣殖民地作家地位，可由5卷《日本統治期日本人作家作品集》（東京：綠蔭書房，1998）中其選集占有兩卷一事得到證明。

2　關於企圖建立大明慈悲國的西來庵事件，參考竹中信子（1995: 94）。

3　西川滿的父親、西川淳是台北郊外的昭和礦業公司總裁，同時也是台北市議會議員。即使如此，當公司破產時，一家仍被迫暫時移居長屋。西川滿的書目訊息請參照中島利郎、河原功編（1998, v. 2: 415-84）的年譜。

如同許多近代日本作家，西川滿也以詩人身分開始他的文藝
事業。1920年，他進入台北高等學校並創辦雜誌《森林詩人》（森
の詩人）。這份以黏土版印刷的出版物是西川滿所創立的許多文學
雜誌當中的第一本。他早期手工裝訂的詩集，《愛的幻影》（愛の
幻影）和《象牙船》（象牙の船）便展現了在書籍設計和裝訂的才
華。之後西川滿也以擅長結合藝術及文學風格的書籍製本知名。他
的第一篇短篇小說〈豬〉（1923）在《台灣時報》的懸賞中獲得第
一名。他也經常投稿給殖民地官方報紙《台灣日日新報》。之後他
被延攬成為該報文藝部的編輯，創立了學藝欄，提供了殖民地（日
本和台灣）作家發表的園地。

從1927至1933年，西川滿定居日本就讀早稻田第二高等學
院，之後在早稻田大學專攻法國文學，跟隨著名學者如吉江喬
松（1880-1940）、山內義雄（1894-1973），以及西条八十（1892-
1970）等學習。他對浪漫主義的傾倒，無疑地是來自他的性格及家
庭的影響，但同樣的以上三位法國浪漫派文學家也發揮了一定的影
響。在東京五年，一直都以多產著名的西川滿創作了6冊詩集，以
及創立雜誌《La Poésie》。[4]

畢業之後，西川滿並未決定返回台灣或是滯留東京。在他的老
師吉江喬松催促之下，他於1933年回到台灣。之後，西川滿回想
吉江喬松曾經指示他「傾其一生致力地方文學」而這「使我下定決
心回到台灣」。[5]吉江喬松在西川滿回台灣島時，為他作了一首詩：
「南方為光之源，給予我們秩序、喜悅與華麗」（下村作次郎、藤井

---

4 包括以下詩集：《日暮れの街》（黃昏街道）（1928）、《Le Japonisme》（日本主
　義）（1928）、《一天四海の春》（四方之春）（1929）、《AMANTE》（1929）、
　《歪んだカンタラ街の血汐》（扭曲的寬達街道的血潮）（1929）和《竹筏》
　（1932）。

5 參照中島利郎、河原功編（1998, v. 2: 509-12），〈西川滿略歷〉一文。

省三、中島利郎、黃英哲編 1995: 408-409）。

　　「華麗」一詞是葡萄牙文Formosa的譯文，意指這個島嶼是
「美麗的」，成為這個島嶼富含「詩意」的名稱。西川滿經常使用，
例如於1939年創刊的詩歌雜誌《華麗島》，以及台灣民話選集《華
麗島民話集》（1942）。戰後的1970和1980年代間，台灣人與國民
政府的威權統治對抗時，這個名詞再度復活並有些微的變化。[6]

　　西川滿的活動是多層面的——他是詩人、小說家、劇作家、出
版者，台灣詩人協會以及稍後的台灣作家協會的創立者。西川滿經
營台灣作家協會的機關雜誌《文藝台灣》（1941-1944）一事，是最
為人所知的。雖然這本雜誌只發行了五年，但它對當時的文壇有極
大影響力，並且在台灣的殖民文學史上占有重要地位。殖民時期日
文識字率的提高（至1941年止，島上600萬居民中約有57%能夠
讀寫日文），以及對漢文出版刊物的壓制，促進了日文出版物的發
展。[7]新興的大眾媒體市場互相爭奪有日文閱讀能力，以及對日文閱
讀刊物有需求的廣大讀者群。在這些有利環境下，文學、詩歌、
文化雜誌以驚人之勢蓬勃發展（藤井省三 1998: 25-45）。西川滿的
《文藝台灣》和張文環的《台灣文學》（1941-1943）成為台北生氣
蓬勃，文學景象互相競爭中的主要支柱。[8]

---

6　民主運動快速成長時期所發行的最具影響力之政治雜誌之一——《美麗島》，是
　援用西川滿詩歌雜誌名稱。這個詞彙成為台灣本土人士情感的表徵，迥異於國民
　政府的大陸起源觀點。我並不是主張西川滿與1970、1980年代的本土民主運動
　有任何關聯，但是這個特別詞彙的使用，以及其相關的形象有著戰略性意涵的弦
　外之音。我們之後將再回到殖民和後殖民延續這個議題。
7　關於殖民地台灣的日語識字率的討論，請見本書第4章。
8　西川滿的《文藝台灣》和張文環的《台灣文學》在殖民政府的命令下，於1944
　與1943年分別停刊。1944年5月合併成為《台灣文藝》，由政府後援組織的文學
　奉公會發行，長崎浩為總編輯。合併的兩個主要理由是：一是隨著緊張戰勢，對
　情報的控制更加嚴格。另一點則是1938年發布的「新聞用紙限制令」開始對於

　　1942年，西川滿作為文化界龍頭的事業達到巔峰。他辭去新聞社的工作成為專職作家。同年10月他以台灣代表的身分與其他數名作家參加在東京召開的大東亞文學者大會。隔年，他的〈赤嵌記〉（1942）獲得台灣文化賞。[9]他也開始著手創作長篇小說《台灣縱貫鐵道》。1945年1月，西川滿的父親過世，他繼承家業成為昭和礦業公司的總裁。同年8月，日本投降。在可能戰犯的名單中，殖民政府指名西川滿和濱田隼雄是台灣文化圈中兩名主要的領導者。雖然被命令等待更進一步的調查，但西川滿未曾正式以戰犯身分接受審判。

　　1946年春天西川滿被遣返回國，並於1999年逝世。西川滿大部分的作品年表都於1945年中止，但是西川滿仍然持續他的作家生涯——主要為大眾娛樂刊物執筆，例如《讀物專刊》（オール読物）、《娛樂世界》和《寶石》。他的小說《會真記》於1948年獲得夏目漱石賞，[10]而另一本小說《日蝕》則被提名為芥川賞的候補作品。但是西川滿從未再次享有他在台灣文壇時的重要地位，甚至在某段時期他還被迫擺攤算命以維持家計。

　　西川滿在台灣的文壇事業，包括創設並編輯了18種雜誌及出版了多種小說、短篇小說選集和詩集。台灣民話、宗教、風俗、建築和藝術等相關文章多達數百篇。返回日本之後，西川滿持續其多產的文學活動：經營出版社，編輯雜誌《仙女座》（*Andromeda*），創作小說以及真實紀錄小說，再版他先前的作品、編輯圖書目錄，以及創作中世紀僧侶日蓮的聲樂劇傳記（由黛敏郎譜曲），寫過兩

---

資源消費，像是新聞報紙進行限制。

9　最初於東京出版（書物展望社，1942），也收入中島利郎、河原功編（1998, v. 1: 201-35）的編著中。

10《會真記》（東京：櫻菊書院，1948）。之後為了紀念西川滿70大壽，1976年由人間之星社再版。

本流行的算命書籍，並且出版兩本個人的回憶錄。他未曾完全回復具有審美慧眼的文學家和文化鑑賞家的地位，屬於日本文壇的局外人，不太為大眾所知。

## 西川滿的殖民地時期評論

　　西川滿在台北的知識分子圈中，擁有屹立不搖的文化時尚主導者地位，是建立於1930年代後期至1940年代初期。他所工作的半官方報社提供了文學和文化事業的場地，而他家族的經濟支援使得他可以不必顧慮市場現實，出版昂貴的純藝術書籍。這個擁有特權的殖民者地位在形成西川滿的批判觀點時扮演著重要的角色。在此為了考察一位殖民地作家的論述如何形成，以及理解這些論述如何影響我們將戰前台灣文學視為殖民地文學的觀點，我要從頭追溯與他人生及作品相關的論爭。

　　西川滿的當代同儕對殖民地時期的西川滿文學研究有著兩極的評價。對於他的文學作品和文化界領導者身分之正面評價，多來自他的同伴，也就是與他同一陣營的成員。中村哲（1912- ）在《文藝台灣》中被公認為文學理論家。[11]在一篇名為〈外地文學的課題〉[12]的文章中，中村哲指出限制殖民地文學發展的，是來自於與宗主國文化的隔閡。在回答「文化高峰中產生的文學如何能以不同的形

---

11　中村哲（1912-2003？），憲法及政治學者、評論家，1934年畢業於東京帝國大學，1937至1945年任教於台北帝國大學。戰後成為東京的法政大學教授，後來成為該校校長。他大部分的評論都發表於對手雜誌——張文環所負責的《台灣文學》。

12　見《文藝台灣》（1[4][1940年7月]: 262-65）。所有《文藝台灣》的參考資料均根據《新文學雜誌叢刊復刻版》（台北：東方文化，1979）的再版版本。頁數根據再版版本的連續頁碼而非原始頁碼。

式，在幾乎毫無文化的蠻荒殖民地再生呢？」的問題時，他建議了
兩條行動的路線：一是採取與宗主國文學完全不同的方向，書寫殖
民地特有的題材。二是盡可能吸收宗主國文化並創造出緊跟宗主國
腳步的殖民地文學。但是中村哲對於創造出符合日本標準的殖民地
文學一事並不抱太大希望。

> 　　情感的感性必須常由知性來引導。不幸的是，殖民地的居住
> 者既無知性也無感性。殖民地生活和習慣蒙蔽了他們的認知和
> 知性之眼。甚至可以說，知性的認知和意識只能在殖民地以外
> 接收教育的殖民地移民，以及殖民地外來移居者身上能夠發
> 現。也許在某個意義上，只有異鄉者（étrangers，殖民地的「異
> 鄉人」）才能夠創造殖民地文學。異鄉者的意識被獨特、奇妙
> 和異常的事物所吸引，他們對這些事物既訝異又懷疑。而這些
> 訝異則轉變成為異國情調和浪漫主義的文學。而懷疑則成為諷
> 刺文學以及社會評論。梅里美（Prosper Merimée）的〈可倫
> 坡〉（Colomba）與佐藤春夫的〈女誡扇奇譚〉屬於前者，而果
> 戈理（Nikolay Vasilevich Gogol）的〈鼻子〉（The Nose）和紀
> 德（André Gide）的〈剛果之行〉（Travels in the Congo）則屬
> 於後者的範疇……但是也由於異鄉者與殖民地之間的距離感，
> 所以才能認識殖民地的特殊性質，但反過來說，異鄉者在論及
> 所有事物時則有過度投注於其差異性的危機。對於差異性的過
> 度反應，容易產生具有異國情調的文學（literature of exoticism）
> ……就這方面而言，異鄉者文學為在地日本人的文學創作提供
> 了重要的經驗。而日本人第二世代的殖民地文學創作，則不應
> 該過度強調差異性而是具體寫實描繪原住居民的生活實況。[13]

---

13《文藝台灣》（1[4][1940年7月]: 263-64）。

中村哲對於殖民地文學和宗主國文學之間關係的描寫是有問題的，而且在文化概觀上是盲目的國粹主義式的。在幾個句子當中，他便將原住居民由文學地圖中消去並將殖民地文學的本質斷定為異國風情式和具有諷刺性。中村哲指出唯有與殖民地保持距離的「異鄉者」才能夠捕捉台灣真正的本質；而被殖民者在知識層次上則無法達成。雖然他也小心翼翼指出不要過度強調殖民地的特異性。為了在異鄉者對異國風情的驚異，以及過度異國化的「懷疑」之間找出折衷之道，中村哲提供了寫實主義的方法。雖然中村哲在這篇具有定義性的文章中沒有明白提及西川滿，但西川滿是最著名、最有影響力的「內地二世」作家，而中村哲對西川滿的意識是無可置疑的。在此對於寫實主義的鼓吹為將來二人的衝突投下了陰影。

對照果戈理、紀德和吉卜林的作品，社會諷刺從未在日本殖民地文學中開花結果。浪漫和異國情調創作成為文學主體重要的一部分。也許有些人指出它在1930年代後期和1940年代初期逐漸被政治化和官方樣板化。但在這一章後面部分我將討論，這些作品只不過是為特殊目的而服務，是一種修辭迥異但不過同樣是浪漫，以及異國情調的作品之變形。

西川滿從早期開始便以典型的異國情調，以及浪漫派作家著稱。西川滿創設各種雜誌以便提供文學活動場域給自己和同僚，同時他所擁有的出版社，即日孝山房和媽祖書房也出版了大量詩集和民族誌專書。西川滿家族的財富對他的文學事業提供了經濟上的支援，同時西川滿也享有來自最著名的地方高等教育機關所提供的學術方面支持。台北帝國大學教授島田謹二及矢野峰人提供他們的學術認可予西川滿的文學事業，同時也經常為他的雜誌撰稿。戰後，島田謹二任教於東京大學並創立了日本第一個比較文學學系。他的台灣文學研究是第一個有系統的殖民地文學（Gaichi bungaku）學術研究的嘗試（島田謹二 1995; 1976: 112-295）。受到中村哲「外

地文學」定義的影響，島田謹二的殖民地文學研究僅以內地人作家，以及來訪的日本人作家為研究對象；他排除了所有的本島人作家。

　　西川滿在地方文壇的統率力並不是都受到好評。事實上，他獨裁式的編輯方針傷害了某些作家的情感，並且使得他的陣營內部產生了分裂。而他也沒有獲得學術界全面的支持，同時日本在地作家群中也有異議的聲音。對他批判聲浪最高的是同樣任教於台北帝國大學的工藤好美（1898-1992）。工藤好美因為與西川滿在個人以及編輯意見上的不合而離開《文藝台灣》之後，與中村哲一樣，選擇由張文環創設的雜誌《台灣文學》，也是《文藝台灣》的反對陣營雜誌，發表他大部分的批判文章。[14]

　　如果說來自台灣人作家的直接批判是罕見的，其實是無須訝異的。在殖民地脈絡的主／從關係中，比起日本人作家，他們必須要更小心謹慎。在戰後所出版的回憶錄、選集和訪談當中，我們可看到曾與西川滿共事的部分本島人作家之極度不滿。[15]戰前來自同儕日本人的批評聲浪雖然高漲，但口徑並不一致。中島利郎的戰前西川滿批判研究當中，引用了來自三個不同陣營——學界派、台中派，以及「台灣文學」派的批判手法（下村作次郎、藤井省三、中島利郎、黃英哲編 1995: 407-32）。學界派主要由工藤好美和中村哲代表。台中派則以台中《台灣時報》的文藝部編輯田中保男為中心，《台灣文學》派則以西川滿的前高等學校同學，之後加入敵對陣營

---

14 戰後，張文環停止創作活動。但在1975年，他出版了第一本小說《地に這うもの》（地底者）（東京：現代文明社）。他於1978年訪問日本，與西川滿達成和解。

15 例如楊千鶴回憶錄《人生のプリズム》（人生的三稜鏡）（1993），吳新榮的日記《吳新榮日記》（1981），與張文環在《台湾近代史研究》（n. 2[1979年8月]）中〈雜誌《台湾文学》の誕生〉。

的《台灣文學》並且對西川滿嚴加批判的中山侑為中心。

　　在台日本人作家陣營中的對立也相當激烈。例如田中保男在某篇對西川滿以及其周遭人物批判的文章當中，如此說道：「如果他們希望成為日本文學的一派，他們不但應該將外地文學的特殊性完全去除，也應放棄部分的文學趣味性，拋棄外實內虛及虛張聲勢軟派創作態度」（下村作次郎、藤井省三、中島利郎、黃英哲編1995: 412-13）。即使田中保男是對手新聞社的文藝部編輯，這仍然是非常嚴苛的評論。地域主義也在此次衝突當中扮演了部分角色。日本領台前，島嶼的文化中心大部分在南部或者是中部，直到殖民地政府定都台北，這個死氣沉沉的窮鄉僻壤才被轉型成為近代都市。台北作為這個島嶼的新興政治和商業中心，成為與宗主國日本的文化聯絡地帶。很快地台北被定位成為宗主國外部的（殖民地）主要都會，並與殖民地決策產生關係。地方政治在兩本重要的文學雜誌──《文藝台灣》和《台灣文學》的敵對關係中扮演一定的角色：前者是都會的，菁英的出版物，後者則是鄉野牧歌式的風格。

　　這兩本互相競爭的雜誌在當時是文藝的旗手。《文藝台灣》是「純文學」的堡壘並致力於浪漫派詩歌、小說、藝術，以及民話；而《台灣文學》則是鼓吹現實層面的表象，反映佃農和受壓迫的下層階級生活之嚴酷現實。最近的研究，特別是台灣的研究者偏向強調兩個陣營的意識形態衝突──將《文藝台灣》與《台灣文學》置入主要由日本人經營的前殖民期出版物對本土抵抗陣營雜誌的框架。這樣的對置雖具說服力但過於簡化。事實上，雙方陣營都有來自日本人，以及台灣人族群的活躍成員，而且雙方都誠摯地試圖開放園地給年輕作家。《文藝台灣》的任務之一是，如同在每一期所提到的：「抱持著信念開放空間給新進者並提高本島文化，使此雜誌成為真正的文學訓練場所。」常態性月刊的《文藝台灣》致力於鞏固讀者群和發掘新進作家，從某種角度譴責季刊《台灣文學》，

主張其應該「更努力吸收台灣人作家」。[16]

　　這兩本雜誌內容最為人所知的差異——浪漫主義對現實主義——都被過度渲染了。《台灣文學》並沒有獨占了寫實主義。濱田隼雄（1909-1973）長篇小說《南方移民村》（1942）記錄了日本移民在台灣東部嚴酷的生活，便是適切的例子：典型的社會寫實主義小說。西川滿唯一的歷史小說《台灣縱貫鐵道》透過對台灣環島鐵路建設隱喻式的記述，凝縮了1895年之後台灣的歷史。《文藝台灣》則經常被指責為皇民文學的溫床。我們之後會詳細探討這個類型的文學，台灣人作家的作品有時毫不避諱但大部分愛憎交織地描寫成為日本人的感覺，顯然地是源自寫實主義的傳統。

　　另一個對於《文藝台灣》——特別是針對西川滿常見的批評，是這本雜誌與宗主國中央文壇密切的關係。事實上，八十位知名的知識人，包括川端康成和橫光利一都在名譽會員的名單上，並且有時會在雜誌的「諸家芳信」專欄中發表意見。西川滿是公認的公關專家，贈送精美製作的詩集和雜誌給這些宗主國作家後，通常都能接到他們激勵的書信。努力與宗主國作家聯繫的並不只有西川滿。《台灣文學》也自誇其與宗主國的關係。在「學藝往來」專欄中，他們也引以為傲地刊登當作家因公前往中國南方的途中，經由台灣所舉行的討論會與對談。即使是最具民族意識的作家之一楊逵，當他創辦《台灣新文學》時，也強調他與當時文壇中心普羅文學運動成員的緊密關係。[17]對當時殖民地的文學雜誌而言，無論其政治立場為何，任何與日本的文學文壇的關聯性，在讀者階層的激烈爭奪戰中都是加分的。拋開意識形態的差異，任何與宗主國文化關係的聲

---

16 見〈鼎談〉，《文藝台灣》（4[3][1942年7月]）。

17 楊逵熱切地想由日本普羅文學運動成員（例如德永直）處獲得精神與財源上的支持，卻遭到挫敗。因為他們漠不關心，或更糟的是，在文學創作上被批評為未達到日本的標準。見張季琳（2000）。

明都能加強雜誌的正統性和地位。的確，意識形態衝突的確存在，但是對於事關生存刻不容緩的關注，經常重於意識形態，以及理性的紛歧。[18]

　　對於各種批判西川滿的聲音可分為兩種，每一個範疇都包含了來自內地人和本島人的代表。第一種批判的類型集中在西川滿任意的盜用台灣文化，他們認為那只有將這個島嶼異國化和浪漫化。另一方則是集中在寫實主義以及表象的問題。事實上，兩個問題可看作是一體兩面。當代同儕針對西川滿的大致批判輪廓暴露了1930年代末期至1940年代初期席捲台北文壇的論戰。兩本主要雜誌間所進行的對抗經常轉移陣地。兩個陣營並不能完全以族群來作區分，聯盟者迂迴曲折地超越了社會、經濟、意識形態，以及區域的界線，即使是在文學整體以及文體上的對立也並不長久。我們可以看到，至1940年代初期為止，日語已經成為知識分子之間的共通語言，而日文刊物的讀者也已經廣大到足以激起生氣蓬勃的市場競爭。[19]無論西川滿的文學事業最後的評價為何，他的努力無疑地加速了台灣殖民地文學的快速成熟。

## 西川滿的戰後評價

　　戰後西川滿的研究始於1948年，[20]但直至1970年代其研究才正

---

18 關於兩本雜誌之間進一步的細節，見藤井省三（1998: 36-54）。

19 藤井省三估計大約一半的人口能理解日文（1940年約為51%，1941年為57%，換算約為三百萬人，約1933年24.5%的兩倍）。這個統計是根據1940年總督府所做的調查。但從這些數字並不代表能夠知道日語流暢的程度。更詳細的資料，請見下村作次郎、藤井省三、中島利郎、黃英哲編（1995: 73-96）。

20 如古川信治，〈浪漫の王子〉，《大眾文學》（1948年3月），以及富田英三，〈新東京文壇地図──西川滿氏〉，《新風》（1948年6月）。

式展開。[21]雖然他也被選入講談社的《日本近代文學大事典》，但大部分日本的評論家和研究者都忽略了西川滿——一開始時有部分原因是由於專注於戰後復興，然而最主要的原因則是他們對於自己過去的殖民地政策都三緘其口。結果，雖說是被限定，西川滿評論主要是來自台灣。戰後日本的西川滿研究大部分主要來自於西川滿自己本身創作、經營的文學雜誌《仙女座》。

1980年代張良澤和作家陳映真之間的論戰，顯示出對於西川滿這樣一位殖民地作家其畢生作品評價被泛政治化的程度。首先在戰後，張良澤在許多文章當中再度評價西川滿，主張其作品當中對於台灣的情感應被視為對台灣意識形成有正面的貢獻。[22]陳映真則在雜誌《文季》激烈的反駁，[23]強調西川滿與台灣殖民地時期作家例如賴和、楊逵，以及吳濁流根本上的差異，陳如此結論：

——張良澤〔戰前台灣的日本文學〕

在殖民地中，對於文，一貫存在著兩個標準。從殖民支配者的文化以觀，殖民地的〔故事，傳說，風習〕，莫不〔卑俗〕。但從被支配民族自身的立場以觀，這些故事，傳說和風習，儘多優美而堪足自傲之處。即使從更激進的革新的立場去看，殖民地反抗的知識分子固然也在自己的文化中看到其鄙陋，落後之處，並且進一步為了圖強而對自己文化中黑暗，落後的成分痛加撻伐，但有者輿以日本人立場，以事不干己的態

---

21 特別是1980年代此主題相關研究在台灣急增，或許與這時期戒嚴令中止，以及討論日本統治不再是禁忌的快速民主化進展有關。西川滿研究目錄見附錄2，〈西川滿研究文獻目錄〉，收入中島利郎、河原功編（1998, v. 2: 491-507）。

22 見〈戰前の台湾における日本文学：西川滿を例として〉，《仙女座》125號（1980年3月），也請參照〈西川滿先生著作書誌〉，《台灣文藝》（1984年5月）。

23 《文季》（1[6][1984年3月]），再版收入陳映真（1988: 49-64）。

度，從愛殖民地神祕，異國性的趣味，既連腐朽，衰敗的東西也大加嘆美，兩者之間，有迥然不同的意義。（陳映真 1988: 55-56）

陳張兩人之間的論戰可被解讀為本土主義與民族主義間的衝突。在大部分的（後）殖民脈絡當中，兩者是重疊的。但在戰後台灣的政治脈絡中，兩者並不一定是相同的。陳映真主張西川滿及其同儕的浪漫殖民主義就是因為出自他們對於殖民地並沒有付出真正的情感，殖民者批判本地文化是出自盲目的文化沙文主義，而本地者則是出自愛國心。相反地，他對殖民者對於本土文化的愛好純粹地視為只不過是異國風情主義而予以排除，但類似的感覺，被殖民者一方則被視為真正讚賞與引以為傲的表現。陳映真將民族性視為解讀文化態度的關鍵因素。

　　西川滿論戰的根源是——張良澤以回復台灣意識為中心的本土化政治，以及陳映真對建構全體性的、統一的國家（也就是中國的）認同的重要論述之堅持——所產生的兩者之間的衝突。而這個論爭的背景則存在著環繞鄉土文學運動的更大規模以及激烈的論戰。[24]在尋找並重新確認地方和本土認同（一個原生的台灣認同）者，以及其對手——由作家陳映真、王文興，以及余光中所代表的兩者之間衝突的緊要關頭，西川滿的台灣本土論述被鄉土主義者懷

---

24 台灣文學史上有兩波鄉土文學運動。第一波產生於1930年代，當時部分作家反對白話文和日文，企圖以本土的台灣話寫作。這波鄉土語言運動隨著雜誌《福爾摩沙》於1933年在東京創立，快速地變成社會文化運動。此雜誌宣稱其任務是創造以及養成「傳統的台灣文化以及文學」。此活動很快地為台灣島內帶來影響，1934年環島組織於台中成立「台灣文學聯盟」。不過此處所指的是第二次「鄉土文學運動」，主要期間為1976至1979年之間，直至1980年代中期仍有許多迴響。

舊地視為新的本土認同論點的出發，而民族主義者則將之視為不過是殖民者壓迫回憶的再來，以及對國族統一所造成的威脅罷了。

## 西川滿的殖民地文學定義

我們已經驗證了殖民地文學的批判性概念，特別是殖民地時期西川滿當代同儕和戰後年輕學者對西川滿所代表的殖民地文學之批評，以及所採取的立場。在此我們將轉向西川滿本人對此問題的評價。身為1930年代與1940年代（自稱）台北的日本文學文壇發言人，西川滿經常詳述台灣的文學狀況。詳細地驗證他的詮釋，便會出現一個矛盾以及有時相互衝突的論述，回應著在先前敘述的批判性立場上，我們所看到的躊躇與混亂。

殖民地文學的日本語作品範疇最近成為被爭相討論的對象。特別是應否將其視為日本文學史的一部分，或者是殖民地本地文學傳統的一部分（參照如川村湊　1989: 92-97；小森陽一　1998）。對西川滿而言，這樣的曖昧性並不存在。如同蒙上眼睛的馬，他從未對殖民地台灣的文學便是日本文學中廣義世界之一部分的信念產生動搖。西川滿知道普遍的日本文學世界觀中，台灣文學的邊緣性，他也曾捍衛以確保其合法地位。1937年出版的台灣文學創作概觀中，他表達了對新上任的文化部長岸田國士之期望，以及希望得到中央政府的肯定。[25]他開始認知到台灣在地理位置上的孤立性，對此他形容為「南方絕海的孤島」，但他主張，在日本帝國版圖的擴張過程中，有朝一日台灣將會占有重要地位：「南方便是南方而北方就是北方，當我們身處陽光澄明之國時，所能做的便是不斷渴望北方之

---

25 見西川滿，〈台灣文芸界の展望〉，收入中島利郎、河原功編（1998, v. 1: 461-68）。

境的雪空嗎？終其究，日本將會以台灣為中心更向南方擴展。」他
做如此結論：

> 檢視這些成果，我的結論是，正值開花期的台灣文學今後必
> 須完成其獨自的發展。不必附庸也不劣於宗主國文學。如同佛
> 德瑞克・密斯托（Frédéric Mistral）以普羅旺斯語所創作的凌
> 駕巴黎都會文學的優美詩歌，奠定了足以比擬宏偉宮殿，以及
> 獲得思想家讚賞的輝煌普羅旺斯文學，而我們也期待南海的美
> 麗之島也應誕生我們名副其實，以及在日本文學史上占有一席
> 之地的文學。（中島利郎、河原功編　1998[1]: 467）

我們應該注意到北方／南方的並列（昏暗的雪空對照乾淨、澄明的
陽光），以及法國南方文學和台灣兩者之間的對照。很明顯地，西
川滿認真地執行恩師吉江喬松所託付的任務，將台灣文學發展成為
地域性日本文學的類型。

## 東方主義與藝術：柳宗悅與西川滿

　　西川滿的另一位當代同儕柳宗悅（1889-1961）進行了與東方
主義者平行的路線。柳宗悅是一位知名的藝術評論家，以創立「民
藝運動」和在海外推展日本文化而著名。柳宗悅的父親是海軍少
將，但他的興趣卻另有所寄。在東京帝國大學攻讀心理學時，柳
宗悅成為文學結社白樺派同人。由於與其他同人如武者小路實篤
（1885-1976）和志賀直哉（1883-1971）的交友關係，他被西方藝
術、哲學，以及宗教所吸引。而他早期以研究詩人惠特曼（Walt
Whitman）和威廉・布雷克（William Blake）著名。他生涯上的摯
友、英國雕刻家巴納多・立芝（Bernard Leach, 1887-1979）讓他對

法國印象主義、羅丹（Rodin），以及馬諦斯（Matisse）大開眼界。
1916及1918年兩次前往朝鮮半島的旅行，對於柳宗悅將焦點從歐
洲轉向亞洲有深遠的影響。例如他醉心於李氏王朝的藝術及建築，
使得他寫下一系列關於朝鮮半島的文章。柳宗悅也是1924年於首
爾成立朝鮮民族美術館的創設人。

　　1922年柳宗悅捲入一場爭議。殖民地政府計畫拆除李氏王朝的
城門，以便建設政府機構的現代辦公大樓。在〈為了一個即將消失
的朝鮮建築〉[26]一文中，柳宗悅讚賞城門是「純東洋藝術」，宣稱計
畫中的建築構造是「西洋式，缺乏創造性或是美感」，並且請求殖
民政府「為了自身的名譽應愛護純粹的東洋之美」。柳宗悅將李氏
王朝藝術視為遭受西方文化衝擊，以及東亞藝術傳統受到日本文明
西化所威脅的最後遺跡。對柳宗悅而言，李氏王朝藝術作品所保存
的純粹性正逐漸從日本消失。

　　柳宗悅也狂熱地讚揚艾努，以及台灣原住民民俗藝術，描述這
些作品「誠實」「不矯作」，並且「沒有受到文明的污染」。[27]這些民
俗傳統吸引柳宗悅之處，便是已經陷入危機當中但依然對抗西方
現代性的「純粹性」。1926年，柳宗悅在日本各地旅行並發現了他
曾經認為已經因文明化而消逝的「純粹東洋之美」。這個發現使得
柳宗悅再度注意日本的「民藝」——字面意義上來說是「民眾的工
藝」。饒富趣味的是，柳宗悅拒絕西方藝術的同時，使他再發現了
傳統的日本美學，而那是透過殖民地朝鮮半島的曲折道路，以及與
艾努和台灣正統民俗藝術的偶遇。[28]

---

26 見柳宗悅（1981, v. 6: 145-50）。

27 見柳宗悅（1981, v. 15: 501-503）。

28 小熊英二諷刺地指出柳宗悅的反西洋傾向，以及他的亞洲趣味是在他與歐洲人接
　觸之後才發展的。因此他認為這個藝術上的重新評價只不過是柳宗悅對西洋執著
　的一種延伸，見小熊英二（1998: 394-95）。

　　由於厭惡文明化，柳宗悅對原始藝術的態度是典型的東方主義式的。他讚美艾努民俗藝術是「不虛偽，無不實。我們能夠在現代藝術家的作品中發現這種令人敬畏的現象嗎？」對於南太平洋島民風俗的評論，他特別提到「那些族群被詆譭為未開化的原始人，實際上擁有最驚人的美。那些所謂文明國家的作品……是無法避免作品的不實」。柳宗悅對台灣原住民紡織品的讚美也抱以同樣的心情：「在紡織品的歷史中，我們回溯的時光越久遠，其美麗也就愈真實。時光潮流之外的番布無疑地能保有它的美麗」（小熊英二　1998: 396-97）。

　　柳宗悅對於美學正統性的主要準繩，是根據創造者與文明在時空距離上的疏遠性而定。然而真正的美——或者是柳宗悅所說的「誠實」——只能在不受文明——特別是西方國家，以及現代日本的文明——污染之處發現。任何與文明者的交流無可避免地都會被污染。柳宗悅曾經批評過艾努人與日本人之間的接觸，危及了傳統艾努藝術和手工藝品的品質。純粹的艾努藝術仍然可見於北千島群島的艾努人之中，但是北海道的艾努人製品，由於長期與日本人的接觸已經有所變化。柳宗悅對於台灣的民俗手工藝品也有等同的批評，告誡唯有避免日本的影響才能維持正統性。[29]

　　雖然柳宗悅堅持在藝術創作過程中，正統性需要的是當地美學的純淨無雜質之表現，但在美學鑑賞和援用階段，媒介是必要的。所以論及中國民俗藝術時，他評論道：「比起中國人，我想日本人更能理解中國的民俗藝術。即使如此，即使到今天，中國人仍然擁有旺盛的精力製作藝術。因此，如果日本的鑑賞者與中國的製作者能一起合作的話，應該能夠獲得理想的結果」（小熊英二　1998: 396-97）。而對於艾努和台灣原住民藝術的評價也是相同的：「他們

---

29 柳宗悅（1981, v. 15: 501-503, 525, 564, 606）。

無法分辨藝術的好壞。他們需要日本人〔為他們〕鑑賞……因此，日本人的職責便是首先必須讓他們認知，以及尊重自己的藝術價值以喚起他們對美的意識。」[30]

無論是有意識地或是無意識地，柳宗悅再度援用「高貴的野蠻人」論述，他們能夠本能地製作最精美的藝術品，但卻沒有語言可詮釋藝術品的美。雖然反對文明化，但是柳宗悅相信，野蠻人需要文明者的眼光為他們理解真正的，本質的美。在這個構造中，藝術製造者和消費者的角色反映了殖民地的權力結構。

在日本以及日本殖民地的民族藝術美學上，類似柳宗悅的論述對於理解西川滿在台灣的文學，以及藝術上的努力是有幫助的。柳宗悅和西川滿兩人之間有許多相似處；在形成過程中西洋的影響，東洋趣味的戲劇性回歸，他們被公認的美學者位置，以及對於民俗藝術和手工藝品的關心，遠超過傳統的高尚藝術。西川滿堅持以柳宗悅「用」的概念為重要的美學標準，而比起高級文化的高深領域，他特別關心的是地方的竹製手工藝品、建築、風俗，以及地方信仰。

兩人之間有明顯的對照。柳宗悅發現自己有時與政府的關係對立，而西川滿則與官方維持良好的關係。柳宗悅一再主張自己的關心所在是藝術而不是政治，而西川滿有時為殖民地官方文化政策擔任代言人。

柳宗悅和西川滿都以寓言式且浪漫的特質詮釋他們所代言的土地。柳宗悅將朝鮮藝術的特質評價為「悲哀之美」，那源自於他們飽受外來武力侵略的歷史經驗：「朝鮮的藝術之中有某種不為外人知的孤絕之美，那是來自於朝鮮充滿痛苦與殘酷的長久歷史。」他宣稱：「沒有其他的藝術是如此期待以及渴望愛。」柳宗悅批判殖

---

30 柳宗悅（1981, v. 15: 574, 602）。

民政府傾向於以金錢與武力回應朝鮮的需求：「朝鮮人所渴望的不是金錢、政治與武力，而是人情。」柳宗悅問道：「何時日本才會贈予他的愛？」[31]

　　相對於柳宗悅對朝鮮藝術的感傷，西川滿對於台灣東方主義式的凝視聚焦於荒廢之美。他珍惜因殖民主義所帶來的近代化衝擊而逐漸消逝的昔日台灣。總之時間無法停駐，西川滿許多民族誌的書寫可被視為企圖對抗現代化勢力，記錄往昔的最後一絲努力。如同柳宗悅，西川滿轉移他的注意力到民間的地方事務，像是日常宗教儀式，並孕育出各種民族誌式以及詩歌式的作品。對西川滿而言，從抽象的法國象徵詩到以地方文化為中心的美學旅程轉捩點約在1935年。為了「沒有歷史」的台灣，「發現」過去的部分探索便是開始捕捉本土文化不可思議的魅力。這個計畫第一次出現在像《媽祖祭》（1935）、《鴉片》（1937）以及《美麗島頌歌》（1940）等詩集。《媽祖祭》包括了十二首組合的敘事詩，描繪地方諸神的祭典，例如漁夫的保護神媽祖，以及都市的守護神城隍爺。〈頹唐之後〉的主題詩，之後收入日夏耿之介編輯的《日本近代抒情詩集》。

　　除了這些民族誌詩歌創作之外，西川滿也堅持創作近似文化人類學式，或是民俗學式手法的散文體作品。他的《台灣風土記》（1940）及《台灣顯風錄》（1935-1937）中裝飾著本土道教儀式、年度宗教儀式、節日，以及慶典的插畫及照片。《台灣風土記》中甚至收入原住民歌曲選集，是西川滿向非漢族文化領域探險的難得例子。他不僅重新創作和出版傳統的日本民話像是〈桃太郎〉，也收入了本土民話以及童話。《七娘媽生》包括七娘的愛情故事、牧童的悲戀故事，和其他源自於大陸的傳統民間故事。相對地，《華麗島民話集》（1942）以台灣的神話故事為主。他也將許多本土的

---

31 柳宗悅（1981, v. 6: 24-43）。

歷史故事翻譯成日文，例如在本土讀者中極為流行的讀物類型像《嘉定屠城略記》（1939），以及著名的《西遊記》。西川滿耗費大量驚人的時間、精力和金錢來創作，以及自行出版這些專業著作。關於裝訂，西川滿尋找昂貴、手工製作的材料，包括能夠象徵地方文化的特殊物品（麻製品、寺廟護身符、竹紙），以及和內容能夠統一的手工藝術品。[32] 這些書籍在所有的意義上是藝術品。

　　柳宗悅收集朝鮮和其他日本殖民地的藝術品，而西川滿則收集台灣本土故事。[33] 柳宗悅大量的收藏品使得他得以創設日本民藝館，而現今仍舊在東京附近的駒場開放給一般民眾。西川滿的民話收集則是將口傳（文化的和語言的）翻譯同時記錄，由於透過作家主觀性的折射式觀察，因此對於一般大眾而言是較不透明且不易接近的。如同柳宗悅，西川滿認為文化仲裁者的角色——是鑑賞、挪用，以及消費土著文化手工藝品的洗練（以及文明化）的鑑賞家。柳宗悅的收集本身即是創作行動，但西川滿本身更深入參與文化生產行為。他為自己與讀者參與將本土的情報改寫、傳送以及轉換成為欲望的客體。對柳宗悅而言，任何殖民者介入藝術意味著會使其失去正統性；對西川滿而言，透過敘事的保存則是詩人的行為。

　　西川滿的台灣文化作品並沒有反映對於他者文化公正以及學術性的論述。西川滿是詩人，因此他對於所看到的所有對象加入了自己主觀以及詩情的詮釋。每件物品，每個祭典，以及每尊神明，如序地，如同催化劑般使得想像力能夠翱翔。因此，西川滿的民俗藝術和風俗表象，並不是定基於歷史發展過程或是實踐機能上。相反

32 太平洋戰爭爆發之後，由於物資短缺，特別是紙張，西川滿被迫減縮奢華的書籍製作。也許因為有著政界和財經界的廣大人脈，西川滿以及其私人出版社似乎有著最好的待遇。皇民作家陳火泉回憶第一次拜訪西川滿時，西川滿不但鼓勵他繼續寫作，還送給他一疊厚厚的稿紙，陳火泉說當時非常不易得到手的。

33 關於收集的主題見 Brandt（2000）。

的，西川滿將源自於作家的主觀性並且代表了 1930 年代殖民浪漫
主義的美學觀點論述，融入這些本土藝術品中。

# 第5章

# 性／別，歷史學和浪漫殖民主義

現在，就讓我們把目光從編輯者和藝術支持者西川滿，轉向作家西川滿。西川滿滯台期間，創作了多篇多樣化題材的短篇小說，一部長篇小說，以及許多隨筆。在本章，我們主要著眼於特別能夠凸顯他的文學、浪漫主義，以及歷史關心等不同層面的特徵的兩篇短篇小說。第一篇〈稻江冶春詞〉清楚地顯現殖民地脈絡中性／別關係。第二篇〈赤嵌記〉則彰顯在創設共有的當前現實時，殖民者的現代性應該如何與被殖民者的傳統折衝。在這之前，先讓我們分析關於台灣最有名的作品之一，是佐藤春夫根據台灣的旅行經驗所寫成的小說，其舞台的設定與西川滿的兩篇小說相同，並形成有趣的對比。

## 佐藤春夫的〈女誡扇綺譚〉

佐藤春夫是日本20世紀上半期最著名的作家和詩人之一（參照秦恆平 1997: 22-26, 32-35；Keene 1984b: 631-44；桶谷秀昭 1987: 248-309；佐藤春夫 1944）。承襲家學的漢學傳統，同時他也嫻熟於西洋文學，並且出版過多種外文翻譯。1920年佐藤春夫到台灣以及中國南方沿岸旅行。關於佐藤春夫這次旅行的理由已經有很多

的記述，但最重要的是他與谷崎潤一郎夫人的情事。[1]在遊記〈那一夏的記事〉中，佐藤春夫對情事輕描淡寫，並將旅行的動機歸因於「某些令人抑鬱的事由」，「舊友的友情」，還有「以及我還未見過的南國風光魅影」。他回日本之後，根據這次旅行經驗寫下了各式各樣的作品，有小說、隨筆和遊記。其中最有名的作品是短篇小說〈女誡扇綺譚〉。這篇小說常常用來作為異國情調的代表作品，而佐藤春夫本人也將此作品列為他最喜愛的五篇作品其中之一。

　　佐藤春夫關於殖民地台灣的作品並不是隨興的遊記形式，例如像夏目漱石著名的〈滿韓漫遊〉，或芥川龍之介的〈支那遊記〉。[2]第一篇作品〈南方紀行〉是佐藤春夫描寫在中國東南部兩週旅行的遊記。佐藤春夫對中國嚴厲的批判態度，從他抱怨馬虎的門房，城鎮的污穢和氣味，以及廈門市內到處貼滿反日的海報中可以看出。他也出版了一些受到中國經驗所啟發的短篇小說，像〈星星〉[3]

---

1 1920年代初期，剛登上文壇的浪漫派詩人和作家佐藤春夫已經抑鬱寡歡了一段日子。他返回家鄉和歌山縣新宮市休養，並見到青梅竹馬的好友，是當時在高尾（現在的高雄）行醫的東熙市。在東熙市的邀請下，佐藤春夫與他一起回到台灣。他們在6月離開和歌山縣，並在7月5日抵達殖民地。佐藤春夫在同年10月15日返國，原本的短期旅行延長超過三個半月。殖民地報紙報導了他抵達的新聞，同時在他停留台灣期間，殖民政府當局待之為上賓。有些學者指出，這次旅行的原因是因為與谷崎潤一郎夫人千代之間的戀情受挫，以及同時與他同居的愛人梅山加代子失和。事實上，結束旅行返國之後，他馬上與梅山加代子分手，並在隔年公開與谷崎潤一郎斷絕關係。關於佐藤春夫台灣旅行的細節，請參考藤井省三（1998: 79-87），與谷崎潤一郎的關係，參照桶谷秀昭（1987: 279-81）。

2 1910年，夏目漱石至滿洲旅行並經由朝鮮返回日本。〈滿韓漫遊〉是這六週的停留紀錄。他回國之後不久，〈滿韓漫遊〉便在《朝日新聞》連載。在夏目漱石的旅行之後十年，芥川龍之介於1920年以《大阪每日新聞》海外觀察員身分，到中國做為期四週的旅行。

3 參照《改造》（3[3][1921年3月]），再版收入佐藤春夫（1998, v. 4: 33-53）。〈星星〉包括另一篇刊登於1月號的〈黃五娘〉。

（hoshi）。但是他在台灣滯留時期所創作的數量遠遠超過這些作品，包括遊記、隨筆和短篇小說。比起對中國批判有時流露的輕蔑眼光，佐藤春夫對殖民地的描寫是更複雜的，更經過琢磨而且細緻的。筆觸中經常流露出同情原住民和台灣在地知識分子的態度。佐藤春夫的中國和台灣相關作品，在出版時間上有極大的差距。中國是日本往昔以及未來的敵人，而台灣相關作品則反映出他對日本殖民地有其政治敏銳性的描寫。佐藤春夫出版的第一批有關台灣的作品，是改編自地方民話，如〈鷹爪花〉、[4]童話〈蝗蟲的遠征〉[5]，以及在第2章已討論過的原住民傳說〈魔鳥〉，原先被認為應該是最先出版的台灣遊記，但卻要等到五年之後。這份資料暗潛的敏銳度，可明顯地從他造訪原住民部落霧社[6]的紀錄看出。佐藤春夫在薩拉茅事件之後短暫地拜訪霧社。此事件是原住民的小型武裝反抗事件，並預告了十年後一場更大、更殘酷的暴動，史稱「霧社事件」的來臨。雖然謠傳有百位以上的日本人遇害，但很明顯地，佐藤春夫還是傾向同情原住民。他描述了部落因經濟困難而陷入困境，以及看見原住民的學童為了理解距離他們極為遙遠的概念，例如宗主國首都東京以及天皇，的苦苦掙扎時，所反映出來的矛盾及悔恨的觀點。理所當然地，1936年結集成書出版時便馬上遭禁。

　　1932年，佐藤春夫旅行之後的十二年，以及滿洲事變一年後，他出版了另一本遊記《殖民地之旅》。[7]當中，他回憶曾經會面過的當地知識分子，以及與他們之間有關的現代化、殖民化和文化認同等許多對話。佐藤春夫企圖維持他的位置——保持距離的觀察者，

---

4　參照《中央公論》（38[9][1923年8月]），再版收入佐藤春夫（1998, v. 19: 165-67）。

5　參照《童話》（2[9][1921年9月]），再版收入佐藤春夫（1998, v. 4: 67-70）。

6　參照《改造》（7[3][1925年3月]: 2-34）。

7　參照《中央公論》（47[9][1932年9月]: 92-132；47[10][1932年10月]: 1-14）。

以便傾聽，以及讓當地人表達對於各式各樣主題的看法。從一位老
詩人拒絕介紹積極追求日本所有流行文化新事物的年輕世代給佐藤
春夫，展開他消極的抵抗的描寫來看，小心篩選的回憶錄和角色的
部署，讓這部作品有社會科學的氛圍，彷彿展開了被殖民者的分類
學。佐藤春夫覺得有必要告訴首都的讀者們關於殖民地的完整故
事，而不是只有滿足他們對原住民無止境的好奇心，因此提供了微
妙差異的記述，描繪他與台灣知識分子的邂逅。[8]

　　佐藤春夫十二篇有關殖民地之旅的作品當中，〈女誡扇綺譚〉
是最為人知並且是藝術完整程度最高的作品。在結構上，比起稍後
將要討論的西川滿「敘事中的敘事」小說，〈女誡扇綺譚〉的敘事
結構更加直接。即便如此，階級、性／別，以及殖民地歷史研究等
複雜問題隱藏在看似單純、直線鋪陳的軌道當中。

　　主人公是派駐殖民地的日本記者，和當地的年輕漢詩人、世
外民[9]成為朋友。兩人一起出遊，前往著名的赤嵌樓，在歸途中，
兩人迷路進入荒廢的漁村，在此處，敘事者詳細述說其「荒廢之
美」的概念。雖然赤嵌樓以及環繞漁港周遭的歷史複雜而重層，但
對敘事者毫無影響。他堅持：「安平港的美會如此地感動我，並不
一定是因為它豐富的歷史。無論是誰或是他到底認識這個地方有
多少，他們只需走進來看看這個城鎮的荒廢，任何有感情的人都會
注意到它的沉鬱之美」（227）。世外民對著名景點和歷史古蹟充滿
熱情的評論，卻遭受充耳不聞的下場。「事實上，在當時我是如此
的年輕，對歷史沒有絲毫的興趣。當我看到我的朋友、世外民和我
一樣，是個立場中立的年輕人，對於過去卻懷有如此的敬意，我

---

8　關於〈殖民地之旅〉更進一步的探討，參照河原功（1997: 3-23）。

9　這個名字意味著「世外之人」，同時很明顯地類似筆名或雅號。事實上，有幾篇
　　文章是以這個筆名發表在各種文學雜誌上，因而引起大家紛紛猜測作者的真實身
　　分。最有力的說法是作家邱永漢的筆名，但邱否認。

所能得到的結論便是詩人體內所留的中國人的血液的確是不同的」（299）。

　　兩人迷路進入一座廢棄的宅院。雖然已經老舊，但其過去的鼎盛，以及繁華的痕跡仍然讓敘事者傾倒。當地居民告訴他們這座宅院曾經是屬於當地沈姓富商所有，據說他是南台灣的首富。雖然金紅色的梁柱已隨時間風化而褪色，它原本金碧輝煌的樣子仍不難看出，

> 　　如果我是一個真正的鑑賞家，我也許會嘲笑這個殖民地富人似是而非的品味。但是歷經風吹雨打這個地方雖腐朽了，但也將它從低俗的品味中解救出來。而且，由於只有部分的建築殘存，讓人更有想像的空間，在悲嘆種種不協調前，對於它的異國情調應該感到欣喜。

兩個人因為聽到樓上傳來女人的聲音而感到震懾。由於已經派駐殖民地三年，所以敘事者對於當地語言已有某種程度的熟悉，很明顯的那不是大多數人所講的廈門地方語言。他的當地人同伴卻懷疑那是泉州話，好像說著：「為什麼呢？你為什麼不早點來呢？」

　　由於受到驚嚇，兩個人馬上離開廢墟。一位老婦人在聽到兩人奇怪的遭遇之後，便告訴他們關於這座宅第有幽靈出沒的故事。沈家最後的主人是從中國東南沿岸來的第四代移民。他的家族以各種謀略及狡猾的手段累積龐大的財富，包括詐取他人的土地。命運為了懲罰他們的惡行，讓曾經為他們帶來可觀利潤，以及華宅的貿易船隊，在一夜之間被暴風雨摧毀。接踵而來的厄運是，家族成員接二連三的死去。到最後，只剩下沈氏的女兒一人，貧困潦倒，靠她的鄰人接濟食物。她意志消沉而終致發狂，等待著她的未婚夫，而他的船隻卻從未抵達。當地人常看見她穿著華麗的嫁衣，對自己以

及她想像中未來的丈夫說話。敘事者與他當地的朋友對於如何解釋這件令他們背脊發冷的遭遇，並未達成共識。世外民相信他們遇到了超自然的事物，但是敘事者則駁斥為迷信，

> 世外民似乎真的相信禿頭港的這座荒廢宅第存在著某種不可思議的東西。仔細想想，這故事聽起來很中國。一個美麗女子的幽靈佇留在老舊荒廢的宅子裡，在中國文學中是老掉牙的主題。中國人對於這樣的故事一定覺得很熟悉，但對我卻不。如果說這座宅子有某種東西吸引我的話，那應該是所有的東西都非常巨大而且顏色俗麗。如果我真能傳達它對我所透露的訊息的話，那也許是某種將浮世繪畫家芳年的狂想畫低調處理過的東西。它畫作角色的性格是強而有力的大陸類型，在其野蠻的特質中有著某種現代感，其中主題的美與醜是共存的。鬼故事經常安排在沒有月亮的夜晚或是明月皎潔之下，但這個故事發生在熾熱明亮的大太陽下，是唯一的救贖之處。但它仍然是個完全缺乏說服力的鬼故事。雖然如此，世外民還是完全地被它吸引住了。不，應該說是被它嚇著了！也許他認為他真的曾和鬼魂交談過。（245）

這位記者身分的敘事者扮起偵探來，反駁世外民的堅決主張，他主張他們所聽到的聲音應該是來自活生生的女人，而且說話的對象不是他們，而是另有其人。[10]

> 「但是村裡的人們這些年來所聽到的，來自同樣的聲音所說

---

10 佐藤春夫和谷崎潤一郎，以及與其他大正期的作家一樣，對於新引進的偵探小說類型有狂熱的興趣。他曾經寫過許多關於此種小說類型的隨筆，如〈偵探小說論〉和〈偵探小說和藝術品味〉，參照佐藤春夫（1998, v. 19: 273-76, 340-45）。

的同樣的話，那該作何解釋呢？」

　　「我不知道」，我說，「因為我沒有聽到他們所聽到的。也許其他人和你一樣，喜歡幽靈的人便會聽到的。我不在乎以前所發生過與我無關的事情……世外民，你是過於詩人氣質了。你過於沉浸在傳統之中。要記住，在月光下，事物看來是朦朧不清的，我無法分辨它是美是醜，但是在太陽光下是能夠看得清清楚楚的。」（246-47）

此處有現代主義者傾向的日本記者與傳統在地詩人之間關於幽靈的閒談，轉變成為一場針對民族文化和唯美主義的批評論述。多半由敘事者所提出的對照，所呈現的是新（相信古老幽靈故事）與舊（以科學的理性來反駁它）。如將此看似單純的小說放到殖民地脈絡當中，這篇小說便暴露它對帝國主義的深層暗示，以及殖民的過程。因此一個關於古老的幽靈是否存在的討論，在意想不到的情況下，由超自然現象的閒談突然轉變成為一個較大主題的論述：過去的歷史研究。鬼故事是被未解決的過去以及紛擾的現在所綑綁的敘事。將鬼怪幽靈解讀為向過去（歷史）招手的符號象徵，敘事者（殖民者）拒絕，也或許無法聽見遠在日本殖民者進入這個島嶼之前，過去（歷史）向當地人們訴說的聲音。敘事者反覆地從過去的遺跡移開他的雙眼（此處指的是鬼故事和廢墟），以及企圖透過他的視線轉移到非政治，以及有普世價值的唯美主義，以達到去歷史化的目的。對於廢墟完全不同的認知——敘事者所看到的，和當地年輕人世外民所看到的——反映了歷史詮釋的差異，此處指的是台灣殖民地前歷史：

　　　　幽靈繼續棲息在廢墟中的美學概念，是中國傳統樣式。容許我如此說而不要生氣，那似乎是種亡國氛圍的品味。已經死去

的如何能長久存在呢？已死去的難道不是因為已經不再存在了嗎？（247）

但世外民大聲地反駁這個觀點：

> 已經死去的與已經荒廢的是不一樣的，不是嗎？當然，已經
> 死去的當然確實已不存在，但所謂的荒廢，是逐漸消失當中仍
> 然殘存，活生生的精神。（247）

當美學觀點的討論轉變成為存在論，顯示了敘事者與當地年輕人之間有認知上的隔閡。當然，敘事者與在地者都是作者所創造的，而世外民則被設計成為傀儡，軟弱地對抗敘事者對於被征服他者的歷史，以及對文化充滿自信的論述。佐藤春夫小心翼翼地不要創造出遲鈍並且傲慢的殖民者角色，相反的，他刻畫出一位具有不尋常的美學意識，以及對過去毫無耐心的現代年輕人。當他駁斥當地超自然的歷史是中國文化時代錯誤的因素，並將荒廢宅第已遲暮的繁華與人氣畫家芳年充滿活力的繪畫連結時，主人公重複地從歷史到美學，轉移他與世外民對話中的焦點。問題是，是否敘事者對歷史的抹消，或者更正確地說，無視歷史的存在，是一種有意識的行動或徵候，或者是他無法察覺到過去是不屬於他的呢？

　　故事一開始的場景便勾勒出他者的無法理解處。當兩人初次來到荒廢的赤嵌時，歷史狂的世外民便忙著研究古地圖以便確認各種重要的歷史古蹟，而敘事者，對於人工的建築毫不關心，放眼看海：

> 在我眼前展開來的是一片泥海。無數帶有黃棕色的海浪一波
> 接一波地翻滾而來。十層二十層這樣的語彙是有的，但是在我
> 們的字彙中並沒有足以形容一層接一層急來湧退的波濤。這些

波濤伸展到地平線，然後被推擠到我們的站立處……在完全混濁的波濤表面上，即使午間將至的熱帶太陽也似乎無法讓光線反射……這片奇怪的海洋沒有折射。……在响午明亮的太陽下，燒灼而發白。彷彿吸盡所有光線的海洋……在激烈躍動的景色中沒有任何聲響。有時，潮濕而似有似無的微風，宛如瘧疾病人的呼吸般，吹拂而過。所有一切意象都凝聚在風景的內部。多樣的象徵讓我充滿了宛如被惡夢驚醒般不自在的感覺。不，那不只是因為那個光景。在目睹了這個海景之後，有兩三次，自爛醉的夜晚清醒，每每便因做了與此肅殺的海濱相似的惡夢而驚嚇不已。（229-30）

這並不是隨興的觀光客所做的粗淺觀察。這個動盪的海景對這位身在異域中的陌生人是不友善而且異樣的。黑水吞噬了太陽光與沉默，籠罩著波浪，持續不斷地躍動。殖民地他者的異國景色，召喚了令人恐懼的內部風景的夢魘版本。在有意識的層次，敘事者能夠憑藉他現代的、理性的世界觀來反駁過去不可思議的殘餘，但在更本能的層次，他們則帶給他無意識的衝擊，以及出現在他的夢境裡。

　　結果事情的轉變，證明敘事者的判斷是正確的。他們所聽到的聲音，是屬於一名活生生的女子的，而她利用廢棄的宅第與情人幽會。他狂喜，是因為科學和理性主義勝過了非理性的迷信，但他的喜悅是短暫的。這個故事很快地轉為充滿陰謀與神祕的偵探小說。敘事者為了對世外民證明他的理論，將他帶回荒宅。這次他們斷然地上樓並在那兒發現了一把象牙扇子，上面刻著班昭《女誡》[11]中的

---

11 關於班昭（西元48-116年）以及她的訓誡，參照Swann（1932），以及Yu-Shih Chen（1996）。

一章。這個發現讓敘事者開始推測扇子原本的主人，以及最近的用途：

> 精緻的設計，非常適合父親或母親在摯愛的女兒出嫁時送給她——這扇子應該是屬於沈家的。於是我想像來自禿頭港貧窮人家粗野且傲慢的女孩：隨著她的本能，對於這棟有著恐怖傳說的房子沒有恐懼，忘卻了什麼樣的人曾在這裡經歷了什麼樣的死亡，她躺在這張華麗的床，拿起刻有訓誡婦德的扇子，把玩它，用它為她滿身大汗的情郎送起陣陣涼風。（256）

敘事者非常確信，這對多情的情侶是利用這棟荒廢的宅第作為幽會的場所。在現代的下層階級情侶所占據的同一張床上，貴族的沈家小姐謹守封建倫理的教條，在此度過了她的一生，這樣的並列關係引起了敘事者其現代主義式的美學興趣。由於他不相信關於這座宅第的鬼故事，他享受著進入荒宅時恐怖危險的氛圍。

不久之後，一個年輕男子被發現自盡於這座荒宅。敘事者催促世外民進行調查。他知道屍體是由地方商家的婢女所發現的，再更進一步的調查，發現婢女原來是死者的愛人。她的雇主違反她的意志將她許配給日本人，她的台灣情人因此意志消沉而在他們曾經共枕的古床上方懸梁自盡。

這個故事暴露了殖民地脈絡中，女性的地位受壓迫的基本現實。在台灣傳統社會的父權制度中，女性幾乎沒有自由決定自己的命運。這故事中的婢女只能以死來回應這椿違反意志的強迫婚姻，而這也明白地反映了女性對於封建迫害的一種現代式抗議。透過將被拒絕的日本求婚者，以及屬於真愛的在地台灣人事件置入殖民地脈絡中，佐藤春夫增加了意義上的新層次。日本殖民者偷走了在地被殖民者的愛人，而這個在地被殖民者被迫自殺，對掠奪他已互訂

終身的伴侶一事表示抗議。

## 殖民者的欲望以及殖民者的後援：〈稻江冶春詞〉

殖民地女性與殖民者男性也是西川滿小說〈稻江冶春詞〉中的主題，本篇小說講述敘事者（日本男性）與台灣藝姐之間的羅曼史。

故事的開端始於一個日本男性與台灣藝姐[12]抹麗（她的藝名），兩人已經交往了大約一年。在元宵燈節的傍晚，抹麗提議一起到財神玄壇爺[13]的廟裡去拜拜。男主人公聽到抹麗向神明祈求錢財，使他對她浪漫的憧憬有了一點幻滅。之後，他們一起到抹麗位於河邊一家茶行的樓上簡單但整齊的家，就在她的房間裡碰巧看見了一張十來歲青年的照片。他被迫再度評估抹麗。對他而言，現在她是一位對兒子奉獻無私的愛的母親。但他也決定不讓抹麗知道，他將不再見她，好讓她能成為一位堅強的母親。

兩個月過去了，一個年輕的男孩子出現了，請求他去探視他母親。他知道這一定是抹麗的兒子，便跟隨他前去，結果發現抹麗正在彌留邊緣。在她失去意識之前，他們最後一次一起分享傷感的時光，眺望河川對岸的山，那象徵著抹麗渴望著更美好的生活卻未能圓竟的夢。

---

12 高級娼婦，類似日本的藝妓，在酒席之間款待男客。雖然性交易並不在工作場合公開進行，但是一般的共識是，如果雙方能夠同意價格，便能夠與其達成交易。

13 元宵燈節是一月十五日，為中國新年之後的第一個滿月。玄壇爺是趙公明，是以惡鬼剋星以及契約的守護者著名的古代人物。通常他被塑造為黑身黑面，跨騎老虎，手執鋼鞭的形象。雖然通常是在三月十五日慶祝他的誕辰，但是在元宵燈節當天，他塑像遊行隊伍經過聚落時，居民會朝他丟擲鞭炮。參照野口鐵郎（1994: 401）。

　　這個故事有著西川滿獨特的浪漫筆調。故事背景的設定並非偶然，因為稻江是沿著台北邊境由南流向北部的淡水河之詩名。這個城市沿著該條河川發展，某些河岸邊的區域成為城市最古老的地區。大部分的日本人居住在城市的中心或南部，但是西川滿特別為北部區域，即大稻埕所吸引。在那兒，台灣式的建築與外國商人所居住的西式建築雜陳其中。在西川滿日後的自傳中，如此回憶台北周遭的種種：

　　　　在城裡各式各樣的古老區域中，我對艋舺並不太感興趣，因為那兒純粹是中國樣式的區域。[14] 而外國人曾經居住的大稻埕，東西樣式調和，所以對我極具吸引力……。至少一天一次，我幾乎沒有不走過這些街道的。（下村作次郎、藤井省三、中島利郎、黃英哲編 1995: 418）

這段必經之路，捕捉了西川滿對台灣的浪漫觀點。他為台灣所著迷，不過是根據他自己的說法。雖然他經常宣稱對這塊土地的情感，但是他對於最傳統的、純中國樣式的美並不真正感到興趣。讓他感到興趣的是，有異國情調的東方和西方的混合體。在異國情調混雜的土地中，西川滿為他越界的浪漫奠定了根基。

　　西川滿對於異國風情的品味，可從祭典的描寫中明顯看出。地方祭典栩栩如生的視覺以及聲音──鞭炮、鑼鼓陣、舞動的神轎，以及繽紛閃爍的燈籠──這些都是西川滿民族誌式的敘事，活潑而且豐富的表象襲擊著讀者的感官。但是敘事者卻並不為祭典的實際因素所著迷──向神明求財。事實上西川滿對於祭典的論述，顯示殖民地文本關鍵性的界線：他們的特徵是無法解讀表面之外的現

---

14 萬華位於台北南部靠近河川的區域，一開始被開發成為河港。

象，以及了解事物和事件的完全文化意義。文學作品後殖民閱讀的一個優勢是，它揭露了殖民作家的盲點。圍繞著祭典熱鬧的活動在台灣社會的脈絡中有其目的和意義，忽視或拒絕這個文化意涵，西川滿所進行的一項暴力行為便是——從他們的脈絡剝奪文化的魅力之處，並提供給日本讀者有品味的異國情調藝術品。殖民浪漫主義在顯現（表面的美）的同時，也是隱藏（社會意義）的。

我們從擁擠而且熱鬧的街道，被引導至抹麗位於閣樓安靜的房間，放眼看去是外國人（西洋人）的漂亮宅第，建築在淡水河對岸的大屯山坡上。樓下茶行傳來令人愉悅的茶香，瀰漫整個房間時，抹麗正吟詠名詩人連雅堂[15]所寫給她的古詩，為主人公帶來陶醉的片刻寧靜。這個寧靜被打破了，因為主人公發現了一位少年的照片，而這正是她兒子。抹麗說明丈夫在多年前去世時，她只有十八歲。她的父母勸她賣了孩子改嫁，但她卻選擇自己撫養孩子而成為藝妲。抹麗非常自負能夠供兒子上中學，而現在他即將要畢業了。

主人公為抹麗的獻身精神所感動，以全新的眼光看待她——一個為兒子竭盡所能的「堅強母親」——並且不得不重新思考聽到她祈求好運道時的輕蔑感。由於男孩即將從中學畢業，他決定為他買支手表當作畢業禮物。當他離開時，抹麗送了一本連雅堂的詩集給他。他對於這位著名的老士紳拜訪藝妲並教導她們漢詩這件事沉思了片刻。之後他細想自己與抹麗的關係：「如果在這時候，我仍然繼續頻繁地與這個女人見面，我不知道我們將會陷入什麼樣深入的關係，而那當然不會帶給她幸福。我必須成全她過自己的生活——當一個堅強的母親。」主人公描寫他如何採取自我犧牲的仁慈舉動，決定斷絕與抹麗的關係。抹麗嚴峻的財務狀況，以及感情的結果在文本中只留下暗示。

---

15 雖然漢詩為連雅堂博得名聲，他最為人所知的身分還是第一部台灣通史的作者。

　　西川滿對於抹麗的描寫，並不單純只是個在地底層（subaltern）
女性的符旨。抹麗有著過去，雖然是不幸的，但她將希望寄託在兒
子的未來。形成對照的是，敘事者是個無解的局外人，我們對他也
一無所知。雖然這造成被凝視的客體，抹麗，對讀者而言是有親近
感的，但也在兩者之間構築了不平衡的權力關係。抹麗和敘事者之
間缺乏了有意義的對話，因而產生了許多誤會。從抹麗房間的窗外
望去，敘事者只看見朦朧的河川，以及西下的夕陽。抹麗所看見的
是河川之外，位於山邊外國商人的宅第，而這象徵她渴望更幸福的
生活，以及社會地位的改變。這個殖民敘事者終究只是殖民地的過
客，有著以純粹美學樣式的奢侈來欣賞它。對抹麗而言，這塊土地
刻滿了她生命的界線與潛在的可能性。當抹麗揭開了她過去與現在
的個人隱私，敘事者的印象深刻，甚至被感動了，但他所能回報的
只有給她兒子的手表，因為他無法描摹他們兩人的未來，決定不再
見她。殖民者的後援，以及殖民者的欲望同時被收回。

　　為了避免殖民者男性和底層女性之間的羅曼史，被限制為情欲
和支配關係的公式化，西川滿創造了一個全新的故事。但是母性的
主題將他陷入一個不同意識形態的陷阱。母親形象在戰爭期間被利
用，鼓吹女性以生產來支持政府的家庭議題，以及狂熱地犧牲他們
較年長的兒子奉獻給軍隊，來達到對戰爭貢獻的目的。[16]抹麗第一任
丈夫以及她兒子父親的死，是象徵性地解讀為父親的土地——中國
的喪失。當抹麗告訴敘事者她身為母親的角色時，他已無法再將她
視為只是為了享樂和欣賞的性之客體，一段與過去有著歷史的連結
被加諸在抹麗被性欲化的身體上。當敘事者知道抹麗是個母親的時
候，他與她的關係呈現了新的意義和責任。對於養育下一代的角色

16 戰爭時期脈絡中對於母性意識形態的動員，更詳細資料參照櫻本富雄（1995:
　 121-26)，以及木村一信（2000: 88-123)。此外也請參照第7章我對呂赫若的
　 〈鄰人〉所做的探討。

的慎重，敘事者打了退堂鼓。諷刺的是，隨著她的死亡，他必須獨自負起對男孩的責任。

這個故事另一個聳動的因素是，連雅堂──當地的歷史學家，與業餘的狂熱愛好歷史的敘事者之間的關係。兩者──一個是當地的詩人，另一個是殖民者文學家──之間的連結只有透過底層女性的身體。敘事者一開始對於這位老學者拜訪藝妲這件事感到困惑，當他發現老學者造訪抹麗是為了教導她詩詞，便又回復了對他的尊敬。當抹麗往外望著大屯山時，口中切切地吟詠的正是連雅堂的詩。這些詩融入了她的沉鬱與夢。連雅堂在西川滿的故事中出現，這不是唯一的一次。他的名字在我們將要討論的下一個故事〈赤嵌記〉中，將再度出現。這個故事與佐藤春夫的〈女誡扇綺譚〉有明顯的關聯性，即歷史主題，它的可信度，以及與現代化的關係將再度成為焦點。

## 〈赤嵌記〉

〈赤嵌記〉寫於1940年，與〈稻江冶春詞〉同一年。它同樣發表於《文藝台灣》，但是兩個故事無論在形式、氣氛和內容上都完全不同。[17]即使如此，它們共有的潛在焦慮是多數殖民地文學的共同現象。乍看之下，〈稻江冶春詞〉似乎平淡無奇地描寫一位日本男性與當地女性的短暫邂逅，而〈赤嵌記〉則是台灣史和殖民地政治的野心論述。同時閱讀〈女誡扇綺譚〉和這些作品，能讓我們將西川滿定位於不同類型而且較廣的殖民地浪漫主義論述中。殖民地

---

17〈赤嵌記〉最初刊登於西川滿的雜誌《文藝台灣》（1[6][1940年12月]），之後再版以單行本發行了705部。1942年東京的書物展望社，將此篇作品與其他短篇小說一起收入並以此作為作品集的書名。這部作品集在第二年獲得了台灣文化賞並被認定為作者的代表作。

浪漫主義聲稱佐藤春夫為其創始者之一，同時也釐清了兩者之間的差距——將只有在台灣短暫停留的旅行者佐藤春夫，以及滯台者西川滿做了區隔。西川滿的詩和短篇小說以充滿浪漫感傷而著名。他對於歷史的興趣雖然不常被討論，但它卻能夠幫助理解殖民地作家西川滿的心理構造。雖然西川滿自兩歲起便居住在台灣，之後他滯留東京六年，返台後才對台灣歷史的開始產生興趣（1927-1933）。西川滿在發表於《台灣時報》雜誌的隨筆（1938年2月）中，坦承：

> 我在十五歲時第一次踏上日本（內地）而且為其山河所擁抱。之後，那也是第一次我能夠理解為何我總是對這塊稱為台灣的土地有著無法形容的悲傷。這悲傷的原因也許來自於，也許我用錯了字，沒有歷史。……數年之後，我回到台灣……我理解到台灣沒有歷史這般孩子氣的意見是如何的荒謬，我不由得生我自己的氣，但是，從之後的情況來看，我知道那不是我一個人的錯誤。當我們年輕時，有多少人被教導過在成為我們殖民地之前台灣的歷史呢？只有關於濱田彌兵衛、[18]鄭成功，以及吳鳳之外，其餘的全是日本歷史。

由於缺乏台灣歷史知識，以致無法在小說中使用歷史材料寫作，西川滿對此感到不悅。引導他的是連雅堂的《台灣通史》，是由當地者的觀點所寫成的第一本有系統的史書。除了是當代著名的歷史學家之外，連雅堂也是有名的詩人，如同我們已在〈稻江冶春詞〉所看到的，西川滿常在他的小說中節錄連雅堂的詩和隨筆。西川滿對連雅堂作品的敬意和喜愛，很明顯地可以從西川滿各種隨

---

18 濱田彌兵衛為德川秀忠所屬船隻的船長，後來以妨礙荷蘭台灣間的貿易之罪名而遭拘捕。

筆、小說中看出。連雅堂是先驅的詩人和歷史學家，他認為必須為
後代子孫記錄台灣的歷史。連雅堂在《台灣通史》的序言中，指出
出版這個島嶼的詳細而且正確的紀錄是必要的。連雅堂透過歷史敘
事記錄台灣的過去之呼籲，與西川滿積極挖掘台灣歷史的熱情不謀
而合。西川滿以一貫的誇張方式說道：

> 啊，台灣！你是無限歷史的寶庫，繁盛的宗教陳列室，是歷
> 史研究未經淬鍊的守護神。啊，台灣！你是東西文化交會的璀
> 璨島嶼。我很高興能夠居住在此。我對歷史所洋溢的熱情應該
> 被發掘。[19]

〈赤嵌記〉是西川滿嘗試創作與過去的重要歷史事件相關的虛
構歷史故事。這個故事充滿了來自史料的微末細節，在將異國台灣
浪漫化的主張，以及忠實地論述台灣歷史的企圖這兩者之間，我們
可以看見作者顯現的掙扎。「赤嵌」這個名稱是來自於普羅民遮城
（Provintia），由荷蘭人建造，後來成為台南府城。當鄭成功（國姓
爺）於1661年驅逐了荷蘭人，他重新將此城市命名為承天府，並
且利用這座城堡作為基地。鄭成功從大陸帶來他的家人、私人軍隊
和士兵們的家眷，定居於城堡周圍並從事開墾。當鄭成功和他的軍
隊於1683年為滿清政權所擊敗，當地人便回復使用原住民對此地
區的命名「Cha-ka-mu」，當地的閩南語發音為「*chhiah-kham*」，因
為城堡為紅磚所建築，這個發音的表字「赤嵌」便用來表記聲音。
之後日文讀作「sekikan」，北京話讀作「chikan」。這個地方複數
的名稱——從Cha-ka-mu、普羅民遮城、承天府、*Chhiah-kham*、

---

19 引自《台灣時報》（1938年2月：65-67）的隨筆〈歷史のある台灣〉。再版見中
　島利郎、河原功編（1998, v. 1: 449-51）。

Sekikan到Chikan ── 可以看出台灣過去四百多年來殖民地歷史的
過程。赤嵌樓一直成為島上文化和政治的中心，直到日本殖民政府
於19世紀末在北部的城市 ── 台北建立了現代化首府。經過多次
的改建，赤嵌樓仍然是重要的路標和觀光景點。激起西川滿好奇心
的原因是，這座有歷史的建築物、一座古城，為何會在城市荒涼的
一角荒廢至此呢？雖然西川滿自從二歲開始便居住在台灣，他鮮少
造訪南部。對他而言，這座島嶼的南部，特別是台南，代表古老的
台灣。西川滿主要依據多部史料，創造出他所處於的當下，以及17
世紀時，這座城堡及其周遭的生動且極為精緻的形象。

　　這個故事的雙重結構：是一部將時間設定於現代框架來介紹三
百年前的故事之小說。故事一開始，敘事者，即一位著名的小說
家，到台南做關於保存歷史文化的演講，並拜訪他久已耳聞的赤嵌
樓。在此，他遇見一位陳姓青年，並與他交談。這位年輕人在前一
天曾聽過他的演講，而敘事者在演講時談到他還未造訪這座著名的
城堡。為了能私下與他有談話的機會，陳姓青年在此等候了一天，
期待這位作家能夠決定拜訪這個著名的景點。陳催促他創作與這城
堡有關的歷史，但敘事者說他對歷史並不感興趣。但是，他表示會
考慮創作有關年輕情侶在月光之下於此相會的浪漫小說。陳答應敘
事者，當天傍晚將會帶他到娼家，幫助他尋找愛情故事的靈感。

　　一開始，敘事者懷疑年輕人的企圖，但他最後決定繼續冒險。
當天傍晚與陳姓青年見面之前，他漫無目的地來到了一家金紙舖，
並為一幅水墨畫所吸引。畫中一對男女為一行人所簇擁著，由其中
流行的民俗歌曲的歌詞來看，畫中人物是文正公（陳永華）的女兒
和她的丈夫。[20] 被這張樸實無華的民俗畫所吸引，敘事者願意出高價

---

20 陳永華掌控所有的國政，是鄭成功重要的家臣。鄭成功的兒子，鄭經，命令兒子
　　鄭克臧與陳永華的女兒聯姻，以鞏固陳永華的忠誠。參照Wills（1999: 95-102）。

買下這幅畫，但被店主人的母親頑固地拒絕了。

陳出現了──穿著一襲傳統的中國長衫而不是西服──帶著敘事者到幾個有歷史典故的景點之後，最後來到一處雅緻的房舍，在此他們會見了一位漂亮的女子。那個傍晚充滿了令人愉悅的精緻品味、絕妙好茶和熱烈的詩評。在這當中，這對年輕男女告訴敘事者有關鄭成功繼承人的故事，那與連雅堂極為權威的歷史記述有極大的出入。在這個版本裡，鄭氏家族的繼承問題充滿著腥風血雨的陰謀。鄭成功的長孫及指定繼承人，鄭克臧，在他的岳父文正公的輔佐之下，想要完成未竟的目標：回復被顛覆的大明帝國，並重建明朝初年中國在南海，以及東南亞所享有的海權優勢。然而鄭克臧的叔伯父們貪戀在台灣已經建立的優渥生活，無意參與姪兒的偉大計畫。他們散播克臧為庶出的謠言，謀害他與他的家族並以他弟弟鄭克塽取而代之。

敘事者離開此處並懷疑這個事件版本的可信度，但數日之後他收到青年所寄來的書《台灣外記》，和金紙舖的老婦人拒絕賣給他的畫一樣，是支持另一個論述的。[21] 細讀這本書後，作家被深深地吸引住，並決定再度拜訪年輕人。但循線追查包裹上寄出的住址，他來到一座古老而且荒廢的廟，一座陳氏家廟供奉歷代死者的牌位，

> 這裡有陳永華以及夫人的牌位……所以這座古廟是鄭成功治世時陳的官邸……在這座宅第，永華痛苦地死去。我感覺到歷史憤怒的力量朝我襲來，使我幾乎無法呼吸……
>
> 這廟變得更昏暗了。裡面的庭院一片死寂。除了布滿了蜘蛛網的巨大燭檯，周遭沒有半個人影。我在牌位之前動彈不得，

---

21 江日昇的《台灣外記》（活躍全盛期為1692年前後）是唯一完全以鄭成功及其後繼者為主題的歷史。

為召喚我至此的無形力量所震懾。也許陳姓青年與那位女子是
監國克臧以及文正女陳氏─的鬼魂吧，據說以前的人經常看
到……當然我必須保持冷靜。在現代這個時代，嚇嚇小孩子的
鬼魂當然不可能出現。年輕人應該是陳氏一族的子孫，他的命
運與這宗廟是相連的。儘管如此，難道我不該認為，那的確是
鄭克臧和他夫人，讓青年以不尋常的手段，無論我應否的情況
之下，將我誘導至此，而企圖由史家的手中奪回延平郡王（鄭
成功）的第三代子孫的真實故事？魂魄有知，請安息吧！我應
該不會再見到青年了。我也打算不再追究文正公兮文正女這首
古老民謠了。正是由於這歌曲曖昧不明，才讓這故事有著飄渺
的餘韻。我拖著沉重的腳步，試圖離開累世百代陳氏祖先的牌
位。（中島利郎、河原功編 1998, v. 1: 234-35）

## 殖民者權力VS.在地者抵抗

　　性／別與歷史在這些小說中是交錯的。〈稻江冶春詞〉中的
藝妲抹麗，是兩個男性：殖民者的知識分子，以及被殖民者的詩人
／歷史學家之間典型的中介者。抹麗的歷史認知使得敘事者從她身
上收回殖民者的欲望和後援。在〈女誡扇綺譚〉中，在不同的現代
文化影響下，有關美學和歷史詮釋的對話成為焦點。而性／別問題
成為全書後半的重要主題。刻在扇子上的字，是規訓女性端正行為
的古訓。沈小姐──決定一年又一年地等待她的未婚夫──而年輕
的婢女──拒絕接受被安排的婚姻，因為她已經將自己許配給別人
了──可以說是實踐了「女誡」的精神，即使不是字面意義上的。
道德的影響在〈赤嵌記〉中一樣明顯。主人公被帶領遊覽古老城市
的景點之一，是南明流亡皇帝的宮殿，最有名的特色之一便是這位
命運多舛的皇帝，在敗亡之後，五位嬪妃隨之懸梁自盡的巨大屋

橡。在鄭克臧被暗殺後，他的夫人陳小姐，被賜死而追隨她的丈夫於九泉之下。

　　女性貞操的傳統概念，舉例來說——貞潔，以及對男性的忠貞——聯結了這三個故事。佐藤春夫和西川滿均在他們的文本當中刻畫儒家傳統的男女性／別觀。雖然如世外民的被殖民者，已經經歷了他們思想上重大的轉變（見證了當主人公輕蔑中國文化及歷史時，世外民的微弱抵抗），性／別力學依然不變。事實上，在殖民地的情境裡，如果將「貞女不更二夫」[22]的格言——所顯示的要求女人的標準適用在當地男性時，男性們亦必須選擇自己原生文化中族群，文化以及語言認同，而不是殖民權力的這一邊，或者至少得在兩者當中抉擇。

　　西川滿的〈赤嵌記〉是以佐藤春夫的〈女誡扇綺譚〉為底本，而且兩者在主體問題及敘事構造上有著許多相似性。[23]三個故事均圍繞著性／別與歷史研究，以及浪漫殖民主義的主題打轉。〈女誡扇綺譚〉被公認為「異國文學」當中的最高傑作，而且是日本作家所寫的有關台灣的小說中最著名的作品。[24]西川滿覺得有必要更新這個作品——給它一個新的版本以便符合1940年代殖民地的政治和社會脈絡。同時仔細地閱讀這些作品，你可以看到細微的差異，就是反映了殖民時期的不同過程，以及兩位浪漫派作家的不同定位。佐藤春夫到這島嶼旅行時，武裝蜂起剛被鎮壓，同時日本的殖民地

---

22 源自《史記》（紀元前100年）的完整引用能讓男性與女性行為的關聯性更加清楚：「忠臣不事二主，烈女不嫁二夫。」參考《史記》（北京：中華），82: 2457。

23 佐藤春夫本身也寫了一些有關鄭成功的歷史故事。無疑地，西川滿在創作〈赤嵌記〉的時候，一定參考了這些故事。參考佐藤春夫（1998, v. 30: 191-224）。

24 「異國文學」指的是日本人所寫的關於外國的主題或是風土景觀的作品，外國作家所寫的則稱「外國文學」。森鷗外的〈舞姬〉被認為應該是異國文學類型中的傑作。而佐藤春夫的〈女誡扇綺譚〉一發表，在當時便被認定為「異國文學」，並且被收入異國文學作品集裡。

統治正進入比較安定的時期。西川滿的小說則開始於1940年代初期，當時太平洋戰爭正激烈展開，而帝國正展開全體總動員。

　　兩個文本都讓猶豫不決的敘事者在一開始時，拒絕捲入在地者的歷史當中。他們省略了在地者促使他們注意唯美主義（在〈女誡扇綺譚〉），以及浪漫主義（在〈赤嵌記〉）的歷史。在〈女誡扇綺譚〉中，歷史與過去連結的象徵性代表，是縈繞不去的鬼故事，而西川滿則似乎決定帶入真實的歷史。他拘泥於書本知識的一面，顯示對於鄭成功的繁瑣調查並不只是利用了連雅堂的標準觀點，也包括更早的軼聞資料。

　　1940年當西川滿完成〈赤嵌記〉時，意識形態組織大東亞共榮圈也適時地出現。代表著島嶼重層歷史的赤嵌，再度轉變成為特殊時期，以及歷史時刻的象徵。西川滿在〈攻占赤嵌之歌〉[25]所寫的，代表著東西方之間的衝突，

　　　　擊垮荷蘭！斬首克耶特（Koiette）！
　　　　兩萬五千名士兵興奮地高吼著。
　　　　壯志凌霄，國姓爺。

詩一開始便介紹中國與荷蘭戰役中的兩名中心人物：國姓爺（也就是鄭成功），以及荷蘭的指揮官。它接下來描寫一個場景接著一個場景的實際戰鬥，以及赤嵌被逃亡的荷蘭士兵放火焚燒。最後一聯是勝利的呼喊：

　　　　東洋是東洋，西洋是西洋。

25　參照《文藝台灣》（2[6][1941年9月]: 24-25）。這是西川滿眾多公開的戰爭詩之一。其他紀念軍事勝利的，例如有〈廈門攻占詩〉、〈攻陷新加坡歌〉、〈荷屬印度尼西亞無條件投降歌〉。

> 我們將碧眼紅毛鬼驅逐到了西方的盡頭。
>
> 現在復國大業的指令已經完成。
>
> 國姓爺，他微笑著。

在這首詩中，赤嵌及鄭成功成為抵抗西方殖民主義的形象。明朝忠臣的行動——攻占島嶼為基地，對抗已經征服中國的滿族——在1940年代日本殖民地論述的脈絡中，再次被改裝成為東洋壓倒西洋的勝利。有更進一步的證據顯示，西川滿援用鄭成功在地歷史的殘篇斷簡，是為了其他的目的。反對連雅堂的正史版本而選擇了其他的論述，西川滿推翻了他賦予連雅堂在〈稻江冶春詞〉中扮演台灣傳統漢詩守門員的地位。但是，為何他在這特殊故事當中轉向江日昇《台灣外記》的隱晦論述呢？關鍵似乎應該是鄭經死後合法繼承人的問題。不懷疑鄭克塽的合法性或提升鄭克臧的地位，西川滿反而強力主張鄭克臧向東南亞，以及南洋擴張中國統治權的正當性——這計畫明顯地與當代日本南進政策，以及大東亞共榮圈的擴張是類似的。〈赤嵌記〉是根據史料中眾多的歷史角色和歷史事件所嚴謹創作的小說。即便如此，小說中處處可察覺當代的意識形態風格完全滲透了以過去的歷史所做的掩飾。在被政敵謀殺之前，鄭克臧鋪陳了他的統治計畫：

> 當鄭克臧成為攝政之後，他馬上與文正公商量並馬上著手*新體制的實行*，以及改革社會習俗。他一新內部的政治結構，以公共利益為優先。即使是近親也不再享有特權。（中島利郎、河原功編 1998, v. 1: 218；斜體字為作者強調）

「新體制」一詞在此脈絡當中是時代錯誤，意指1940年時，試圖集權於中央和改善帝國境內官僚對地方事務控制的新秩序運動。在另

一個重點上，我們讀到鄭克臧與文正公長遠計畫的描寫，

> 鄭克臧與文正公策定謀略，希望能補救他父親攻打大陸沿岸時的失敗，他想到要放棄中國。取而代之的是，希望有一天，透過*富國強兵*，他們能與西班牙聯合，征服越南與緬甸，並以台灣為基地重建大明王朝。（218；斜體字為作者強調）

「富國強兵」的概念是中國和日本的現代化運動中一個普遍的慣用詞，以及1930年代流行於日本人之間的構想，所以會出現在17世紀是時代的錯誤。鄭克臧追求南方帝國的渴望與故事設定的脈絡不協調，但是卻吻合當時日本的戰略。由於台灣是日本第一個殖民地，以及之後由於原住民的魅力而開始受到矚目，當帝國的注意力轉向中國北方、滿洲及蒙古後，台灣在大眾心目中的地位便後退了。但是當太平洋戰爭的腳步迫近，以及大東亞共榮圈的構想更加積極地推展時，台灣作為南進的門戶再次成為流行論述的焦點。台灣重新受到矚目，西川滿表示歡迎，並且透過一個開始編纂八大卷《台灣文化史》的調查團體，一個稱為南方文化俱樂部的組織，來推廣這個概念。但是西川滿的編輯策略並非沒有風險。對鄭克塽自我陶醉的政權之批判，可被解讀為對殖民政權缺乏提倡南進政策的熱情所做的隱喻批判。

　　藤井省三交錯解讀〈赤嵌記〉和〈女誡扇綺譚〉的文本並指出，西川滿借用了佐藤春夫異國情調故事的敘事構造，而他相信這正是台灣國族主義本質性的傳達，而且重新以浪漫的歷史故事來敘述，正反映了當時凝聚焦點於南方的官方意識形態。他並諷刺地寫道，在鄭克臧遭到暗殺的七年後，鄭氏政權對於台灣的統治便宣告終結，當時的日本知識分子為何無法預見五年之後，帝國也將會瓦解呢？而這提出了更重要的問題：有任何殖民者能真正了解當地他

者的歷史並參與它的未來嗎？由於殖民者的干涉所造成的歷史分裂，有修復的可能嗎？佐藤春夫將焦點集中在宏偉的美學理論上來歸避本土歷史，而西川滿則是為了滿足現在的需要而恢復過去。

保田與重郎（1910-1981）在他的遊記《蒙疆》（1938）中清楚地顯示與歷史競爭的困境。這本書記錄了他帶領一群日本作家至中國北部、蒙古和新疆的偏遠地區之旅行記。身為日本浪漫派[26]的主要領導者，他遭到日本左傾進步知識分子的反對。他們主張詮釋中國歷史時，日本應採取更包容的態度：

> 從純粹推測的觀點來看：應該已經清楚地證明了現代的知性主義對於人類世界是無效的。對我們而言，瞬間當中將「日本」的立場當成日本人來思考是可能的。但這並不是以我們是日本人為前提來傳達或行動。當我們背負著我們的祖先、歷史、古典及傳統時，我們是從這些瞬間主張。在這些瞬間當中，我們和我們的遺產站在無盡歷史的迷霧當中……我們是度過大化革新，源賴朝，德川時代，以及明治天皇個人政權時代的日本人。當我們談到以中國人的觀點來看事情時，我們真的能夠以經歷明朝初期，明朝晚期，清朝初期以及清朝晚期的民族模式來思考嗎？以中國的定位來思考，不管是透過推敲或自然形成，這也許是純粹知性主義者目前的傾向，但對我而言是毫無意義的。[27]

---

26 譯者註：這支一九三○年中期興起，以保田與重郎、龜田勝一郎等人為首的文學流派，日文表記為浪曼派，這是為了有別於明治初期以雜誌《文學界》成員北村透谷等所領導的浪漫派。

27 保田與重郎是日本國族主義浪漫派的創始者，當佐藤春夫成為《文藝春秋》的特別記者時，保田與重郎曾隨同佐藤春夫到訪中國。他們在北京見到了在此攻讀的竹內好。竹內好帶領他們到蘆溝橋，在此佐藤春夫創作了他著名的〈佇立蘆

殖民勢力無可避免地，必須與當地的反抗勢力競爭來控制被殖民國家的歷史。以台灣為例，日本最先想要抹滅它的中國史，然後以日本史取而代之，但是它只成功地排除了地方語言，並以一般日語來取代。在台灣受教育的西川滿，由於只有學過一點台灣史，所以有一段時間他懷疑台灣沒有歷史。但是在經過一些調查之後，他發現台灣悠長且多采多姿的歷史，同時經過更深入一點的挖掘，他發現另外一個在地過去的觀點，不但可以推翻傳統的理解概念，也可以增加日本帝國的利益。但是就如〈女誠扇綺譚〉主人公凝視著海所看到的是，只有過去無可穿透的情境，西川滿忘記了他將兩者——日本帝國的政策與已滅亡政權氣數已盡的最後一位統治者所採取的行動—所比較出相似的特徵。最後，兩位作者都造訪了令人毛骨悚然的場所而挑起重要的課題，這也消除了主／從二分法的歷史觀點所產生的差異。

## 歷史浪漫化

　　佐藤春夫是日本浪漫派的成員，而西川滿則受其強烈影響。[28]從1930年代中期至1940年代初期，這個團體填補了普羅文學運動崩解之後的空間。乘著文藝復興的風潮，日本浪漫派於1935年竄起，[29]聚集了龜井勝一郎（1907-1966），中谷孝雄（1901-1995），以

---

　　溝橋之歌〉，並獻給了保田與重郎及竹內好。保田與重郎被此行激發而寫成《蒙疆》。本文即引用自保田與重郎的隨筆集《蒙疆》，參考桶谷秀昭（1987: 298-302）。

28 另一位於本書中討論的日本浪漫派作家是中村地平。

29 這個團體的雜誌《日本浪漫派》發行時間為1935至1938年，後來因財務困難而停止發行。保田與重郎、中谷孝雄、淺野晃、林房雄加入了「新日本文化會」，以及影山正治的右翼色彩「大東塾」，更加強化這個團體的法西斯傾向。

及保田與重郎，這個流派企圖創造新的浪漫主義，並希望能夠從在地民族的觀點來詮釋過去，以捕捉日本和西方文化之間快速消退的差異。

日本浪漫派早期的任務之一是，重新評價在明治時期，他們認為具有重要意義的散文，以及詩歌上的成就，以便平衡與西化之間的關係。他們企圖將國家所創造的國家論述，以及民眾所敘述的論述之間做出區隔。柄谷行人曾指出日本浪漫派與明治時期的浪漫主義之間的微細差異。明治時期的浪漫主義視《萬葉集》中所代表的自然為日本真正的浪漫主義之起源，而日本於1930年代中期的日本浪漫派則定義了人工及頹廢之美，才是日本真正的浪漫主義之起源（Karatani 1997b: 168-70）。這個為尋找虛幻的過去所做的逆行調查，使他們對日本古典及其他的人工古蹟進行再評價。當時的知識分子所感受到的文化認同危機，促使他們尋找文化的特殊意義（Doak 1994; 1999: 31）。

就某種意義來說，柳田國男發展日本民族誌以及將常民本質化，和辻哲郎關於日本風土的論述，或者是谷崎潤一郎的回歸古典（雖然他對國族主義並不那麼感興趣），都可視為與日本浪漫派的綱領有關。

這個流派也受到德國浪漫主義深遠的影響，特別是在史觀方面。德國的浪漫主義者相信時間——過去、現在、未來——只能透過記憶概念化，以及透過想像連結。就某種意義而言，日本浪漫派努力地想藉由現實主義，得到一個新的浪漫化的語言，並且為了強調文化的差異性而將歷史浪漫化。[30]因此，在他們的歷史故事中，佐藤春夫和西川滿並非將傳奇歷史化而是將歷史浪漫化。

---

30 參照Doak（1999）關於日本浪漫派的完整和啟發良多的研究，特別是在日本浪漫派的國家主義傾向發展過程，以及與柳田國男的文化分類學、歷史學，以及德國浪漫主義的關係。

　　這引導我們回到西川滿的文學特徵，在當時，滯台日本人及台灣人都將其定位為浪漫的文風。他在殖民地的活動必須放置在當時更廣的文化論述定義來檢視。他在詩和散文的浪漫傾向、收集藝術品，對民話以及民族誌的興趣——都是追尋失落的（殖民地）過去的部分與片段。在西川滿身上，我們看到了宗主國文化與殖民地之間的往來，以及異文化的交流。

北白川宮能久親王於 1895 年到達台灣代表日本接收台灣（何鋯主編，《台灣攝影：殖墾時代台灣攝影紀事》〔1895-1945〕〔台北：武陵，1988〕，頁 101）。

1923 年開始編輯的漫畫，主要描繪年度重大事件。圖中這對神祇—高砂，此名後來被贈予台灣原住民以紀念之後成為天皇的裕仁訪台（國島水馬畫，謝里法圖片提供，戴寶村解說，《漫畫台灣年史‧日本時代》〔台北：前衛，2000〕，頁 76）。

中島敦（Nakajima, Atsushi. *Light, Wind, and Dreams: An Interpretation of the Life and Mind of Robert Louis Stevenson*. Trans. Akira Miwa. Tokyo: Hokuseido, 1962, pp. II）。

西川滿（中島利郎、河原功編，《日本統治期台湾文学：台湾人作家作品集》卷1〔東京：綠蔭書房，1999〕，頁7）。

台灣女性接受日本文化教育。她們學習茶道、插花、長刀以及弓道（施淑宜總編輯，《見證：台灣總督府〔1895-1945〕》卷1〔台北：立虹，1996〕，頁199）。

1941年《文藝台灣》成員。第一排右側第二人為西川滿（中島利郎、河原功編，《日本統治期台灣文学：台灣人作家作品集》卷1〔東京：綠蔭書房，1999〕，首頁）。

青年時期的呂赫若（中島利郎、河原功編，《日本統治期台灣文学：台灣人作家作品集》卷2〔東京：綠蔭書房，1999〕，頁7）。

張文環（中島利郎、河原功編，
《日本統治期台湾文学：台湾人
作家作品集》卷4〔東京：綠蔭
書房，1999〕，頁7）。

禁止自由放養水牛的海報。
水牛與現代交通工具是呂赫
若小説〈牛車〉的主題（施
淑宜總編輯，《見證：台灣總
督府〔1895-1945〕》卷2
〔台北：立虹，1996〕，頁
113）。

土方久功所描繪的南洋女性（《南太平洋にロマンを求めた土方久功展，圖6》）。

三名原住民。
根 據 英 文 解
說，三人為獵
首者（施淑宜總
編輯，《見證：台
灣總督府〔1895-
1945〕》卷2〔台北：
立虹，1996〕，頁20）。

阿里山區的原住民獵人（何鋯主編，《台灣攝影：殖墾時代台灣攝影紀事》〔1895-1945〕〔台北：武陵，1988〕，頁115）。

文明化或「開化」的原住民。（何鋯主編，《台灣攝影：殖墾時代台灣攝影紀事》〔1895-1945〕〔台北：武陵，1988〕，頁101）。

林芙美子與友人的台灣旅行。部分年輕女性選擇「本土」的漢裝。

# 3
# 逆寫帝國

第6章

# 語言政策與文化認同

在過去幾章中，我集中討論日本人殖民地作家在文學中的本土人物表徵的變化。現在我將轉向當地作家本身的作品，並提醒讀者我在先前所指出的重點：不是所有的殖民地文學都是，或者應該是反殖民主義的。在台灣的文學傳統中，我們看到了從完全拒絕殖民文化到積極接受同化的各種各樣立場。

在本書第三部〈逆寫帝國〉，調查在日本最早的殖民地，語言是如何成為文學的手段後，我將探究殖民地時期台灣本土作家所寫成的日語文本。「本土」一詞必須定義，是因為我所探究的作家是過去四百年來源自大陸移民的子孫。在他們到來之前，原住民的許多部族已遍居島上。[1]來自福建與廣東混合成為台灣的漢民族，類似北美的英國殖民，以及與世界其他地方的殖民地化，是某種類型的移民殖民。台灣的漢民族主要由福建省的泉州及漳州，和來自廣東地區的客家民族移民所組成。除了漢族族群和原住民之間的衝突外，漢民族之間也因地域主義、土地和水源引發紛爭產生對立。在

---

1 台灣原住民人口從什麼時候開始在自己的土地上成為少數族群並不明確，但應該是非常久遠以前的事。1942年殖民地居民的三大族群人口分類如下：漢族約在600萬，原住民約為16萬，殖民地的日本內地者約為38萬。目前2,200萬的漢族人口當中，原住民占有37萬。

日本人接管之前，各種族群間的武裝械鬥是司空見慣的。日本殖民當局熟知這些內部的衝突並且經常壓榨他們以便從中獲取利益。即使如此，相對於日本殖民當局、日人移居者，以及第二次世界大戰後大量湧入的大陸難民之間的關係，早期的漢族移民者是被視為本土居民的。

從本書接下來的幾章中，我們將檢視兩派本土作家集團的文學創作，他們在歷史脈絡中被認為是分峙於不同的兩邊：本土作家主張，即使非常的微細，文化認同應該是不同於統治者帝國的論述，而皇民，或者是皇民化作家則服從這個帝國的意識形態並參與這個論述。我的分析主要集中於殖民者與被殖民者文化交錯的文本。在本土作家當中我將分析楊逵與呂赫若。而另一派作家群，即皇民化作家，我將探討周金波與陳火泉。

聚焦性解讀這兩個形式的文學，經常會在國家認同的延長線上發生論爭，並且與殖民地主體性，以及個人主觀性等問題深深地糾纏。如同我們所看到的，這些界線並不是如我們想像的如此分明。即使這兩派作家們的立場完全不相同，但兩者也有極具特徵的相似性。他們都是屬於本土社會中的知識菁英，並且共同具有與他們的文化及族群源頭分離的異鄉流離經驗。他們是一個新世代——是受殖民教育本土人的中間（in-between）階級。處在得自於殖民者的新的社會和文化經驗，以及他們原來土地的固有傳統之間，這樣的狀況使得他們必須找出自己的定位。

殖民地的主體性、被統治階級的主體性、族群、文化認同和舊有文化傳統主義，以及（殖民地）現代主義之間的糾葛是本土作家和皇民作家間共同的關注。文學文本並不單純地反映了統治者的意識形態，也影響了他們或是包含了他們所無法達成和解的因素。我們將很快的看到本土作家和皇民作家兩者的文本所顯示的：是源於多語言的文學想像力所豐富孕育的個人脈絡，以及社會、政治脈絡

中產生的複雜關聯性。

## 殖民地台灣的語言以及文化認同

　　在討論台灣的日本殖民地文學之前，我們必須先考量的是，殖民地語言政策、教育機構以及各種相關社會經濟因素創造的環境所孕育的一種普遍菁英語言的環境。在下一個章節我們將會檢視以便理解台灣殖民地文學脈絡為前提的語言政策和文化認同的提升（從殖民者的角度），或是形成（從被殖民者的觀點）。

　　語言是傳播集團文化的主要工具以及國家身分認同的象徵。語言有表現民族性和表達國家認同的力量。由於語言在定義個人、族群和國家時扮演不可或缺的角色，以語言為基礎的文化可說是培育共同身分認同的溫床。語言和文化一樣，在持續地影響彼此的領域、改變他者的同時，也同時改變自己。這個轉變除了透過和平的相互影響與援用，如移民與流離，當然也透過戰爭所產生的威權統治，以及其他政治過程而產生。

　　殖民地語言的遭遇，和殖民主義許多其他層面一樣，為不平衡的權力關係所左右成為其特徵——在這個例子裡所指的是殖民者與被殖民者間的語言。對日本人而言，再沒有比他們語言的純粹性及精神性更敏感的課題了。言靈，是一種相信文字具有神祕及強大力量的古代信仰，自《古事記》和《萬葉集》時期（8世紀）開始便是日本語言認同的中心部分。[2]第一本御撰詩集《古今和歌集》（905. A. D.）的著名序文中，紀貫之描述日本詩歌精神的特質如何有別於在東亞具有絕對影響力的中國詩歌傳統。本質化國家語言的過程，由國學運動的學者繼續，同時當至高的皇民意識形態在教育敕語

---

2　關於「言靈」參照Konishi（1984: 203-12）。

（1890）之中被轉譯後則達到了巔峰，而這被利用於日本殖民地的擴張。日本語成為殖民地政權的主要工具。

　　日本語也被用來促進殖民地臣民同化於日本文化的目的。比起英國，日本的殖民主義被認為更接近於法國殖民主義的多樣性。早在1937年，殖民主義研究者矢內原忠雄就指出某些相似性。首先法國與日本都透過中央集權官僚系統來統治他們的殖民地——以法文來說是 "rattachements"，而以日文來說則是「內地延長主義」。第二點，兩者都採用強制本國語言教育為中心的激進同化政策。矢內原忠雄很快指出：看來相似的政策，相關的歷史條件卻是相異的。[3]他主張法國歷史脈絡中的同化政策是，啟蒙的結果，以及法國大革命所延續的產物。根據自然法概念所產生的信仰，而普遍地強化了帝國全體公民的「等同性」。相對的，日本的同化政策是建立在日本公民具有精神性優勢的信念上。身為殖民地自由主義研究第一人，矢內原忠雄對日語的強制教育抱持批判態度，他以愛爾蘭未能實現精神同化的語言同化政策為例，認為日本語言在殖民地的普及是無法達成預期效果的。[4]即使如此，語言殖民主義在各個領地當中如火如荼地展開。而台灣則是其中主要的實驗場域之一。[5]

　　對台灣人而言，學習新的語言是一個複雜的課題。他們居住在多語的環境，同時與南方閩系方言、不同的粵系客家方言都有交涉，但其中都沒有書寫文字系統。從漢族殖民開始，主要的書寫系

---

3　皮提從稍稍不同的角度探討此問題，同時也指出日本與法國殖民地統治的迥異之處。他主張日本同化政策是亞洲統治的特徵，同時發展出與法國實用主義不同的治領政策。參照Peattie（1996: 134-40）。

4　關於矢內原忠雄的殖民地理論，參照淺田喬二（1990: 315-518）。

5　對於日本在韓國的殖民地語言政策，參照安田敏朗（1998），中國部分則參照徐敏民（1996），韓國與滿洲則參照李妍淑（1996），台灣、滿洲和中國則參照石剛（1993），台灣與南太平洋群島則參照多仁安代（2000）。

統是漢文，它是一個純粹的書寫語言，可以在許多方言當中被閱讀以及理解，除了在有限的脈絡中，它無法成為口頭溝通的語言。通俗小說中最著名的方言，如北京話，是官方階級的共通語言，但在島上的使用率並不普遍。日本統治時期，也曾努力提升以北京官話為基礎的大陸白話文運動，而相對的也曾努力實現發展地方閩系方言（也就是台灣話）書寫系統，以與前者抗衡。譬如在日本接受教育成為醫生，也被稱為台灣新文學之父的作家賴和，只用中文寫作。

這些行動背景是殖民政府持續執行加速台灣人語言同化的一部分。這時期台灣人的語言認同經過幾個階段的轉換，在統治階段初期，當台灣人與中國的淵源仍然強烈而殖民政府尚未強力實施語言同化政策時，大部分知識分子的語言優勢是某種漢文形式。慢慢地隨著殖民的深化而弱化了與大陸的連帶性，他們開始掙扎在一個新近被強調在地化的在地族群認同語言──台灣話，以及篤定參與擴大中的帝國殖民者語言──日語之間做出抉擇。台灣人作家第二代如楊逵、張文環和呂赫若，面臨了轉折期，同時他們的文學反映了這些語言在轉換過程中所充滿的矛盾性。在統治階段後期，新形態的作家──皇民作家出現了。對大部分的這些作者而言，中國只不過是遙遠且毫無相干的祖父們時代之記憶，此外他們對於中文書寫也不太熟悉。

在以下的篇幅中我們將探究日本帝國的文化設計者，如何提升日本語言優勢，以及對本地語言進行隸屬化，另一方面台灣人則對於取得他們的自主性和主權做出抗爭。只有觀察雙方語言的遭遇，我們才能得知其完整而全面的影響。雖然不能完全互相應證彼此的經驗，但雙方透過文化接觸都有了極大的變貌。透過殖民地擴張，日本人第一次被迫省思他們的語言在全球脈絡當中所扮演的角色。台灣的後殖民認同則是在某些延長線上，透過論爭及這時期的不確

定性所形塑而成，而這是由不同族群的聲音在冷戰之後東亞地政學
的環境中為了尋找定位而發聲的。

## 國語與日語的進退兩難間

　　現代日本人與他者的邂逅充滿了焦慮與不確定性。16世紀與
西方第一次的邂逅，透過歐洲的傳教士及貿易商帶來了基督教以及
槍枝，然而當時政權將其視為破壞勢力，使得基督教被血腥鎮壓，
槍枝被沒收，而國家對外鎖國達250年之久。培利提督的黑船迫使
日本對外開放，促成了明治維新，大量的國民動員使日本轉變成近
代國家以及亞洲的主要強權。在兩個例子中，日本都在外來壓力下
造成內部的轉變。日本第一次發現自己站在權力構造的另一端時，
有了巨大的轉變。第一次中日（甲午）戰爭，日本發現長久以來對
他們在文化與政治上蒙上陰影的強大大陸近鄰，已不再是超級強權
了。日俄戰爭更進一步地確定了日本的軍事優勢不僅限於亞洲，而
且能夠打敗歐洲的主權國家，這些勝利伸展了日本的軍事擴張，使
得日本能夠再度肯定自己的文化認同，同時使得日本能夠融入世界
的轉變局勢，並在當中摸索自我定位。全體日本人的自我認同如何
在這新環境有了巨大的改變，小熊英二《單一民族神話的起源》中
大部分有了鉅細靡遺的記述。透過精讀流通於戰前及戰後期間日本
人論述相關的第一手及二手資料的記述，小熊英二區分了被正統化
為「民族傳統」的戰前人種混種論，和戰後單一民族論。[6]戰前人種
混種論的創造是為了強化日本帝國殖民地的擴張，促進日本原就是

---

6　上野千鶴子對小熊英二極具挑戰意味的著作給予高度評價，但對他毫無批判地採
　　用如「民族」及「國家」等辭彙抱持質疑態度。她同時指出小熊英二所提出的解
　　決方案是錯誤的，因為那落入了「多民族國家」的陷阱，見上野千鶴子（1998:
　　11-96）。

「異族協和」的民族概念，並且引用日本最早的歷史書《古事記》和《日本書記》等史實來應證這個概念。[7]因此強調不同族群中的同質性，以及集團志向的新民族神話也因而被形塑。

戰前認同論述在戰後時期則戲劇性地完全轉變，提倡絕對的單一民族論述，主張日本群島的居民原本就是如同今天的單一結構族群。皇室系譜在這個論述中，再次被變更成為自遠古以來便綿延不絕的。上述觀點簡約成為「萬世一系」的意識形態。諷刺的事實是，單一民族論述是已經被廣泛接受的日本族群認同的主要特徵，但在戰前及戰時日本統合其眾多族群的帝國時，從未成為主流論述。當日本失去它所有海外殖民地之後，這個論述才真正被接受，而小熊英二將戰前戰後日本人身分認同的本質論述構造移植至後殖民脈絡中，解除了其神話因素。[8]這些日本人身分認同的論述無可避免地與日本語的概念產生了複雜的糾葛。而它是日本社會的特殊反照，或者是日本主導東亞時成為共通語言的潛在可能性呢？這些議論對於當時日本的殖民帝國，以及日本在戰後語言和文化的普及上有著重大影響。

語言的相關術語大多並不清楚。當然這指的是在日語當中可稱為「國語」（Kokugo）或者是「日本語」（Nihongo）的日本語。[9]1994年雜誌《月刊日本語論》刊載了〈國語或者是日本語〉主題的專輯。這個專輯顯示了「國語」這個領域的衰微。一篇文章指出，例如於1953年，日本的大專院校只有19%使用「日本語」或

---

7　關於韓國殖民時期臣民的法定地位，也可參照布魯克斯（Brooks, 1998）極具啟發性的論文。

8　這方面的研究，小熊英二在後續更具企圖心的著作《日本人の境界》（1998）中，針對沖繩人、艾努民族，以及日本兩個主要殖民地：台灣與韓國的人民，探討這些民族的理論如何影響整個帝國當中的非日本人。

9　請參照《月刊日本語論》（2[6][1994年6月]）。

「日本文學」一詞為他們日本文學及日本語的專門系所命名，與之前具有壓倒性的「國語」或者是「國文學」命名完全相反。[10]至1993年為止，使用「日本語」或者是「日本文學」的系所增加到48%。事實上在過去十年當中並沒有新成立的系所採用「國文學」一詞，這個雜誌專輯大部分的執筆者企圖透過語言學的分類來說明國語及日本語之間的差異。舉例而言，修辭學家外山比滋古探討了過去數年間兩個詞彙用法的轉變。他指出：「國語」在明治初期就已經被使用，而「日本語」是在1960年代中期對於母語（Bokokugo）重新提高其專注之後，才被頻繁使用。語言學家小泉保是撰稿者中唯一探討這些詞彙所具有的政治性暗示，他將國語定義為「日本國家的語言」而日本語則是「日本民族的語言」。他強烈主張「國語」與國策有緊密的連結，而「日本語」並不具有這樣的政治目的，它指的只是許多世界語言其中之一。小泉保是唯一堅持這兩種詞彙當中有著清楚的修辭差異。

　　近年來此一問題被定位於日本殖民文學及文化政策的脈絡中，使得近年來日本人對於他們自己語言的興趣大大地增加。年輕世代的學者如石剛（1993）、駒込武（1996）、李妍淑（1996）、子安宣邦（1996），以及最近的安田敏朗（1998）都再次檢視1930至40年代期間許多教育者、語言學家及殖民地政策決策者間掀起的國語／日本語論戰。這些研究說明了國語概念發展對殖民主義造成的影響。這些研究在本質上說明了國語及日本語之間的界線，與日本人特質（Japaneseness）的界線是重疊的。國語是在日本本國（內地）以日語為母語的說話者之間共有的語言。日本人共同體中所使用的語言（也許有些人指出其存在是因明治時期之後被高度政治化建構

---

10 關於「國文學」形成的詳細討論，請參照鈴木貞美（1998）與鈴木登美（1999:
　85-127）。

後所形成）。相反的，日本語則被視為是在1930至40年代期間泛亞區域脈絡中「潛在」的共通語言。

　　國語是內部凝視及自我滿足的。它被視作日本民族與生俱來不可讓予的權利。戰時的日本（在某種程度上這個思考模式延續至戰後時期，並構成了戰後日本人特質論述的本質部分）強調日語、日本精神，以及日本文化象徵性的三位一體。語言學家及山田文法創始人山田孝雄（1873-1958）在〈何謂國語〉一文中如此敘述國語：

> 　　我們所認定的國語是大和民族的工具，帝國的核心，自古以來便被用來表達他們的思想以及溝通。這是現在我使用的語言，同時無疑地也將是帶領他們走向未來的語言。國語在大和民族中的發展成為共有的語言，簡單來說應是成為大日本帝國的標準語言。（子安宣邦 1996: 127）

現代國語之父上田萬年（1867-1937）極具修辭性地主張國語是「防禦帝室屏障，孕育國民慈母」。[11] 他更進一步將日語與有機的國家概念「國體」連結，並且稱語言為日本人的「精神血液」：

> 　　就如同血液是身體的同胞關係，人們所使用的語言對人們而言，是精神上的同胞。如果以日本國語作比喻的話，日語則可稱為是日本人的精神血液。日本的國體主要透過這個精神血液的維持，它是強而有力地長保日本民族之鑰，也因它的存在，這個民族免於落入混亂……這個語言不僅是國家政體的象徵，同時也是教育者，我們可稱之為「慈母」。當我們來到人世，

---

11 引自上田萬年1894年10月的演講。之後收入《国語のために》（東京：富山房，1895），請參照李妍淑（1996: 151）、子安宣邦（1996: 121）。演講文章收入《明治文學全集》（卷44）時略去了這則（不）著名的引文。

這個母親便讓我們坐在她的膝上，並熱切地教導我們身為日本
國民如何思考如何感受。因此這位母親的慈悲正宛如太陽般。
（上田萬年　1968: 110-11）

這個論述以存在於有位階關係（母親／孩子；老師／學生）的複雜
系統為主體，將語言擬人化。上田萬年的國語有機概念，在他自歐
洲留學三年之後返國隨即展開的一系列公開演講中具體成形。他以
國體為例的超國家主義修辭，似乎回溯到早期本居宣長的「國學」
意識形態。正如李妍淑所指出的，事實上上田萬年將本居宣長的傳
統學問視為較古老，同時是造成語言科學研究發展的障礙。上田萬
年的理論深受將語言視為連結近代國民及國家成為有機體的德國語
言學家威廉・凡・芬伯特（Wilhelm von Humoldt），以及其他德國
語言學家的影響。[12] 我們需注意的是，在此上田萬年所使用的是母性
的寓言，而非父性的。在這個例子，帝國結構將天皇定位為家長，
人民為子女（赤子），而日語為母親。透過帝位與國語的婚姻結
合，國語被提升至最高的政治階層成為充滿神聖意涵的特徵。

　　上田萬年的弟子，時枝誠記（1900-1967），在上田萬年的引導
下將國語特權化，他主張對國語的崇敬及愛惜，應該創設「一個
宗教」，使得子安宣邦諷刺地將此思想系統貼上「國語神學」的標
籤，並指出在這個神學基礎上所建立的日本國家、日本民族及日本
語嚴密的三位一體，使得國語崇高的地位安全無虞。延伸這個血緣
的類比，時枝誠記擴展了老師在情感上令人緊張的、肉體的，以及

12 上田萬年於1891年赴歐洲並於1894年六月中日甲午戰爭爆發前夕回到日本。一
　回到日本馬上被派任為帝國大學教授。他一系列的公開演講，如〈國語與國家〉
　（国語と国家と）（1894年10月）、〈關於國語研究〉（国語研究について）（1894
　年11月），之後收入他開始為語言與國家所設計出的有機概念《為了國語》（国
　語のため）一書裡，請參照李妍淑（1996: 118-24）。

母性的隱喻，他談到對純粹國語運動而言，令人無上喜悅的時期便是「父母，兄弟以及姊妹和樂融融地同住在一屋簷下的時代。在當時是沒有兄嫂也沒有妹婿的時代」（子安宣邦　1996:130）。但是身在首爾京城大學擔任教職的語言學家並在殖民地度過了大半的青春，時枝誠記了解到核心家庭的平靜已是不可得的了。充分地了解到在民族和語言與日本人迥異的族群中施行國語概念的內在問題，[13] 他感覺到必須擴大上田萬年的概念：

> 如果人們看到現今日本國家的構造及其在世界的地位，那麼便會感受到重新省思（上田萬年）博士對我們母語的主張。自從我因工作關係來到朝鮮，在我心中已經有了另一種想法。如果我們接受上田萬年博士所主張的，那麼對於與我們語言迥異的朝鮮人宣傳國語的理由將會喪失大半。這是因為對朝鮮人而言，朝鮮語是他們的母語，生活的語言也是他們精神的血液。如果繁衍國語是重要的政策並且事實上對統治朝鮮也是必要的，那麼我們該如何解決兩者之間的衝突呢？（子安宣邦　1996:131）

當日本內地的理論學家正生根於以天皇為中心的全體化語言神學時，日本內地外部的教育家以及語言學家正在殖民地掙扎，即處理實施這個理論時所產生的矛盾。時枝誠記的殖民地經驗正是國語的純潔無瑕理論與殖民地實況衝突的例子。國語的排外且自我包容的界線所面臨的日本帝國多種族、多語言的現實，威脅並動搖了國語所確立的地位。

　　這個辯論使得國語強硬派的絕對主義意識形態與實地教育者──他們的工作是在殖民地盡快推廣日語──的實際主義陷入了論

---

13 關於時枝誠記在京城帝國大學活動的詳細研究，請參照安田敏朗（1998）。

爭。例如安藤正次是在台灣施行教育政策的第一人，戰後他成為文部省大臣，同時也是國語改革運動的中心人物。安藤正次反對許多殖民地教育者將國語改革以及簡化，以便適用於殖民地教育目的的主張，他堅持：

> 國語是我們承繼祖先並且是屬於國民的語言……如果只為了方便，為了教導外國人以及推廣至海外而重新改造以及改革，那便會傷害國語的**神聖**。（子安宣邦 1996: 122-23；斜體粗字為作者所加）

這個牽動戰爭意識形態的類語言論述，在某種意義上來說，與驅動戰後日本人論風潮的純粹性國家主義論述有著相似性。此論爭最後達成和解。國語概念不應該延伸至日本群島或者是內地的邊界以外，殖民地或外地的使用語言被指定為日語。[14]

國內的理論家及殖民地的教育者同樣地堅持，只有透過日本語才有辦法成為真正的日本人。日本語言強制導入被殖民者的日常生活造成了他們的極大混亂，以及文化和族群認同的分裂。此外日本本身也初次面臨對亞洲其他地區普及化自己語言這個令人怯步的教育任務。這個新的緊急課題不僅促進了對何謂國家語言的探究考察，也是史上第一次促使日本人站在較客觀的立場，以外語的角度省視自己的語言。有些評論者已經注意到，比起歐洲的殖民主義，日本人從未為他們的帝國清楚表達一致性以及系統性的觀點。首先領土擴張主義抬頭，然後產生了粉飾行動正當性的修辭。無論在何種情況下，語言教育總是成為殖民文化政策的重心。國語的意識形態在本國被形塑的同時，從在殖民地教授日語的實用主義教育觀點

---

14 自1920年代後期，日本政府正式使用「外地」，而避免使用「殖民地」一詞。

來看，對日語再定義以及更進一步的理解成為迫切的課題。

國語的戰後論爭已經迴避了日本帝國主義，以及殖民主義對日本人本身在語言認同上所造成的衝擊。與戰後資料中所看到的大部分受限制的議論相比，殖民地時期的議論是直接並且高度政治化的。再度檢視這些論爭，石剛（1993）及其他學者說明了殖民主義在日本殖民地對本土文化，以及在日本對國語概念的發展所造成的影響。如同我們接下來將會看到的，殖民地的語言政策並不受限於混亂的歷史時期。事實上他們對於戰後長達半世紀的知識史也有長遠的影響。

國語改革在戰後普遍實行的結果，是我們所認知的現代日語。日本之外，在前殖民地如台灣，殖民地語言政策的結果深深地與後殖民、後冷戰的身分認同政治糾纏著。許多研究已經著手了解日本前殖民地的經濟，軍事以及政治戰略，對照於對日本帝國主義「硬體」的注目，文化政策的影響是較少被注意的——特別是教育及語言政策。由於身分認同與語言的緊密關係，這些在日本殖民主義核心的語言政策，或許已經產生了最大及最長遠的影響。

## 語言改革以及教化新公民

由於台灣是日本第一個殖民地，它成為包括語言的殖民政策方向的實驗場域。台灣的語言制度化幾乎馬上展開。[15] 隨著簽訂馬關條約（雙方於1895年4月17日簽訂），清廷將台灣割讓給日本的三個月後，第一所日語學校在台北近郊芝山巖開設。雖只有六個學生就讀，這個審慎的努力是殖民教育者伊澤修二（1851-1917）[16]的創

---

15 關於殖民地時期台灣的日語教育，參照鶴見俊輔（1977; 1984）

16 關於伊澤修二的更詳盡資料，參照石剛（1993: 28-50），駒込武（1996: 42-47），以及上沼八郎（1962）。

舉。它值得一提的理由是，這個日本之外第一所語言學校提供了接下來半世紀殖民地語言裝置的藍圖。伊澤修二愉快地回想著在新取得的島嶼上建構日語教育的早年往事，而當時日本軍隊與匆促成軍的台灣人民之反抗武力的戰鬥仍在進行當中：

> 這幾天，當我上樓向外眺望時，能夠看到如三角湧、二家
> 朴、安坑等盜賊群聚的村莊，被日本皇軍攻擊以及燒燬。雖然
> 有時清楚地傳來加農砲的爆炸聲，但我相當愉快。非常有趣的
> 是，在這當中，更多的學生出現了而我們甚至從未取消任何一
> 天的課程。[17]

當伊澤修二愉快地看著日本皇軍擊敗島上殘餘的本土反對勢力，一個不祥的事件正在等待著他。在學校開設不到六個月，第二年（1886）的新年這天，一組由簡大獅所率領的當地武裝集團襲擊了芝山巖學校並殺害了六名伊澤修二的教師，稱為芝山巖事件。[18]伊澤修二與殖民政府利用此事件宣揚「芝山巖精神」，並將日本教育者的犧牲當成促進殖民地日本語教育任務的象徵，加以讚揚，並在當地建造了第一座台灣的神道神社台灣神社。為了紀念這些文化戰士，每年皆舉行追悼儀式直至持續到二戰結束為止。該事件被收入當地學童課本當中，同時每年參拜神社成為例行公事，而神社經常成為日本訪客的第一站。

---

17《台灣通信》（2[41]）。

18 這在日本占領初期中，不過是對日本軍事及政府設施所發動的多次攻擊的其中之一。見竹中信子（1995: 13-31）。

## 芝山巖事件之後

伊澤修二並不是第一個結合帝國主義、神道以及日語的。與許多基本論調的日本語言學家相比，他對於日語在殖民地脈絡所扮演的角色開放了更多詮釋的自由。身為早期殖民地語言教育最有影響力的理論者之一，[19] 伊澤修二標榜著平等主義的立場，也就是殖民地應被視為大帝國的一部分來平等對待。[20] 他的立場與政策決定者相似：他們堅持殖民地不應該在制度面上被歧視，反而是母國的延長，也就是所謂的內地延長主義。伊澤修二堅信唯有透過教育，殖民地才能轉變成為帝國的一部分，同時讓這些臣民成為真正的日本人。他提到：「至目前為止，台灣已經被軍事武力所征服。然而，最大的問題是我們是否能讓他們從心底臣服並且真正地、長久地成為日本的一部分。」[21]

對伊澤修二而言，教育台灣人的目的是為了「使台灣真正地成為日本的一部分」，同時「將台灣人從心底真正地日本化」。身為第一任總督府的學務部長，伊澤修二能直接地看到文化移植過程的成果，以及實驗各種理念以便發展其教育哲學。但這過程對他而言並不順利。他表達了在面對台灣本土語言——閩南地方語言，而非他所預期的中國標準語時的困惑：

---

19 伊澤修二因為其激進的教育政策與總督乃木希典截然不同，因而被調職。為了配合日本的小學教育標準修業年限，例如，他提倡本島人六年的公學校教育來取代總督乃木希典以及殖民地政府所屬意的四年。他也提議應從負責監督殖民政府立法過程的台灣評議會「受過良好教育，有聲譽同時已經繳交十元以上的土地稅或營業稅」的本島人中，選出兩名以上的人選。參照駒込武（1996: 44）。

20 他的立場大約等同於「一視同仁」一詞。

21 引用自伊澤修二，〈國家教育者第六回定會演說〉（1958: 593）。

　　這個島嶼正好位於原來中國領土的最南端，同時它的語言與
中國北方極為不同。嫻熟北京官話的通譯者，在此卻毫無用武
之地，如果對照前不久在戰場上的經驗便一覽無遺。懂得土語
的內地人只有極少數，而土人卻沒有人能懂日語。[22]

但是這一開始的挫折卻沒有阻止伊澤修二面對困難的挑戰。占
領後的一年，他主編了兩本日台語參考書籍：《新日本語言集》
（1896），以及《台灣十五音字母詳解》（1896）。《新日本語言集》
是簡明的日台語會話字典，包括適用於殖民地脈絡的日常生活語
彙，以及軍隊和警察相關的特殊語彙。因此伊澤修二暗暗地認知到
認識本土語言將會是教授當地居民語言的有效方法。

　　芝山巖事件之後，伊澤修二為了教育當地士紳階級孩童所設置
的小學，將其重新編製成為幾個不同的機關。伊澤修二對於他的國
語計畫明示了長程以及現階段的兩個目標。日語學校被重新命名為
國語傳習所：除了8至15歲者可就讀4年制日語課程外，還設置了
為期六個月（為15至20歲的個人所設計）的翻譯密集課程。為了
長遠目標，他設置了兩個獨立的專門設施。總督府師範學校訓練日
本國民成為日語教師。總督府國語學校除了訓練專業的翻譯者，也
設置了當地人就讀的本國語（日本語）課以及教授日本人台灣當地
語言的土語課。[23]

　　一開始是嘗試以羅馬字來教授日語。1860年伊始，台灣傳教
活動的基督教長老教會也發展了一套以羅馬字表記地方語言系統，
同時開始將聖經翻譯為台語。傳教者從教授當地居民英語轉變為自
己學習台灣話之後，在某個程度上成功地以台灣話讓當地居民改變

---

22　台灣教育會編，《台灣教育沿革誌》（台灣教育會，1939），頁166。

23　關於學生以及教師志願者資格的詳細一覽，參照長志珠繪（1998: 187-200）。

信仰，因此蘇格蘭傳教士湯瑪士‧巴克萊（Thomas Barclay, 1849-
1935）建議伊澤修二採取相同的方法，也就是使用當地居民自己的
語言來傳授給他們日本的相關常識。[24]

羅馬字表記法早在二十年前便已經在日本展開熱烈的討論。[25]
預測整個明治社會將會快速西化的啟蒙團體明六社[26]及其機關雜誌
《明六雜誌》（1874-1875）成為提倡羅馬拼音系統者的討論場合。在
《明六雜誌》創刊號（1874年7月）中，西周（1829-1897）於〈以
西洋文字書寫國語之論〉（洋字ヲ以テ国語ヲ書スルノ論）文中主
張日本應該摒棄假名文字而以羅馬字代替傳統的拼音。在這計畫所
提議的十個長處中，西周堅持將西洋書籍翻譯成為日文，學術語彙
需維持原文，「使用這個方法（羅馬字化）才能夠將所有西歐的東
西變成我們的」（李妍淑 1996: 33-34）。強調這個提議的拼音改革不
但是為了貫徹西方文明，也是為了成為西方的一部分之強烈欲望。

---

24 湯瑪士‧巴克萊於1849年誕生在格拉斯高（Glasgow），他於1877年以長老教會
　牧師身分定居台灣，在台南開設小學及神學院。身為新約聖經的廈門話翻譯者，
　湯瑪士‧巴克萊對劉永福的武裝起義表示同情，並對日本的殖民地政策採取批判
　態度。伊澤修二陪同第一任台灣總督樺山資紀於1895年10月拜訪巴克萊。參照
　石剛（1993: 30-31）、尾崎秀樹（1971: 256-57）與志珠繪（1998: 192-96）。
25 關於1870年代國字改良運動相關論爭，參照李妍淑（1996: 26-46）。
26 為明治初期啟蒙運動做出貢獻的這個社團，1873年夏天由森有禮（1847-1889）
　創設，社團名稱源自創立年，即明治六年。滯留美國數月後回國的森有禮召集三
　十名友人，包括由西周、福澤諭吉、中村正直及西村茂樹組成，討論有關日本近
　代化的主題。第二年這個組織發行了雜誌《明六雜誌》，讓成員們能對政府及社
　會大眾傳播他們的理念。此刊物探討政治、正字法、教育、自然科學、宗教及女
　性議題，在國民對明治期現代化過程的對話，有極重要的貢獻。1875年明治政
　府對於批判進行壓制，而言論自由似乎不再可能，所以編輯們決定停止發行雜
　誌。在發行了共四十三期之後，《明六雜誌》與明六社正式廢止。之後明六社的
　成員成為日本國內最高學術機構，即日本學士院（前身為帝國學士院）的基本組
　織成員。參照布萊斯特（Braisted [1976]）。

　　清水卯三郎在1874年5月《明六雜誌》所發表的〈平假名之主張〉（平仮名ノ說）一文中鼓吹以假名為基礎的改革。清水卯三郎相信高度西化的關鍵，在於口語以及書寫語言的一貫性。他主張，在日本要達成此目標最好的方法便是單獨以平假名為基礎的系統。畢竟，假名在日本有悠久的傳統，為人們所熟知，同時也能完成連貫口語及書寫語言的目標。清水卯三郎的獨用假名理論在普及中遭遇了兩個問題：單以假名創作似乎有意識或無意識地，模仿傳統的擬古體，同時在翻譯西方語彙時會造成極大的困難。科學詞彙，例如化學元素被證明了是特別的困難。[27]

　　不管是透過意圖快速與西方文明連結的羅馬字化，或是尋求接續傳統拼音系統的日本音節，這些改革反映了擺脫中國文化圈欲望的共同目標——由書寫語言來排除漢字。[28]主張從日語中廢除漢字最為積極的是前島密（1835-1919）及井上哲次郎（1855-1944）。前島密最有名的〈漢字廢止之議〉是於1866年擔任第十五代將軍德川慶喜的翻譯官時提呈的。[29]之後他擔任帝國教育會國字改良部長以及國語調查委員會主席。前島密對語言採取實利主義的態度，並不將其本身視為目的，而是視作傳播知識的工具。為了「萬人發出一致的聲音」，他相信拼音必須代表口語一致、不曖昧形式的聲音（李妍淑　1996: 30）。他將此概念與文明及正音法的宏觀理論連結。

27　相較以假名寫成的化學書籍《Monowari no hashigo》（ものわり　の　はしご，1874）中，氧氣的譯語為suine（すいね），氫氣為midumi，空氣為honoke（ほのけ），而二氧化碳為suminosu（すみのす），福澤諭吉根據漢字所做出的譯語：酸素（氧氣）、水素（氫氣）、空氣（空氣）與炭素（二氧化碳）仍然沿用至今。參照李妍淑（1996: 34-35）。

28　關於1870年代與1880年代論爭的詳細內容，參照李妍淑（1996: 26-46）。

29　雖然這個文件經常被引用於解釋「國語」以及「國字」，但是近年來學者如野口武彥、安田敏朗都質疑其正當性，同時認為其真正目的是政治性質遠超過語言性質。參照長志珠繪（1998: 57）與安田敏朗（1997: 35）。

對照使用語音系統的文明（西方）社會與依賴表意文字的後進（東方）社會後，前島密所得出的結論是，日本政治及文化的停滯是因為持續使用「不便且無用的表意文字」。

在前島密提議廢除漢字的三十年後，井上哲次郎發展自己的主張。前島密的主張是實用主義式的，認為漢字是進步的阻礙，而井上哲次郎的立場無庸置疑的是反漢字的，主張必須消滅漢字以捍衛日本國家認同。井上哲次郎也是著名的教育敕語官方解說者（井上哲次郎 1891: 1-5），以及建立在天皇及臣民之間的父權關係，擬似家族制度國家的「國體」概念提倡者。井上哲次郎對於質疑日本浮現的國家認同問題採取不妥協的立場。[30] 在一篇關於言文一致的文章中，他將中文定位為後進並且缺乏通融性，因為缺乏尾音、詞類變化、動詞變化，因此對於複雜層面的思考造成阻礙。他宣稱中文永遠無法處理邏輯、經濟及哲學等西方概念。[31] 為了逃脫漢語的支配，以及支持言文一致主義，無論是假名或者是羅馬字，都是走向國語獨立的第一步（吉田澄夫、井之口有一 1964: 317-30）。

井上哲次郎對言文一致的關心反映了在世紀轉換時期對此問題有了更高的關注。1901年，帝國教育協會正式對參議院與眾議院上請願書：「我們相信國語的獨立、繁盛及發展是保障國家整體性、有助國運成長，以及國家快速進步的最好方法，因此我們必須統合口語以及書寫的整體性。」他們以完成高度文明的歐洲國家為例，

---

30 井上哲次郎與基督徒哲學家內村鑑三辯論，例如教育敕語精神與宣稱所有人都是神的子嗣的基督教精神是互不相容的。參照駒込武（1996: 55-70）。即使如井上哲次郎這樣的清教徒，之後也被迫改變他的看法。1919年，身為東亞協會主席以及雜誌《東亞之光》的創立者，井上哲次郎出版了系列選集，其中一卷特別質疑教育敕語是否能在沒有任何改變下適用於台灣的教育。參照《東亞之光》（[1919年5月]: 1-2）。

31 井上哲次郎是德國哲學重要的擁護者。

因為早在三百年前歐洲國家就摒棄對拉丁語的依賴，同時以韓國、滿洲和蒙古為其反面例子，因為他們未能成功實行記錄口語的現代書寫語言而衰退。請願書的結論如下：國語調查委員會應即刻成立，以便普及言文一致運動為國家事業。[32] 這個建立在類似社會達爾文主義的緊急課題觀點，似乎使這需求更為迫切。這個請願書很快地在兩院通過，同時於 1902 年，由文部省管轄的委員會正式成立為政府機關。東京帝國大學校長加藤弘之被指派為委員長，同時他派遣上田萬年前往歐洲留學以便將西方語言學引介到日本。委員會很快地制定了「標準語」，發布言文一致及漢字使用限定規則，我們所認識的現代日語就如此誕生（駒込武 1996: 53）。

　　如果日本兩個主要殖民地──台灣與韓國──事實上都不使用漢字的表記文字的話，關於漢字廢除的主張，將會仍停留在圍繞著口語以及正字法延長線上的內部爭議。對國語學者們而言，統治新獲得的文化領土的同時，使用被殖民者語言的多數因素是有問題的。世紀更替的 1900 年，經常被認為是明治日本轉型為帝國日本的重要時期。李妍淑所主張對於同時期所謂的「帝國日本語」之意識轉變，也幾乎發生在同一時期。這個方向的轉變，可以以台灣總督府參事官石塚英藏的演講為代表。石塚英藏感嘆雖然一般認為「一個國家國語的繁盛或衰退反映了國家國力的消長」，但是如果與英語比較，「我日本國國語在日本國境之外幾乎無人使用」。他得出的結論是：必須將日語教授當成與帝國同化過程的一部分，盡快

---

32 最初這個委員會主要的使命是採用表音表記，是主要的調查研究主體。雖然最初打算以音韻的現代假名替換仍使用在教科書的歷史假名（歷史的仮名遣い），但卻遭到傳統主義者有組織性的抵抗。此委員會於 1913 年行政體系重新改制時解散，而承襲此委員會的是臨時國語調查委員會（1921-1934），此時期從報紙到表記改革（對於漢字的使用限定）的關注範圍更加廣泛。參照李妍淑（1996: 70）及 Gottlieb（1995: 11-17）。

教育當地的孩童。[33]

　　建構近代國家語言原有的困難，隨著開始教授殖民地臣民這個尚在形成中的語言的需求而變得更加嚴峻。在國語調查委員會的協助之下，由各種體系的學者，包括語言學者（上田萬年）、哲學家（如井上哲次郎）、中央及殖民地政府雙方的官僚（如石塚英藏），以及內地與殖民地教育者（如伊澤修二）進行日本語的現代化及帝國化。這樣的努力最後影響了日本內外約數百萬的語言學習者。透過激烈的辯論，各個團體競相尋求中央政府的注意與支持。在宗主國擬定的理論架構如果沒有經過修正，在殖民地便無法實施，而兩邊陣營也經常陷入對立狀態——而我們稍早所討論過的時枝誠記的朝鮮經驗便是明顯的例子。

　　日本近代語言的變化，對於日本及殖民地的所有人而言是巨大的轉變。如同柄谷行人所指出的，隨著言文一致，以及之後的近代戲劇和文學的導入，漢字的特權地位「透過鼓吹形音一致的語言意識形態」被逐漸破壞（柄谷行人 1980: 53-65）。儘管如此，由於殖民地的教育需求，這個議題的進行經常是比國家主義學者所預期的更加快速。國語的意識形態在殖民地的實驗，也就是同化殖民地臣民成為帝國一部分的任務，同時面臨了成功與失敗。比起宗主國的政策，殖民地政策通常更為大膽而且激進，同時其結果則被母國的教育所援用。近來英國殖民事業研究顯示，我們今日所認識的英國文學訓練的形塑，有部分是為了對被殖民者的印度人彰顯代表英國精髓的一貫整體性的文化以及人文（Trivedi 1995）。日本殖民地的語言政策與內地的日本語言學有著類似的關係：因殖民地需求而確立，同時有效率地推廣日本語和文化對日本宗主國的國語現代化做

---

33 此演講在1901年2月17日的國語研究會議所舉行。之後刊登於《台灣教育會雜誌》（1[1901年2月]: 4）。

出了貢獻。

## 伊澤修二的實踐主義教育法

　　伊澤修二並非一開始就是自由主義者。1875 年在美國研究教育之後，他成為第一批將音樂，特別是合唱樂，介紹進師範學校課程的教育者之一，但是他主張創立等同國學地位的國樂，「創作超越貴賤雅俗界線的歌謠，以及所有人都能共享同時提高日本國民共同性的旋律」（長志珠繪 1998: 16-19）。事實上，伊澤修二到台灣之前，是支持日本血統的純粹性以及「國體」概念的。與井上哲次郎、上田萬年相同的，來到台灣之前，伊澤修二也是國語純粹論的支持者，宣稱他「將輸入日語以假名代替煩雜的漢字」。[34] 如同時枝誠記的例子，殖民地經驗促使他重新思考自己的理論。與台灣學生接觸後，讓他改變想法，在課程規畫表中保留漢字甚至漢文，而只使用假名作為輔佐。伊澤修二批評國語教育委員會只能教授假名的規定。他指出漢字發音與韓語、標準中文及台灣話之間的相似性，改變立場，建議漢字是「與東亞五到六百億人溝通想法的有用工具」。[35]

　　伊澤修二也修正課程規畫表的內容。上一段所引用，在他被派駐至台灣之前的演講內容中，他責難傳統中國教育過度強調非實學的四書五經。[36] 他評論道：「雖然並非缺乏書寫語言的野蠻人，但是

---

34 引用自1895年題為〈台灣教育談〉的演講。參照伊澤修二（1958: 571）。

35 引用自1904年題為〈關於所謂最近的國語問題〉（いわゆる最近の国語問題について）。參照伊澤修二（1958: 727）。

36 五經為《書經》、《詩經》、《易經》、《禮記》、《春秋》。四書是宋朝新儒學家朱熹（1130-1200）所主張的主要課程，即《論語》、《孟子》、《大學》、《中庸》。

從現代教育的觀點看來，便是沉淪至蠢笨的動物之境了。」[37]之後他修正這樣的批評，承認「四書五經是所有台灣人都應該知道的」。[38]

他最後所實施的課程結合了日本的假名以及有限的漢字（長志珠繪〔1998: 201-204〕）。他所選擇的課程包含日語及傳統漢文教育的元素（長志珠繪〔1998: 196-99〕），所做的妥協全部保存在伊澤修二的指示下，於1901至1903年間所出版的十二冊《台灣教科用書國民讀本》。所有的教科書都以假名寫成，卷1至卷6也收入了以假名發音所寫成的台灣語文章。在閱讀課，除了文部省所發行的小學讀本（1889），台灣學生也學習中國古典如《三字經》、《孝經》、《大學》、《中庸》和《論語》。[39]國語課則僅學習如何說日語。能夠負擔得起的台灣父母，通常送孩子上村中稱為書房或學堂的私塾，在此他們被教授《三字經》、四書五經和古詩──所有的文學典籍類型都是通過傳統科舉考試所需要的。[40]為了與傳統私塾競爭學生，伊澤修二理解到將大多數父母認為對孩子將來的前途不可或缺的文章指導納入課程是必要的。將漢文與日文並行實施，在某個意義上是以中國古典文本教授日語。如此全盤式的語言教育一直到幾年之後，結合閱讀、書寫和書法的課程於1900年實施時，才被日本所採用。

傳統的中國古典是審查的對象。例如伊澤修二命令重野安繹（他是教育敕語的中文譯者）刪除《三字經》中所有提到清朝的部

---

37〈台灣教育談〉。參照伊澤修二（1958: 570）。

38 引用自〈關於設置台灣公學校的意見〉（台湾公学校設置に関する意見）。參照伊澤修二（1958: 618）。

39 最初四年的漢籍教育是依照傳統漢文教育，但是從五年級開始，學生透過日文閱讀中文，也就是漢文訓讀。參照鶴見俊輔（1977: 20）。

40 關於占領前台灣教育狀況，參照鶴見俊輔（1977: 9-10）。清朝時期也曾設立縣以及區的公共教育機關，不過只限於特定的文人階級就讀。

分。更重要的文本《孟子》，因為其贊同推翻不適任的統治者，以及與統治階級無淵源者能夠憑藉他們的道德資質基礎來統治，也因此被排除。這個概念與日本對於歷史開端以來萬世一系的堅持——日本固有的「國體」概念的中心思想是格格不入的。事實上，《孟子》在德川幕府時期已經受到鼓吹明治維新的水戶派學者之譴責。

教科書的設計與內容同樣受到極大爭議。編輯者大矢透所指示的具體方針，例如「留心地方慣習」、「納入地方固有特色」、「放入插畫以引起學生共鳴」和「賦予虛構人物本土色彩的名稱」，但文化誤解是無可避免的。伊澤修二在帝國憲法是否可能完全移植至台灣的演講中，對於明治時期教科書中標準的軍國主義讚美表示關切。他提及有位母親不經意聽到孩子在家中朗誦教科書中關於戰爭的記述，因而受到衝擊，深怕日本人教育孩子日語的目的是便於日後徵召讓其進入軍隊，因此她拒絕讓孩子再上學。[41] 雖然伊澤修二以此逸聞為例反對對島民實行徵兵制，但他也由此例子認知了文化的整體移植——特別是與當地文化的脈絡無法契合時——所造成的分裂可能性。

日本殖民主義在同化被殖民者的欲望，必須讓殖民者臣服，以及對其進行不公平待遇的對抗性之間搖擺不定。伊澤修二創造了三個代表可能實施的日本殖民地政策特徵的專有名詞，即關於同化政策的自主主義（jishu shugi），意味著區別政策的假他主義（kata shugi），以及他認為唯一適用於新殖民地台灣的混合主義（kongo shugi）（石剛 1993: 38-44）。

「自主主義」一詞有著欺瞞性，因為此處的「自主」所指的是日本殖民當局對被殖民者的生活當中日本文化及語言角色所擁有的

---

[41] 在早期日語教育中異文化交錯的誤解，以及錯誤引用的許多例子，可見尾崎秀樹（1971: 251-65）。

自主決定權。以伊澤修二的主張而言，這個族群自我中心的教育政策之提議，意味著在宗主母國及殖民地的教育內容將無任何差異。以美國的附屬地夏威夷為自主主義的成功範例之同時，伊澤修二以普魯士對阿爾薩斯—洛林地區所提出的類似政策為例：造成了他們所不願見到的結果——引起當地居民「渴望脫逃德國的統治，以及希望能夠盡快返回法國的懷抱」。

「假他主義」中的「他」意指本土文化的因素——此處所指的是儒家主義、漢文，以及漢字。這樣的策略承認了本土文化內在的某種價值，並企圖利用它來達成將當地人民融入帝國中的最終目標。伊澤修二將法國在越南以及荷蘭在印尼的政策視為此種殖民思維的兩個例子。一開始時，法國在越南強制推行法文教育，但遭遇當地的抵抗之後，於1891年轉向而要求所有殖民地當局成員有學習當地語言的義務。在這一點上荷蘭則是更徹底，禁止原住民學習荷蘭語。透過不教授原住民荷蘭語，以及維持支配者和被支配者之間清楚的語言區分界線，力量的平衡關係將得以永久持續。伊澤修二從他個人經驗提出了實施這個政策完全成功的例子：福山藩（後來的松前藩）從17世紀至1807年統治艾努，艾努學習日語是違法的，而伊澤修二曾經遇見因此理由而遭嚴厲懲罰的艾努人。

離心的同化政策相對於向心族群中心統治的兩個概念——乍看之下似乎正好相反，但他們共同擁有某種國家利益。伊澤修二並非是反殖民的自由主義者，但是相對於橋本武、高岡武明和平井又八等急進的教育者或是政治家如乃木希典、後藤新平和持地六三郎，伊澤修二採取的是溫和路線。[42]

伊澤修二的混合政策是以儒家的實用主義來調和教育敕語的絕

---

42 關於這些人物的主張之詳細討論，以及有助於理解的分布位置圖，見駒込武（1996: 72-74）。

對主義。其目標便是逐漸將日語滲透進入台灣人的生活中，就像將英語滲透進前法國殖民地加拿大，伊澤修二認為這是成功而且沒有明顯的衝突。他列舉了幾個認為這樣的政策是適宜的，並且有成功可能性的理由：台灣的地理位置位於日本群島的延長線，包括自遠古以來對台灣的移民，日本與台灣有著悠久的歷史關係。中國殖民此海島時扮演關鍵角色的鄭成功（國姓爺），是有一半的日本人血統。台灣人和日本人在族群關係上有緊密的連結，雖然使用的語言相異但卻共有漢字，此外台灣人在智能和德性上與日本人幾乎相匹敵。[43]

　　伊澤修二前進的觀念——例如日本人教師應學習當地語言，同時當地學生應在學習日語的同時繼續學習古典漢文等——是他人格柔軟度加上本人希望看到文化和語言轉換期能夠順利進行的產物。他企圖直接施行教育敕語，但卻遭到反對，一九一〇年代產生了台灣版教育敕語。另外一項要求——日本的六年義務教育在殖民地也必須等同實施——則從未在韓國實現，而只在伊澤修二提出建議的四十多年之後，於1943年的台灣施行（駒込武 1996: 363-64）。

　　在伊澤修二被解除職務並離開台灣後不久，橋本武與平井又八之間對於學校是否應該完全廢止教授漢文展開辯論。在1902年的辯論裡，橋本武由實用的角度主張研讀漢文的前提，在於讓學生準備參加傳統的科舉考試制度，因此從現代的脈絡來看他認為如此的學習已經沒有用處。他指出在公學校教授漢文無疑是為中華帝國和中國皇帝的忠誠做背書。他也從教育的觀點抨擊這樣的概念：「我

---

43 伊澤修二也詳細說明為何他相信「自主主義」模式是不適宜的。他指出此模式在阿爾薩斯—洛林地區（法國東北部）失敗的原因，正是因為普魯士人拒絕承認普魯士人與法國人之間的相似性，而此模式成功的原因只因為兩個族群的文化層次有極大的迥異。而台灣與日本的關係就像法國與普魯士的關係，而非夏威夷與美國。

對於在公學校同時教授兩個完全不同語系的語言存疑。同時教授漢文對於教授國語[44]也會產生影響……只要台灣人說日語（黏著語）時持續使用孤立語的文法，他們將永遠無法說好真正的日語」（長志珠繪 1998: 204-206）。

　　他的國語研究會的同僚平井又八則持反對立場：「中國人喜愛四書五經的理由並不只是單純地想要透過語言習得知識，他們真的崇敬並且渴望接受孔子與孟子教誨洗禮……如果我們以統治台灣步調的整體來看，如果在教育上突然將其所有的中國典籍廢除而只依靠國語的話，並無法收得陶冶之效。」[45]平井又八也指出迫在眉睫的實際問題：例如，他們將如何處理當時仍占有公學校教員絕大比例的漢文老師之失業問題？同時他們要如何應對當地學生對於國語教育缺乏熱忱的問題？平井又八的結論是，雖然其理想值得讚賞，但橋本武的提案過於激進，會有實現的困難。這個辯論使得於1904年對課程做了修改。同年三月所公布的公學校規則第十三條，將漢文設置為「特別課程」，日常生活目的的漢字與漢語在教授範圍內，但經典如《四書》、《三字經》和《孝經》則被禁止。從一年級開始，每週十小時學習國語，五小時學習漢文（長志珠繪 1998: 222）。

　　初期的實驗和政策的變化，在伊澤修二及其後繼者持地六三郎的卸任後（他也一樣被降職），殖民地語言政策仍然持續進行。1905年是日本接收殖民地滿十年，以及公學校令頒布滿一年的時期，台灣人當中理解日語的估計人口數（官方說法為理解國語者）為11,270人，剛好是總人口數三百萬人當中的0.38%。在1941年，也就是日本將台灣移交給國民政府的前三年，總人口數的57%正在

---

44 譯者註：日語。

45《台灣教育雜誌》（6[1902年8月]: 15）。

或者是已經接受了日語教育。三十五年當中，日語人口增加了57
倍。特別是從1937年開始，皇民化運動開始之後可見到快速成長
了20%。從1937至1941年短短的四年當中，日語人口從總人口的
37.8%成長至57%（藤井省三　1998: 31-34）。

　　回想其小規模的開端以及種種失敗，這樣的結果的確極富戲劇
性。台灣達成了日本在所有殖民地中最高的識字率。然而從這些統
計數字並不能看出語言在日常生活當中所扮演的角色，而我們也無
法確認所有這些被認為屬於識字者，是否在日常生活中確實使用日
語。此時期的台灣小說經常描寫世代隔閡：家族中老一輩以台灣話
溝通，而年輕人即使在家中也以知識分子語言的日語為主流。[46]日語
的普及仍然給當地人的日常生活帶來影響。

　　但是從日本人的觀點來看，有太多的台灣人仍缺乏自主能力，
同時更糟的是，缺乏充分的熱情習得語言。上田光輝在他的著作
《皇民讀本》（1939）中感嘆道：

　　　今日，人們幾乎每天都在報上讀到國語班結業典禮的報導，
　　在所有的領域見到極大的進步的確是令人極為欣喜的事。但是
　　如果進到本地人家庭內部，不管是大都市，小鎮或是村莊，幾
　　乎聽不到有人在家中說日語。令我覺得難過的是，見到公學
　　校的學生每日以日語學習，但一旦離開校門，他們便回復以台語
　　交談，似乎將所有的日語遺忘一般。（長志珠繪　1998: 46）

曾經到過台灣的某位教師描述孩子們所使用的日常生活日語是「低
俗」的（kitanai，文意為「髒」）。他提及自己對於被選拔出來參加

---

46 例如龍瑛宗〈植有木瓜樹的小鎮〉（パパイアのある街）。參照尾崎秀樹（1971:
　　252-54）。

日語演講比賽學生的優秀表現而感到驕傲，但之後，當他偶然聽到學生以母語交談時，他失望到了極點並且發現對這些學生而言「國語只不過是為了表演的玩具」。[47]

滿洲事件（1931）爆發，與中國的衝突持續升高，第二次中日戰爭一觸即發，日本殖民政府急欲切斷台灣人與大陸的關係。在此過程中，放棄漢文成為合情合理的手段，同時日本的殖民地語言政策的焦點，在於讓當地台灣人在日常生活中常常使用日語。台灣殖民政府採取胡蘿蔔與鞭子的手法，懲罰不使用日語者而優渥地獎勵使用者。他們採用各種懲罰措施——從處罰拒絕學習日語者，到開除負責公營事業但使用台灣話的所有人——最極端的則是，任何人被抓到使用台灣話或者學習漢文者將遭受被遣返中國的威脅（石剛 1993: 47）。例如1934年，總督府率先頒布法令禁止所有的雇用者使用台灣話，否則將處以重罰。[48] 但是日語於1930年代中期為止並未被廣泛接受，皇民化運動開始才成為其強有力的後盾。其中一環便是，殖民政府獎勵某些特定家庭為「國語常用家庭」，在其前門掛上牌子，以及給予額外配給。

這些激進的措施證明了日本試圖使日語成為大東亞共通語時所遭遇的問題——這個概念在日本殖民事業一開始便成為其內在的一部分，但卻於1940年代早期與大東亞共榮圈的政治概念串聯。日語的現代化，如同其他的現代化過程，是由日本人自己內部的動力，以及日本外在的特殊要求所催生的。它經由言文一致，以及國語假名使用改正運動所代表的混亂統合過程中所產生的。

---

47 南真穗，〈殘餘的日語問題〉（残された国語問題），《台灣教育》（439[1939]: 35）。參照長志珠繪（1998: 46）。

48 例如，課長的罰金為10圓，判任官則為5圓，其餘者為3圓。當時日本內地的日薪勞動者平均每日酬勞為1圓；內地與殖民地工資仍有相當大的差距，所以應該是相當大的數目。參照石輝然（1999: 59-69）。

　　因此產生為了將中產階級東京山手（Yamanote）地區特權化為國家標準語，必須進行排除地方方言與腔調的選擇性過程。日語在文法與音韻方面呈現多樣及多義的語言，演進成為體現日本現代國家精神的單一且有準則的語言。然而見到這個單一及統合語言的新興概念如此快速地受到其他多元族群，以及多元文化挑戰的現實——日語帝國世界是殖民主義的副產品——是諷刺的。在這層意義上，一個共同的語言所統合的近代日本帝國，與班納迪克・安德森所聲稱的「想像的共同體」是一致的。[49]殖民地語言政策的影響並未隨著戰爭的結果而終結，其後繼力量仍在戰後的國語改革運動中餘波盪漾，同時對於海外語言教授的教育策略持續發揮其影響力。國語調查委員會（1902-1913）以及其後繼者的臨時國語調查委員會（1921-1934）負責採用表音文字，以及之後1923年改革綱領將常用漢字數目限制為1,962個文字。1934年臨時國語調查委員會改設為國語審議會，直至今日它仍然是日本語言政策企畫的主要機構。1948年被委任協助戰後語言改革的研究機構，即國語研究所成立。這個機構更將常用的漢字減少至1,850個（在六年義務教育中教授其中881個漢字），同時施行「現代假名」；一種比起傳統語音系統更能符合現代假名音節使用的拼音改革（除了少數舊系統依舊維持）。[50]

　　日本的公用語言今日通稱為日本語而非國語，但對多數人而言它仍然是日本人主要的身分認同——從戰後氾濫發行的日本人論著中，日語所扮演的關鍵角色便明顯可見。[51]隨著舊世代的年齡增長以

---

49 參照安德森的〈導論〉（"Introduction," 1991）。

50 參照井上哲次郎（1891: 1-5），此外詳細的戰後語言政策也請參照Gottlieb（1995: 75-78, 17-25）。

51 強調語言角色的典型例子見多田道太郎《日本語的規則》（日本語の作法）（1979）、鈴木孝夫的《語言與文化》（言葉と文化，1979）與《閉鎖的語言—日

及死亡，雖然在這些地域日語仍然繼續被當成是日常生活中溝通的工具，或者是創作的文學語言，[52] 日本的殖民地語言政策在原來的殖民地之影響力也逐漸凋零。一九七〇年代中期開始的日本經濟優勢引領了全球的日語學習熱潮。為了對應這股風潮，日本政府致力於建構海外日語教育方法，巨額投資在提升日語教育。在亞洲新殖民主義的脈絡中，商品形式的日語普及（如更大議題的日本文化商品化，是透過例如漫畫、日本動畫、流行歌曲和時尚現象），為戰前大東亞共榮圈在後殖民脈絡中提供了寓言式解讀的可能性。[53] 在日本舊殖民地中，特別是羅伯‧菲力普森（Robert Phillipson）所提出的語言帝國主義和殖民地語言遺產的問題，仍然是今日的討論課題。[54]

到目前為止我們的討論，集中在日本國語的現代化以及這個過程如何受到帝國迅速擴張，和殖民地語言政策的影響。當日本的主要思想家、語言學者和殖民地教育者在海外日語教育的教育理念與意識形態當中致力於取得平衡時，被殖民者被迫面對相同的困境，

---

語的世界》（閉された言語・日本語の世界，1975）、外山滋比古的《日語的理論》（日本語の論理，1973）及《日語的性格》（日本語の性格，1976），以及金田一春彥《日本人的日語表現》（日本人の言語表現，1975）與《日本人的語言生活》（日本人の言語生活，1979）、鈴木修次《漢語與日本人》（漢語と日本人，1978）、板坂元《日語的表情》（日本語の表情，1978）只不過是其中少數。見西川長夫（1999: 1-24）的附錄。

52 在下列章節中我將更詳細地討論海外的日本語文學目前的地位。

53 語言的獲得是殖民地文化政策的基石，同時也意味著理解日本文化，但是目前日本流行文化的全球消費並不要求日常常識。兩者之間的差異，和第一世界、第三世界的文化交流問題，後現代流行文化的越境文化性質，同時最重要的則是後殖民主體開始從事、選擇，（再）建構，以及甚至再度對抗第一世界文化力量的能力有關。參照荊子馨（Leo Ching），〈太陽帝國的形象〉（"Imaginings in the Empires of the Sun"），收入崔特（Treat）編（1996: 169-96）。

54 雖然菲力普森主要探討英國的全球商業化，其論點也適用於其他殖民及後殖民脈絡。參照Phillipson（1992: 109-36）。

甚至是更迫切的課題；抵抗這個語言帝國主義和保存自己的母語。
接下來讓我們轉移至本島人的觀點：他們對這個語言和文化侵略的
抵抗，以及他們所發展的，能夠同時維持傳統漢文書寫語言，地方
原有語言，以及新興帝國語言的共同基礎。

## 「我手寫我口」：多語文化及混合的身分認同

　　日本占領時期的台灣作家對於固有文化以及語言認同的掙扎，
是遠遠超過本土台灣語言和殖民者的日語之間單純的競爭。日本占
領前的台灣是多元族群和多語共同體的故鄉。漢族人口在移民中，
主要是來自福建省的漳州和泉洲、廣東區域的客家族群，以及中國
東南其他區域的混合族群（Kerr 1974: 8-9）。大部分的族群散居在
不同村落並和平共處，但是土地及水源的爭奪可能導致暴力衝突，
甚至有時發展成長期的流血事件。[55] 所有的漢族與澳斯楚尼亞語系的
台灣原住民——他們或是至 12 世紀為止已經同化於漢人社會，或
是被驅逐到島上中部或東部的疏離的共同體——在族群以及文化上
有較大的鴻溝。連結漢人族群的，有共同的漢文書寫語言，以及傳
統中國文學經典中的共有文化遺產。日本在統治四分之一世紀後真
正的混合型世代才出現。這群來自中產階級家庭的青年接受日語教
育，同時經常在日本或是中國本土的學校接受較高等的教育。
　　我們在這個單元要檢視的，是台灣知識階級追求代表他們獨自
的混合性身分認同的語言以及文學時，歷經幾個世代所產生的錯綜
複雜之政治及文化角力。他們探究自我身分認同的近代化表現有兩
個階段。1920 年代開始的新文學運動，是早幾年已經興起的中國白
話文學運動的回應。如同中國本土的白話文學運動，新文學運動反

---

55 關於台灣各族群間的流血抗爭史，參照雪芙特（Shepherd 1993: 308ff）。

對中國古典漢文傳統，並推行革新及超越傳統的新文學。這種文學使用中國北方的北京官話口語形式，並且能有力地對應新穎而快速變化的世界。[56]1930年代初期台灣話文論戰和與其緊密相關的鄉土文學論戰興起，創設本土口語的書寫語言，同時使用它來創作足以代表台灣認同的獨特性與混淆性的本土文學傳統，摸索創造特有文學傳統的有效方法。

　　上述兩者的運動中政治課題是不言而喻的。如同中國的五四運動中所普遍認知的，對於「新儒學道德主義與封建社會秩序」的反動，在「文化面的沉澱」中所帶來的現代化是危險的（Chang 1999a: 264-65）。此外威爾森（Woodrow Wilson）的自決原則與俄國的共產黨革命實例，都激起了台灣知識分子主張自我的權利與台灣人的自我身分認同。結果台灣社會形成了四種對立：古典漢文對口語北京話，口語北京話對口語台灣話，古典漢文對現代日語，以及口語台灣話對現代日語。日本在這些運動反應中扮演關鍵性的角色，即殖民政權小心翼翼地關注所有跟大陸的連結，以及對其威權挑戰的可能性。諷刺的是，日本自己本身提供了改革者茁壯的環境，因為台灣的語言改革就是肇始於一群就讀東京的台灣留學生。[57]

---

56 新文學運動分野的詮釋呈現多樣化。黃琪椿（1995）主張1920至1926年間主要在於語言改革，但1926年焦點轉移到普羅文學運動。彭瑞金（1995）則否認此活動與文學和語言改革有關。他將其視為一種全國性的社會運動。或許最好的方式便是將其視為被民族主義、反殖民地情感所影響，以及伴隨著促進現代化概念的語言和文學改革運動。雖然早期的活動是以語言、表徵等議題為中心，這些關注於1926年後並未消失。

57 關於台灣知識分子在宗主國的生活詳細情況，參照魯賓斯坦（Rubinnstein 1999: 230-34）。

# 1920年代的新舊文學論爭

　　文學和文化運動所提升的台灣新文學始自1920年代。1920年之前，古典漢文是主要表現形式而教育的中心也放在古典和傳統漢詩的創作。離開台灣的年輕一輩知識分子在東京帝都接受日語現代化（特別是早先所討論的言文一致運動），以及中國五四運動所擁護的現代白話改革的洗禮。這些青年帶回家鄉的是自尊，以及對自己母語現代化改革的迫切感。1920年，台灣旅居東京者組織了新民會，以及以學生為主的台灣青年會。[58]這兩個組織創辦《台灣青年》雜誌，以中日雙語方式刊行，在島上提倡先進概念。該份雜誌在日本和台灣引起了年輕台灣人的注意，不久之後文化改革浪潮席捲殖民地，台灣文化協會以啟蒙和教育大眾為目的而創立。為了避免總督府的監視，台灣文化協會溫和地主張其目的為：「提升台灣文化發展」（河原功 1997: 139）。擁有來自於本土社會上流階層的一千位會員（醫生、教師、律師、學生和地主），台灣文化協會發行通訊報紙，提供大眾報紙和雜誌，播映電影，創作戲劇和主辦所有各種關於文化課題的演講會。1923至1927年是台灣文化協會最活躍的時期，主辦了八百場演講，同時聽眾人數達到30萬人。[59]

　　台灣語言改革的課題早於1922年便出現在就讀於東京的台灣留學生的文章中。受到中國白話文學運動和日本的言文一致運動之

---

58 關於新民會、台灣青年會和台灣文化協會的詳細情況，參照河原功（1997: 132-234）。

59 並沒有紀錄顯示1920年代之前台灣留學生在海外就學的紀錄。1920年為止只有19名學生就讀於中國，相對地在三年後增加到273人。這個數字比起在日本的就學者雖是少數，但在短短的三年內如此戲劇性的增加，顯示了部分殖民地青年在威爾森的民族自決概念、五四運動，以及主張公民權利團體如台灣文化協會出現的影響下，開始覺醒。參照河原功（1997: 132-49）。

鼓舞，陳端明在〈日用語鼓吹論〉中提出以口語白話文取代文言文書寫系統。[60]因為這篇文章發表在東京並僅在少數人當中流傳，所以對於殖民地的影響並不大。這些概念終於傳到了台灣——而且透過於1923年發表在雜誌《台灣》漢文部分的兩篇文章，受到熱烈的迴響。黃呈聰的〈論普及白話文的新使命〉檢視口語白話文的歷史，比較文語體與口語體作品，並主張白話文需要用來啟蒙台灣社會並提升識字率。[61]黃朝琴的〈漢文改革論〉更進一步提出排除一般語言的古典形式主義，並鼓勵作者寫出所想的以及所說的，具有務實性改革腳步。[62]

這些初期的議論為點燃新舊文學論戰（1924-1926）的張我軍鋪路的同時，也展開了台灣新文學運動。

上述辯論對於不到十年前就在中國開始的文學革命做出回應，致使意圖採用白話中文成為新的文字媒介一派，與傳統詩人之間形成對立。以胡適過去的〈文學改良芻議〉——提倡使用現代文法和口語主義的同時，批判對丈，模仿古代作家，陳腐慣習及古典隱喻——為根據，白話文運動的攻擊，緊抓住古典詩歌傳統的「保守與反動」詩人。

在台灣所有的北京口語主張者中，以張我軍最為激進。他生於台灣，就讀北平師範大學時，發表了一系列文章來攻擊台灣瀰漫的保守文學環境。之後張我軍移居東京並繼續活動並在週刊《台灣民報》工作。[63]張我軍與後來1930年代文學及語言改革的提倡者之不同處，是他堅決將殖民地文學定位於較大的中國文學傳統中。在某

---

60〈日用文鼓吹論〉，《台灣青年》（4[1][1922年1月]），引自河原功（1997: 149）。

61〈論普及白話文的新使命〉，《台灣青年》（4[1][1922年1月]），引自河原功（1997: 150-51）。

62〈漢文改革論〉，《台灣》（4[1-2][1923年1-2月]），引自河原功（1997: 151）。

63 關於張我軍在北京及東京的活動，參照河原功（1997: 156-69）。

篇略帶浮誇標題——這是張我軍所有文章當中慣有的傾向，〈請合力拆下這座舊草叢中的殿堂〉一文中，他如此寫道：

> 台灣的文學乃中國文學的一支流。本流發生了什麼影響、變遷，則支流也自然而然的隨之而影響、變遷。然而台灣「自歸併日本」以來，因中國書籍的流通不便，遂隔成兩個天地，而且日深其鴻溝。

> 回顧十年前，中國文學界起了一場大革命。新舊的論戰雖激烈一時，然而垂死的舊文學，到底是「只有招架之功，沒有還手之力」。不，連招架之功也沒有了。一班頑固的老學究敗得垂頭喪氣。那一大座的破舊殿堂——就文學的殿堂，經了這陣暴風雨後，已破碎無遺了。[64]

張我軍繼續如此的比擬，告誡殖民地須從老舊文學體制裡脫身。

　　在《台灣民報》下一號的續篇〈絕無僅有的擊缽吟的意義〉，[65]張我軍攻擊在島內極為流行的詩歌創作遊戲「擊缽吟」。「擊缽吟」顧名思義便是「一邊擊缽，一邊唱吟」，是傳統的詩作競賽，詩人必須在一定的時間內按照規定的題目與韻腳創作特定數量的詩作。將此創作的實踐與歌德（Johann Wolfgang von Goethe）對詩的機能與目標思考做對照，張我軍認為這個習慣或許有助於提升詩的創作能力，但對於真正的文學卻無益處。張我軍指出這個習慣的社會角色，便是介紹作者給富貴人家，同時也責難文學所結合的社會及政治力量。

---

64〈請合力拆下這座敗草叢中的破舊殿堂〉，《台灣民報》（3[1]），引自河原功（1997: 160-61）。

65〈絕無僅有的擊缽吟的意義〉，《台灣民報》（3[7-9][1925年3月1、14、21日]）。

　　張我軍的爭論並非沒有引起注意。殖民政府所支持的對手《台灣日日新報》是傳統主張者提出反駁的主要競技場。在某篇對張我軍新文學主張的典型反駁文章中，作者指出以書寫形式表現口語語言的困難，以及中國的胡適和陳獨秀激進主義的危險，最後並以日本為例。雖然日本文學經歷近代化過程，但仍然非常依賴漢字和中國古典文學的隱喻。[66]在這些論爭中，殖民政府所扮演的角色是耐人尋味的。雖然對於與中國的連帶性表示關切，但殖民政府卻不動聲色地與舊派結盟以便攻擊新文學運動。因為熟悉中國漢詩，殖民地當權者對於傳統的中國文學較有安心感，並反對暗地提倡激進的反封建和反殖民地課題的新文學運動。張我軍的立場終於從對舊文學唱反調的反對立場，轉變成為如何為建立新文學做出建設性的論述。在〈詩體的解放〉[67]中，他給予新詩創作指導方針。代表張我軍完整的改革理念可從他著名的〈新文學運動的意義〉一文中看出。[68]基本上張我軍採取兩個同時並進的方向進行改革：改革台灣語言時所創作的口語文學，應與傳統古典書寫站在相反的立場，如此一來才能與標準中文，也就是北京話，更加貼近。

　　張我軍的立場毫不妥協。其他人所提出的替代方案，例如口語與漢文書寫的混合形式，或是以台灣語書寫都被他斷然地拒絕。張我軍認為口語不僅是對所有人傳播知識的媒介，也是社會均質化的工具。當人們問到在無法說北京話的情況下，台灣人如何使用北京白話書寫時，張我軍答道：「那麼台灣話能以書寫語言表達嗎？台灣話當中有任何文學價值嗎？台灣話是有邏輯的語言嗎？」對張我軍而言，這三個問題的答案是否定的。他堅持台灣方言應該循北京話的路線進行改革，最後與這個中文的「標準」形式結合。

---

66 關於此次及其他許多新舊派別的論戰之細節，參照河原功（1997: 156-69）。
67 〈詩體的解放〉，《台灣民報》（3[7-9][1925年3月1、14、21日]）。
68 〈新文學運動的意義〉，《台灣民報》（[67特刊][1925年8月26日]）。

　　這篇歷史性的文章有效地開啟了文學改革的論戰。許多本土作家回應張我軍的呼籲，並試圖以新的口語體寫作。其中最著名的作家是被稱為台灣新文學之父的賴和。賴和本身學醫，據說日語非常流利，一生行醫，同時也創作了許多作品。與新文學運動的許多同儕相同的是，賴和選擇以白話口語文作為他的創作語言，並拒絕以日語創作。另一位活躍於本地的作家楊雲萍（1906-2000）的小品如〈光臨〉（1926）[69]、〈黃昏的蔗園〉（1926）[70]，以及〈加里飯〉（1927）[71]清楚呈現了這位作家在語言及主題上如何努力對應新的表現形式。本土作家中如無中國經驗的楊守愚（1905-1959）與蔡秋桐（1900-1984）是以北京話語混合台灣話、日文的字彙以及表現方式來進行實驗。

　　曾經在北京就讀大學的張我軍奮力以標準白話文形式進行書寫。他於1925年出版了第一本口語韻文詩選集《亂都之戀》。[72]他也出版了短篇小說集與長篇小說，同時翻譯日本作品如大正期白樺派作家武者小路實篤的戲曲、德田秋聲及島崎藤村的小說。在編輯的雜誌《台灣民報》中，張我軍刊載當地作家的創作，翻譯當代日本作家的作品，以及為他的讀者介紹中國作家如魯迅和郭沫若。他所處理的魯迅〈八不主義〉和陳獨秀〈三大主義〉，是依據中文模式將台灣文學理論化的艱鉅嘗試。[73]在擔任《台灣民報》編輯的兩年半期間，張我軍出版的評論、散文、短篇小說、紀行文及日本文學

---

69〈光臨〉，《台灣民報》（[86][1926年1月1日]: 19-20）。

70〈黃昏的蔗園〉，《台灣民報》（124[1926年9月26日]: 13-14）。

71〈加里飯〉，《台灣民報》（138[1927年1月2日]: 21-22）。

72 關於張我軍1920至1932年的新體白話詩活動，參照許俊雅（1997a: 163-208）。關於中國文學評論家武治純對於張我軍的中文形式可信度的評語，參照張恆豪（1990: 136）。

73 關於胡適的「八不主義」以及陳獨秀的「三大主義」，參照周策縱（1960: 273-77）。

翻譯超過五十篇。在這個意義上，張我軍與他出版作品成為連結台灣、中國與日本等區域文學企圖的樞紐。

　　1926年張我軍帶著新婚妻子再度前往中國。他在北平師範大學攻讀中國文學，之後在中國的大學及北京大學成為日語講師。[74]他成為中國代表（而非台灣代表）第一次參加1942及1943年在東京所舉行的第一屆及第二屆大東亞文學者大會，招受部分非議。注意到張我軍長期以來反殖民地的立場，有些人對他參加讚美日本帝國主義集會的決定表示質疑。數年後張我軍的好朋友洪炎秋為他如此辯護：他解釋，當時張我軍被選為代表時，已經是北京最著名的日語和日本文學教授，但卻從未造訪日本。他利用這次機會拜會他非常景仰的一些日本作家。他在日本見到了武者小路實篤和島崎藤村，同時終於翻譯了武者小路實篤的《破曉》（曉），以及島崎藤村的《黎明之前》（夜明け前）。

　　雖然有些人責難張我軍捨棄了母國台灣，但他從未忘記自己的根，同時也似乎因為中國對台灣缺乏關心而感到挫折。1926年張我軍與當時最有影響力的作家魯迅會面，同時訴說台灣的困境。之後魯迅回想這次會面（雖然他誤記他的名字為張我權），特別是張我軍的控訴：「中國人民已經完全將台灣人遺忘了。沒有人〔將他們的痛苦〕當回事）。

　　魯迅反駁道：「我當時就像受了創痛似的，有點苦楚；但口上卻道『不。那倒不至於的。只因為本國太破爛，內憂外患，非常之多，自顧不暇了，所以只能將台灣這些事情暫且放下。……」[75]原宗主國中國及新殖民地台灣之間的不信任與誤解愈發加深，同時造成

---

74 張我軍曾經為中國的學習者撰寫過八本的日語教科書，以及許多介紹日本文學的隨筆。參照張恆豪編撰的張我軍作品年表（1990: 159-64）。

75 引自魯迅散文集〈而已集〉中〈寫在「勞動問題」之前〉，收入《魯迅全集》卷3（北京：人民文學，1981）。

了彼此間的憎惡與反叛。另一位重要的中國作家與劇作家郭沫若曾經寫道：「我們曾經聽說韓國的獨立運動與印度的不合作聯盟，但我們從未聽說台灣有任何革命的歷史。台灣人民是我們最親近的同胞，然而自從割讓領土之後，他們宛如已經忘記了他們的母國。這是我們對台灣同胞所抱持的一個普遍的疑問。」[76]殖民政府對島嶼所實施的隔離政策，有效地限制了與大陸的交流。雖然中國的學者注意到亞洲其他地方的殖民地抵抗，他們卻忽視了台灣早期對日本人的抵抗，和持續努力建構語言及文化認同來對抗日本所致力的同化政策。當民族主義者推翻了長達三世紀的滿洲政權時，希望的浪潮於1911年也席捲了台灣（河原功 1997: 190-91）。但是當時間過去後，中國對台灣問題並沒有採取任何行動，日本政權更加穩固了，同時台灣人覺得自己成了棄民而幻想破滅。[77]

當1945年戰爭結束，張我軍在北京組織了台灣人協會幫助許多台灣人回到原殖民地。在中國自我放逐了二十年後，1946年他回到台灣。在所有來自日本殖民地台灣的作家中，張我軍與中國的關係最密切。他因台灣作家不注意自己的警告而感到挫折：如果不以純粹的中文來書寫，便會被吸收進入日本文學範疇，而這會使得他們最後只能用外文來表達自己的創作力。即便如此，張我軍對中國的態度也並非只是一種阿諛奉承。他在北京所寫的小說生動地捕捉了中國的腐壞與不道德的生活層面。他最著名的小說之一〈白太太哀史〉（1927）描寫日本女性與中國男子的不幸婚姻。她因他的放

---

76 張沫若，〈《毋忘台灣》序〉，《中山大學學報》（3[1979]），原文原為張秀哲（張月澄）與楊承志共著《毋忘台灣》所寫的序文（1926年6月）。本引文轉譯自松永正義（1993: 219-20）。

77 這個彼此缺乏信任的感覺，直至殖民統治末期都沒有解決。而這形成了國民政府與本土台灣人民在後殖民時期的衝突背景，導致如二二八事件的暴力衝突。捕捉被中國及日本背叛感覺最為生動者，屬吳濁流的《亞細亞的孤兒》（1973）。

蕩而痛苦，但她的純粹愛情卻無法對抗將自己視為外來者的虛無、封建家庭制度。這故事有著悲慘的結局——女主人公生活在病痛、鴉片及一顆破碎的心當中。〈買彩票〉（1926）及〈誘惑〉（1929）描寫旅居中國的台灣人之疏離及寂寞的生活，因為有時中國同胞將他們視作外來者。[78]

　　張我軍對新文學的鼓吹集中在語言的使用，同時覺得對文學形式而言是缺乏系統性理論操作的。但是他積極的參與，在運動發展過程中扮演著重要的角色，同時提醒本土台灣作家注意自己的文學創作在殖民語言之外還有另外一個選擇——做出貢獻。文學論爭於1925年達到巔峰，而在張我軍前往北京之後消失。耐人尋味的是，張我軍及其他新文學鼓吹者所攻擊的傳統詩會並未因此而沒落消失。事實上在殖民政府的暗中鼓勵下茁壯成長，十年之後從1924年的66個詩會增加了兩倍。這些詩會繼續為島民扮演社交及文化交流中心。他們經常主辦詩作競賽及連吟會，並吸引數以千計的同好者。

　　關於以口語白話文為據點的新文學創作論戰持續了後期整個殖民時期。對新文學鼓吹者而言，這是意圖維持民族認同的文化運動，也是尋求對抗日本企圖切斷殖民地與中國連結的反殖民主義抗爭運動。他們對傳統作家的批判包含了對作家們與殖民地統治共犯關係的暗地批判。飽受批判的傳統學派堅守陣地，同時為逃離日語無所不在的現實環境的島民提供了庇護。在兩個陣營表明立場下，論戰的結果為台灣人作家的創作能量帶來兩種不同的出路。而日語文學創作在接受日語教育系統的本土作家第一世代成長成熟同時能夠以他們的主人的語言書寫為止，必須還要等待十年的時間。

---

78 關於張我軍的小說創作，參照張恆豪編短篇小說集（1990: 85-128）。

# 1930年代的鄉土文學論戰

　　新文學運動將北京口語穩固成為標準現代白話——完全不同於漢文——的地位，並開啟了使用這個現代語言的文學新主體。1930年代中，新文學運動所提出的相關問題是否真正地反映了台灣特殊的環境，其實是有疑問的。張我軍所主張的與中國密切的文化關係在殖民地經驗的綿延過程中逐漸薄弱。[79]1920年代的論爭讓中國身分認同與侵入的日本認同處於對立，然而於1930年代則能看見出現了不同的台灣身分認同，與被強加賦予的殖民地認同產生相抗衡。從某些程度上來看，這是台灣與中國不斷疏離所產生的結果。在統治初期，日本希望能削弱與大陸的連結，如果台灣人希望的話，他們可選擇前往大陸。之後更徹底實施嚴禁島嶼與大陸之間的交流與貿易。

　　台灣話是沒有書寫系統表現的口語語言。[80]張我軍在〈新文學運動的意義〉中所建議的結合台灣話與北京白話提案，從未真正地被實行。摒棄了文言文——一種結合許多中國方言，同時在多變化的區域讀法中也能被閱讀的通用媒介，使得沒有書寫語言的台灣人只有使用他們或許在學校所學的北京話或日文等外來語言來表達自己。在這種環境下，許多台灣人面臨日本殖民者的同化計畫以及中

---

79 日本領台時期台灣對「中國」記號認知變遷的探討，參照許俊雅（1997a: 109-40）。

80 就英語、荷蘭語或者法語與西班牙文的差異，與台灣話（閩南地域方言）與北京話之間的差異做比較。方言與語言之間最主要的差異在於能否相互溝通。今日台灣話有著閩南漳州與泉州主要兩種不同系統的方言。以任何一種方言為母語者，除了偶爾產生如美國人與澳洲人之間般的誤解，都能與其他閩南語言使用者溝通。但如未受過訓練，則無法與只會使用北京話、廣東話或上海話者溝通。參照DeFrancis（1984: 39）、Y. R. Chao（1976: 24, 87, 97, 105）與Norman（1988: 187）。

國白話運動，會使得他們產生母語消失的恐懼。主張每一個社會都有權利和義務保存，以及保衛自己的語言免於外來語言霸權的侵略，[81]連溫卿遂開始了「台灣語保存運動」。同時蔡培火展開推廣本地語的羅馬字表記系統的「羅馬字運動」，他是第一個認為地方口語並不只是中國的方言，而是完全成熟獨立的語言。對於上述表現意義的迫切主張，再次於1929年著名詩人連雅堂所發表的兩篇著名文章中可以發現。他在文章中責難殖民政策的壓迫將威脅本土語言瀕臨滅亡。[82]

在反日本化第二波行動中，等同張我軍在新文學論爭中的角色，便是黃石輝及郭秋生（1904-1980）。[83]黃石輝的〈怎樣不提倡鄉土文學〉為本土語言改革運動——不僅在殖民時期甚至進入戰後所尋求的分離主義的本土認同——奠定了基礎。[84]這篇文章清楚地表達了這個運動的核心原則。黃石輝堅持鄉土作家必須以熟悉的題材寫作：「你是台灣人。你頭頂台灣天腳踏台灣地。你所見到的是台灣特殊的狀況，你所聽到的台灣相關的訊息。你所經驗的是台灣的時間而你所說的是台灣話。因此你強而有力的筆以及彩色的畫筆應該描繪台灣。」關於適合這個特殊場地的文學創作所使用的語言，黃石輝堅持：「我們應該以台灣話創作，以台灣話寫詩，以台灣話創作小說以及以台灣話寫流行歌詞。」[85]這個過程涉及了三個因素：避開台灣話中沒有對應北京白話文者，使用台灣話中的本土俗諺，以

---

81《台灣民報》（2[19][1924年10月1日]: 14）。

82 參照〈台語整理史頭緒〉與〈台語整理之責任〉，刊載於《台灣民報》（1929）。參照許俊雅（1997a: 151-52）。

83 郭秋生在提倡台灣話文中扮演了極重要的角色。參照河原功（1997: 182-91）與許俊雅（1997a: 152-56）。

84〈怎樣不提倡鄉土文學〉連載文章被殖民政府禁止刊載，同時只刊載了三次，參照《伍人報》（9-11[1930年8月—10月]）。同時參照河原功（1997: 180-81）。

85 引自許俊雅（1997a: 152-53）。

及以本地發音朗讀書寫語言。[86]

　　「鄉土文學」中的「鄉土」這個字通常翻譯為「native」，字義的「故鄉」原本是源自19世紀德國作家F. 隆赫德（Lonhard，參照許俊雅 1997a: 157）所創造的「Heimat Kunst」（地方藝術）一詞。原本在德文的脈絡中所指的是致力描繪牧歌式田園生活的風景，以及素樸的農家人們之文學藝術形式。黃石輝這個詞的使用有著更多的政治意涵，而這是為了區別新文學與中國文言、白話口語或者日語書寫者。他認為這樣的文學是傑出的，因為大部分的勞動階級都不認識這三種語言。相反的，他所鼓吹的是為大眾所寫的文學，以他們所共有以及理解的語言關心所能理解的題材。殖民政府認為黃石輝的普羅文學傾向令人不安，以至於他的作品時常遭受查禁。事實上黃石輝早期作品常發表的報章雜誌例如《伍人報》、《台灣戰線》以及《洪水報》因為其社會主義內容以至於經常遭禁，所有只有少數殘存。[87]

　　雖然黃石輝鄉土文學概念的基本宗旨廣為大眾所接受——也就是應該本土化，本土文學反映殖民地每天的關心所在及現實——但不是所有人都同意應該以台灣話來寫作。廖毓文與朱點人反對使用台灣口語來創作文學，他們聲稱這個隔離主義的立場將會阻礙殖民地與中國的連結。反對陣營也提出其他議題——台灣方言是粗糙同時不適合書寫的；而台灣島嶼與大陸在文化上是連結的，所以應該繼續維持。與其以台灣話書寫，所有的台灣人都應該精通北京白話文，同時以北京白話文來書寫，這樣一來所有中國大陸人民都能欣

86 《伍人報》（9[1930年8月]），引自李獻璋（1986: 157-58）。同時參照Fix（1998: 8）。

87 黃石輝早期文章的最佳情報來源，事實上是廖毓文戰後所寫的文章。廖毓文在1930年代反對黃石輝的主張。參照廖毓文，〈台灣文字改革運動史略〉，《台灣文物》（3[3][1954年12月]）與（4[1][1955年5月]: 99-100）。

賞台灣文學。上述分歧發生在中國民族主義對本土台灣民族主義（或本土主義）的斷層線上。黃石輝的普羅主義立場——認為文學是勞動大眾可以參與的，但他最初的行動也受到激進的馬克思主義者所反對。例如賴明弘指出黃石輝與郭秋生改革主義的錯誤不在於鼓吹疏離中國大陸，而是隔離台灣文學與世界的普羅文學：「提倡鄉土文學的理由是造福台灣普羅文學階級。對普羅大眾[的經驗]以及世界的普羅階級而言是有意義的。」[88]因此他主張，新建構的台灣話拼音系統，雖然是為大眾所設計，但事實上會切斷他們與世界同胞的連結。

　　黃石輝在如何平均地讓勞動階級有識字能力以及文學創作上煞費苦心。但對於這個時期台灣大部分受過教育階級而言，他們的目標是找到同時最後能夠精通的表達手段以滿足他們的基本需求。這樣的情感凝聚成為一個口號：「我手寫我口」，或者是另一個版本「我手寫我心」。

　　郭秋生在文章以及週刊專欄中清楚提出對於建立台灣口語書寫系統的具體步驟。[89]來自貧困的勞動階級背景（他在餐廳擔任經理以維持生計），郭秋生更是指責在論戰中犧牲大眾的文化而聚焦於高尚文學的知識分子。[90]他開始收集台灣話的民俗文學，包括笑話、單純的民俗故事。這些「純粹台灣話」的例子能夠迎合文盲大眾並且引導他們識字。在這個過程中，郭秋生的概念有著如此的意圖：知識階級收集未經雕琢的台灣話文學並使用它來普及識字率，繼續磨

---

88 引自負人（莊遂性／莊垂勝，1897-1962），〈台灣話文雜斑駁IV〉，《南音》（1[4][1932年2月22日]: 10-11）。

89 參照河原功（1997: 182-85）。郭秋生在《南音》發表了兩個專欄：詳盡介紹如何表達台灣話，另一個則提出他所提倡的表記書寫理論之具體例子。

90《南音》（9[10]合輯[1931年7月]: 36）。

練直至它達到世界文學的洗練度及複雜性。[91]

　　雖然在此所引用刊載於政治雜誌的大部分政治性議論都已經散佚了，我們還是能夠看到刊載在文學半月刊雜誌《南音》的資料。這個同名的文學集團所發行的雜誌為本土作家提供了討論以口語寫作的長處，以及經驗性地創作本土文學論爭的豐饒地盤。《南音》成為嘲弄以台灣方言書寫創作各種相關問題的場域。它與中日文雙語雜誌《台灣新民報》，日文雜誌《福爾摩沙》（由一群台灣知識分子在東京所發行）這三種文學雜誌，滿足了多語閱讀環境的不同需求。[92]

　　雖然本土社會中對於以台灣話寫作有反對意見，以及受到殖民政府不斷的檢閱與壓迫，但其寫作實踐已逐漸受到作家的歡迎。直到殖民政府開始嚴禁以日文以外的語言寫作的1937年為止，台灣話已經僅次於日語成為創作語言。完成本土語言表述的運動，並非沒有其複雜性與內在衝突（黃琪椿 1995: 63-66）。經過追蹤與錯誤摸索的過程，發展出兩種形式的版本。有人試圖完全以台灣話表達整部作品。這類作品中完成度最高的作品之一是賴和的〈一個同志的批信〉，在這部作品中他堅決地完全使用台灣話語彙及句法。[93]據說賴和必須先以文言文創作，然後翻譯成中國白話文，最後改正為正統的口語（Rubinstein ed. 1999: 268）。這個實驗的過程──類似後殖民時期作家如鍾肇政和吳濁流所使用的方法，他們首先以日語創作，然後翻譯成自己的母語（在此為客家話），最後再翻譯成為標準的中文─的方法並無二異，消耗了作家的精力。賴和發表〈一

---

91 參照〈建設台灣話文一提案〉，《台灣新民報》（379[1931年8月29日]: 11）。引自Fix（1998）。

92《台灣新民報》於1932年1月創刊，《福爾摩沙》則於1933年7月發行創刊號。

93〈一個同志的批信〉，《台灣新民報》（1[1935年12月]: 67）。

個同志的批信〉沒多久後便停筆了。[94]另外一種文體形式便是大量
採用中文文法與語彙的中文與台灣話的混合體,但是特別加入了台
灣話元素──例如融合形語尾詞(例如表示感嘆的「啦」,以及表
示微小的「仔」),以及代名詞(例如第一人稱代名詞的「阮」與
「咱」),已經成為本土語化的日本字彙也是在文本中到處可見的標
準中文與台灣話的混合體。[95]

## 迎向黃金歲月

　　日本的言文一致運動從1866進行至1922年,同時完成了近代
口語文,在芥川龍之介、永井荷風、谷崎潤一郎以及白樺派同人的
作品中,是很明顯地可以看出近代口語文的援用與微妙處(久松與
吉田 1954: 286-88)。殖民地台灣的新文學運動發生在言文一致運
動開始後的半世紀,但是它們共同擁有反映了口語現代書寫建構的
目標,同時也為新文學和文化認同形成基礎。雖然台灣話文運動是
為了維持與日本不同的身分認同而崛起的,但是受到日本言文一致
運動的啟發,對抗殖民地同化政策的支配以及逐漸侵蝕力量的對抗
敘事,是學習自宗主國的語言現代化運動。兩位早期白話改革提倡
者黃呈聰與黃朝琴,實際上援用了日文語彙中的「言文一致」,以
強調縮短口語台灣話和中文書寫兩者間隔閡的必要性。
　　張我軍所領導的新文學運動尋求解決文言文與現代白話間的衝

---

94 政治問題加深了賴和在寫作上所遭遇的困難。他在1938年被迫放棄醫生執業,
同時於1941年入獄將近兩個月,這使得他因此得病進而衰弱。賴和在獄中創作
了最後但同時未完成的作品〈獄中日記〉,出獄後同年病逝。

95 例如,經由援用自日語但同時從未有本地名稱者,除了日常生活語彙rajio之
外,抽象語彙例如「都合」(Tsugo)(台灣話為to-ha'p)及「催促」(saisoku)
(台灣話為chui-chhiok)仍然是今天台灣話的一部分。

突，本土文學運動則強調創造特殊的口語書寫台灣話，以便取代大陸的白話文。台灣與大陸不斷疏離，同時日本積極的教育課程與文化同化政策，導致對於以中國北方地區口語為基礎的白話文學失去了興趣。1930年代，曾經出現過同心協力致力於創造捕捉當地語言的特殊特徵的白話書寫語言，而以這個新的表記法所書寫的通俗文學則能夠表現台灣人生活與文化的特殊面。黃石輝清楚指出這個文學在社會進步面上的基本主張；給予與日文和中文小說特權領域無緣的未受教育大眾有發聲的機會。

　　1931年造成與中國關係緊張高升的滿洲事變後，任何與中文有關的語言實驗都被懷疑。而當1937年中日戰爭爆發，殖民政府終結了這些實驗。禁止所有中文或台灣話出版品，同時禁止在公共場所使用這些語言而中斷了台語文學的發展。這個課題在後殖民脈絡的1970年代時再度開啟，第二次鄉土文學論戰再度發生鄉土文化認同與政治支配、中華中心思想的對立。這個立即的結果便是以日語為首要知識性語言的本土作家新世代的出現。與旅居台灣的日本人作家活躍的文化圈相同的，他們所領導的短暫但豐富茁壯的文學活動時期，有人稱之為台灣殖民文學的黃金歲月期。

第7章

# 本土作家的回應

1934年11月，《文學評論》刊載了一封讀者的來信，題名為
〈讓我們指導殖民地文學〉。這位投書者是一位在東京的學生，對前
一個月楊逵（1905-1985）的短篇小說〈送報伕〉獲得該雜誌的文
學獎，表達了他的興奮之情：[1]

> 經過無數的苦難，繼朝鮮作家，一年之後，我們台灣的作家
> 終於進入日本的文壇。當我看到我的朋友以及對手楊逵的名字
> 出現在《文學評論》，我的心中充滿了喜悅。首先，讓我們慶
> 祝台灣文學的這個新發展。當然，我們台灣作家不滿足於僅僅
> 只是被承認為日本作家。沒人能夠否認〈送報伕〉是未成熟的
> 新作品，創作形式幼稚，當然還不及張赫宙〔朝鮮作家〕。但是
> 張的作品並未像楊一樣赤裸裸地以殖民地的歷史現實為題材。
> 這也是〈送報伕〉的價值所在。我們必須以普羅階級的眼睛觀
> 察這個島嶼，更深入挖掘並且持續完成高品質的藝術作品。[2]

---

1 《文學評論》（1[8][1934年10月]: 199-233）。
2 參照下村作次郎（1994:12-13）。關於審查過程的詳細論述及各個審查者意見，
參照張季琳（2000: 57-76）。

這位投書者賴明弘[3]所做的評價捕捉了1930年代的文壇狀況，不只讓我們一窺日本與其殖民地台灣，還有其他兩個主要殖民地台灣與韓國之間微妙的關係。賴明弘為台灣人第一次受到肯定以及登上主要雜誌而感到欣喜，但他也要台灣作家注意這並不是終極的目標而將自己視為日本文學的附庸。相反的，他將此視為台灣文學發展的一個美好開始，一個趕上同樣也是以日文寫作的韓國作家們的機會。[4]賴明弘認為楊逵的小說雖然是不成熟的文學作品，但是它對於殖民地狀況的精確描寫卻是勝出的，而他發現這是朝鮮作家張赫宙作品所缺乏的要素，這個事實讓他感到欣慰。這個短篇不僅點出了兩個殖民地區域的暗中較勁，也顯示了殖民者與被殖民者間的權力作用：對於殖民霸權不僅是對抗的，同時也應該是抵抗的。這個同時的接受與排除樣式定義了殖民時期台灣作家與宗主國文化之間的緊張關係。另一個決定台灣殖民文學軌跡的課題是普羅／社會主義。我們已經看過西川滿《文藝台灣》及張文環《台灣文學》論爭之間，浪漫主義（西川陣營）和寫實主義（張文環）意識形態的鴻溝。大部分的本土作家堅持唯有島上生活的寫實表象才是真正的文學，他們拒絕其他異國情調遊戲的文學表現形式，因為那只是滿足了並不真正愛惜台灣或是沒有觀察到真正的台灣的人（也就是日本人以及其緊密夥伴）。本土文學等同於寫實主義文學的傳統已經為楊逵的〈送報伕〉所建立，而這個影響甚至持續到戰後，拓展了本

---

3　賴明弘之後也成為作家。他是台灣文藝聯盟創設成員之一，同時也在其旗下雜誌《台灣文藝》發表文章。參照河原功（1997: 207-22）。

4　張赫宙早兩年以〈餓鬼道〉登上文壇，並贏得《改造》雜誌的文學獎（1932年4月）。張赫宙成為第一位在「內地」主要雜誌發表作品的朝鮮出身之殖民地作家。關於殖民地時期朝鮮作家的概況，參照大村益男與布袋敏弘（1997）。關於張赫宙，參照林浩治（1997）、任展慧（1994）、白川豐（1995）和中根隆行（1999）。

土文學的視野。1970年代後期的第二次鄉土文學論戰，是為了對抗1950年代束縛於意識形態的反共文學，以及1960年代獨占主流的現代文學所產生的。除了建立本土台灣人身分認同的必要性及方法的核心論爭之外，如何表現這個才剛發現的身分認同問題也開始浮出檯面。在北京語壟斷媒體的情況下，主張應將台灣地方語言納入成為主要表現形式的這個鄉土運動，被稱為純粹的寫實主義。[5]在殖民地時期，再也沒有其他作家比楊逵更執著於完成社會寫實主義的了。

## 社會主義者的理想和殖民地的現實

　　楊逵既是普羅文學作家也是社會運動者。他的社會性訊息及使命感時常超越藝術表現。他對於社會公義的迫切訴求，也是所有作品中普遍的主題，這與他的生活細節有密切關係。我在本章所討論的作家中，楊逵是最早期的一位。他於1905年誕生於台南的勞動階級家庭，當時在歷經多年的武力鎮壓之後，日本的殖民地統治正逐漸步上軌道。至1902年為止武力蜂起全都遭到鎮壓，但事實上1905年島上的經濟能力已能自足，也就是說殖民地政府已經無須仰賴中央的補助就能維持財政（山口守 1992: 130）。在針對本島人設計的限制性教育體制之下，楊逵得以進入公學校。[6]1915年，楊逵的人生觀被一場戲劇性的事件所改變。受到1911年導致滿清政府崩

---

5　這些意識形態及方法論的論爭，都反映在王拓與宋澤萊的作品，以及他們與反對「鄉土文學」運動的作家，例如王文興（倡導抽象的前衛主義）和詩人余光中（現代主義的擁護者）之間的舌戰當中。

6　1921年小學就學率——日本人為100%——而台灣人只有30%。由於政府所規定的名額比例限制，中學校與高等學校的差距更大。楊逵便沒有通過中學校入學考試。參照山口守（1992: 130）。

壞的武裝起義之鼓舞，反殖民的台灣人民透過組織武力抗爭尋求推翻殖民地政府，那就是現在一般大眾所知的西來庵事件。西來庵便是位於楊逵長大的城鎮附近。他的兄長被日本人徵召對抗抗爭者。楊逵同時回想起自己如何在經過自家門前時被加農砲所震懾。結果這個對抗日本統治的最後大規模叛亂，有超過兩千人被捕，其中有一半以上遭到處死。此事件發生以後，台灣的異鄉分子了解到唯有透過組織才能達成目標。之後的1921年，當楊逵上中學校時，台灣文化協會創立，成為改革國家意識的基礎。[7]

　　學生時代的楊逵並不熱中於學校課業，反而醉心於閱讀日本文學和思想性書籍。以下一個段落裡，我們不但能見識到楊逵對於當代日本文學的喜好，也能看到他透過日文所廣泛接觸的世界文學品味：

　　　　我閱讀的日本古典文學並不多，但閱讀所有能到手的夏目漱石、芥川龍之芥以及白樺派。當時在日本，外國文學的翻譯非常流行。一開始，我依賴字典閱讀英文版的外國文學。但是閱讀日文翻譯則會更有效果。我喜愛俄國文學，特別是19世紀的作品。托爾斯泰，屠格涅夫，果戈理，杜思妥也夫斯基。我也喜歡法國大革命前後的作品。英國文學則喜歡狄更生。我被雨果的《悲慘世界》深深地感動。整體來說，最能感動我的作品便是反抗或抗議舊習以及社會罪惡，此外還有描寫社會底層人們艱苦生活的作品。[8]

　　楊逵的英雄是民權運動家大杉榮，他於1923年遭到法西斯政

---

7　關於台灣文化協會，參照Kerr（1974: 128-29）。
8　參照楊逵（1985）。關於楊逵在日本寫實主義與自然主義脈絡中文學觀的詳細論述，參照張季琳（2000: 120-25）。

府暗殺，對他造成極大的衝擊。由於渴望能有場所可供寫作與發表，同時也為了逃離島上日益壓迫的環境（同時也可能是逃離雙親為他安排的婚姻），楊逵於1924年離開高等學校，[9]在東京尋求創作欲望的出口。楊逵在日本大學藝術學部註冊，但與那些來自中產地主階級、由家庭支助在東京就學的當代同儕的差別是，楊逵的家庭並不富裕。他大部分時間都花費在工作上，以便自給自足，以及埋首於學生運動及各種社會目標。他與普羅文學作家往來，研讀馬克思理論，送報紙，以及打零工，並且活躍於勞工運動。當時日本正處於經濟衰退，楊逵幾乎無法維持生活。[10]1927年，他因參與朝鮮農民發起的抗議遭到逮捕並入獄三天。這是楊逵遭受當權者多次逮捕中的第一次紀錄。當日本占領期結束時，楊逵被捕已達十次。

　　1927年回到台灣，楊逵開始參與地方的農民組合運動，並且活躍於左傾的台灣文化協會。1928年，他離開台灣文化協會並以佃農及勞工為對象組成台灣民眾黨。1930年，日本統治者對左翼運動的壓迫日漸嚴酷——同時因隔年的滿洲事件，所有的運動全遭鎮壓。由於運動潰滅，楊逵感到挫折。放棄運動路線，他投入了文學事業。

---

9　楊逵由台南第二高等學校（現今的台南一中）退學。在殖民地時期，第一高等學校通常為日本人而設。只有少數本地人被允許入學。高等學校等同於大學的預備學校。在台灣，對於台灣人而言，只要具備相當的背景便有可能接受好的高等學校教育，但是對於島上唯一的大學——台北帝國大學的申請者而言，所要面對的是來自於日本內地申請者的強烈挑戰。結果，許多富裕家庭便將自己的兒子（女兒則占少數）送到日本就讀私立大學。殖民時期的台灣教育參照鶴見俊輔（1977; 1984: 279-94）。

10　楊逵發表於《號外》（1[3][1927年9月]）的〈自由勞動者的生活素描——或者是怎麼樣才不會餓死？〉，描寫關於打零工的勞動者所面臨的嚴苛現實。楊逵將此作品定位為「報導文學」，在描寫勞動者的日常生活方面與〈送報伕〉有許多相似處，從許多方面看來，〈送報伕〉可以說是將這篇文章小說化了。關於兩篇作品之間的比較，參照河原功，〈楊逵『新聞配達夫』的成立背景〉（下村作次郎、藤井省三、中島利郎、黃英哲編〔1995: 287-300〕）。

〈送報伕〉是來自楊逵自身的經驗，首次刊載於《台灣新民報》；只有上半部刊載在報紙上，下半部則遭查禁。後來楊逵應徵《文學評論》的小說懸賞並且贏得第二名（雖然第一名從缺），全篇作品才得以重見天日。這篇小說以第一人稱作為敘事，故事內容是關於一位台灣青年在極度的經濟困境下前往日本求學。他遭受新聞批發商非人道的待遇，最後還因為無法得到更多訂戶人數而遭到開除。加上他在台灣家中的土地被糖廠強占，而使得父親病死母親自殺。這個年輕的主人公決定組織年輕的送報伕們以對抗殘酷的主人。

〈送報伕〉於1936年由胡風翻譯成中文，並被收入在兩冊選集中。[11]這是第一次台灣文學作品在中國被翻譯並且出版，同時也是兩地之間早期交流的一個例子。[12]評論家大半對於〈送報伕〉作為台灣殖民地文學進入日本文壇起了先行作用而給予評價，但是所有人都同意，這是較為制式而且平板的文學作品。對於迫害主人公家庭的台灣壓迫者，在貪腐及敗德面向的描寫上是誇張的，對於主人公在東京工作的新聞店舖老闆也是如此。楊逵的目標是傳達訊息，因此對於傳訊者並未加以修飾。

楊逵的〈送報伕〉只設定於階級衝突的架構中，並未超越對此之外的分析以探究同胞們的痛苦與掙扎的其他因素。主人公經濟的慘狀是根植於壓迫者與被壓迫者之間的單純構造，而敘事者有些近似天真的暗示：只要在台灣糖廠工作的佃農和東京都會的勞工們團結起來，便能將世界轉變成烏托邦的天堂。如此安排這個故事是避免陷入單純的民族主義：它並不責怪所有的日本人，同時也不讓殖民者的共犯免於責難。小說中的主人公與在主人公沮喪時幫助他的

---

11 參照《山靈：朝鮮台灣短篇集》（上海：上海文化生活，1936），以及《弱小民族小說選》（上海：生活書店，1936）。

12 關於中國人對台灣及朝鮮殖民地文學的觀點，參照下村作次郎（1994: 16-20）。

田中之間所描寫的友情極為溫馨,而他自己的兄長則被描繪成為殖民政府所用的警察,是個沒有心肝的惡棍。在故事結尾中,主人公感覺到對於田中,比對自己的骨肉還親,同時開始了解到兩個共同體皆有善人與惡人。故事的結尾是充滿希望的。送報伕組織起來反抗無情的老闆並贏得了工作環境的改善之後,主人公決定回到台灣從事同樣的運動。授獎給楊逵的評審委員之間對於作品的優點意見表示紛歧。對於故事的藝術價值之評價包括:「並非是傑出的小說」(德永直),「還未完全符合小說的形式」(窪川稻子),以及「整體來說,它是主觀而且幼稚的」(武田麟太郎)。對於作者真摯的表達,有些意見給予讚賞:「並無矯揉造作之處,無可奈何而寫的感覺充分地表達」(龜井勝一郎);「從未讀過如此富有真情的作品」(中條百合子)。藤森成吉給他的評價最高,或許這在今日的讀者聽來有偏愛的成分。他對這篇作品在殖民地文學中開創新次元而給予歷史性的評價:「我們必須對於佃農以及勞動者的作品待以寬大,特別是來自殖民地者」(川村湊 2000a: 210-11)。

最令人感興趣的觀點便是〈送報伕〉提出了超越種族及階級界線,營造團結的可能性。主人公對於降臨他家中悲劇的反應,讓與他日本的勞動階級成員之間形成的連結。楊逵對於與日本左翼形成連結的努力,在回到台灣之後仍然繼續維持,同時創立了自己的雜誌《台灣新文學》(1935)。雖然後來興趣開始消退,不過日本普羅文學仍被視為一股勢力。如果有人認為任何人會對殖民地文學產生同情,那便應該是普羅文學集團的成員。

## 楊逵和普羅文學運動

楊逵與普羅文學作家的關係不能一概評定為是充滿愛情的。這個故事被刊登在普羅文學雜誌《文學評論》已顯示了楊逵與此集

團，特別是與德永直（1899-1958），建立了關係。楊逵的小說得以出版及入選，他大力的推薦有極重要的影響力。楊逵有意與日本的普羅文學作家維持意識形態及經濟面的聯繫，同時於1937年重新造訪日本，重溫與這些成員間的友情。但當時日本普羅文學作家對於台灣的普羅文學現況提出嚴厲的批判。他們並沒有理解當時的經濟負擔，紙張短缺，以及在殖民地政府的監控下發行普羅文學雜誌所伴隨的政治風險。

在兩冊的《新台灣文學》（2[1][1937年1月]及2[2][1937年2月]）中，楊逵刊載了日本作家的特別撰稿，內容包括例如殖民地文學之路將如何往下走，台灣作家的特別任務，以及對台灣作家和編輯的一般建議。回應的作家當中有德永直、葉山嘉樹（1894-1945）、石川達三（b.1905）、張赫宙（b.1905）、平林泰子（1905-1972），以及其他多位來自普羅文學運動的作家。德永直強調唯有被殖民者才能描繪貧困的現實，同時將其轉變成為藝術作品。平林泰子與橋本英吉（1898-1978）則指出台灣文學不夠洗練。林房雄（1903-1975）則更進一步指出：「無論是台語或是日語作品都很幼稚」，同時：「台灣作家的任務是成為有教養的人，如果他們不朝向這個目標邁進，那麼創作什麼都是白費的。」[13]而甚至被期待對於被殖民者的同伴們會抱持某種同情程度的日本普羅文學作家中，此種文化沙文主義都極為盛行。楊逵強烈地相信與日本同伴之間超越國境的團結，使得他無視於評論中人種歧視的言外之意。他對這些建言做出反應並且更加努力地投入創作，以期達到這些日本作家們不同的期待。

更諷刺的是，楊逵初登文壇時，日本普羅文學運動已經失去大

---

13《台灣新文學》（2[1][1937年1月]）。林房雄於1920年代是活躍的普羅文學作家，但在1934年入獄期間「轉向」進而「回歸日本」。1936年發表〈プロレタリア作家廃業宣言〉（與普羅文學切割宣言）。

半的氣勢。事實上許多作家很快地聲明放棄他們的信仰，以及重新定錨他們的藝術方向，成為所謂「轉向」的犧牲者。如果楊逵的文學事業早幾年開花，或許會有更多機會發表作品，以及獲得日本更多的注意。日本普羅文學的誕生可往前追溯至1916年的作品，描寫勞動階級的悲慘境遇，以及他們對於社會不公不義的反抗──例如中條（之後的宮本）百合子的《貧困的人們》（貧しき人々の群）。另一個文學領域即「勞動文學」，其代表作家有宮地嘉六、平澤計七，被認為是普羅文學的旁支。「普羅文學」一詞被公開地使用只有在1917年蘇俄革命以後。[14]

俄國革命震驚全世界，之後也很快地席捲了德國及法國，成為全球化的運動。日本沒有例外。左翼運動以雜誌《播種者》（種蒔く人）（1921）為嚆矢，成為早期普羅文學作家的基地。1923年關東大地震之後，《播種者》廢刊，但另一個雜誌《文藝戰線》於1924年取代其地位。《文藝戰線》主張其任務是創造「普羅解放運動的藝術家戰線的共同基地」，介紹了以短篇小說〈賣淫婦〉（淫売婦）（1925）以及〈靠海生活的人們〉（海に生くる人々）（1925）為著稱的葉山嘉樹。普羅文學運動隨著「日本普羅文學聯盟」的創立於1925年後期開始凝聚氣勢。之後隔年「日本普羅文藝聯盟」成立。緊接著第二年中野重治和林房雄創立「馬克思藝術協會」，同年「勞農藝術聯盟」及「前衛藝術同盟」成立。1928年可說是日本普羅文學的高峰，所有彼此對立的團體整合成為「全日本無產藝術連盟」，[15]而其雜誌《戰旗》則成為孕育日本普羅文學的主要基地。出版的許多作品當中包括了小林多喜二的〈蟹工船〉，[16]以及德

---

14 這個名詞第一次出現在平林初之輔的〈唯物史觀與文學〉，《新潮》（1921年12月）。關於更詳盡的資料，參照山田清三郎（1966: 276-79）。

15 更詳細資料參照湯地朝雄（1991: 9-30），與佐藤靜夫（1989: 59-70）。

16《戰旗》（2[5][1929年5月]）至（2[6][1929年6月]）。

永直的〈沒有太陽的城鎮〉（太陽のない街）。[17]

　　接下來幾年則創造了日本普羅文學的黃金時期。它占據了文學界的中心地位，同時吸引了許多對於其理想有共鳴的主流作家。1930 年，另一本以文學為主力的雜誌《那普》（Nappu）創立，而《戰旗》已成為一般的教育工具。《那普》組織於 1930 年 11 月解散，由「日本普羅文學連盟」（Koppu）取而代之。隨著 1931 年發生滿洲事變，對運動的攻擊與日俱增，許多作家因此被捕。1933 年警察殺害其中一名作家小林多喜二，隔年《那普》（3 月）及「日本普羅文學連盟」（9 月）便全面解散。運動遭受攻擊，但仍有部分繼續奮鬥。例如刊登了楊逵〈送報伕〉的雜誌《文學評論》，便在《那普》廢刊之後於 1934 年創立。

　　如果日本對社會運動是不寬容的，那麼對於從事普羅文學及社會運動的台灣作家而言，情況則更加嚴酷。當然也有居住在殖民地的作家，如與《那普》建立連結關係的藤原泉三郎。受到《戰旗》的鼓舞，藤原泉三郎與他幾位夥伴創立了隨即廢刊的雜誌《無軌道時代》。當時大部分的普羅文學刊物都由台灣人所創辦。[18]台灣本土的普羅文學運動所面臨的幾個限制因素並不與日本相同。首先，受到現代化洗禮的知識分子階級一直要到殖民地後期才形成。第二，比起日本政府，殖民地政府對於取締新興組織更加嚴厲。第三，日語教育於 1920 年代中期至 1930 年代中期尚在形成階段──日本普羅文學運動的高峰期──兩地之間幾乎沒有交流。即使如此，早期的運動仍可回溯至在 1923 年創立的《台灣民報》對於大眾鼓吹政治、社會，以及文化的覺醒。1920 年代後無政府主義與共產主義進

---

17《戰旗》（2[6][1929 年 6 月]）至（2[9][1929 年 9 月]），（2[11][1929 年 11 月]）。

18 關於 1920 至 30 年代主要普羅文學雜誌在台灣出版的狀況，參照河原功（1997: 169-78）。

入島內。1927年，共產黨員連溫卿成功地將當時唯一的文化教育組織「台灣文化協會」重新組織成為共產黨組織。[19]

　　楊逵於1934年開始文學創作，創立自己的雜誌《台灣新文學》後，1935年本土知識分子勇敢地開始嘗試幾個組織的機關雜誌。但是整體而言，其刊行時間都極短，同時大部分都在出現不久後便遭查禁。例如1930年8月，月刊《台灣戰線》開始發刊，其核心成員有謝雪紅及賴和。雜誌總共發行了四期，每一期都在發行不久之後便遭查禁，同時雜誌在創刊四個月之後便被勒令廢刊。雖然它企圖加入《伍人報》之後復刊，但最後再度遭到彈壓。另一個例子便是《台灣文藝》（但勿與數年之後出現的西川滿《台灣文藝》混淆），是「台灣文藝作家協會」的機關雜誌。全島第一本文學雜誌《台灣文藝》在被查禁之前，發行時間約有一年半之久（1934年11月—1936年8月）。其他幾個之後的雜誌例如《南音》和《福爾摩沙》都是於1930年代早期強調社會運動中的文學表達。

　　楊逵與左翼文學作品的接觸，無疑地是從1924至1927年間滯留日本時開始的。當時他在日本大學藝術學部夜間部上課，白天一邊同時兼差幾份僕役的工作。回到台灣之後，楊逵在《台灣文藝》編輯部工作，並成為日文欄的編輯。1935年，他因與編輯意見不合而離開了該雜誌，並創辦了自己的雜誌《台灣新文學》。雖然經濟環境緊縮，楊逵仍以自己的金錢營運，並且發行了數期的果戈理特輯和中文創作。在幾期遭受查禁之後，該份雜誌於1937年4月被勒令停止發行。

---

19 關於台灣共產主義歷史的詳細解讀，參照山邊健太郎（1971）、盧修一（1990）、梁明雄（1996）、簡炯仁（1997）、河原功（1997），以及陳芳明（1998）。

## 楊逵的小說

　　如果說楊逵的小說是容易引起議論的，他對於殖民地的經濟社會狀況的觀察便如同刀片的銳利。在短篇小說〈水牛〉中，[20]楊逵指出殖民政策內部的矛盾，沒收了數以千計的台灣農民之典型最重要的財產——水牛，並送往南太平洋協助開發。照料家中水牛的少女阿玉不再每天到河邊去了，她與年輕的敘事者——一位返鄉度過夏天的學生，曾經在此交談。敘事者開始喜歡上少女，而這河川曾經給予他許多的喜悅，現在卻似乎被許多水牛和照料者所摒棄。更糟的是，少女一家也被剝奪了生計。自從她的父親失去了造路工人的工作後，便將女兒賣給敘事者的父親。敘事者憤怒地對讀者敘述，這個女孩將會成為他父親的新愛人，因為他在過去已經買了兩個女孩了。這個故事的背景是當地兒童婚姻的習俗，被稱為「媳婦仔」不滿十歲的女孩被收養後，一開始以僕人的身分進入此家中勞動，當長大之後，她通常會成為這家人的其中一個兒子的妻子。在此父權篡奪了兒子的地位。楊逵一直困惑於此舊習，同時他於1924年前往日本的理由之一便是逃避家人為他所安排的「媳婦仔」。

　　故事內部呈現一個經濟評論。帝國內部獨裁的決定是以另一個殖民地的付出來發展一個殖民地。這些政策解體了台灣傳統的農業共同體，但是被認為取代農業經濟的現代化，例如修築道路及其他國家主導的公共建設計畫，都無法足以維持生計。楊逵也將批判的矛頭指向傳統經濟體系根植於「媳婦仔」孩童婚姻的不人道面。因此在帝國明顯的整體經濟壓迫下，存在著如同敘事者欲望的對象——也就是必須轉讓給自己父親的少女阿玉所陷入的，對於殖民地當地個體經濟的不安及糾葛。

---

20　發表於《台灣新文學》（創刊號[1935年9月]: 14-18）。

殖民者與被殖民者之間相互糾纏但又不對稱的經濟層面關係，在〈番仔雞〉中再度成為主題。[21]題目指的是為日本人工作的當地女僕，帶有性蔑視的意涵。明達眼見自己在工廠的工作被減半。他的妻子素珠則在一日本家庭當女傭。明達的失業為家中的生計帶來極大的衝擊，因為他仍設法償還迎娶素珠時所借用的聘金。素珠則陷於家中經濟狀況的窘境，以及為了避免男主人性引誘因而想要辭去工作的兩難困境之間。當她懷了男主人的孩子時，在無法告訴她的丈夫同時也無法辭去工作的情況下，選擇上吊自殺。

明達和素珠的處境與〈水牛〉中的情境是相同的。主人公發現他們身陷於無法脫逃的社會及經濟壓力的網，那是深植於與殖民主義息息相關的差別待遇經濟政策（政府的徵收、工廠裁員、廉價勞工），以及如孩童婚姻和聘金制度這種壓抑的社會傳統中。因為他們身處夾縫當中，一方面是現代化的殖民地資本主義經濟（被殖民者所遭受的非人性待遇比起產品機器的齒輪還不如），另一方面則是傳統的封建經濟（婚姻主要還是經濟交易）。

楊逵的小說創作是社會批評的主要工具，同時人物角色並未完全發展。如果與張文環、呂赫若等作家相比，楊逵的人物是少了複雜的心理層面描寫。他們反映了資本主義殖民地社會中角色的階級，鮮少表達個人身分和現代化糾葛的文化因素。楊逵對於資本主義的反感，如同在〈送報伕〉中所見到的，是來自經驗與本能的。[22]

楊逵對資本主義打自內心的厭惡，無疑是源自馬克思主義的意識形態，也同時是來自知識分子的傳統理想。在這篇接近於楊逵本

---

21 參考《文學案內》（2[6][1936年6月]），再版見中島利郎、河原功編（1999, v. 1: 93-98）。

22 對於資本主義打從內心的厭惡，甚至可以從楊逵個人生活看出；他將長子命名為資崩——取意為資本主義崩潰。

身人生觀點〈泥娃娃〉[23]短篇故事裡，主人公公開地對朋友劉（最近改姓名為富岡）表示蔑視。劉在前往日本參加一個快速致富的計畫前，前來尋求金錢資助。貧困的主人公是位花農，支撐妻子與四個孩子，並過著困頓的生活。雖然生活艱困，但他將餘裕的時間用在寫作，而孩子們雖然物質缺乏，卻能滿足地玩耍著父親為他們製作的泥娃娃。主人公堅信他所選擇的貧窮但堅守道德的生活方式是正確的，並將希望寄託在期許成為航空工程師的兒子身上。主人公堅守的決心，不僅是因為影響楊逵生命中的諸多抉擇之社會主義式，以及反資本主義式的哲學，同時也是來自於寧願忍受物質貧乏，卻不能忍受不公不義的傳統中國文人理想。[24]因此主人公蔑視其朋友的物質主義，是來自於外來的西方意識形態，以及傳統理想作用。

大多數的評論家在探討楊逵的作品時，都只集中於作者對帝國及帝國主義的挑戰立場。但是從這些文本來看，可以清楚得知楊逵對於內部的家父長封建制度，以及外部的日本帝國霸權同樣地感到抗拒。身為作家及思想家，楊逵注意到了古典馬克思主義及本土固有的封建制度所造成的衝突。他引用兩者的影響並小心翼翼地將兩者的線軸織入他故事中的論述。他對於自己本土文化的優點及缺點所顯現的愛惡交織態度，不斷緩衝他當時好辯及激進的馬克思主義論述。

楊逵參加日本普羅文學運動受限於太晚登上日本文壇，以及存在於日本作家和殖民地作家之間無聲的族群緊張。[25]相對之下，他之

---

23 參照《台灣時報》（268[1942年4月]），再版見中島利郎、河原功編（1999, v. 1: 137-48）。

24 由孔子著名的文章衍生而來：「飯疏食飲水，樂亦在其中矣，曲肱而枕之，不義而富且貴，於我如浮雲。」快樂的必要條件就是簡單的食物及曲肘而枕，不義的財富與名聲和其理想相距甚遠，「與我如浮雲」（《論語》[7:16]）。

25 西川滿的情況也相同，這樣的緊張關係也存在於居住在殖民地並在此從事寫作的

後與滯台的日本左翼分子所建立的私人情誼，成為台灣和日本社會主義者之間成果豐碩的聯盟。楊逵將自己人生方向的轉變歸功於兩位日本人，即沼川定雄與入田春彥。[26]沼川定雄是公學校（不同於日本人學童所上的小學校）的教師，喜愛楊逵並有意地培養他對文學的興趣。沼川定雄提供他的私人圖書室藏書給楊逵，所以楊逵能有機會在沼川定雄的家中閱讀現代日本文學及西洋文學的譯本。在楊逵重要的文學形成期間，沼川定雄的慷慨開拓了他對於外面世界的眼界，也擴展了他的知識領域。

　　入田春彥是個熱愛文學，有理想的左翼學生。他在轉向之後，來到台灣並且在楊逵種植花卉的村落擔任警察。很快地，兩人變成要好的朋友，並且分享彼此對書籍的熱愛。入田春彥幾乎每天拜訪楊逵及其家人，並在各種場合給予楊逵經濟上的援助。入田春彥是個孤獨者，年輕時期曾經以作家為目標，不與殖民地官僚的同伴往來，同時私底下對殖民地政策採取批判的態度。當被迫辭去工作並被命令回到日本時，入田春彥選擇了自殺。他留下了個人的藏書給楊逵，而那是貧窮的楊逵從來無法擁有的。特別是中國現代文學之父魯迅的選集，為楊逵開啟了現代中國文學的大門。魯迅的作品給楊逵帶來極大的影響，形成他反殖民的立場，同時激起他對頹敗的封建傳統抱持批判的觀點。事實上楊逵對於世界文學的知識 —— 首先是日本近代文學，接下來是透過日文翻譯的西方文學，以及之後的中國文學 —— 在他生命的各個階段透過殖民者的恩惠來取得的。學校教師、警察及低階官僚（車站站長、郵局職員等等）組成了帝國的基礎。不像坐在殖民政府根據地或是中央政府自己辦公室的決策者，基

---

　　日本人作家，以及內地作家之間。

26 沼川定雄、入田春彥與楊逵的關係，可參照張季琳（2000: 29-56, 148-73）。

本上他們每天站在第一線與殖民地臣屬打交道。楊逵與入田春彥、沼川定雄的交往也顯示了殖民地脈絡中知識與權力的關係。

　　川村湊（2000a: 194-216）將出生並成長於殖民地台灣，戰後知名的抽象派作家埴谷雄高（1910-1999）與楊逵做了有趣的比較。兩人大約都在同一時期出生，也是殖民者以及被殖民者的第二世代。兩人都在生命早期便對殖民主義的不公覺醒，之後以不同形式參與普羅運動，同時曾經被多次逮捕。追溯他們生命旅程的軌跡，川村湊探討了這些生命經驗如何分別在他們的作品〈送報伕〉及〈死靈〉中呈現。從川村湊的角度來看，如果沒有台灣經驗──他堅持這是形成埴谷文學的基礎，埴谷是無法寫成〈死靈〉這樣的傑作。埴谷指出殖民地經驗讓他處於兩種語言，以及兩種身分當中呈現精神分裂的「鴻溝」；而川村湊則將這種「鴻溝」視作閱讀〈死靈〉的重要概念。雖然生命故事及共同敵人──日本帝國主義──有相似處──但川村湊卻看出兩者在對應殖民者以及臣屬者間呈現對照的關係：埴谷避開任何被殖民者及日本人間具有意義的邂逅，而楊逵的〈送報伕〉則落入普遍主義的安逸陷阱，天真地描繪兩者之間毫無問題的聯合。但另外的主張也說成是因為楊逵固執的樂觀主義，使得他能夠在政治及經濟困境中繼續堅持。也是如此的期望（也許在川村湊的眼中是天真的），使得楊逵能夠成為有社會良心作家中的先鋒。許多活躍在殖民地時期的作家在戰後都放棄了寫作，戰後台灣的政治環境無疑是導致上述結果的原因之一，但是適應主流表現模式的北京話難題可能是更重要的原因。楊逵承認他以中文寫作時遭遇到極大的困難，但他繼續為貧困者及被壓迫者而寫。他遭國民政府監禁於綠島十二年（1950-1962），大部分的政治犯都被監禁於此，直至戒嚴令於1986年解除為止。[27] 日據時期的

---

27 楊逵於1949年所起草的「和平宣言」發表於上海《大公報》，而他旋即於4月6

台灣作家能夠不涉入糾紛的，大多是因為他們保持緘默，或是主張
國民政府並不在意的文化認同。在大陸與共產黨經過冗長且血腥的
內戰後，國民政府的首要關切便是清除左翼分子。楊逵的問題來自
於他公然反對資本主義，以及拒絕放棄社會主義色彩作品中的左翼
傾向。大體上楊逵可以說是被忽視的。直至戒嚴令解除，同時某些
作家逐漸恢復他們的地位的1970年代後期為止，楊逵的文學都被
視為禁忌。他的生活艱辛，陷於貧困之中但是卻為自己的目標傾其
所有。無論人們如何評價楊逵的文學成就，他堅信藝術與行動的結
合，以及終其一生堅定地追求自己的信念實在是令人敬佩的。1970
年代早期，他作品的中文翻譯開始再版。1976年，他寫於獄中並在
1957年以〈春光關不住〉的題名出版的短篇故事〈壓不扁的玫瑰
花〉被編入中學教材。楊逵的名譽持續恢復，而14卷的《楊逵全
集》遂告正式出版。[28]

## 殖民地的邂逅與記憶：呂赫若

呂赫若（1914-1951）是戰前最富寫作技巧及最成熟的本土作
家。呂赫若不僅能夠完成楊逵的社會任務及張文環的本土寫實主
義，同時能夠創作高度洗練的私領域文學。楊逵對於社會理想的熱
情有時壓倒他的敘事，而張文環有時似乎過於感傷，呂赫若的小說
一直優於架構，以權威性的聲音來敘述，其作品中的角色多數描繪
細緻，顯現作者對其中人物也寄予真摯的共鳴。不僅如此，呂赫若
的才華不僅限於小說，優於同儕的日語能力使他成為著名的評論
家，也參與台灣新劇運動，同時創作許多舞台以及廣播劇劇本。此

---

日被逮捕。同年10月，中國共產黨宣布建立中華人民共和國，12月國民政府開
始撤退至台灣島。隔年楊逵被判處12年，監禁於最嚴酷的政治監牢中。
28 由國立文化資產保存研究中心籌備處和彭小妍編輯。

外呂赫若在現代西洋音樂的流行中亦扮演重要的角色。在短暫而
波瀾萬丈的人生中，多才多藝的呂赫若積極地參與殖民地的文化活
動。事實上呂赫若的貢獻為他贏得了「台灣第一才子」的美稱。

　　呂赫若刊載在左傾的日本文學雜誌《文學評論》的短篇小說
〈牛車〉，成為他在宗主國文壇的處女作。[29] 在小說故事裡，駕駛牛
車的主人公自從現代道路經過他所居住的村莊後，便在貨車及現代
化拖車的激烈競爭下掙扎。即使他的妻子到新開張的鳳梨工廠工
作，他們仍然無法餬口。為了讓主人公能有農地耕作，他的妻子從
事賣春以便提高減少的收入。故事的結尾是，他被發現在現代化的
道路上行駛牛車而被處以罰金，在市場鋌而走險行竊時，遭警察逮
捕。這個故事，與楊逵的〈送報伕〉相似，義憤填膺地揭發了殖民
地經濟政策給勞動階級帶來了禍害似的影響。同一本雜誌於前年已
刊載了楊逵的〈送報伕〉，當然樂意繼續發表來自殖民地作家的另
一篇作品。事實上〈牛車〉不是呂赫若的典型作品。他之後大部分
的作品並不與政治有直接關聯，而是專注於被壓迫及身處非人環境
人們的生活狀況。

　　在某種程度上，所有的殖民地時期作家——無論是強調與中
國文化臍帶的「民族主義者」，主張迥異的台灣身分之「本土主義
者」，或是尋求與日本文明同化的「皇民作家」，都面臨了如何在
本土的中國／台灣之間尋找文化遺產，以及日本的殖民地建設所提
升的現代化視野的問題。但對呂赫若而言，這是當務之急的課題，
同時他的許多故事都傳達了某種敏銳的失落感。他的創作雖然以優
雅的日文寫成，但經常嚴肅地處理本土題材，同時並無日人角色出
現或描寫有關日本的題材。

---

29 參照《文學評論》（2[1][1935年1月]），再版見中島利郎、河原功編（1999, v. 2:
　　9-38）。

　　〈風水〉（1942）是這個類型題材的主要例子，[30] 敘述一對兄弟之間的衝突——一個時髦、成功、工於心計，另一個孝順、謙恭。急躁的弟弟宣稱他最近的厄運是源自他們母親墳墓的壞風水，並堅持即刻舉行「撿骨」——重新埋葬的儀式以改變他的厄運。〈財子壽〉（1942）[31]、〈合家平安〉（1943）[32]，以及〈石榴〉（1943）[33] 全都是描寫舊習的家庭問題，這些問題因封建家庭構造中的婚姻、血緣關係，以及經濟壓力因素而顯得複雜。呂赫若特別關心當時女性的地位以及所處的環境。〈女性的例子〉（1936）[34]、〈廟庭〉（1942）[35] 描寫年輕女性遭受愛人的背叛或是不幸的婚姻時，獨自面臨所留下的嚴酷事實。所有的故事都以台灣為舞台，人物是台灣人，問題則是存在於台灣內部的問題，幾乎與日本人沒有交集。

　　在〈清秋〉（1944）[36] 中，主人公是位名叫謝耀勳的年輕醫師，他才從東京結束訓練並回到自己的故里準備開業。雙親基於兒子——主人公在鎮上開設診所，所以一家人懷抱著挽回逐漸頹敗的家道的希望而感到十分欣喜。被迫等待殖民政府發行執照，謝耀勳

30 參照《台灣文學》（2[4][1942年10月]: 40-56）。再版見中島利郎、河原功編（1999, v. 2: 183-200）。

31 參照《台灣文學》（2[2][1942年3月]: 2-37）。再版見中島利郎、河原功編（1999, v. 2: 133-68）。

32 參照《台灣文學》（3[2][1943年4月]: 47-73）。再版見中島利郎、河原功編（1999, v. 2: 215-42）。

33 參照《台灣文學》（3[3][1943年7月]: 169-88）。再版見中島利郎、河原功編（1999, v. 2: 243-62）。

34 參照《台灣文藝》（3[7]-3[8][1936年8月]: 11-36）。再版見中島利郎、河原功編（1999, v. 2: 77-102）。

35 參照《台灣時報》（272[1942年8月]: 177-90）。再版見中島利郎、河原功編（1999, v. 2: 169-82）。

36 見〈清秋〉，《清秋》（東京：清水書店，1944），頁245-336。再版見中島利郎、河原功編（1999, v. 2: 277-370）。

見了鎮上唯一的醫師並為他以利益考量而開業的厚顏經營方針而大吃一驚。此外，他發現父親將為他改建開業醫院的建築物，仍被一位小生意人所占據，如果被逐出的話小生意人將會面臨經濟破產。

這些事情使得理想主義的青年開始懷疑自己開業的商業性質。當謝耀勳前往台北拜訪在製藥公司工作、才被調職至東南亞的弟弟後，他決定放棄當個開業醫生，轉向醫學研究——但諷刺的是，卻發現所有的問題都獲得了解決。他的執照已經獲准，可能的競爭對手已經被征召，而飲食店老闆則志願到南洋打仗。

與傳統對決現代的〈風水〉比起來，個人利益對家庭利益的〈清秋〉在複雜而低調地深思人生意義中，呈顯了日本殖民官方、特權階級的台灣仕紳階級，及勞動階級的三角關係。某些評論家認為〈清秋〉是呂的失敗之作，因為其平板而低調的敘事風格及突兀的結局。但垂水千惠（1995b: 157-62）則為其辯護。在她對呂赫若稱之為「延遲」的敘事技巧分析中，說明了作者在作品中呈現的雲淡風輕是經過仔細考量的。垂水千惠主張確實是這些延遲及延宕使得主人公謝耀勳開始質疑人生目的——這都是傳統家庭價值體系，以及帝國教育裝置所強加於他身上的——也因此能讓他改變方向並一如在故事結尾所暗示的：開始他的新生活。呂赫若富技巧地捕捉了青年心境微妙的變化，在漫長無目標的等待當中，從歡愉到沮喪，也由於被困在文化的及職業的中空地帶而感到迷惘。謝耀勳代表著當時放棄大都會生活回到小鎮的青年們其矛盾複雜心情。從某個角度來看，多少捕捉了特權階級的罪惡，以及存在於殖民地台灣的經濟落差。

呂赫若在東京藝術大學攻讀音樂理論及聲樂之後，在東寶歌劇團音樂部擔任職業歌手。或許因為他在日本滯留的時間較長，似乎與日本人有較廣泛的接觸。總結來說，他所創作的人物是帶有微妙情感變化且複雜的。雖然像小說〈牛車〉是直接陳述了政治問題，

但大部分則不然。例如在〈清秋〉中，存在於敘事背景的殖民政權，延遲了也改變了青年的人生軌道。

　　現在讓我們看看兩篇呂赫若集中在殖民地邂逅的短篇小說——沒有依賴文化國粹主義的語言，以及官方政策情節的〈鄰居〉（1942）[37]及〈玉蘭花〉（1943）。[38]小說寫於全面戰爭時期，當時對於檢閱及意識形態的控制非常嚴酷，使得表現方式受到嚴重的抑制。或許是因為較為後期的作品，這些小說並未受到評論家太多的矚目。與他早期的小說比較起來，這些故事明顯地對社會及經濟批評的著墨不多。也因此這些作品被擯斥為呼應當時日台融和的宣傳。但我們必須從兩個理由再度考量這些作品。呂赫若在當時已經是臻至成熟的作家了，他的日語技巧較為優逸，敘事技巧也較為洗練，思緒縝密而深遠。第二，將殖民地內部的衝突置於個人立場時，他成功地揭露了兩個迥異的族群，以及文化的傳統能夠真正融合是不可能的——姑且不論兩者間存在怎麼樣的善意。

## 〈鄰居〉：友情，母性以及善意的殖民地主義

　　〈鄰居〉是從縣鎮搬到都市擔任教職的台灣青年陳先生的第三人觀點來敘述的。當他向一對名叫田中的日本夫妻承租他們房中一室時，陳姓青年對這對夫妻為何與當地人雜居在這個貧困的勞動階級居住區，而遠離內地人共同體抱持疑問，但他們逐漸地對彼此熟識了起來。田中夫妻為人和善，他們婚姻美中不足的地方就是沒有孩子，而這被歸咎於田中太太孱弱的身體。有一天田中夫婦帶回一個三歲的小男孩，把他當成是自己的孩子，至目前為止他是住在別

---

37 參照《台灣公論》（82[1942年10月]: 81-93）。

38 首次發表於《台灣文學》（4[1][1943年12月]: 119-31）。參考文獻見中島利郎、河原功編（1999, v. 2: 263-75）再版版本。

的地方。當陳指出這男孩的穿著就像典型的本島（台灣）孩童，而且看起來就像是個台灣孩子時，田中夫婦承認這孩子是鄰居李姓夫婦五個孩子中最小的健民。田中太太成為李太太的朋友，並愈來愈疼愛健民。每次田中夫婦帶來愈來愈多的禮物，並央求男孩與他們同住，一開始健民與他的父母都不感興趣，但在田中太太討好溺愛的攻勢下，男孩住進了新房子並開始稱她為母親。田中夫婦要求李氏夫婦先暫時別來探訪，以免孩子想家。當李太太一個月後來帶男孩回家時，他已經不記得自己的名字，健民只對自己的新日本名，民雄（Tamio）有反應。陳姓青年注意到有幾次兩個母親會互相競爭，半開玩笑地引誘男孩到她們身邊，他高興看到如此的母愛及關心都集中在小孩身上。

　　某日，男孩生起重病而母親們激烈地爭論應該如何治療他。田中太太堅決地反對李太太送男孩到地方的廟宇並且要來草藥給他喝下的建議。結果，男孩被送到醫院接受治療，而田中夫婦則日以繼夜地在男孩身邊照料，盡心地照顧直到他恢復健康。不是自己親骨肉卻如此付出，陳姓青年再度被田中夫婦所感動。當田中夫婦被調回台北時，情況有所轉折。他們請求備受地方人士尊重的老師，即陳姓青年，充當中間人來替他們與李家交涉正式收養男孩一事。陳姓青年是願意的──他覺得這是自己最起碼能為這對真心付出，以及令人敬愛的夫妻所能做的──但是他忙碌的工作致使他無法及時付諸行動時，終於來到田中夫婦即將離開的早晨了。陳姓青年與李氏夫婦都來送行。男孩打扮光鮮，已經完全接納他的新父母，甚至已不認得他的親生父母親了。被男孩拒絕時，李太太幾乎要發狂地留下了眼淚。但她其他的孩子們對於將來有機會拜訪大都市，都感到相當的興奮。當火車駛離月台，敘事者詢問李先生，是否孩子已經被收養了：

　　站在那兒，呆然若失的李先生回答道：「還沒有。」他的眼
睛沒有離開火車。抬起眼，火車已經消逝在市街建築物的陰影
當中了。（呂赫若 1991: 206）

　　在呂赫若眾多的短篇小說當中，〈鄰居〉幾乎沒有受到特別的矚
目——也許因為故事簡單，並以直線方式敘述，沒有以錯綜的情
節使故事變得複雜。許俊雅是以長篇論述探討這個故事的唯一學
者（許俊雅 1994: 273-320）。許俊雅反對只將這個故事視為對應當
時主流的官方宣傳「內台如一」以及「內台親善」的單純解讀，她
所提起的另一個主張更具議論空間。透過描繪田中夫妻住在貧困地
區以及疼愛別人的孩子，許俊雅認為呂赫若的社會主義背景讓他肯
定了階級社會能夠超越台灣人及日本人的族群差異，讓殖民者與被
殖民者合而為一的可能性。此外，許俊雅也稱讚呂赫若在不減損孩
子的本土人母親形象的情況下，透過田中太太創造出理想的母親形
象。兩位女性都以同情的筆調被描繪，兩者都相同地是稱職的母親
並且散發出「美麗的母性氛圍」而感動了敘事者。

　　然而許俊雅的解讀顯然地遺漏了文本所呈現的基本問題。如果
兩位女性都一樣是真正適任的母親，那麼為何一個能擁有孩子而另
一個卻不呢？李家與田中家是同一階級的同志（筆者認為在殖民地
社會根本是不可能的）的前提，在田中一家搬出，帶走男孩時，似
乎也就瓦解了。平鋪直敘的敘事，以及人與人之間溫暖的交流在更
細密的分析下，隱然由更黑暗、更擾人的訊息——由呂赫若戰後的
中文創作中所證實的對殖民主義的理解——所取代。[39] 在此我要提出
兩點許俊雅所未處理的：事實上陳姓青年並非是中立而且客觀的觀
察者，此外故事中所描寫的母親的經濟結構，其複雜程度遠超過一

---

39 參照本章後部相關小說引文。

名女性是否無私地接受，以及愛一個不是她自己的孩子的部分。

　　故事的敘事者陳姓青年一開始並不信任這對日本人夫妻，但基本上認同他們是好人。他特別對田中太太的溫柔有好感。田中夫婦是如此地相愛，並且時時地表現在外，因此有時他一個單身男子，必須小心地避開他們親密的時刻。田中太太被描繪成典型的母親形象：

> 　　每次見面，我都放低視線，只不過慣例地說「早」「晚安」，然而田中太太非常親切，總是說，哎呀老師是單身，而端來茶水，或是說：我來為您洗衣服吧，所以有時令我無所適從。〔她〕幾乎不化妝，所以看來比實際年齡更老。她幾乎不穿洋裝，總是穿和服綁著紫褐色的細長帶子，微帶紅色的頭髮隨意挽起。即使如此，從太太身上卻能感受到強烈的母性，有時我幾乎錯覺她是我自己的母親。（呂赫若 1991: 190-92）

即使是大人都難以抗拒田中太太母性的力量，傾注在小孩子身上的關注以及吸引力的影響力也能夠想像的。

　　整體來說，雖然田中夫婦享受著幸福的婚姻生活，但是生育問題是無法諧和持續的源由。陳回想他碰巧遇見兩人爭吵是起因自田中太太無法懷孕一事。田中要他評評理，使得陳狼狽不堪。

> 　　是吧，陳先生，到底誰能說是種子有問題還是田地有問題？事實上，雙方應該都有責任的吧，您說是不？（91）

安·麥克琳（Anne McClintock）曾經指出女性生殖力在帝國建構中的關鍵角色。帝國在女性身上投資因為「控制女性的性（sexuality），讚揚母愛以及蘊育強壯的帝國建構者的種子，

普遍被認知為駕馭男性帝國總體以及財富的最高手段」（Anne McClintock 1995: 47-50）。在日本殖民主義脈絡，日本女性的身體並不只是再造未來的兵士，以及殖民者的裝置，也是國家總動員勞動力的一部分，她們在田裡及工廠工作，有些自願到前線充當護士及事務員，有些確實拿起武器加入「女子挺身隊」。

　女性主義研究者最近的研究風潮已經重新評價了日本女性在戰爭中的角色。[40]鈴木裕子對於女性主義者戰時活動的研究揭穿了女性運動的領導者，例如高良富、市川房枝以及山高重里與帝國計畫的共犯甚至合作關係（鈴木裕子 1997a; 1997b）。在戰時的努力及參與的意識形態支援換來了戰後女性的解放，是大家心知肚明的。不將焦點放在女性知識分子身上，加納實紀代描繪一般女性的日常生活、檢視她們如何參與，以及推進，將母性狂熱地神聖化的戰時論述，被形容為塑造「母性法西斯主義」（加納實紀代 1987; 1995a; 1995b; 2000）。若桑綠關於戰時母性的研究，利用靖國神社描述被神化的並不只有死於戰場的士兵，此外還有他們的母親，被稱為「軍神之母」。[41]若桑綠引用當時極具震撼的形象是，一個莊嚴的年輕寡婦（她剛在戰爭中失去她的丈夫）將小男孩抱在懷中，上野千鶴子曾經討論這個形象與聖母、聖嬰耶穌畫像建構的相似處（1998: 36-37）。

　過去的女性主義研究企圖將日本女性及其他亞洲女性概括成為父權帝國主義和殖民地戰爭的受害者。近來的研究則認為這些女性是帝國事業的積極參與者，對她們的角色以及共犯程度的細節加以評估。上野千鶴子提到這個範例的轉變，認為日本女性是戰爭的受害者；類似日本殖民地的臣屬者，到視女性為加害者——是由被害

---

40 此研究概況參照上野千鶴子（1995; 1998）。
41 參照若桑綠（1995）。陣亡士兵被供奉於靖國神社並成為神。

者史觀轉變成為加害者史觀。任何企圖再確認女性歷史主體性是有責任認知其結果歸屬的（上野千鶴子 1998: 29-30）。在戰爭總動員的體制下，每個人都被期待或在身體或在意識形態上參與戰爭。結果公私領域都呈現曖昧模糊狀態。甚至女性的子宮也被動員，所謂生產的自然生物機能都帶有政治性，以及思想形態的重要性。相同地，孩子也不再是父母親的，而是國家的財產。

　　對田中夫婦而言，完成帝國賦予他們生育帝國建設者下一代使命的必要性，是有極大利害關係的。在這層意義上，田中太太的不孕表徵了一種雙重威脅：未能完成帝國賦予的使命，以及暗中破壞了透過田中先生壯碩的體格所明示的帝國象徵的陽剛性（masculinity）。如同田中先生對敘事者所說的話中的隱喻，這塊他者的土地無論是種子或是田地都是缺乏生產力的。特別是將這個故事放在較大的殖民地論述脈絡中來閱讀，此處的微妙諷刺便隱約可見：無論田中先生被賦予了何種程度的陽剛性，終究他仍必須「領養」（被統治的）他者的子孫。

　　那麼，敘事者在這個轉變中扮演的是什麼樣的角色？學校老師為帝國負起教育本土孩童的責任，是帝國以及臣屬間的文化仲介者。事實上，他是李家其中一個孩子的級任老師，也經由這個學生得知許多關於小男孩健民的事。在某種意義上，由於他是透過田中夫婦的觀點來看這件事情，敘事者與田中夫婦同樣程度地涉入其中。一直到最後，他都沒有注意到李家的心情。這時他第一次見到李先生並且看見他眼中因失落而造成的深沉傷痛。陳姓青年願意充當中間人並為田中家與李家斡旋，這是基於他認為田中夫婦是和善而且慷慨的。身為中間人，敘事者的視線與殖民者在同一焦距上：透過田中夫婦的雙眼，他看到了他們眼中渴望的對象。但這個行動帶給李家的後果則未列入考量。無疑地，敘事者的盲目讓他背離了人們，使得這個令人心痛的故事更加複雜。

這個故事總被人誤讀的原因之一，我認為可能是由於呂赫若將一個不可信賴的敘事者設定成為唯一傳送訊息給讀者的手段。他與田中夫婦同住一個屋簷下，所以他涉入的情況是基於個人觀察以及與他們的互動。除了他與他的學生——李家的孩子的關係之外，他對李家所知不多，並沒有任何直接關於李家和田中家的關係，或是他們已經達成了某種協議的消息來源。由於同住一個屋簷下並且有著相同的階級背景，他與田中夫婦的情誼日漸加深，他愈發傾向從田中夫婦的角度來看上述情況。這個偏見有時阻礙他對事情的客觀判斷。我們可看看文中以下兩個場面。

首先，健民每次只停留一或兩天，並且整個晚上哭鬧。在他習慣了田中家，並已經可以待在他們家中時，田中太太要求李家一個月內不要來探視男孩，以便他能夠克服想家的問題，並且安頓下來。當李家被允許再來探望小男孩阿民時，他已經完全依賴田中夫婦。當他哥哥企圖來帶他回家玩耍時，敘事者發現阿民是他學生的小弟弟，詢問他事情的細節並發現：「並不是李家把男孩送給田中家。相反的，是田中太太喜歡這男孩，並強行把他帶走……阿民是李家的五男，因此田中太太也想要收養他。阿民的母親李太太也如是想，所以事情便如是發展了」（呂赫若 1991: 198）。

最後，當田中夫婦對陳吐露實情，田中太太堅持：「但阿民是要當我們家的孩子的。阿民，你說是不是。阿民，是我們家的孩子，老師，你說對不對？……阿民除了媽媽誰都不要，李家太太只不過是個奶媽罷了。」敘事者敘述了田中太太是如何慈愛及溫柔，同時她看起來是如何的快樂。那個下午，李太太登門拜訪之後，每隔幾天她就會出現。每一次兩個女人之間就如競爭般爭相引起男孩的注意，這是敘事者所反覆觀察到的：

　　[田中]將阿民緊緊抱住，而阿民看到李太太的臉也並無親

> 昵之情，反而緊捉住田中太太不放。這麼一來，李太太便改變
> 方法，設法吸引他的注意。每次總會帶來食物探望，「阿民，
> 是媽媽呀。」李太太張開雙手，可是阿民連看都不看一眼。田
> 中太太奏起凱歌，說道：「阿民，這個人不是媽媽嘛，是奶媽
> 吧，對不對。」「田中太太，你就饒了我吧！」李太太叫了起
> 來，最後和田中太太互相拍打起彼此的肩膀。田中太太哈哈大
> 笑，抱著阿民逃開李太太的追擊。（99）

此處對故事的發展是重要的引文。我們得知田中夫婦不斷堅持地說
服李太太因而得到了孩子，而現在他們聲稱是自己的，母親／孩子
的關係有了重新的建構。孩子的名字叫民雄（Tamio），是日本人，
而非漢人男孩「健民」，同時他的親生母親成為他的奶媽，當她發
現兒子對她感覺陌生時，環繞這身分轉變的膚淺善意以及笑聲，無
法掩飾李太太所受到的傷害。

　　我們必須驚訝呂赫若塑造此場景的洗練度。雖然看來輕鬆愉
快，但隱藏於表面下的卻是無言的緊張，以及因而被壓抑的動搖。
如我早先所說的，在此情況當中，敘事者是不可信賴的引導者，同
時從作者處得來不同的訊息。例如，在這個令人心痛的場景後，敘
事者觀察到：「這樣的場景我已經目睹了幾次。兩位女性不像是開
玩笑，而是以孩子為中心擦撞出溫暖的母愛火花，我一看到便假裝
視而不見，移開了視線」（199）。敘事者一慣地對事情有著正面的
詮釋。他忽略了兩位女性之間權力的差異，對於阿民的親生母親因
失去兒子的愛感到極度痛苦卻不以為意。然而，作者卻讓讀者看透
這種正面詮釋的偽裝——對李太太赤裸裸的精神傷害的苦痛，以及
對田中太太得意洋洋的勝利感之厭惡，而田中太太這種態度只有加
深了李太太的失落感。讀者可自由選擇接受敘事者的詮釋或者更深
入解讀。即使如此，敘事者在最後仍須面對李家的失落。再者，一

些線索或許能引導讀者得出不同的結論。

此故事所產生的疑問便是田中夫婦的動機。敘事者不斷地懷疑為何他們住在這個破落的地區,他敘述為「格外雜沓的地區。居民大部分都是人力車夫、小吃攤販、賣肉圓的、工人以及農夫」(185)。當被直接問及此事,田中先生總是搪塞其詞。是否因為他們沒有孩子,而畏懼來自自己日本人同儕的社會壓力?沒有後嗣這件事情似乎已經成了長久以來田中夫婦之間失和的原因。他們搬到這個地區難道只不過是個陰謀——為了得到非他們所親生的孩子?如果真是如此,〈鄰居〉這個標題暗藏著惡意。至少,他們對於希望成為父母一事過度執著,陷入盲目。這並非是他們對人絲毫無同情心,他們與台灣人敘事者溫暖的友情否定了這一點,同時沒人可以否認他們對這小男孩而言是一對慈愛的雙親。但是透過敘事者的眼睛來表示對於這兩個角色同情的刻畫,反而凸顯了他們極度利己的諷刺。

在許俊雅的解讀中,呂赫若在此所尋求的是藉由田中夫婦自願搬入勞動階級區域,超越田中以及本土人民之間階級的差異。相反地,我主張階級及人種的交錯問題才是這個文本的重要部分。作者極有技巧地透過輕描淡寫及非責難的語言隱藏他真正的訊息,如果不以對比方式來解讀故事的殖民地意味的暗示,也就無法呈現這個訊息。如果把它當成一個迎合當時非常時期的主流意識形態,描寫日本人與台灣人之間珍貴友情的簡潔溫馨小品來讀的話,或許就錯過階級及人種的意味暗示。

殖民地文化霸權在所有的次元操作著:透過暴力鎮壓、親子間無形的連帶關係、內向化的心理作用,以及無意識地所產生的交遊,進行操控。在此故事中有著許多暗示性的因素,這些因素認為善意的殖民主義帶來所有現代化粉飾的文明,例如工業、醫療、衛生、鐵路,以及教育的論調是大有問題的。這個論調忽視了被殖民

者必須付出代價以交換這些殖民者的精品：交出他們的文化、語言、主體性，甚至他們的孩子。田中太太所散發出的母愛是如此危險地撫慰人心，李家和敘事者都陶醉其中，到他們知道後果時，卻已經太遲了。田中夫婦是和善的但卻做出殘忍的事情。透過溫和的勸服及迂迴的壓迫，這些親密友善的掠奪者奪走了孩子。

　　李家的立場是曖昧的。他們無疑地視這個收養是為了自己的孩子能夠獲得更好的生活。透過收養，阿民應該能夠在人種面攀爬上殖民者的地位，並且過著他的父母甚至連有教養的陳先生也永遠無法獲得的物質優渥以及有許多機會的生活。但他父母所受的痛苦是如此地真實，殖民地不公不義的狀況迫使他們做出這樣的犧牲。對小男孩來說，他則是被剝奪了自己的身分認同，在他準備好離開過著新生活的那刻起，他便不再認識自己的親生母親了。

　　經過幾乎半世紀的殖民過程，呂赫若所看到的世代正逐漸脫離自己本土的根，並開始融入殖民者文化——已經占據小男孩的兄弟姊妹們的是能夠到台北旅行的興奮之情，而非失去手足的悲傷——便能證明。被迫離開親生母親的小男孩成為複數競爭的場域：是在兩位母親當中尋求解決的場域，也是為帝國身體重新創造母性的場域，同時最重要的是，恢復帝國的「男性雄風」的場域。透過呂赫若輕描淡寫的敘事，這個故事對殖民事業的正統性提出極度的質疑。

## 〈玉蘭花〉：印象、香氣與殖民地回憶

　　〈玉蘭花〉（1943）是篇關於拜訪殖民地台灣的日本人與當地男孩真摯友情的動人故事。[42]這篇沉穩且溫暖人心的故事是不凡的，

---

42 首次發表於《台灣文學》（4[1][1943年12月]: 119-31）。引文參照中島利郎、河原功編（1999, v. 2: 263-75）再版版本。

因為它描繪了一個日本人和一個殖民地當地者之間緊密的個人交流，而這在日本殖民地文學主體是罕見的。為了避免殖民主義的政治性暗示，呂赫若採用一位幾乎寸步不離開祖母及母親身邊的七歲男孩的觀點。男孩扮演無邪的觀察者，對日本人既無憑斷也無先入為主觀。故事從大人的敘事者看著兒時褪色的照片開始：

> 我在少年時期與家人一起拍的照片現在仍有二十張左右。所有的照片都已褪色變黃，甚至有的連輪廓都已消失而變得模糊。不過只要看上一眼，便足以喚起我少年時期家中的氣氛。多數的照片都是已過世的祖母、伯母，以及母親在有著盆栽以及坐椅的庭園所拍攝的。她們穿著五彩鑲邊的上衣和裙子，表情僵硬。照片中，少年的我多半撒嬌似地依偎在祖母或是母親的身旁，雖然祖母或是母親握著我的手，但她們總像自顧不暇似地僵直著脖子瞪著照相機。（中島利郎、河原功編 1999, v. 2: 263）

我們得知本地人是不樂意被拍照的，因為他們相信每拍一次照片便會令人變瘦。這些照片是在特定的這一年，由這家庭的日本客人，也是一位攝影師，鈴木善兵衛所拍攝的，他與此戶人家同住。男孩記得他與鈴木善兵衛第一次邂逅是充滿恐懼與困惑的。鈴木善兵衛在東京結識男孩的叔叔，在他造訪台灣期間，便住在此戶有著四十多個房間，台灣傳統的仕紳人家的房子裡。

鈴木善兵衛第一次的邂逅對本土的植物和花卉的形狀與香味留下了印象：

> 庭院裡種有龍眼、石榴、荔枝、木槿，其間靠近竹林的地方有著一棵高大的玉蘭花。它聳立在修剪整齊的竹林之後約有二

丈高，帶有黃色的綠葉，風一吹來便沙沙作響。我們經常趁父母不注意時往上攀爬。在那玉蘭花下，我們好奇心所在的鈴木善兵衛正站在那兒，微笑的看著我們。我記得他的確是穿著和服。長髮隨風飄動，或許被玉蘭花香所迷住在那兒眺望吧。……他自己也注意到孩子們正以奇怪的眼神看著他，為了表示自己不是壞人，他泛起微笑以溫和的眼光投向我們。……在極度的強風中，與鈴木善兵衛如此默默地對峙是極為奇妙的。宛如雞群鬥架般。或許察覺這種不妥，鈴木善兵衛就把肩上掛著的黑色物品取了下來朝向我們。現在回想起來知道那是照相機，當時只覺得是非常可怕的東西，一看它朝著我們，便如小蜘蛛潰散般倉皇逃跑。（266）

年少的敘事者至少在一開始是對這新訪客特別感到恐懼的。他是太年少以致無法分辨虛構與現實的差別，他滿腦子充滿的全是母親以及祖母告訴自己的：你要哭的話，日本人馬上就來了。最後，最初的恐懼隨著與訪問者的熟悉而退去。友善的鈴木善兵衛很快地便受到全家人的喜愛，特別是孩子們。整個故事當中，敘事者的男孩與他的家人（幾乎是女性，因為年長的男孩們都已上學並開始學習日語）是無法以語言與鈴木善兵衛溝通的。雖然彼此之間已經形成了深厚的羈絆，一種讀者所能感受的羈絆。

　　一開始的場面極具技巧地捕捉了日本人與本地人初次相遇的情形。雙方都對彼此感到好奇，但當彼此凝視著對方，經驗卻是不同的。鈴木善兵衛的凝視是迂迴的，以相機為媒介，一件現代科技強化了日本人卻同時異化了當地人。這件現代化設備對鈴木善兵衛提供了兩個功能：它是強力的技術能夠捕捉幻影，以及瞬息萬變的世界，同時能將瞬間化為永恆；但它同時分離了攝影與他的捕捉對象，本地人，他只能間接透過鏡片才能見到。它將使他永遠落入他

者的表象陷阱當中。

鈴木善兵衛深深地為悠閒而安靜的生活所吸引，同時毫無思鄉的徵兆。他常常整日在鄉間散步、攝影、釣魚，或者在河畔小憩。到了晚上他幫助孩子們做功課並為他們講述日本古老的民話。即使是年幼的敘事者，雖然不懂任何日語，但也與他建立起關係。他叫鈴木善兵衛「Ki」[43]而不是叔叔，因為鈴木善兵衛半戲謔地叫他「小虎」。幾乎每天都在河邊度過慵懶的午後。

某日，鈴木善兵衛發高燒而倒下。因為小村莊只有一位中醫，家人趕忙從隔鄰的村莊請來西醫醫治他。儘管醫師已盡力，但他的病情似乎仍一天天地惡化，他越來越消瘦，毫無康復的跡象。當鈴木善兵衛陷入危急狀態，祖母要男孩帶領她到他們經常釣魚的地方。祖母一邊將鈴木善兵衛的外套夾在腋下，雙手拿著香以及金紙，[44]以及鈴木善兵衛的衣服在燃燒香及紙錢的香煙裊裊中來回劃圈，同時祈禱並進行奇特的儀式，以及汲取河水灑在外套上。她繼續進行著儀式直到太陽西下，星星開始在背後的竹林中依稀閃爍。在回家的途中，她警告男孩不可與她說話或出聲，她將鈴木善兵衛的外套牢牢塞入懷中，並輕輕地不停喊著：「鈴木先生，回家了……鈴木先生，回家了。」男孩知道她正進行的是招回被河神所奪走的魂魄的儀式。他記得母親在自己生病時曾經進行同樣的儀式，所以他學著祖母靜靜地喊著「Ki，回家吧，我們回家吧。」

幾天之後，幾乎罹患肺炎的鈴木善兵衛奇蹟似地復原了。家人們非常高興，也對這位從遠方而來的訪客沒有客死異鄉而鬆了一口氣，但不久很快地他們就對鈴木善兵衛即將返回日本而感到悲傷。在離開的那一天，所有孩子都爬上了玉蘭花樹目送鈴木善兵衛與他

---

43 譯註：鈴木日語發音SUZUKI的KI。

44 「金紙」是用來供給神靈的「冥鈔」，滿足許多用途。參照Hou（1975）。

們的叔叔消失在稻田中。只有年幼的敘事者由於太小無法及時爬上
高處，被大孩子們丟在一旁不甘心而大哭。

　　在這兩者短暫的心靈相通中，呂赫若描繪了特殊的個人而且親
密，但卻又含有古典的殖民地邂逅所有特徵的經驗。兩個主人公並
不平等——一個是成人，一個是小孩——同時他們無共通語言。藉
由年少且無邪的男孩的觀點並且只描寫鈴木善兵衛與婦人們、小孩
的互動，呂赫若剝奪了政治性暗示的邂逅。不對稱的權力關係因世
俗的平庸，平靜以及日常生活而顯得無力。

　　小男孩小虎是如此年幼因此隸屬母親、叔伯母，以及祖母們的
母性世界，而他仍然被父親、叔伯父，以及哥哥們的父性世界所排
除在外。鈴木善兵衛所拍攝的照片全都是女性以及敘事者的小男
孩。男孩的交流占有極特殊的重要性，因為那象徵了他第一次加入
男性的特權世界。他興奮地回想著第一次鈴木善兵衛帶他到家中以
外的河的另一邊：「我有著接觸未知世界的憧憬以及在心中的歡愉」
（270）。在這個新世界，鈴木善兵衛扮演著代理的父親。男孩與鈴
木善兵衛的羈絆讓人回想起之前的故事〈鄰居〉中的小男孩以及其
代理父母。經過半世紀的殖民，在呂赫若的觀點中，日本與殖民地
較年輕世代的父性世界之連結，似乎是無可避免的生活現實。如同
在兩個故事中所看到的，代理父親的形態自然形成，沒有明顯的壓
迫，但是在〈鄰居〉中殖民者與本地人的交往卻帶來傷害本土文化
（由親生父母所表象）的結果，在〈玉蘭花〉中羈絆的建立是自然
而良性的。

　　雖然鈴木善兵衛與小虎的關係並非有剝削性的，但卻注定失敗
是無庸置疑的。兩者文化間的鴻溝只能短暫地彌補。透過他從日本
帶來的相機的機械之眼，鈴木善兵衛捕捉到這塊島嶼、風景以及人
們，相反的他的靈魂則為本土的景觀所捕捉。這家女性家長的儀式
行為救贖了他。因為她知道如何安撫當地的精靈，並透過古老的招

魂儀式尋回他的靈魂。[45]對於鈴木善兵衛，一個由大都會逃出，蓄著長髮，波西米亞風藝術家——而言，在被女性嬌寵同時被男孩所仰慕，殖民地是他能夠追求藝術之地。雖然在這個田園式的烏托邦裡暫時從文明中被解放出來，但其實是短暫的。對照式地回想田中先生調職到台北，中止了與當地人短暫但緊密的交流，鈴木善兵衛則在約定的時間回到日本，再次造訪台灣則是遙遙無期。

　　在這個故事中，時間與記憶是重要的主題。〈玉蘭花〉的場景設定是殖民時期末期，已長大成人的敘事者描述在遙遠過去中殖民地的邂逅。在照片中大部分的人，祖母、伯叔母及母親，當時均已謝世，而她們的記憶也宛如這些照片皆已褪色了。呂赫若成功地捕捉了一個特別的邂逅及已被遺忘的記憶——在支配者（技術）以及被支配者（魔術的儀式）之間，但是大部分則在男性與少年之間。記憶是無言的，因為兩人幾乎不能以語言溝通。而它卻深深地刻畫在老照片退去的影像，玉蘭花的香味，他們兩人在外徜徉時所遭遇的溫暖太陽，以及緩慢飄動的雲彩。攝影的鈴木善兵衛從未出現在他自己拍攝的任何照片中，而男孩也承認他在鈴木善兵衛離開之後沒多久便忘記了他的臉。照片中鈴木善兵衛的缺席再次說明了凝視者與被凝視者的主客立場。鈴木善兵衛對台灣的理解總是難解的，因為從未被化為語言，現在便如同失去顏色的照片般逝去。呂赫若在此似乎暗示了帝國即將到來的死亡，預言式地對殖民主義的終結表態。

　　〈鄰居〉與〈玉蘭花〉瀰漫著深深的失落感。在這兩個故事中，邂逅的本地人與殖民者在某種意味上極致地轉變，但伴隨著悔恨，鄉愁以及揮之不去的焦慮而各自分離。鈴木善兵衛在照片中的

---

45 招魂儀式早於3至4世紀之間記載於中國南方的詩集《楚辭》。參照Hawkes（1985）。

缺席，等同於他在本土風物中的缺席，意味著來訪者不過是暫時的過客；他的客旅未曾留下痕跡。鈴木善兵衛偶然巧遇了豐富蒼鬱的自然，以及可親的人們所醞釀出的極致幸福的一刻，但這瞬間卻消失無蹤。

　　然而豐饒的玉蘭花樹被賦予了永恆的意義。在這樹下男孩第一次見到了鈴木，同時也隱身在它的枝椏中目送他離去。深入土壤的樹根及參天的綠葉，這棵樹似乎象徵著已經繁衍數代的家族。共同體生活中心的「養育」的本質，與無力的孤獨者鈴木善兵衛產生強烈對比。

　　相似的形象在小說〈山川草木〉中是顯而易見的。[46]女主人公寶蓮因為家中經濟狀況遭受打擊，粉碎了她在東京攻讀藝術的夢想之後回到了殖民地。現在年輕的她在深山的農田工作，在自然環境中為她的未來找到了慰藉與夢想：「這顆蓮霧樹已經有二十年之久了，在這二十年當中它從未移動過呢。每年樹葉依然鮮綠如新，隨時看來都很美。我想它的生命姿態是很美的」（呂赫若 1995：496）。本土派的呂赫若以往下深深扎根的台灣原生植物為例，當作隱喻。日本的占領宛如浪潮一般席捲全島，但台灣人生活的基本要素仍然沒有改變。雖然在這些小說的創作期間，殖民政府積極推動同化計畫，呂赫若相信自然環境與文化（與「風土」一詞連結的概念）的不調和破壞了關係。[47]

　　殖民者與被殖民者間的不調和甚至反映在大自然中，同時延伸至語言的範圍。我們不能不注意呂赫若對日本語言的掌握——特別是與楊逵的煽動、好辯的風格相比，其優越性是顯而易見的。呂赫若是日本的殖民地語言政策的典範，他描寫有關個人深處情感，不

---

46 參照《文藝台灣》（1944年5月：12-35），再版見呂赫若（1995: 470-97）。
47 下一章將討論的周金波短篇小說〈氣候、信仰與癇疾〉中文化殖民主義的性質。

是用他的母語而是日文。儘管如此,他故事中所充滿的某種沉鬱是源自於個人自覺於所習得的表達文體不是他自己的。在現在已然成為著名的逸聞中,呂赫若曾經問過他的日本朋友如何表現台灣話中所謂的「加忍損」,男性小解時所發生的顫抖。他對於日語當中沒有對應的辭彙而感到沮喪(黑川創 1996, v. 1: 3),習得殖民地主人的語言並不能讓呂赫若充分表達自己。在日語中,呂赫若的知性語言及特有文學認同之間所產生的緊張關係,讓他能夠捕捉殖民地台灣的普遍經驗,寫入文學中。

1944年,楊逵與呂赫若都參加了政府主導的作家協助戰爭計畫,在第3章已討論過的南方徵召作家,是指被送往東南亞,描寫南方戰線的日本人。而現在台灣最著名的作家當中,13人則被派遣前往島上各地調查對戰爭支援的現況。[48]呂赫若從6月至7月初前往台中的鹽水農地並創作了描寫佃農困苦生活的短篇故事〈風頭水尾〉。[49]徐華與家人遷移至靠海的村莊並且開始耕作。這塊共同農地是位於強風地帶並且難以取得新鮮水源(如同題名)。土地含有高度鹽分,並且不適合耕種。故事描寫徐家第一天到達他們的新家。荒涼的居住狀況以及嚴峻的自然環境多少為地主與共同體負責人的和善,堅忍不拔以及務實所緩和。這個故事以徐華第二天早晨滿心愉悅地期待上工作為結束。雖然這故事是屬於報導文學的範疇,但呂赫若避免支援戰爭口號的鼓吹。相反的,他由個人擅長的力點來處理這個課題——幾乎由主人公徐華內部思想、恐懼與希望和他與地主以及其他佃農輕鬆的對話來敘事。在遙遠的前線進行中的戰爭,在小說背景當中逐漸模糊。這些鹽地淺灘的農夫與大自然正進行另一場不同的戰爭,一場無止境的戰役與海爭農地。像這樣與大

---

48 關於皇民奉公會徵召作家的詳細敘述,參照Fix(1998)。

49 參照《台灣時報》(295[1944年8月]: 83-95),再版見中島利郎、河原功編(1999, v. 2: 371-83)。

自然的競爭是漢民族入植台灣以來就開始了。共同體成員的同志愛讓肉體及精神能夠承受居住在嚴酷的土地上，所以是極為重要的。葉石濤稱呂赫若冷徹但卻充滿關懷的寫作風格是「社會主義」，並讚許他「自始至終是位於客觀的觀察者而非妥協者」。[50]

作家呂赫若最為活躍的時期是在1942年自日本返台以後。[51]呂赫若患上肺氣腫導致無法繼續在東寶音樂劇團表演，轉而創作小說及戲劇。接下來的歲月，呂赫若在台灣文化界扮演極為活躍的角色。他積極參與張文環的文學陣營《台灣文學》，並與西川滿的《文藝台灣》同人針對浪漫主義與社會主義的利與弊進行一系列長篇且激烈的論爭。1943年，呂赫若與張文環、音樂家呂泉生，以及其他人創立厚生演劇研究會。同年他的短篇故事〈財子壽〉獲得第一屆台灣文學賞。隔年他的短篇小說集《清秋》出版。[52]這是極為罕見的。大部分殖民地時期台灣作家的短篇小說都刊載於新聞及雜誌，呂赫若的小說集《清秋》與陳火泉的短篇小說集《道》，之後在同年由西川滿的皇民叢書出版，是半世紀的殖民統治中唯一的兩個例子。

呂赫若在政治中積極活躍的角色讓他成為台灣文學奉公會——也就是日本文學奉公會台灣支部，以及皇民化運動權力中心文化羽翼的皇民奉公會，執行委員會的五名成員中唯一的台灣人。[53]他也是

---

50　參照葉石濤（1982: 21-26）。此作品在政治及經濟脈絡的詳細討論，參照Fix（1998: 35-40）。

51　至目前為止，對呂赫若在日本的生活以及返台之後至1943年為止的活動，以垂水千惠（2000）的研究最為詳盡。

52　參照《清秋》（台北：清水書店，1943）。作品選集包括與書名相同的短篇小說〈清秋〉以外，還包括以下六篇作品：〈財子壽〉、〈廟庭〉、〈鄰居〉、〈月夜〉、〈合家平安〉、〈柘榴〉。除了〈清秋〉之外，其餘對小說的初次發表都是在張文環的《台灣文學》。

53　執行委員會其他四人為西川滿、濱田隼雄、竹村猛以及長崎浩。參照中島利郎、

由《台灣新報》[54]發行的《旬刊台新》的編輯。

　　當戰爭於1945年結束，呂赫若加入中國共產黨並且全盤接受以中文寫作的概念。他在戰後發表了幾篇中文短篇小說，對日本統治進行反諷。他尖銳批判的對象針對殖民地統治，以及仍被殖民心態所奴化的本土者之荒謬行徑。在一系列的短篇小品〈故鄉的戰事〉（1946）中，他所描寫的混亂與渾沌凸顯了戰爭結束時期的特徵。[55]在〈月光光——光復前〉[56]（1946）中，主人公莊玉秋為了避開美國與日俱增的轟炸，為家人在都市外圍賃屋。他必須偽裝他的家族是國語家庭，雖然孩子太小而且母親過於年邁而無法說日語。因為經過半世紀的教化，日語已經變成某種社會地位的象徵，以及社會交流所選擇的語言。莊玉秋警告他的母親及孩子留在屋內避免與房東和其他房客交流。但某日當全家在前庭快樂地唱著民謠〈月光光〉時，一切事實揭露在眼前。比起殖民地時期的創作，呂赫若在戰後對殖民狀況的處理是更直接，以及公開批評的。雖然在這些故事中，他中文的運用無法與純熟的日語作品相比，但與觀察對象的距離，冷徹而深思熟慮的觀察力，以及精雕細琢的黑色幽默，在這些後殖民時期作品中依然明顯。所以主張呂赫若有潛力成為戰後台灣文壇重要的作家並不僅是推測的。但是呂赫若對政治的熱情使他與文學創作愈行愈遠。

　　當呂赫若成為共產黨青年團台中支部的領導人時，他擔任《人

---

河原功編（1999, v. 2: 411）。

54 呂赫若在西川滿的《文藝台灣》門徒作家龍瑛宗的推薦下，得到工作。很顯然地，雖然《文藝台灣》與《台灣文學》間各自公開主張的不同意識形態，但雙方陣營成員之間仍有著私人情誼與交流。在隨筆〈隨想〉中，呂赫若敘述他對龍瑛宗的感情。參照《台灣文學》（1[1941年6月]: 106-109）。

55 在《政經報》（2[3][1946年2月]-2[4][1946年3月]）連載；再版見呂赫若（1995: 519-24）。

56 參照《新新》（7[1946年10月]），再版見呂赫若（1995: 525-32）。

民導報》的記者，並參與高雄農民的抗爭。不久之後報紙被查禁，編輯部也被國民黨重新組織。呂赫若與其他的記者組成提倡全島音樂活動的台灣文化協進會。呂赫若並未直接捲入1947年的二二八事件，但他協助救助朋友及老同事王添燈。他也為調查此次動亂而成立的委員會，以及收音機廣播起草幾篇文章。

短篇小說〈冬夜〉對於國民黨迫害左翼知識分子，造成所謂「白色恐怖」的緊張情緒，有著成功的描摹。[57]這個故事敘述一個台灣女性彩鳳，她的人生在某種意義上來說，可說是台灣的命運。她第一任丈夫被徵兵前往菲律賓打仗並在當地戰死。當她丈夫的死訊傳出後，夫家遺棄了她，所以她回到娘家從事賣春以奉養雙親。來自浙江省的有錢商人迷戀她遂娶她為妻，之後將性病傳染給她並遺棄了她。她回娘家後重操賣春舊業，並與一名台灣男子交往，他和她第一任丈夫一樣，曾被送往菲律賓。他在當地投降美軍。曾在美國短暫停留，回台灣之後成為國民黨的特務。她在不知情的情況下，男子捲入白色恐怖。某天夜裡，他來到她的住處，收到訊息後，他抓起槍警告她待在屋裡，就外出槍殺了某些「土匪」。得知他真實身分後而感到震驚，她在黑夜當中尖叫。

彩鳳的人生取決於她所跟隨的男人——如同殖民地的命運取決於後續的統治者。如同她的第一任丈夫，台灣被當成利用工具並為了太平洋戰爭而犧牲。在貧困的狀態下，台灣被編入強大的大陸的一部分但卻完全被背叛且為它的疾病所荼毒。回到本土人的懷抱，台灣卻發現他們出賣了自己並充當起大陸的特務。這是一個晦暗且令人喪氣的故事——預言似地寫在二二八事件前夕——為許多台灣人對日本人，以及之後的國民政府感到幻滅而發聲。在後殖民論述中，將殖民者以及被殖民者的關係性別化是很普遍的，此處的被殖

---

57 參照《台灣文學》（2[2][1947年2月]），再版見林雙不編（1989: 4-20）。

民者表象在受迫害中也使用同樣有力的隱喻——被剝削的女性與掠奪的男性來表現其關係的性質。

隔年，呂赫若成為左翼活動分子的地下報《光明報》的主編，同時擔任高中的音樂教師維持生計。當蔣介石於1949年年底帶領國民政府撤退到台灣，對台灣的共產黨員進行更加雷厲風行的鎮壓。呂赫若的許多同志都陸續被捕，他與一些殘存的同志潛入地下，在台北近郊設立短波廣播基地。1951年，他被發現死於山中洞穴。直至今日，呂赫若的死仍為重重謎團包圍，尚未清楚。官方說法主張他是被毒蛇咬死，但仍然許多人相信他是死於右翼國民政府的迫害。享年三十七歲的呂赫若，他的死讓台灣失去她一個本土兒子，同時也失去了一個殖民地時期最具才華的作家。

## 日語世代作家的傳奇

楊逵及呂赫若在年輕時都曾居住在東京，他們在此得到第一手知識，宗主國社會如何營運，以及身為殖民地臣屬住在殖民者國家的感覺。不同的日本經驗塑造了他們的帝國觀，並造就他們迥異的文學手法。楊逵堅信與日本普羅運動的結盟關係。而呂赫若是成功地與宗主國文化裝置合為一體，他對於傳統社會有疑慮，但對現代化的感情則是矛盾的。藉著遷移至帝國大都會中心，這些作家逃離了殖民地台灣生活內部被邊緣化的命運。但他們發現大部分在日本的生活能夠激發靈感的同時，也令人感到沮喪。這樣持續的挫折所產生的緊張成為他們創作動力的來源。

對本土作家而言，他們出於自願所產生的地理位置錯位（到東京）是伴隨著非出於本願的文化及社會倒錯而產生的。由於他們被收編進一個有階級區分的世界觀——他們的本土文化成為附庸，並使他們的制度與價值倒錯以便有利於殖民者的文化。雖然再度回

到本土，但兩者都必須調整自己的本土身分認同。楊逵對台灣的未來有著社會主義烏托邦的想像。不同於緊密地與日本殖民統治結合的，積極為現代化觀點背書的皇民作家，呂赫若對於現代化的態度充其量只能說是曖昧的。呂赫若在創作中選擇不直接面對殖民主義——這在當時已經滲透的檢閱的次元以及社會控制情況下，只不過是冒險，同時也是沒有結果的——但他的確在低調微妙表達的故事當中揭發了殖民主義。殖民性編織了他文本的背景，但卻從來沒有成為舞台中心。

呂赫若的同時代作家也可說是相同的。浪漫派作家龍瑛宗（1911-1999），或許是台灣作家當中在戰前日本發表作品範圍最廣的，曾以〈植有木瓜樹的小鎮〉贏得《改造》的文學賞。這個感傷的故事敘述一個企圖心無法伸展的青年被困在一個小鎮，以及沒有未來的工作。[58] 現代主義作家翁鬧（1908-1940）則深受新感覺派的影響，是在當時避開寫實主義並選擇前衛概念藝術表現的唯一主流作家。翁鬧所描寫的是傳統台灣家庭的日常生活，是當時台灣作家當中普遍的題材，但他對愛欲的熱情表達，以現代主義詞彙來刻畫，使他不同於殖民地時期的其他作家。翁鬧現代主義式的感性，使用象徵主義及心理分析的辭彙，毫不靦腆地表達對靈肉愛情的渴望，在以政治訴求的文學當中引人注目。[59]

與日語作家的第一世代相比，例如楊逵及張文環，第二世代在日語使用技巧上更臻至純熟，並且較不熱中與日本殖民主義正面對決。這些差異在某種程度上是殖民地政府的語言政策及文化同化的結果，但他們也反映了文學的不同概念，以及它所能滿足的功能。

---

58 參照《改造》（19[4][1937年9月]: 1-58）。再版見中島利郎、河原功編（1999, v. 4: 11-68）。

59 關於翁鬧對日本女性的偏執性觀察，在具有民族主義情操的讀者和評論者間引起極大的爭議。參照翁鬧（1991: 139-42）中楊逸舟的自傳《不堪回首話生平》。

在這個世代的另一批最後的作家，像呂赫若等應該與下一章即將討論的皇民作家有所區別。他們對於台灣文化——雖然在某些觀點上是落後的，甚至是封建的——成為島民身分認同中心的強烈本土意識以及不動搖的信念，儘管在殖民地政府努力不懈於同化政策下，仍然屹立不搖。

第8章

# 皇民文學與其不滿

　　1941年8月號的《台灣教育》——由政府所發行的教育月刊，有一篇題為〈國民精神總動員實踐政策〉揭櫫了台灣人精神教育的四大主要目標：對天皇效忠，崇敬日本諸神，滅私奉公，時時愛用國語。

　　這篇文章是皇民化運動宣傳的一部分，以教化殖民地臣民成為皇民為目標。[1]從1937年開始，第二次中日戰爭爆發之後，便積極推動將殖民地臣民教化成為皇民。新任總督小林躋造的三項領導方針之一是隨著台灣的工業化，以及要塞化將台灣建設成為帝國的南進基地，皇民化運動則加快了在殖民地文化同化的腳步。小林躋造旋即廢止了台灣自治聯盟，同時設立了國民精神總動員本部，並限制外國人入境台灣。所有的公開媒體均禁止使用中文，朝拜神社成為義務，而本地原住民則被要求改用日本姓氏（多仁安代 2000: 72-86）。在許多方面，同一基本政策同時實行於朝鮮與台灣。但某些政策則特別限定在台灣實行，例如廢除女性纏足以及剪去男性的辮髮。[2]1940年代初期戰況愈發激烈的狀態下，這些政策的實施有其急

---

1　關於詳細的運動過程參照周婉窈（1994）。

2　關於斷髮與解放纏足的運動過程，參考吳文星（1992: 5-6章）。關於韓國及日本的皇民化運動之比較研究，參照周婉窈（1994: 117-56）。

迫性。

　　回應這樣狂熱的社會以及文化環境，一群作家出現了，記錄這緩慢但又確實的同化過程。夾雜著狂熱與焦慮，這些作家不同於楊逵和張文環，當面對如何在日本人與台灣人之間做抉擇時，他們所面臨的最大挑戰是如何在兩者之間找出折衷之道。前一個世代的族群及文化認同是處在岌岌可危的平衡狀態，他們尋求避免兩者之間力道失衡。新一代的作家對於超越族群及文化的衝突則較不關心。他們對於自己是否應該成為日本人的問題避而不談，反之所注意的是他們如何達到「成為皇民」的目標。對日本，其天皇，諸神，語言以及文化無條件輸誠，讓他們得到「皇民作家」的集體稱號。

　　戰後，皇民作家遭受冷遇。當「抵抗」的民族主義論述成為殖民文學文本的後殖民時期詮釋主流時，對這個文學主體一般認為是難以有共鳴與贊同的。被認為背叛了自己的國家以及對敵人投誠，在殖民主義論述當中這些作家是無容身之地的。評論家偏愛公開支持反日的民族主義文本，例如像楊逵，或像張文環的微妙表達方式。讚揚勞動階級或者是土地平權價值的寫實主義故事都被特別選出加以評價。皇民作家的批判從來沒有認識過他們所處的動盪變化的環境。當日本的殖民統治進行時，殖民地社會內部產生了構造上的變化——部分是透過教育體系的逐步發展。這個社會及教育體系賦予皇民作家們高度混種的文化認同，以及令人驚異的語言運用能力。再者，他們比起先前討論的作家，他們所受的日語教育較為徹底，同時對日語有較高的親和度。在完全與大陸中文傳統切割的情況下，他們別無選擇只能以日文創作，也是他們被訓練表達自己的唯一語言。以這個殖民者語言寫作，他們別無選擇只能接受這個被教化的「帝國臣民」的隸屬位置。與故鄉內部固有文化的疏離，他們首先被迫與自己的殖民宗主同化，然後被自己的同胞們視為妖魔

異端。

我並不想在此同樣地詳細敘述台灣文學史對此文學主體的負面論述。[3]對這些文本的二元對立評價方式，是基於一種堅持單一國家認同的試金石：如此卻過度簡化了被殖民隸屬者當中身分認同形成的複雜性，而這對於閱（再）讀這些文本並沒有建設性。這些文本所寫下揭露當時的文化及政治狀況是有價值的。因此我將檢視被認為是此類文學的代表作家，周金波與陳火泉的文本，以及文學脈絡。如同我們所看到的，這些文本顯露了同時存在於他們的小說當中充滿矛盾的內部聲音。這個新世代的作家們多數創作處理族群本身，以及國家全體之間的衝突。這個主題我們也在前述已討論過的作家作品中發現。區分皇民作家與「純正血統」的本土作家不同之處，是前者企圖打破本土民族認同與外來強加的殖民者文化之間糾葛的難題，以便提出解決方法。皇民作家試圖在外來，同時已經本土化的文化環境中努力尋求生存之道。

## 故土的異鄉人：周金波

周金波生於1920年，由於父親在日本大學攻讀牙醫，在東京度過了童年。1923年關東大地震之後，舉家遷回台灣。周金波回想起曾經遭受台灣人玩伴的欺侮，因為一開始他不懂台灣話。他於1934年回到東京就讀高等學校，之後就讀日本大學攻讀牙醫。與在東京過著窮學生生活的楊逵或張文環不同的是，周金波家中供給他無憂無慮的經濟來源，他完全享受著在東京的生活。他是七曜會的成員，並在文學戲劇團體「文學座」接受訓練。[4]他的戲劇興趣持續

---

3　參照如葉石濤（1987: 66）、許俊雅（1994: 297-303; 1995: 476-95）與黃重添等編輯（1992: 27-29）。

4　澤田美喜子所主持的七曜會是菁英戲劇者鑑賞團體，吸引了許多戲劇愛好者包

至後半輩子，並促使他於1953年創設青天台語劇社。根據這些資料，可以得知對周金波而言，他在東京十年的生活是非常刺激的。

## 早期作品

周金波的朋友張明輝（他是〈志願兵〉的主人公張明貴的藍圖人物）送給他雜誌《文藝台灣》的創刊號。周金波深受感動而寫成了處女作〈水癌〉（1941）發表在同一雜誌上，這時他仍居住在東京。這篇作品是根據他返鄉時的所見所聞，對於台灣社會的落後狀況有極嚴厲的揭發。主人公是在日本居住及留學十年後回到故鄉開業的牙醫。一開始他對陌生的故土並不適應。但在重新改造傳統的臥室為榻榻米房間後，主人公開始覺得自在，同時有自信能即刻提升本土文化的水準。主人公充滿了優越感及使命感，對自己的患者主張「如枯原中點燃的野火，摧毀老舊陋習，打倒迷信」的必然性（中島利郎、河原功編 1998: 108）。主人公的熱情很快地就被島民的漠視所澆息──例如他所遇見的女性，寧願犧牲自己女兒的醫療救助都不願戒去自己的賭博嗜好。即使如此，故事的結尾，主人公甚至更加堅定意志要帶領全島走出泥沼。

> 這便是台灣的現狀。不過正是因為如此，我絕對不能被打倒。流過那樣的女人的身體的血液同樣地也流在我的身體裡。我不能再沉默了。我也會淨化我的血液。我不僅是個醫生，也必須是我同胞的心靈醫生。（110）

---

括女演員賀原夏子。關於周金波在東京生活的更多資料，參照垂水千惠（1995a: 54-56）。

周金波的〈水癌〉（作品篇名便意味著口腔疾病）得到極好的評價而在同年秋天回到台灣之後，便馬上寫了〈志願兵〉。[5]這篇小說在島上實施志願兵制度的幾個月後便寫成，並成為周金波的代表作品，同時經常與陳火泉的〈道〉（1943）[6]和王昶雄的〈奔流〉[7]（1943）被認定為三篇皇民文學代表作品的其中之一。

　　主人公張明貴剛結束在日本的課業並返回台灣過暑假。他與父母親有溝通上的困難，因為他覺得父母親太傳統也太台灣化（例如，他們強力反對年輕一輩改姓日本姓氏）。[8]唯一能夠與他討論這件令他喪氣的事，是同樣也在日本受過教育的姊夫。他們的對話充滿了對台灣文化後進性的不滿與幻滅。明貴童年時期的好友高進六現在則是日本人商家的店員。高進六透露他希望加入報國青年隊以達成日本精神。那代表著神人一致。然而明貴則主張成為日本臣民與神明無關，相反的，首要之務則是要提升殖民地的文化水平以便趕上日本。故事由會話及相歧意見的白熱化爭辯所構成——怎麼樣才是成為皇民的最佳之道。雖然兩人都同意最重要的目標是成為日本人，關於目的和適當的教化過程，他們產生分歧的意見。高進六代表行動派的熱血青年，他戒菸，每天早晨參拜神社為了達成與日

5　參照《文藝台灣》（2[6][1941年9月]: 8-21）。再版見中島利郎、河原功編（1999, v. 5: 337-50）。

6　參照《文藝台灣》（6[3][1943年7月]: 87-141）。再版見中島利郎、河原功編（1999, v. 5: 9-64）。

7　參照《台灣文學》（3[3][1943年7月]: 104-29）。再版見中島利郎、河原功編（1999, v. 5: 93-120）。

8　改姓名運動開始於1940年。如果台灣人自己的家庭是「國語家庭」（也就是採用日語為主要使用語言）並能證明自己有優秀資質成為皇民並且對大眾有良好貢獻，便能被允許改姓。台灣的改姓名運動在韓國並不被廣泛接受。至1943年為止，當地的650萬人口當中，只有10萬人申請。參照山本有造，《殖民地經濟史研究》（1991: 47）。

本諸神的神靈結合。曾經居住在日本的張明貴則有著迷惘與躊躇。他認為要成為日本人就要在神前拍手或者依附神明的力量是荒謬的。高進六認為成為日本臣民並不只是文化問題，其關鍵是精神問題。

> 　　我們（報國青年隊）透過拍手而能夠接觸到大和心，並努力體現大和心。但是注入日本精神並不是如你想的依託神力那般。只要是日本人受過日本教育的，如我如你者，不論是誰都能夠得到的。對於我自己，我可斷言我是完全成為日本人了。成為日本人是那麼困難的事嗎？我並不覺得。在二重橋前跪下來額頭頂地時能夠深受那肅穆之情的感動便足夠了，不是嗎？在靖國神社跪下來額頭頂地不由自主地深受感動，那不就是日本人嗎？（中島利郎、河原功編　1999, v. 5: 346-47）

當他的姊夫提到兩人的目標實質上都是一樣時，張明貴則指出兩者的不同：

> 　　我完全了解我們已經成為日本人了。但我不願意像他一樣─只變成一頭拉車的馬。為什麼必須成為日本人，這是我首先必須要考量的。我出生於日本，在日本受教育長大，只會說日語，如果不使用日本的假名就無法寫信。因此，我如果不成為日本人活著也沒有意義。（349）

張明貴的知性理由與高進六對內在象徵以及象徵行動有效性的信仰成為對照，這個差異象徵了知識分子的菁英階級與日常生活勞動大眾對於接受日本化的分歧與裂縫。菁英階級幾乎都在日本接受教育並且享受等同於日本人的社會地位（大多數的職業都是律師和醫

生），透過他們生命中日本特徵的理性論述來自我辯護，以同化於日本帝國。對一般庶民像高進六而言，是缺乏特權與機會出人頭地的，所以成為日本臣民意味著以具體行動改轍易弦。

高進六透過另一個突如其來、出乎意料的行動來堅定自己的信念。他告訴明貴自己已經送出申請成為志願兵的血書。明貴深受高進六的行動所感動。他告訴姊夫：「進六才是真正帶動台灣向前進的人。我是個軟弱，不能夠為台灣盡力的人……我無法像他一樣，唯有像個男子漢般向他致敬」（350）。也正是對徵兵制度這樣熱切的心情讓周金波蒙上皇民作家的污名。〈志願兵〉的成功，不僅贏得了第一屆《文藝台灣》獎也確立了周金波的作家地位。他擔任文藝家協會戲劇部門理事，同時也以台灣代表身分參加了第二次大東亞文學者會議。從後殖民的國族主義觀點來看，以殖民者語言說話與書寫，改變祖先姓氏及穿著異族服裝，便是拋棄自己真正的民族認同。而再也沒有比這個故事當中所採取的行動更糟的了：志願加入軍隊為征服自己的敵人而戰。當時這些作家們沒有如此適切的洞察力。將上述故事置於社會的及歷史的脈絡中，將有助於我們更了解它在當時的重要性。

明治政府於1873年制定徵兵令，是「富國強兵」政策的部分綱領。在那之前，軍隊是由明治維新後頓失依靠的士族階級所組成。隨著第一次的中日甲午戰爭（為了在朝鮮的權益），以及之後的日俄戰爭（為了在滿洲利益的衝突），全體成年男子都必須加入軍隊服役。徵兵法令便是現代化的結果，以及對外擴張欲望所伴隨而來的。透過這些軍事活動，日本國民參加了國家的建構。如果柳田國男的常民概念指的是令人懷舊地想起農耕社會前近代日本的庶民，那麼現代國民是透過全體平等主義（雖然被高度性別化）的稅制、徵兵以及教育來定義的。1937年日本與中國進入全面戰爭之後，特別是與美國於1940年代初期開始太平洋戰爭之後，帝國

勢力就遭遇到人力及物力短缺。結果，種族隔離最後的基盤——軍事，便完全地開放給殖民地臣屬（所有其他的社會制度，像是教育、僱用以及稅制至少在表面上是平等的）。軍方政府於1940年第一次在朝鮮設立徵兵制，台灣隨即於1941年6月跟進。[9]一開始制度被嚴格限定為志願制。但隨著戰爭泥沼化及人力短缺問題變得嚴重，便有了積極徵兵制的色彩。對朝鮮與台灣的殖民地的被殖民者而言，錯過「志願兵」意味著自動被學校開除，以及被分配到工廠強迫勞役以便支援戰爭協力。諷刺的是，對於渴望同化而選擇自願從軍的台灣人而言，就能夠避免參與那些意願不如他們積極的同胞們所遭受的壓迫，同時在日本軍隊服役也與日本本土國民共享榮耀。事實上兵役被認為是邁向實現「內台如一」的一大步。周金波本身在日記裡記錄了他聽到宣布之後的興奮之情：

> 我從未像今天一般感受到充滿自信的喜悅。我似乎能從漫長孤獨的殼中爬出來了。我實際的台灣經驗整體算來不到十年。東京大地震後搬回台灣時只有四歲，只懂得日語的隻字片語。十四歲再上東京時必須重新學習日語，但隨著日語的進步，台灣話則慢慢地忘卻。結果我與台灣社會總是脫軌的，即使有交集也並不密切，無法反映出真實面。日語是半吊子而台灣話也是半吊子。寫起文章也是不對盤。我所寫的東西引不起真正的共鳴，大眾完全保持著沉默。[10]

對台灣人實施徵兵制的開始，讓皇民化運動達到了最高潮。為

---

9　關於皇民化運動與被殖民者的志願兵徵召，參考近藤正己（1996）。

10　參照〈一路行來〉（私が歩んだ道），《野草》（54[1994年8月]），同時參照下村作次郎、藤井省三、中島利郎、黃英哲編（1995: 444）。

帝國貢獻鮮血的機會拔除了殖民者及被殖民者之間最後的障礙。周金波詳細敘述了超越不平等力量──成為主人之一──其發展過程的重要性：「在台灣我們之所以受到歧視是因為我們沒有流血。也因為由於有這樣的想法。如果說付出鮮血便能夠有權發聲的話，那也應是先盡義務之後才能要求權力。我想這樣的道理大家都心知肚明才是」（下村作次郎、藤井省三、中島利郎、黃英哲編　1995：445）。

　　志願兵契約在帝國及其殖民地之間建立成為象徵性的連結，保證了在理論上的共同平等（姑且不論事實為何）。對周金波而言，他對兩邊的文化感覺疏遠，而這個制度的降臨帶給他雙重承諾：終止對於自己同胞的疏離感，以及台灣島上的島民以及日本人在地位上正式地達成了平等。他在日記中所記錄的「喜悅」，反映在他的人物高進六完全投入的熱情。這帶有自虐傾向但同時真正渴望被認同為帝國正統的成員，精神帝國領域的臣民的真摯情感，並非周金波及他所創造的角色的特別權利。如同我們所看到的，在陳火泉的〈道〉中，主人公追尋著相似的行動軌跡，儘管在邏輯上迥異，卻也得出相似的解決方法。周金波個人的欲望在不知不覺中與當時的帝國論述成為共犯關係，並將他永遠地貼上了皇民作家的標籤。

　　創作中反映當時主流官方宣傳的周金波與陳火泉並非是僅有的兩位作家。許多日本及本土作家的作品都將成為皇民的具體化概念。許多人認為志願從軍的宣傳是帶來了真正平等的立足點，同時產生了一種（也許是錯誤的）印象，即認為志願從軍是將兩個族群相互融合的唯一希望。宣傳皇民化最強力的組織──皇民奉公會，為邁向目標的電影劇本提供了主要的金錢奧援。1941年6月20日志願兵制度正式發布之後，每天報紙刊載著誇大的報導，對本島青年志願從軍的愛國心充滿了讚美。所以周金波的作品以及描寫同樣主

題的河合三良的〈出生〉發表在同一期《文藝台灣》，同時在隔年
一起獲得第一屆《文藝台灣》賞，並不令人驚訝。[11]

　　周金波的作品無疑地是結合了當時更廣大的論述。他的作品與
這個領域的許多作品差異之處，是他並不將自己文學上的追求局限
於官方宣傳的修辭。周金波不停地探究故事中矛盾以及愛恨交織的
要素──特別當本地人民性急地擁抱統治者的文化認同時所面臨的
文化上及宗教上的混亂。中島利郎及星名宏修在解讀周金波的作品
時都得出了一個有趣的結論，那就是皇民作家大部分的分析都將本
土認同與殖民者認同兩極化，然而周金波接納皇民化論述並不影響
他對鄉土之愛。[12]也就是說，與日本文化同化的主張，周金波認為並
不需要捨棄他的本土台灣。甚至可以說兩者的目的是迥異的，帝國
的終極目標是對日本展示忠誠，而周金波的目標則是為台灣島達成
較高的文化地位。

　　周金波的〈志願兵〉與王昶雄（1916-2000）的作品〈奔流〉
（1943）[13]經常被用來比較，後者有時被認為是皇民作家。[14]〈奔流〉這
個故事同樣地將兩位對於成為皇民的意義的迥異觀點的人物並列。
其中一人是學校教師朱春生，他改姓名為伊東春生並且是皇民化運
動的積極投入者，甚至願意拋棄與雙親的關係。另一位人物是他的
表弟林柏年，他基本上同意將本島人同化成為皇民，但他仍然相信

---

11　參照《文藝台灣》（2[6][1941年9月]）。此時《文藝台灣》已經無法成為單純的
　　文學藝術雜誌了。1941年下半期起，開始出版宣傳大東亞共榮圈聖戰的特輯。
　　參照黃英哲（1994: 62）。

12　參照中島利郎，〈周金波新論〉（啞啞之會編 1998: 105-27），以及星名宏
　　修，〈〈氣候と信仰と持病〉論〉（下村作次郎、藤井省三、中島利郎、黃英哲
　　編 1995: 433-50）。

13　參照《台灣文學》（3[3][1943年7月]: 104-29）。同時參照中島利郎、河原功編
　　（1999, v. 5: 93-120）。

14　關於王昶雄更進一步資料，參照《文學台灣》（34[2000年4月]: 68-134）。

「要成為優秀的日本人就非得是優秀的台灣人不可」。王昶雄的〈奔流〉經常被認為比周金波的〈志願兵〉更勝一籌，因為王昶雄提出看待認同政治的另一種方法。[15]朱春生，就如同周金波所創造的人物，將身分認同問題視為兩極對立，貶低本土文化，同時將殖民文化理想化。王昶雄則透過他筆下人物林柏年，主張連結日本人及本島人諧和共存的雙重身分，然後便能超越經常令皇民作家苦惱的文化絕對主義。周金波有許多作品處理日本人及台灣人身分認同共存的課題，但他自己本身對於保有如此不安定的平衡，是感到極度悲觀的。

## 後期作品〈「尺度」的誕生〉（ものさしの誕生）與〈氣候與信仰與痼疾〉（気候と信仰と持病と）

　　兩篇短篇小說〈水癌〉與〈志願兵〉使得周金波成為著名的皇民作家之一。但兩篇早期作品——一篇寫於他旅居日本期間，另一篇則在他返台不久之後完成，意味著他之後更加耐人尋味的作品大多被忽視了。兩篇早期作品對於將自己的本土文化及人們日本化，以及日本人化一事的抱負充滿了熱情。在之後的隨筆及小說當中，可看出周金波對於他最初的武斷立場有了修正。帝國以及其殖民地臣民之間的鴻溝巨大，而周金波則被夾在兩種文化之間，疏離、寂寥以及不安的情感糾纏不去。在他較不為人知的後期作品中，我們可看到他對文化的混淆性有著苦澀、謹慎的深思熟慮。早期兩篇作品中的文化混淆性雖然是他的關心所在，卻被他歡愉的樂觀主義之

---

15　參照黃英哲（1994: 87-107）。王昶雄曾在《台灣文學》——此雜誌被理解為本土文學情感的場域——發表作品的事實，無疑地影響了後來的解讀。如果不以發表的雜誌為準比較皇民文學的三篇代表性作品，會發現三者在修辭的立場與皇民化宣傳的論述上有著驚人的相似性。

假面所掩蓋。

周金波故事中典型的主人公是年輕的台灣男性知識分子，曾旅居日本以及在日的求學經驗，對於大都會文化有著高度洗練的素養。〈尺度的誕生〉是少數由少年眼中所觀察的作品。[16] 主人公吳文雄來自特權階級，他父親是地方村落的議員。[17] 就像所有十二歲的公學校學生，[18] 與同伴一起玩戰爭遊戲時，他喜歡扮演領導角色，但他希望能有機會上鎮上只限定日本人就讀的小學校。在下列的描寫部分，可明顯看出他對於接近日本人的好奇心，以及強烈的欲望。有一天，老師稱呼他文雄（Fumio）而不是平常的台語發音：

> 第一次被如此稱呼，不由得全身振奮了起來，有如血液逆流一般。
>
> 下課之後，他和朋友去看戰艦。在這裡遇到的士官握著他的手，和他們一起走到最熱鬧的街道。
>
> 他們一起牽手走路的樣子，看來就像是士官的弟弟或親戚。吳文雄有時抬頭看看士官，試圖想從他的臉色看出端倪來。但只要有小學校（的日本人）學童經過，他愉快的幻想便會突然破滅。視線交會時便趕緊地打探對方的神色。
>
> 他們與那位士官在海邊遊玩。
>
> 吳文雄打從心理覺得非常愉快。大家都裸露著身體，小學校的學童也一樣只著內褲，那能分辨出誰是誰呢？就算分辨出來也

---

16 參照《文藝台灣》（1[5][1942年1月]）。

17 在珍珠港事變後，當日本對美國宣戰時，皇民化政策的實施較不那麼嚴密。殖民政府擔心強行實施的高壓或許會使本島人對美國懷抱同情而促使美國情報員聚集於島上。當局為了獎勵地方仕紳，為他們開放了低階官位以便交換他們對於戰爭的支持。參照呂紹理（1998: 85-87），與陳逸松（1994: 234）。

18 關於公學校生活的說明，參照許世楷（1992: 7-8）。

無所謂了。反正大家都一樣光著身子。（黃英哲編 1994: 74-75）

在這個少年急切渴望被承認為日本人的心酸敘述中，我們能看到他同樣地對暴露台灣人身分感到焦慮。想要「同化」的欲望，第一次透過老師——這類型人物與警察以及政府官僚——被認為是三種殖民地最重要的文官當局——的（再）命名得到滿足。男孩非常興奮能夠「扮演」弟弟／姪兒的從屬角色。即使是十二歲的男孩也能本能地了解殖民地內部優勢／劣勢的構造。不同於〈志願兵〉中的高進六，吳文雄並無深遠的理論讓「志願」同化於日本宗教信仰以及文化成為正當的理由。被目擊與日本海軍軍官——擴張主義的帝國最強力象徵——在一起，足以讓文雄偽裝成為日本人。但文雄擔心小學校真正的日本男孩們會不會發現自己不是日本人時，發覺當他們全部褪去衣服赤裸著身子一起玩耍時的幸福，他高興地如釋重負。片刻地脫去辨識他們人種以及文化差異的文化記號，對男孩而言是極致幸福的一刻。

　　不久之後，男孩被告知他父親與地方政府做了特別的安排，而他將能夠就讀小學校。主人公的反應是混亂而五味雜陳的：

　　當他聽到小學校時，他很快地露出前所未有的笑容。心中種種不斷去來。豁然開朗的同時，一想到不知能否持續時，就又沉鬱了下來。不安、憂慮以及對公學校的執著和鄉愁的雜陳，排山倒海而來。（76）

似乎文雄長久以來的願望即使實現了卻得不到預期的喜悅。反之，他面臨了更複雜的抉擇。為了解決自己的困惑，文雄跑到日本小學校的校庭，與日本學童一起戲弄年長的台灣女性。當他回到自己的學校，他感覺到他們能夠看穿他的偽裝，而他再也無法與他們一起

玩戰爭遊戲了：

> 　似乎被眾多冷眼包圍般，已經不再有志得意滿當大將的勇氣
> 了。對於那樣的模仿完全失去了勇氣，而養成了小心翼翼遠遠
> 地隔著圍牆眺望小學校所進行的戰爭遊戲。（76）

不管是與海軍軍官在一起時的小學校日本學童，或者是他自己公學
校的同伴，文雄總是在意他人的眼光。不同於〈水癌〉或者是〈志
願兵〉對自己信念的強烈自信，文雄是為矛盾所苦的。我們可看到
周金波利用這個小男孩加入日本學童對年長的台灣女性嘲弄時所產
生的罪惡感，對〈水癌〉中輕視自己本土文化的偽善主人公加以批
判。在這故事當中，成為日本人是伴隨著種種矛盾的情感的。

　　周金波再度以宗教信仰為題材，首次在〈志願兵〉與〈氣候、
信仰與痼疾〉中開啟此議題。[19] 此處周金波以宗教信仰主題繼續探討
文化決定論。〈氣候、信仰與痼疾〉的結構和性格描寫更為複雜。
小說主要人物蔡大禮是金融企業的老闆，並且是位虔誠的神道信
徒。蔡大禮為神經痛所苦，潮濕的季風季節使他的病況更加惡化。
他周遭所有的人都認為這個慢性病對他纏繞不去的原因，是他參與
殖民地政府宣傳廢除給神明燒紙錢的習慣。蔡大禮的妻子是堅守本
土信仰的傳統女性，所以並不同意丈夫的行為。蔡大禮的朋友郭春
發是基督徒，在被介紹給蔡大禮的神道老師西源寺大造——他曾經
由海港都市基隆徒步至台北的台灣神社巡禮參拜——之後，他決定
改信神道，因為他所要尋找的宗教是「無論發生什麼事都能讓他身
為日本人的根據不會動搖的宗教」（下村作次郎、藤井省三、中島

---

19　參照《台灣時報》（1943 年 9 月）。這個文本還未出版復刻本。此處我所仰仗的
　　是下村作次郎和河原功所編輯的概要，以及大量的引用（1999: 435-41）。

利郎、黃英哲編 1995: 436）。蔡大禮的兒子清杜剛從日本內地學成歸來，對他父親狂熱的行為充滿了訝異的鄙視。〈氣候、信仰與痼疾〉的題名提起了連綿的雨天使得蔡大禮處於肉體的極度痛苦，以及消沉的心理狀態。他的痛苦也正反映了陰鬱的環境。他所珍視的「神宮大麻」（由伊勢神宮所頒布的天照大神的象徵）供奉在白木的神壇上，使得整個房間看來寂寥而無生氣。

　　這個短篇故事反映了初期皇民化運動（1936-1937）的兩個中心主題：宣傳的焦點在於透過消費的根本抑制以提倡簡約（主要理由是為了禁燒紙錢，見Garon [2000]），以及廢除腐敗的傳統文化及習慣（例如本土民間信仰）。為了強化戰爭協力而限制消費，同時加速同化過程的一環，台灣總督小林躋造發布兩項政策，企圖壓制地方宗教習慣，以及鼓勵改信神道。首先是金亭廢止運動，禁止各地方寺廟設置焚燒紙錢的金爐，第二是正廳改善運動，命令傳統台灣人家中正廳的祭祀擺設做出改變。奉獻紙錢予諸神與祖先是中國民間信仰中最普遍的儀式之一，但從未傳入日本，對日本人而言如果不算是褻瀆神明的話，便是引起高度好奇心的。傳統家庭的正廳是最重要的公共空間，同時也是儀式的中心場域。這是每戶人家共同祭祀自己的保護神與祖先牌位的祭壇。正廳改正運動法令規定日式的神壇——祭祀日本神明的神道神壇應該取代傳統的中國祭壇、祖先牌位，以及神像。所有的家庭均被獎勵貼上伊勢神宮的神宮大麻符。祭拜這個符咒被認為與親身前往神社祭拜有著同樣效用（中村孝志 1988: 354）。蔡家的情況，如同下述。


　　　正廳當中最光彩奪目的天上聖母神像，隨著金亭廢止運動的
　　提倡與附近的媽祖廟合祀之後，早晚的香煙繚繞忽然地消失讓
　　人感到寂寥。只剩下祖先牌位與一尊小的觀音像。
　　　注意到從家中被移走的是媽祖，是起源自福建省保護漁民的

女神，她的信仰在台灣以及中國東南沿岸已經流行了數世紀之久。[20]祖先崇拜以及觀音信仰是台灣人以及日本人的共同宗教信仰要素，但是不同的是，中國媽祖在日本宗教信仰當中並無一席之地。移走媽祖，蔡大禮讓家中的祭祀中心至少看來像日本樣式。當他將房間改裝成為日本和室並且設置神道神壇時，就某方面來說是有了更基本的分界線，將家中一分為二。

　　這個改裝意外地將房子分隔成為兩個部分。和室的玻璃和式門一打開是通往廚房。廚房、正廳及幾個較暗的老房間則維持原樣背對著和室。（下村作次郎、藤井省三、中島利郎、黃英哲編　1995: 437）

蔡家物質環境的分割象徵著心理的乖離。在祖父的忌日週年，蔡大禮想要以簡單樸素的儀式雅緻地表達他的敬意。但是他的妻子阿錦堅持按照以往的方法舉行，盡其所能地熱鬧及精巧。在他們的婚姻當中，妻子第一次違反丈夫的意志，並希望能回到傳統的儀式，因為她希望能挽回蔡大禮的健康。她按照自己的意思裝飾著五彩繽紛的八仙桌巾、掛軸，以及神壇，讓正廳活絡起來，明亮的顏色，甚至也反映在硃砂的筷子盒，與日本和室的樸素簡約成為強烈的對比。阿錦企圖教導他兒子傳統的祭祖禮儀，但年輕人卻對這些禮儀漠不關心。聽著困難的台灣話，看著滿桌的牲禮，他懷疑這個傳統是否能夠延續並對他自己屆時是否有能力盡到責任抱持疑問。蔡大禮非常訝異並且更為他妻子維持宗教傳統的決心感到感動。他不再對她相信占卜師、道士以及頻繁地參拜媽祖廟表示意見了。當他的病痛加劇，也同意了參考傳統的中醫醫療。奇蹟似地，他痊癒了，

---

20 關於媽祖信仰，參照Bosco與Ho（1999），以及Ruitenbeek（1999）。關於現代台灣的媽祖信仰，以及與大陸的關係，參照Rubinstein（1995）。

而蔡大禮自己也逐漸遠離神道信仰以及相關的友人。

〈氣候、信仰與痼疾〉的故事有著戲劇性的結束。當他的兒子在觀音升天日到來前因急性肺炎倒下,全家決定舉行主要的儀式。當蔡大禮擺設他祖父在許多年前所買下的巨大觀音雕像,同時回憶起他兒時早晚對神像燒香膜拜:

> 滿天星光。燭台紅燄搖晃,祭祀的牲禮高高地堆起。神明、祖先、妻兒、大家齊心一家團圓,對他而言是好多年來所沒有的光景了。望著觀音像,他因感激而淚水盈眶。(440)

當他終於獲得心中一定的平靜與滿足時,在感到宗教儀式讓家族再度合而為一的剎那間,他的朋友郭春發衝到他的家中指責他違背了神道。蔡大禮獨自佇立原處,悵然若失不知要說什麼才好。

〈氣候、信仰與痼疾〉反映出的,是透過科學的折射看世界的醫師作者周金波的現代心態,以及他早已拋棄多時的年少時期所體驗的老舊傳統的誘惑力之間的拉鋸戰。〈水癌〉中主人公對台灣後進性的象徵魯莽而無禮的鄉下婦人嚴厲批判的聲音,在這個故事中是缺席的。周金波作品典型的主人公,年輕具有野心、在日本受過訓練的專家,在此則是被賦予了不重要的角色,只不過是一個邊緣的觀察者。相反的,周金波的作品中新的殖民者價值,以及老舊傳統價值之間的緊張──批判的焦點及挫敗的根源,都是由較老一輩的世代來解決。

西川滿對這個故事則有其獨特的解讀。他對於自己的不滿加以詳細解說,特別是他認為結尾是很薄弱的:

> 周金波君還在摸索。我想這是好事。如果固持在狹小的布局,那便無可救藥了。如果說摸索是為了更上一層樓,朝已定

的方向前進的話，那麼便無須擔心。大概只要是日本的東西，
周君便不顧一切往上撲去。……憧憬內地並排除台灣的慣舊的
態度，恐怕其排擊精神過於露骨，以至於作者的企圖失焦，因
而使得結局顯得薄弱。（440）

這段引文顯示西川滿對於周金波的追尋會使他後退回到本土主義，
是不愉快的。這裡的例子，則是本土信仰戰勝了日本的國家宗教。
西川滿所認定周金波「已經決定方向」是完全根據〈水癌〉與〈志
願兵〉中皇民化的修辭。西川滿注意到周金波在〈氣候、信仰與痼
疾〉中對台灣舊有習俗（此處是指迷信）的批判態度，在之前的作
品中他已經大肆抨擊。在這故事中，周金波以相對化論述來支持本
土信仰，因此使得結局曖昧模糊。從後殖民主義的角度來看，我們
可見到夾縫當中（in-between-ness）模糊狀態的擴大，可從周金波
初期的兩個作品中辨識，在〈尺度的誕生〉則有更進一步的探討。
有趣的是，西川滿作為一位進步的日本殖民者及現代主義者，意識
到本土迷信神話式的療癒力量，以及周金波從現代主義者，以及早
期支持皇民化論述的立場到反動後退的意義。但是西川滿似乎忽視
了，或者至少是不情願地承認戰爭期間圍繞著天皇的高度政治化造
神運動。西川滿的解讀將本土信仰（古老以及神話式的），以及神
道（嶄新且政治性的）並列為彼此排斥的主體，雖然事實上任何一
方的論述都不能宣稱具有科學的客觀性。

　　在〈氣候、信仰與痼疾〉中，周金波第一次省思到或許兩個文
化無法能夠完全的融合，但也並沒有和解空間的可能性。他不再天
真地相信台灣所需要的是徹底檢視它的文化風土。人為無法操作的
自然力量如天氣，是對人的生活有巨大影響的（讓人的病情惡化是
其中一例）。更進一步的是，文化環境的某種層面（建築、美學、
宗教）是無法與自然環境隔絕的。特別是宗教信仰與實踐都根植於

特定的風土與人情，他們無法簡單地被移植成為新的宗教，以及翻譯成為新的文化語言。在這層意義上，上述故事認知了異文化間交流的限度。

蔡大禮發現他返回自己的宗教所發現的幸福是短暫的；不久之後他必須面對朋友們對他忠誠度的質疑——神道及友情兩者之間。周金波的作品〈志願兵〉的單純的勝利已不復存在了。

## 現代主義的兩義性

周金波對文化的愛憎在下一篇作品〈鄉愁〉中來回擺動。[21]主人公是一位剛從久居東京返回並且試圖在島上定居生活的台灣人。對主人公而言，台灣社會是遙遠、冷漠，甚至是令人恐懼的，而他渴望著所熟悉的東京的天空。他決定前往古老的溫泉休假，偶遇了流氓集團的兩隊人馬，自台灣有史以來兩者便是宿敵，但在這一天他們決定為了「完遂聖戰」，應該合作尋求和解。兩個對立的流氓集團西皮與福祿，是台灣最初殖民時期來自中國南方兩個不同地方的族群所構成的。日本占領初期，他們部分加入武裝蜂起，被殖民地政府貼上「土匪」的標籤。這些集團之間為了地盤與利益不斷爭鬥，而這天主人公適逢他們遵照舊例，舉行休戰儀式：

> 他偶然造訪的紅磚瓦街是古老台灣固有風俗殘存的最後據點。因此今天也是最後據點的最後一日了。一直守著孤壘的這些男性們毅然決然地成為時代的注目焦點，現在正要朝向新的建設邁進。在其他都市及其他鄉鎮討生活的同鄉也都趕來，從

---

21 參照《文藝台灣》（5[6][1943年4月]: 23-38）。同時參照中島利郎、河原功編（1999, v. 5: 351-66）。

> 前血淋淋的西皮、福祿兩派的鬥爭史，姑且不論大膽或天真，
> 只不過在歷史書中展開了兩三頁。……不知何時令人哽咽的團
> 歌隱約傳來。哀傷且悲切，娓娓唱來。我聽在耳中，心中一
> 緊。（中島利郎、河原功編 1999, v. 5: 365）

主人公為這場悲傷但莊嚴的儀式深深地感動，為古老的（本土）生
活留下句點。以氏族為基礎的傳統中國社會構造的共同體單位在殖
民地世界已經無法維持，慢慢地但也是毫無疑問地正被日本霸權所
收編。這篇小說在所有的殖民地故事當中以最充滿苦惱的結局收
場。儀式之後，主人公在黑暗中摸索，走回位於鎮上他並不熟悉的
日式旅館：

> 我狂奔著，如同要擷取雲彩一般，一邊哭叫著一邊奔跑。想
> 要盡快地跑到有人家的明亮之處，但怎麼還是到不了我今晚夜
> 宿的旅館呢？耳裡只傳來腳步聲。再加速奔跑，再加速奔跑。
> 但是傳到耳中腳步聲的律動無視於我的焦躁如同白癡所演奏的
> 音樂一般，只不過反覆著一定的拍子。已經是無法回去的了。
> 事實上是一條長長的暗道。是迷宮。我搖搖晃晃地，即使如此
> 兩腳名符其實地僵硬如柴，前後地晃動著。（366）

與〈氣候、信仰與痼疾〉相同的，在此（對本土神靈信仰）也虔誠
地獻上祝禱的共同儀式化的行為，在故事中扮演了中心位置的角
色。但由於〈氣候、信仰與痼疾〉中的儀式代表回歸傳統社會的構
造，在〈鄉愁〉中則是他們解體的開始。雖然〈氣候、信仰與痼
疾〉的結局，傳達了對肯定傳統台灣信仰正當性的疑問，這個故事
在有關台灣文化持續性的價值則是完全肯定的。相對地，〈鄉愁〉
是悲觀的。嚴肅而古老的儀式將傳統的共同體集團帶離他們自己的

傳統，並逐漸走向與日本帝國同化的方向。主人公雖然從傳統的停錨處被切離，但卻無法到達日本旅館舒適的燈明處，被留下在黑暗中摸索。

　　周金波故事中的主人公們可以看到以下的開展：對象徵日本帝國的現代主義稍嫌單純的信賴，到對於現代化的某種愛恨交織的矛盾，以及對於放棄傳統台灣社會以及其知識根基的躊躇的一連串變化。作者在〈鄉愁〉的開篇中表達了對於現代化以及技術的不確定性。在前往溫泉勝地的火車中，主人公深思著技術和文明之間的關係：

> 　　再也沒有像蒸汽火車氣喘吁吁地爬坡的時候，讓人覺得機械文明的無常了。雖然發明了這個機械的我們，可以完全利用這個機會獲得極為悠閒舒適的旅行，但是我們還是宛如置身於被拘禁的場域中，必須苦樂與共。……但是一旦被放入那細長的盒子當中，那就別無他法應該放棄了。（351）

觀感的轉變是快速的——從〈水癌〉中在日本訓練、最關心的是透過現代科學驚異的力量將病人從愚昧的迷信中解放，充滿自信的醫師，到被困在將自己所知的傳統生活無情地侵蝕的現代世界中，所能給予的「無可期」之約束僅僅是黑暗中遙遠的光明避難所的〈鄉愁〉的懷疑論者——是快速的。這些作品都在兩年以內完成。星名宏修所指出的從樂觀到悲觀的逐漸改變，事實上是曖昧的深層意識，以及衝突頑固地纏繞著他的人物，或許包括周金波本人（黃英哲　1994: 59-86）。

　　完全地聚焦於周金波初期兩篇作品，結果讓成為殖民勢力共犯典型的固定觀念成形。之後的作品顯示了對日本及台灣文化關係之間有了更微妙的觀點，顯示出周金波是一位更複雜的作家。在這些

作品中，我們看到矛盾的情感交錯是文化混種的典型產物——在渴望某件東西的同時，也渴望與其相反的東西之間，持續地動搖的情感。援引評論家霍米‧巴巴（Homi Bhabha）的殖民理論的話，兩義性所表現的吸引力，以及抗拒力的複雜交錯是大多成為殖民者與被殖民者之間關係的特徵。從周金波作品中可見到從早期所展現的與殖民論述的共犯關係，到後期出現的文化面，以及族群面的曖昧之間的變化軌跡。這個不確定性瓦解了他早期對近代化以及文明的殖民論述權威的信賴感。

　　深植於此作品中的鄉愁情緒，讓我們想起張文環的作品群整體懷舊的沉鬱是如此有效地成為其主要的比喻法。然而，與張文環筆下在牧歌式的烏托邦中發現心中的平和，以及諦念觀的人物不同的是，周金波的〈鄉愁〉所帶來的是某種喪失、迷惘，以及恐懼。故事開端於主人公敘述著對台灣的懷舊，而在結尾，其焦點則轉移成為對傳統台灣文化的鄉愁，以及對未來成為日本一部分的不安。在〈氣候、信仰與痼疾〉，以及特別是〈鄉愁〉中，周金波理解到（殖民地）現代化過程並不都是如此完全受惠的，同時也並不如〈志願兵〉中的人物張明貴所想像的，所做的選擇是如此清楚明瞭。吸收新事物意味著排除舊事物。但周金波在後來的作品，對於拋棄傳統台灣社會與文化有著躊躇。〈鄉愁〉可看作是對這個傳統世界的弔詞，但它令人極度悲傷的結局反映了傳統的台灣文化勢必將從這個世界消失。〈水癌〉和〈志願兵〉中熱切追求的同化理想，在神聖之國日本和台灣的歷史、社會，以及風俗之間大幅度差異的現實下，完全粉碎。

　　與其他兩位著名的皇民作家陳火泉和王昶雄的差別是，周金波在戰後就幾乎完全停止了寫作。在剷除文化漢奸（指提倡日本意識形態者）的氛圍中，周金波為了避免迫害而改姓母姓楊，時間有十年之久。他在本土台灣人與統治者國民政府之間的血腥衝突——

二二八事件中兩次遭到逮捕。雖然也參與戲劇及短歌創作的外圍活動，但他幾乎都專注於牙醫的執業上。[22] 周金波被認為是典型的皇民作家，他的作品被視為禁忌，幾乎很少在公開場合中討論。雖然他某些作品早於1979年已被翻譯成中文，但是從未出版。《光復前台灣文學全集》的編輯羊子喬透露了周金波的作品原來在一開始是在計畫中，已經排版並準備印刷，但卻在最後一刻以這樣的理由被撤回：「這兩篇作品，遠在一九七九年即譯成中文，原本要收入。《光復前台灣文學全集》第八冊的，居於編輯原則：寓褒貶於編選之中，凡是皇民化意味甚濃的御用作品，以不選錄來隱示我們無言的，寬容的批判。因此，縱使當時周金波的作品原本編輯完成，已打出校樣，還是拆版不用」（羊子喬　1993: 231）。

　　遲至1992年，台灣筆會會長鍾肇政在日報專欄當中提及周金波，但只有他的姓，名字則被塗黑。[23] 不久之後，台灣對周金波的興趣再度升高。雜誌《文學台灣》出版了周金波特輯。[24] 日本跟進，邀請周金波到台灣文學研究會和中國文藝研究會演講。[25] 而垂水千惠在台灣的日本語文學論文集中，以長篇幅討論了這位作家（垂水千惠　1995a）。

---

22 周金波於1953年創立青天台語劇社，並在1956年製作電影《紗蓉》（1958年
　　上映）。他也參與短歌創作團體，其短歌收入在《台北歌壇》與《台灣萬葉集》
　　（2[1988]）。參照星名宏修，〈〈気候と信仰と持病〉論〉，收入下村作次郎、藤
　　井省三、中島利郎、黃英哲編（1995: 434），以及垂水千惠（1995a: 62-63）
23 參照《自立晚報》（1992年5月31日）中〈筆會月報〉，當中他被稱為「周XX」。
24《文學台灣》（8[1993年10月]）。
25 周金波於1993年的兩次演講中打破長久以來的沉默。第一次是在「台灣文學研
　　究會」（1993年10月9日，於天理大學），講題為「談談我的文學」，第二次則是
　　在「中國文藝研究會」（1993年12月25日，於京都立命館大學），講題為「一路
　　走來」（私の歩んだ道）。兩次演講內容都刊登於《野草》（54[1994年8月]），
　　並成為理解作家周金波重要資料的代表。

## 成為皇民之道：陳火泉

　　周金波完全消失在戰後台灣的文學界，但是另一位代表性的皇民作家陳火泉（高山凡石）則轉換了一條完全不同的後殖民道路。陳火泉在後殖民時期繼續創作活動，成為活躍的散文家和小說家，1980年，他「因在日本占領極為困頓的環境下支持中華文化」而贏得聯合文學獎，兩年之後，國民黨政府授予國家文藝創作特殊貢獻獎章，陳火泉的名譽完全回復。

　　陳火泉最為人所知的作品〈道〉[26]中，皇民化運動理論的核心部分受到嚴格的檢驗。這個故事簡單並且平鋪直敘具有皇民文學的標準架構。這部作品以皇民化運動蓬勃發展時期作為舞台，描寫一個台灣人對日本人身分認同的掌握。關於此篇作品之後的評論，暴露了後殖民脈絡複雜的政治謀略。

　　〈道〉的主人公是台北一家日本樟腦會社的基層技師。他總是認為自己是「堂堂正正的日本人」，並且決定不讓「身為本島人」的理由阻礙他在公司的前途。他創作俳句並且擁有俳號「青楠」。他因為提升公司產品所導入的技術受到上司的讚賞，同時被命令著手創作論文〈皇民之道〉。他非常「工和」──以當時的語彙來形容──積極成為模範的「皇民」。他認為「日本人並不是因為單單有日本人血統所以才成為日本人，那是因為他們從小便被教導傳統的日本精神所以能夠顯現真正日本的精神」（中島利郎、河原功編 1999, v. 5: 40）。

　　當升遷的時期來臨，他熱烈期望升遷工程師的期待落空了。同

---

26〈道〉首先於《文藝台灣》（6[3][1943年7月]:87-141）出版，引文來自中島利郎、河原功編（1999, v. 5: 9-89）。

時當他聽到他所信任的上司的輕蔑發言：「台灣人不是人」[27]時，青楠面臨了身分認同的危機。他感嘆：「菊花是菊花，花是櫻花，而牡丹則不是花了。」[28]所重視的價值崩潰將他推入深深的挫折深淵。有一天，他躺在床上自怨自艾時，發現在身心交瘁的此刻，正以自己的母語台灣話，來撫慰受傷的自尊心。從挫折當中恢復，他理解到只要用台灣話，以台灣人的身分思考，那麼他便無法當個真正的日本人。成為真正日本人的唯一途徑，他的解決之道便是以日文思考、表達，以及書寫（「国語で思い、国語で語り、国語で書く」，我們必須注意到在此他使用了「國語」一詞而非「日本語」）。很快地，當志願兵制度的申請在所有的殖民地實施時，他留下妻子、四個孩子，以及訣別的俳句，熱切地加入軍隊準備到南洋征戰。

　　這篇小說於1943年刊載於《文藝台灣》，即使紙張短缺，這篇小說仍然被全文刊登並幾乎占據了所有的版面。濱田隼雄和西川滿在附加於小說最後的短評當中，表達了他們對此作品極大的熱切期盼。濱田隼雄提到讀了三次這篇作品，每次都被感動得熱淚盈眶：「我從未被台灣文學如此地感動過……有任何作品能夠如此地描繪出皇民的內心嗎？有任何作品能如此生動地流露出皇民所經驗的苦痛嗎？」[29]即使大量地訂正了陳火泉的錯誤文法，濱田隼雄仍舊讚賞這篇作品是「台灣文學前所未見的，是一篇能夠反映目前台灣獨特的皇民文學」，並且更進一步地宣稱「我從此篇作品預見了台灣文學的新範疇。就這點而言，我完全為此作品著迷」。西川滿一開始

27 「人」一字在此篇小說初次出版時是空白的。戰後，當陳火泉將此篇作品翻譯成中文時，他自己將空格補滿。

28 在日本詩歌當中，「花」通常指的就是櫻花。牡丹則與中國有關，此處代表的是他自己的中國人身分。

29 參照中島利郎、河原功編（1999, v. 5: 64）中，〈小說《道》について〉。

對此篇作品抱持懷疑的態度，之後給了極為肯定的反應。他愉快地
回想起當初陳火泉與他索取執筆用的稿紙時，他鼓勵他投稿給《文
藝台灣》的往事。

　　伴隨著兩位地方文壇領導人物的讚美，〈道〉吸引了來自不同
領域的注意與讚美。陳火泉接著在下一期的《文藝台灣》發表了另
一篇短篇小說〈張先生〉，[30] 同時也以他的新日本名高山凡石發表了
許多隨筆。〈道〉與〈張先生〉同時再版並收入《皇民叢書》第一
卷。這一卷的介紹由西川滿執筆，署名為「皇民文學塾同人」。

　　〈張先生〉的故事中所設定的樟腦公司來自陳火泉個人的生活
經驗。從工業學校畢業之後，陳火泉在總督府專賣局任職，並因為
對於樟腦蒸餾技術的貢獻而得到日本首相的肯定。但是這個設定在
殖民地經濟政策當中扮演更重大的意義，特別是與中國的戰爭更加
激烈化，以及與美國發生戰爭後。當時樟腦不只用來製造芳香劑與
藥品，同時也用於軍事目的，例如製造無煙炸彈。天然樟腦只生產
於中國與日本，但是當德國在第一次世界大戰開始製造合成樟腦，
日本的殖民地政府決定以全球市場為對象開拓殖民地的資源。1930
年台灣成為全球最大的天然樟腦供應地。[31] 隨著軍需設備增強，所有
的戰爭物資需求包括樟腦，急速成長。緊縮的經濟狀況和皇民運動
的壓力，形成了陳火泉〈道〉產生的文脈。

　　〈道〉的主人公認為達成了兩個使命：因應戰爭協力增加產量
所做的努力，以及發自內心底成為皇民。

　　　　他認為自己是個優秀的日本人。「內地人」與它的相對
　　　　詞「本島人」的語感讓他非常不舒服。如果內地人的話便

---

30　參照《文藝台灣》（6[6][1943年11月]: 53-62）。

31　關於殖民時期樟腦工業簡史，參照石輝然（1999: 71-74）。

會⋯⋯，本島人則會⋯⋯像這樣的想法，他認為那是愚蠢的。
（中島利郎、河原功編 1999, v. 5: 32）

主人公被描繪成「有著虔誠的靈魂」。對於他發明新機械的執著，可看作不只是科學的嘗試，同時也與他所努力看齊的日本精神一致。

　　本來機械的發明以及裝置操作的改良構想是所謂科學頭腦的工作，東洋，特別是在日本，自古以來以對於頭腦以及五指的訓練為戒，而尊重膽識以及魂魄的練成。不用說像凝聚日本精神精髓的日本刀，其他如繪畫、雕刻、茶道、花道等所有的藝術也是相同。面對工作的態度，或是齋戒沐浴，或是禪坐靜坐。特別在西洋有人生苦短，藝術永恆的格言。所謂的藝術並不只限於對繪畫、文學、美術工藝品，而是只有當對自己的工作注入心血魂魄，嘔心瀝血時，真正的技術——鬼斧神功的名作才因而誕生。（12）

此處主人公檢討了建構皇民模範的第三要素——必須伴隨著手與腦的具體行動，但卻難以捉摸的「日本精神」。諷刺的是，雖然主人公透過不斷的努力達成了肉體上與知識上的目標，但仍難以被證明擁有真正的日本精神，這顯然不是因為他的努力不足。主人公精通各種日本詩歌傳統。故事一開始，他在酒吧遇見一位陌生人，他們一起飲酒並愉快地談話。當青楠引用江戶時期俳人芭蕉的詩時，日本人不認識這首詩。反之，這個日本人開始對他說明日本人的本質所在。半酩酊的狀態下，他告訴青楠：「所謂日本精神就是死亡。為祖國歡喜犧牲，這不是很偉大嗎？不是很光榮嗎？」（15）
　　這一番話粉碎了主人公獨斷地認為能夠透過身體行動、精神轉

變，以及「日本精神」養成而成為皇民。這個過程的殘酷是遠遠超過他願意面對的。最後，青楠理解到終其究仍然是回歸到血液，以及有無流血意願的問題。與生俱來的血脈連結，並不是天生非日本人的主人公所能控制的。如同日本人被要求為他的國家所做的，透過為國家流血，他認為或許能夠避開民族這個無法度過的峽谷。然而他認為日本身分認同所採取的最後行動，就是加入日本軍隊前往前線。例如〈志願兵〉或者〈道〉中主人公這樣的殖民地臣屬所遭遇的苦境——企圖成為日本人但卻又無法得到日本宗主的承認——象徵著日本殖民主義一貫的兩難境地。

　　戰爭的意識形態基礎是揭櫫東亞人民利益共有、同化，以及日本化終極目標的大東亞共榮圈。[32]但是帝國本身是以天皇本人及其子孫的日本人民為中心。與天皇沒有基因關聯（無論是真是假）的殖民地臣屬要如何成為日本人血族的一部分呢？雖然部分自由主義者認為，特別是受儒家文化影響的東亞地域臣屬，「雖然不能說是日本人但是有可能成為日本人」，但是皮亞提（Mark Peattie）主張日本政府「從一開始就意圖讓被殖民者的啟蒙與進步在帝國內部占有的地位是被限定的，讓其地位與整合性明確地是劣勢的」。[33]與亞洲諸鄰開啟戰端，由於必須動員殖民地人力協助戰爭，殖民地臣民急進地要求日本民族接受自己成為帝國公民的狀況下，加深了此地位的內部矛盾。相似的矛盾也在提倡以人種為基礎的國家語言，Kokugo（國語）為大東亞共同語的殖民地語言政策當中所發現。結果，雖然殖民地臣民被保證具有與「宗主國日本公民在自由以及經濟機會等同權力」的地位，但羅伯森（Jeniffer Robertson）指出成

---

32　關於同化政策，參照Peattie和Myers（1984: 39-41, 96-104），以及Lamley（1970-1971）。

33　參照Peattie和Myers（1984: 40）。皮亞提指出這個觀點發展過程當中優生學概念，以及社會達爾文主義的特徵。

為帝國臣民「並非無條件一蹴可及的」（Robertson 1998: 92）。

身體上的差異在製造他者的過程中，通常是不可或缺的，日本人在區分與其殖民地臣民的差異上，或許被期待扮演著一定的角色（Fanon 1961; Glissant 1989）。殖民地的臣民性大概都以身體因素為中心所建構的。以色差為基本的概念，例如膚色基本上的差異，是西方殖民經驗的中心。整體來說，日本的亞洲殖民地住民與日本人的膚色、髮型或是臉部特徵並無明顯差異。欠缺外在差異，日本人在殖民者和被殖民者的差異論述焦點，便以「純血統概念」取而代之。三浦信孝（2000: 454-56）將「血的權利」定義為主動保證同化的辯證主張。事實上，兩種理論的不協調發展成為政策的論爭。小熊英二（1995）指出鼓吹血液純淨的原則下，厚生省（其受到優生學強烈影響）受到殖民地政府強烈反對，因為他認為這個主張威脅了徵兵制度和皇民化宣傳。

陳火泉在〈道〉中與如何成為日本人的問題纏鬥，與周金波在〈志願兵〉中如出一轍。在陳火泉的小說中，青楠嘗試了兩個方法，物質面貢獻——促進戰爭協力的工業改革形式，以及精神素養的耕耘——讓自己浸淫於日本文學和文化。但是兩者都是不足的。在日本人優於其殖民地臣屬的意識形態正當性的高漲下，陳火泉與周金波為了解決這兩難的境地，讓其作品中的人物志願加入日本軍隊的安排並不讓人驚訝。唯有透過為帝國服務流血才能夠對抗日本人認同的「純血」主張。當青楠出發前往戰地時便預知了自己的死亡，要求在他的墓誌銘刻上：「青楠居士長眠於此，生於台灣長於台灣，成為日本臣民之後死去」（中島利郎、河原功編 1999, v. 5: 63）。

我們可以想像這個故事當中狂信以及浮誇的修辭（其他許多皇民小說也相同），對於殖民時期修辭中的正義感到不快的戰後日本人，以及後殖民的台灣鄉土派而言，是極為尷尬的。許多作家將陳

火泉定位為協力者並且將他的作品視為政治上的禁忌，其他者則將
他們視為庸俗可笑不值得研究的平庸作家。雙方陣營較喜愛被認為
有著服從與不服從相互矛盾糾葛的書寫，例如呂赫若與張文環。如
垂水千惠便認為，主人公毫不避諱臣服的欲望，使得陳火泉不過是
成為皇民運動的代言者。對照起周金波與王昶雄微妙的愛恨交織，
她認為陳火泉似乎缺乏了對自己的本土身分認同之自我觀照，得出
的結論是陳火泉屬於三者當中較不成功的作家，並主張他的作品沒
有解讀「反抗」痕跡的可能性（黃英哲 1994: 93-97）。林瑞明則堅
持如果〈道〉的結尾是主人公了解他絕對無法成為真正的日本人，
那麼仍有著成為反抗文學作品的可能性（1993b: 238-44）。

　　星名宏修（1994a: 45-47）則相信〈道〉同時既是「皇民文學」
也是「反抗文學」。他主張在小說當中作者的意圖和文本的影響之
間有著極大的差異，因此使得這部作品比起皇民教條的典型例子是
更發人深省的。星名宏修同時強調了大部分評論者所忽略的一點：
階級背景。比較陳火泉與周金波，星名宏修指出周金波出身特權和
菁英階級，十幾歲起即在東京與日本人一起居住並受教育。相反
地，陳火泉在殖民地時期從未離開過台灣（在殖民地作家當中是異
數，因為他們大部分都在日本受教育），並來自貧窮的勞動家庭。
他與日本人直接的接觸僅限於工作上的同僚和上司。對陳火泉而
言，成為日本人意味著社會地位的移動性。而實際上，〈道〉的出
版使得陳火泉一夜成名。這篇小說被提名角逐日本最高榮譽的文學
獎「芥川賞」。[34]諷刺的是作家陳火泉與主人公青楠都是透過文本而

---

34 根據《文藝春秋》（22[3][1943年3月]）所刊載關於第18屆芥川賞的文章，當中
　提到最後從十篇提名作品中選出最後的四篇。雖然〈道〉沒有進入最後四名，
　但評審之一（岸田國男）提及此篇作品是最後十篇作品其中之一。參照林瑞明
　（1993b: 259）。

達成目標。社會階級因素經常在討論皇民文學時被忽略。但它瓦解了作家中對殖民論述抵抗所建構的、清楚的二元對立基礎，但對於解釋集團當中的多樣性是有益的因素。

　　並非所有的殖民地文學文本都是反殖民主義的。誕生並成長於屬於大日本帝國一部分的台灣，陳火泉小說的主人公是在此環境下的產物。雖然或許他在家中使用台灣話，但是他的學校教育完全使用日文，日語是他知道的語言。在這樣的環境所生成的混淆性身分認同，在後殖民研究中成為龐大議題當中的主題，但是這樣的身分者並未得到作家應受到的尊重。對陳火泉而言，日本化等同於現代化。他的本土台灣話沒有書寫語言，而他也從未受教於中國官方國語，即北京話。如此一來，這篇作品的一個解讀可能性，是一位雄心萬丈的年輕人對於日本帝國賦予所有亞洲人民機會的論述嚴肅看待，並積極追尋日本所承諾的位置。由這篇作品受到台北日本文壇的吹捧讚賞看來，這個文本的表面解讀是有效的。

　　這個文本的另一個不同解讀是，暗示了太平洋戰爭之後，日本及其原來的殖民地的殖民地時期日本語文學都覆蓋著沉默的面紗這個事實。在殖民地後期，「皇民文學（以及作家）」一詞等同於某種認可與地位。戰後，台灣回歸成為中國的一部分，而1949年共產黨在中國樹立政權，台灣成為國民政府的正統中國唯一僅存的一小部分。陳火泉順應新環境開始學習北京話並以新語言寫作。他前日本人經歷的過去從未完全被遺忘或原諒。終於在1982年，國民政府的文學界頒授獎項以表揚他長久以來的耕耘和多產的成就，他的名譽也因此被正式回復。但開始著手再發現占領時期的台灣，並將這時期的文學納入新的台灣文學史實，並不能讓本土以及新世代的後殖民時期學者喜愛他。陳火泉在被回溯殖民期的最新文學選集中有系統地被排除。更耐人尋味的是，這些選集提供給現代讀者的卻只有日本語文學的中文翻譯。台灣的日本語文學遺產仍然大多曖

昧不明。[35]可見當時抵抗外來政權占領的本土作品才被認定其價值。

〈道〉可被解讀為顛覆日本語文學經典的文本。陳火泉的文本中顯現主角所製造的焦慮，背道而馳的欲望，以及解放感是真實且值得檢討的。這個文本或許可被視為與魯迅〈阿Q正傳〉（1921）是同質的。如同陳火泉小說的主人公，屈從及自我欺瞞的阿Q呼應了霍米・巴巴「殖民地擬態」論述，成為受虐性諷刺文學的中心。「殖民地擬態」明白顯示了宏大論述中宗主國規範的觀點，以及其扭曲的殖民地（錯誤）模仿之間的乖離。「幾乎相同，但不完全一樣」的不確定感支撐著陳火泉作品中的反諷（Bhabha 1994: 95）。在莎士比亞的《暴風雨》中，在米蘭達──布斯佩羅的女兒，以及塔利班──布斯佩羅島上一無所有的（原）住民──之間有一場著名的爭辯。當米蘭達責罵塔利班對她辛苦教導他語言一事不知感恩時，他回應自己受惠於她教導的是他能出言咒罵流利無礙。這就是莉拉・甘地（Leera Gandhi 1998: 148-49）主張的「塔利班典範」，也就是「皇民」的回嘴。

在殖民地脈絡中，人們經常認為使用支配者的語言是臣服的象徵。但卻忽略了這個行動所可能伴隨的強大力量。當陳火泉的小說以具喜感的滑稽來解讀時，象徵性地表現了「使用」抗議殖民主義文化語彙的邏輯，而非對殖民主義文化語彙的邏輯抗議。雖然在戰後的文章中，陳火泉宣稱是以諷刺的筆觸書寫，但是我們對於他創作〈道〉的意圖永遠不得而知。單刀直入及諷刺性的解讀皆具可能性，也許兩者都有效。但是這部作品評價的轉變，的確能告訴我們許多有關日本語文學容易受到政治力的影響。

---

35 其中的曖昧矛盾可見於最近關於小林善紀的台灣殖民地史漫畫《台灣論》，特別
   對於已經在日本年輕世代當中喪失，但卻保存於殖民地的「日本精神」予以肯
   定。參考小林善紀（2000）。

這裡所討論的兩位皇民作家都有著循跡相近的道路，周金波最初的兩部作品〈志願兵〉與〈水癌〉中熱切的皇民化修辭塑造他成為這個領域的典型作家，雖然他在之後企圖與皇民文學保持距離。[36]陳火泉的〈道〉使他成為皇民作家代表性之後，立即開始使用日本名並積極地參與皇民化宣傳。[37]周金波在戰後隨即封筆，而陳火泉仍然創作不輟，最後回復了名譽。對此兩位作家的批判仍在進行當中，或許在短時間內無法有定論。反殖民主義的歷史與台灣民族主義混淆的例子是如此之多，所以使得反對皇民文學的根據是建立在其不愛國之上。這些文本未必對於評論者和歷史學家訴求愛國議題，但卻無疑地對於後殖民時期的讀者是有趣的現象。與之前的章節所探討的對於本土身分認同有強烈忠誠度的本土作家不同的是，皇民作家們在文化性的舉棋未定，以及多樣的屬性成為他們所在歷史時刻的特徵。在建構新的身分認同過程中，他們對文化差異有意識的操作以及曖昧性，有時是令人沮喪的，甚至是令人同情的。但是認識文化的多重聲音，以及主體性複雜程度的現代讀者，應該能夠發現這個病理狀態的多重詮釋。

## 在台日本人作家——不被質疑的現代性

到目前為止所探討的皇民文學都以台灣人作家為主，但是在台日本人作家也同樣參與了這個論述。他們共同創造了與地理位置緊緊連結且高度消費意識形態的文學，而這不同於當時內地所流行的

---

36 在〈被創造的「皇民作家」〉（つくられた『皇民作家』）中，中島利郎（1999）主張不應該將周金波歸類於皇民作家。

37 參照例如在〈道〉出版數月後於台灣決戰文學會議（1943年11月13日）的演講「關於皇民文學」（皇民文學について）。在演講當中他重複小說中展現的情感。見黃英哲（1994: 33-34）

都會戰爭文學。[38]

　　皇民化運動始於1937年，1940年初期已經成為島上主流的文化論述。沒有任何作家能對其視若無睹。即使是殖民文學圈中曾經強調殖民地浪漫書寫的知名作家西川滿、濱田隼雄及島田謹二，也都間接經過了稱為「自我改造」的過程（井手功 1999: 97-100）。

　　寫於日本攻擊珍珠港之後的愛國詩〈一個決心〉，[39]西川滿宣稱自己個人對西方已經宣戰，並宣誓將以自己的文學為戰爭協力做出貢獻。這個「自我改造」與早在十年前為了背棄作品當中的馬克思主義元素、許多普羅作家所經歷過的「轉向」相呼應，意圖動員殖民地所有作家促進皇民化的同化運動。雖然西川滿並未完全放棄他的浪漫書寫，但是依照當時的社會背景，他的確開始創作一系列作品，從浪漫與詩情轉向歷史。他的《採硫記》應徵用作家計畫而寫成，[40]勾勒出台灣島上前殖民及殖民地時期，硫礦採集史的藍圖，以便強調硫礦之於國防的重要性。西川滿也寫了關於鐵路歷史。他最長篇的現代歷史小說《台灣縱貫鐵道》，即以此為殖民地現代化的象徵記號。

　　其他的在台日本人作家則檢視了比較屬於個人層次的同化課題。新垣宏一的系列作品──〈城門〉（1942）[41]、〈訂盟〉（1942），以及〈砂塵〉（1944），聚焦於本島人在皇民化運動後其社會生活

---

38 與許多文學語彙相同，「皇民文學」的範疇在完全確立後，才適用於此類型作品。在其研究領域當中，井手功指出「皇民文學」第一次出現在1943年5月《台灣公論》中田中保男的文章。一開始這個語彙並不嚴謹，但隨著戰爭的進行而開始普遍。陳火泉的〈道〉則是第一篇被確實認定的皇民文學作品。見井手功（1999: 100-103）。

39 參考《文藝台灣》（5[3][1942年12月]: 10-12）。

40 在《文藝台灣》（3[6][1942年3月]: 76-95）、（4[1][1942年4月]: 68-87），以及（4[2][1942年5月]: 108-31），參照中島利郎、河原功編（1998, v. 1: 359-422）。

41 參照《文藝台灣》（3[4][1942年1月]: 58-70）。

上的變化。〈城門〉批判無法跳脫傳統轉變以進入新（皇民）生
活。〈訂盟〉則以台灣的傳統婚姻為題材，間接地反映封建家族制
度。〈砂塵〉描寫（在日本）受新式教育的年輕人與其雙親之間的
世代鴻溝。在這些故事當中，皇民化運動被形塑為以現代化為目的
的運動——其任務的崇高和方法都是無庸置疑的。濱田隼雄的〈草
創〉[42]（1943）也有異曲同工之妙。當中描寫了世紀轉換時期現代糖
廠驅逐了本土蔗農。當皇民文學的本土作家執著於族群和文化認
同，來自《文藝台灣》的日本人作家則強調現代化的成就，並鮮少
質疑同化政策的方法。競爭對手的《台灣文學》陣營避開了這種創
作類型。但是根據井手功的研究（1999: 108-109），此陣營的作家
如中山侑（1909-1959）仍然受到國家主義情感的影響而呈現期望
日本強盛、所向無敵的欲望。

　　除了陳火泉，所有作家都因為地理位置的變化而經歷了文化
認同的錯置。他們對於這個錯置的反應是多樣化的。皇民化文學
在當時的時間脈絡與殖民地環境中並沒有反映獨特的議題或世界
觀。反之，它確認了「既無單一的帝國計畫或者是另一個單一的對
應，而是一路上伴隨著停滯與分裂，不同的競爭歷史痕跡與變化」
（Breckenridge and van der Veer　1993: 10）。

---

42 最初在《文藝台灣》發表，從1943年4月至1944年6月分8次連載；參照中島利
郎、河原功編（1998, v. 4: 249-396）。

# 復甦的聲音

1868年的明治維新使得日本再度進入17世紀初期退出的國際社會。倏地日本了解到他必須面對入侵亞洲的歐洲殖民強權，同時主張自己的權利，否則便有成為歐洲強權統治的偏遠殖民地後進國的危險。日本必須促進經濟與軍事現代化，訓練一批具有國外世界常識的專家，同時必須建構足以主宰區域的現代強權。日本致力於近代化，將菁英人才送到國外，他們從現代世界各個角落帶著現代殖民帝國的眼界返國。

在這些專家的監督下，日本開始急速地展開現代化與擴張的腳步。首先將艾努人所居住的北方區域、沖繩人的琉球群島納入政府的直接掌控下以便鞏固政權。投射其帝國之眼遍及亞洲，日本人計畫更進一步擴張，西至亞洲大陸，南至太平洋邊以及南太平洋諸島。琉球成為經由台灣到菲律賓以及東南亞擴張途徑的指標。於1876年歸屬的小笠原群島，引領日本人至密克羅尼西亞。南進的夢想在擴張日本帝國遠大計畫中隱約顯現，創造了如此的南洋形象——蒼鬱豐饒的土地居住著原始但友善的土著，有著奇特的習慣與如畫一般的民俗藝術，宛若揮灑出帝國夢想的畫布一般。

南方，事實上與廣大的領地息息相關，包含各式各樣豐饒的農地，杳無人煙的叢林，疏離的環礁，與繁忙的貿易中心。南方的人

們的確包含了未開化的部落民，不過卻證明了原始的人們比起原來想像的更加複雜。密克羅尼西亞提供了裸露胸膛的女侍供上海洋物產的烏托邦式形象。但是真正的野蠻人卻被發現近在眼前，就是居住在日本第一個殖民地台灣山區的原住民。這些獵首者──在偶然的情況下殺害了不幸與他們偶遇的日本水手與商人，對日本都會的大眾而言，成為原始的最純粹無垢樣式的原始象徵。他們所共同居住在島嶼上的漢族──曾經改造日本的古老文化繼承者，與原住民完全不同；是都會性的，居住於定點的，受過教育並確信自己的文化認同。

　　日本在整個殖民時期所面臨的挑戰，便是如何融合各式各樣的民族與地域成為內部單一調和的整體。這個任務顯然地與從群藩割據的前近代日本建立的國家特徵相同，雖然在建構的過程當中他們並未因為擁有共同語言或者歷史因而受惠。某些相同的意識形態手段被用來解決新的問題，即使如此，基本上仍然是軍事征服──凝聚政治團結力，以及掃蕩任何公開反天皇的勢力。天皇的象徵被動員，提供單一且強而有力象徵的忠誠，類似英國君主制的功能。以天皇為中心的神道信仰再度復活，提供日本國家普遍統治的意識形態正當性。在單一語言普及之後，帝國所有社會經濟及文化層級的人們，必須學習日本新近規制的標準語言──創造普遍性的溝通手段，以及語言特性，以便能表達重要的意識語彙如「忠誠」和「為普世的美德犧牲」。最終，此時期日本的自我認同創造了日本在亞洲諸國中一個普遍的人種，以及文化遺產的日本形象，也就是結合了整體成為對抗西方的形象。

　　日本的殖民政權企圖將散布在各地的殖民地改造成為日本內地。大量的現代化基礎建設，包含了促進經濟快速成長的現代交通工具和聯絡網絡。雖然帝國的大部分範圍都處於日本正式法治網絡之外同時聽命於當地駐在總督的指示，但日本的法律原則、正義與

個人權利的概念，以及法庭委任誠實的法官系統都徹底實施於整個帝國。當日本的衛生標準及西方醫學遍及日本版圖的所有角落，公共衛生的積極改善也延長了人的壽命，以及減少了許多傳染疾病。醫療的改善也促進了對世界的現代化與科學化更進一步的理解，而這對於傳統迷信有了威脅。同時精心設計的教育體系促進了日本式的世界觀，雖然這在促進各地方的知識與學識上是更成功的。[1]

　　雖然日本的殖民主義之建立並非來自人口壓力的移居需求，但許多農民移民到例如滿洲等地，而許多形形色色的集團，如企業家、貿易者、商人、教師、詐欺者、賣春婦，以及勞動者都來到或者是定居在殖民地。他們在殖民地創造了日本定居者共同體，透過定期輸入日本食物、書籍、報紙，以及其他的日常生活用品，成為典型的疏離日本卻又維持了日本式的生活方式。但也有相當罕見的例子，如土方久功在南洋「土著化」，娶了原住民妻子，學習當地語言企圖融入當地。

　　雖然日本殖民主義的主要意圖，是將殖民地複製成為現代日本，一些日本在地居住者更偏向於融入殖民地當地文化，成為嶄新並且更加多樣化的日本。西川滿便是例子之一。他對於台灣文化的東方主義式憧憬促使他終其一生致力於捕捉台灣文化於紙面，其最終目的是希望能將其轉化進入日本並贏得大家的喜愛。西川滿是國粹主義者，同時透過皇民化運動支持同化，從他眼中看來，所有台灣的公民都應該學習日本語，遵循日本習慣同時認識天皇的特殊位置。但是他也看到了地方傳統的價值，並視台灣文化將成為新地域日本文化的一支，而不像是他的故鄉會津的地方文化，或是法國南部的普羅旺斯文化。

---

1　例如，反思之前所引用的佐藤春夫之評論，敘述將大都會以及天皇的概念傳達給原住民的困難。

　　日本帝國以及強制性的同化政策給他的殖民地臣民帶來一個難題。他們應該如何對應拋棄自己固有的文化，同時適應新文化的要求？對於台灣的原住民而言，同化帶來許多益處——特別是晉升為現代國際世界的一部分——但是對於以狩獵群聚經濟為主的部落生活而言，這樣的躍進實在是太大了。在中村地平的〈霧之番社〉（霧の番社）中，我們看到原住民在這些課題中掙扎，但中村地平相信他們應該會迅速地接受同化的想法或許太過樂觀。如薩拉茅事件或是霧社事件的突發暴力衝突，對於原住民與日本人之間無法橫越的文化代溝是比什麼都清楚的象徵。多數族群的漢族對應長達半世紀的日本占領有數種方式。初期為武力蜂起，但於1915年遭到大舉鎮壓。1920年代則有兩種對應。例如與大陸有著聯繫並深受中國傳統影響的張我軍，提倡採用中國北方官話——國民政府所提倡的國語——來維持台灣的中國傳統，以及創造能廣泛普及並使用於現代小說創作的現代白話。有趣的是，張我軍本身是日本文學學者，同時受到言文一致運動的啟發。

　　而當代另一個目標迥異的運動則為自治宣傳。主要為台灣菁英所組成，由富裕的地主林獻堂所領導，為自治以及自制法律權利請願的菁英們在日本帝國內部尋求安全的庇護所。明治憲法當中毫無法規支持他們的立場，而他們的努力持續地為掌握絕大獨立權力的台灣總督所阻撓。雖然這並非文學運動，但此立場促使台灣人在日本人的世界繼續活下去並發揮功用。

　　1930年代目睹了台灣知識分子新世代的興起——全盤接受日式教育，同時與過去的中國淵源極淺。有些人為目前為止沒有書寫文字的語言發展書寫系統，尋求以台灣話創作文學，而這第一波鄉土文學運動在日本政府的嚴禁之下戛然終止，只有一點點收穫。

　　另外一群作家，在日本接受教育，同時受到普羅文學運動的影響，接受日本統治但卻要求社會正義。楊逵以〈送報伕〉（新聞配

達夫）開始了寫作生涯，是關於台灣少年為了維持生計在東京工作的故事。雖然他的家人在台灣飽受壓榨，小說的焦點卻在於主人公如何在日本掙扎生存，而這正是所有受蹂躪者的象徵。楊逵之後的小說，如〈水牛〉和〈泥娃娃〉（泥人形）完全以台灣為描寫主題，當他們指出勞動階級遭受日本殖民政權的壓榨時，也包含了對已經式微了的傳統中國社會之批判。呂赫若同樣地在小說〈牛車〉中也進行了社會批判，但是他最膾炙人口的小說，如〈鄰居〉或者〈玉蘭花〉都聚焦於日本人與台灣人之間個人頻繁的互動交流。

當政治壓迫隨著戰爭的擴大而高升，在這之前大部分的活動，包括左派主題以及以台灣話寫作的實驗都被禁止。皇民作家於1940年代初期出現，描寫他們所居住的日本知識分子的世界與台灣的根源之間尋求妥協的困難。這些作家接受居住在日本帝國以及逐漸日本化的社會，但他們要求的是成為這社會一分子所享有的參與權和特權。由於對日本的認同感使得這些作家偏頗地批判自己的文化，同時不斷地反思如何將自己的文化提升至和宗主國「平等」——這是其他殖民地狀況中常見的「自我厭惡」。在渴望成為日本帝國一分子的論爭中，周金波的〈志願兵〉和陳火泉的〈道〉所關注的，就是完全融入日本知識分子世界的一分子其公民權的正當性，或者是以行動表示奉獻以及恭順將會是最具資格宣稱為日本人。最後，日本人種基礎的族群自我中心概念使得這些志願者感到沮喪，唯一的選擇便是為帝國流血奉獻，以抗議自己的身分。

國家認同是在文化和歷史的結合之下所創造出來的，經過長時間的結果會有改變，特別是在典型的政府主導下，文化和歷史會有變化，同時對於改變會產生抵抗。台灣在20世紀前半期經歷了身分認同轉變的痛苦掙扎。台灣社會——由深受漢族文化影響的少數原住民，以及在名義上對中國忠誠，但卻享有較多自治權的大多數漢人移民所組成—— 1895年被收編進入日本帝國，開始了為期五

十年的漂泊旅程，而在1940年代畫下休止符，時值正進入轉變成
為日本人邊緣的社會。1945年重新為中國統治使得這個過程完全
翻轉，倒置了價值觀與當時世代的世界觀，同時也顛覆了許多政治
家、作家和思想家的歷史判斷。

　　日本殖民帝國文學是這個狂亂年代的倒影。日本作家與評論家
的作品暴露了殖民者對異族仍在他們控制之下的態度。日本作家與
讀者對原始和異國風情的憧憬形塑了他們對原住民的觀點。雖然在
政治成就、文學和藝術傑作歷史上缺席，但透過對朦朧記憶的美學
以及浪漫曲折的素樸民俗藝術之憧憬，漢族（與韓國民族）也因而
占有一席之地。

　　被日本殖民的台灣文學，相反地，在定格的時間中，呈現了一
個在文化轉換過程中與身分認同、族群和國家等問題格鬥的交錯區
域。從各自不同的立場書寫這個時期兩個國家文化如何爭向對台灣
人表示忠誠的後殖民評論家，都過於性急地責難台灣對日本認同的
轉換是過於樂天或是過於徹底，或者在中國的宗主權恢復之後也無
法放棄日本認同——因為「殖民地懷舊」。這樣的批判性質是過於
本質化的：他們只見到兩種單純的形式——中國人與日本人——而
這是耗盡了台灣人身分認同的可能性。這否定了台灣人其他的可能
性。無庸置疑的，他們在占領期間被日本的教育、法制、政治和經
濟系統所形塑，就如同之前的清帝國以及之後的國民政府統治下被
形塑一般。台灣人民的責任便是從形形色色的族群意義——與他們
關係最密切，最適應於社會以及他們所生活的時代——當中做選
擇。他們創造了反映雙重文化遺產，同時面對起因於他們所處的特
殊歷史環境而無可避免引起的身分認同、現代化和傳統等基本問
題。本書最主要的目的之一便是讓他們發聲——以一位客觀但具同
情心的讀者與他們互動，知覺到影響他們書寫的力量但絕對不願意
將他們的創作貶為只是來自外部壓力的反動。

　　這個部分的文學史顯然有著較大的後殖民研究範疇。慣常性的模式便是本土文化代表著被壓制的被殖民大眾，而外來文化則代表了統治的殖民者。日本帝國中的南方代表著更複雜的圖騰。首先區域的殖民史是複雜同時是多層的。起初台灣原住民被葡萄牙與荷蘭殖民，接著是漢族的移民，然後是日本，最後則為中國國民政府。同樣在南太平洋和印尼，較晚到來的日本帝國必須處理之前殖民者所遺留的社會和文化問題。第二，被殖民者內部有許多差異：某些過著傳統生活的山地原住民，與平地原住民和漢人同化時，便完全陷入文明的陷阱過著都會的定居生活。最後，是各種文化的歷史關係——特別是中國和中國文化幾世紀以來對日本的優勢立場——無可避免地，影響了啟蒙的殖民者和愚昧的被殖民者——這是日本企圖確立的殖民臣屬─的關係。這樣的焦慮在教育界特別明顯，日本的教育者通常厭惡教授漢字和漢文，這是日本文化的本質元素——給他們的漢族臣民，因為那會導致對自己文化的優越性產生懷疑。

　　這個研究在後殖民研究廣大範圍的意涵，使我們對於人種、性／別以及社會階級的理解是有深遠意義的。整體而言，柄谷行人為日本辯護：日本殖民主義是特殊的，因為他將殖民者本質上視為與被殖民者是相同的。所有的民族並沒有人種區隔——因此幫助亞洲在面對西方侵略時能團結一致。比起差異，此處的人種認同主張是用來為殖民大業服務的。即使如此，我們仍然可以目睹，特別是皇民作家，同化最深的殖民地臣屬與殖民者仍然有著決裂性的鴻溝。

　　殖民地關係中的性／別化本質，通常殖民者在此中所扮演的支配性男性角色，是由日本人男性和台灣人女性之間的殖民地邂逅——無論是日本警察的原住民妻子，或是西川滿〈稻江冶春詞〉中的藝旦愛人——所背書的。但林芙美子在戰時殖民地生活回憶錄中，表示當殖民地男性的野心以及性欲遭到極致的挫折時，女性仍然活動力旺盛。被殖民者女性如麗奴只不過是準備被拋棄的性伴

侶，但在殖民地的戰爭與生活卻能使日本女性有著打破對性別與階
級限制的自由。最後是階級。階級對於我們所談到的所有日本殖民
文學而言是最大且沉默的參與者。在這研究範圍的作家們，整體而
言，無論是日本人或台灣人都來自布爾喬亞階級甚至是菁英背景，
不過陳火泉與楊逵或許是例外。無論來自任何背景，幾乎所有的作
家都以極為同情的筆觸來描繪窮困者和下層階級。但對於作家如
周金波者而言，這樣的論述則有著施恩的意味：他們的書寫態度宛
如宗主國的代言者，預備要幫助和引導窮人，以及愚昧的農民。楊
逵到過日本，在那裡過著僅足以餬口的生活，但是卻習得世界社會
主義者的觀點，他不信任日本的殖民地政權，但卻積極地試圖打入
日本作家的圈子，同時以宛如宗主國概念代表者的態度書寫普羅文
學。在他的作品中，對人物由衷同情的觀點是來自於他們都有著艱
苦的生活經驗。在這些作家中，陳火泉從未到過日本，但他成為日
本人的決心最堅定。對陳火泉而言，日本化是改變社會階級動力，
以及脫離貧困的關鍵。在理解階級的意涵後，他志願放棄台灣人的
身分認同是可以理解的。林芙美子實際上在極度貧困中成長，而她
的故事所訴說的便是來自於低級階層背景女性的奮鬥。在她的戰時
報告中，我們也可看到她對被征召上前線打仗的日本士兵有著同理
心與同情，但對於中國人的苦難卻奇異地保持沉默。

　　對於這種現代社會批評的三種準則，我想再加上一個範疇：語
言。語言對許多人來說或許多餘，但在殖民地狀況的議題中，是
作家的命脈以及身分認同形成問題的重心。國家語言的創造，「國
語」，對日本人而言，在建構近代國家認同當中是重要的。而傳授
這個語言給被殖民者是日本殖民主義的文明化、同化計畫的中心。
對於被殖民者而言，日本語提供了接近日本媒體、文學以及藝術的
機會，而透過快速增加翻譯數量，同時也有機會接近世界文學。日
本帝國崛起時期，中國漢文已經不再是適切的表達媒介了，而日語

為那些不會書寫台灣口語和不懂中國北方北京話的台灣人彌補了缺陷。即使曾經嘗試以台灣語文或者北京白話文創作，日文依舊成為書寫表達的主要手段，並為台灣作家提供一個普遍性的語言，這使到他們引起宗主國評論者的注意。透過模仿殖民者，某些人能夠要求通常是為殖民者所擁有的名聲與財富，同時也能對帝國反擊。從此觀點來看，日語教育使被殖民者擁有力量並且打開了新世界。然而，我們不應該忽視抵抗所反映的是，致力於發現不同表達方式的媒介，無論是透過援用台文口語的書寫或是北京話。我們現在可以清楚看到族群認同模糊的界線，就如同台灣人掙扎著企圖找出可以適應混合著中文、台語和日文遺產的書寫表達手段。

在日本的文學獎，例如芥川賞的研究中，川村湊指出1930年代的得主經常是來自殖民地的作家或是描寫殖民地者。[2]像是大東亞文學者文學會或是筆部隊，這些文學獎是提升帝國文化認同的大型文化組織之一部分。從日本殖民地回歸的作家，成為戰後日本文學世界的特殊部分。[3]殖民主義和殖民地風景深深地依附在現代日本文學，特別是昭和文學。但是日本社會、人種和文化認同的戰後再編制，隨著去殖民化，已經從正統的文學史中抹消了這些文本遺產。

通過本書，我試圖回覆曾經為現代日本文學經典排除在外的殖民地文學，同時提出地理、文化以及歷史的要素如何影響這些文學的創造，以及這些文學如何提出與支配者宗主國相左的意見。我已經特別強調本土作家的殖民地臣屬自我認同是創作主體不可或缺的

2　川村湊提起菊池寬的出版社——主辦芥川賞的文藝春秋社與亞洲地區的特殊關係。因描寫殖民地而被芥川賞提名的有石川達三（中國）、高見順（東南亞）、宮內寒彌（樺太）、大鹿卓（台灣）、牛島春子（滿洲），以及中島敦（南洋）。參照川村湊（1996: 139-60）。

3　此處令人想起安部公房、埴谷雄高和吉田知子。同時參照川村湊的前言介紹（1995）。

一部分。在他們追尋引以為據的個人以及文化認同時所援用的各形
各色寫作形式與發言立場，產生了豐富、重層的文本，無論是對抗
或是附和占領者文化，這些作品也積極地填補因為失去母語而產生
的空白，他們也彌補了日本文學史的缺口，同時以特殊經驗為世界
殖民地狀況的相關紀錄增添新頁。

# 台灣後殖民的曲折

　　雖然在日本和台灣，有些人已經預見了日本的戰敗，而在廣島和長崎所投下的原爆彈讓戰爭戛然中止。日本人第一次聽到天皇的聲音，宣布日本的戰敗，同時決心為日本開闢新的道路：「為萬世開太平。」這個演說讓日本半世紀以來的擴張畫上休止符，也結束了日本在亞洲開拓更大帝國的美夢。整個東亞的日本軍隊放下了武器，當地的日本居民收拾行李，不確定他們將會遭到如何的待遇，或者不知是否能再見到祖國日本。日本帝國的瓦解同樣地解放了非日本人居民。

　　戰爭結束後進入混亂時期，目睹了日本於1945年從殖民地撤退，國民政府接收，接著最後於1949年將政府重心遷移至這個島嶼。政治變化的旋風所伴隨的是語言和文化場域的劇烈轉變。公式語言從日語轉換成為北京話——雖然知識分子、教育者和新聞編輯當中不乏爭議性的論戰。[1]對被殖民者施以日本語教育是漫長而且混亂的過程，而語言的脫殖民化過程，或許正如預期的，也不明快。事實上1945至1949年這四年之間——也就是從日本撤退一

---

1　關於1945至1949年間從日語到北京話的轉換期，以及口語的克里奧爾化（creolization），參照丸川哲史（2000b: 30-44）。

直到國民政府在大陸被共產黨擊潰之後，直至在台灣穩固政權這段
期間——是罕見的政權統治休止期，因此較為寬鬆的論述是被允
許的，在語言問題方面，可以聽見各種聲音和多樣的立場。對許多
台灣知識分子而言，日語是他們唯一知道的語言，唯一可以自由和
自信地表達想法的手段。許多人的最初反應是擁抱他們即將融入的
祖國的標準語言，但其中仍然有追求台灣獨立的本土運動，希望台
灣話能夠成為這個島嶼的公式語言。語言立場的課題反映了早期關
於政治與文化忠誠度的論爭，以及對中國緊密的連帶關係，或者脫
離中國而獨立的立場。[2]半世紀的日本殖民地統治和強制性的外語政
策，只有將此論爭壓制，但是當日本人離去後，又再度浮上檯面。

　　這個論爭不能被縮減成為兩個極端的立場。許多人站在中立的
立場，鼓吹應該進入日語，或許能與中文並用的轉變時期。作家吳
濁流則極力主張更大膽的行動路線。[3]在〈對日文的拙見〉（日文に対
する管見）這篇文章中，[4]吳濁流懇求繼續刊行日文報章雜誌（他認
為政府的官方出版以及宣導應該使用中文）。他主張有日語能力的
650萬台灣人民應該能為中國的現代化做出貢獻，因為「已經解除

---

2　參照我在第6章所探討的新文學運動，第一次鄉土文學運動以及台灣話文運動。

3　雖然吳濁流、楊逵與賴和為同一世代，同時大多以日文創作，但通常並不被視為
　殖民地時期作家，因為大部分的作品都發表於戰後。吳濁流人生的第一階段都
　致力於教育，而非社會正義與自由解放的理想。從伊澤修二所創立的總督府國
　語學校師範部畢業後，他在公立學校教授日語與文學長達19年。1940年他因為
　在大庭廣眾之下被學校副校長羞辱，而辭去教職。前往南京之後，他成為日文報
　紙《大陸新報》的編輯，但最後對於南京政府的附庸政權幻滅而回到台灣。之後
　他曾在幾家報社擔任記者，曾經擔任《台灣日日新報》——與西川滿短暫地共事
　過，以及《台灣新聞》、《民報》、《新生報》的記者。戰後他長時間任職《新生
　報》，並在此發表許多小說以及短篇故事。他最著名的小說《亞細亞的孤兒》敘
　述主人公胡太明在三個文化領域——台灣、日本與中國掙扎求生存的過程。

4　參照《新新》（[1946年10月17日]: 12）。

武裝的日本能扮演介紹文化的重要角色，全世界的文學幾乎都已經被翻譯成為日文，只要擁有日語常識，就能與所有國家接軌」。他指出，中國應該善用這些受過教育的台灣人，將他們視為從日本學成歸國的交換學生。

　　許多作者，例如周金波，在新環境中選擇沉默。然而，其他嘗試以北京白話繼續進行文學創作者則各有著不同的成就。龍瑛宗試圖轉換但是失敗。陳千武雖在戰後不久以日語創作了一段時間，但他成功地以中文轉換寫作。其他成功轉換語言的作家，包括巫永福、葉石濤和鍾肇政，在2000年仍然活躍於文壇。在人生途中重新學習另一種語言是令人怯步的，然而日語已經成為帶有危險的政治傾向的語言。為了強化國家認同觀念，以及淨化日本殖民時期的殘餘記憶，國民政府雷厲風行地徹底實施語言政策，不僅禁止日文也嚴禁在公共場所使用本地台灣話（福佬話）。任何人如果違反國家命令將置身險境。[5]政治緊張扼殺了許多作家，他們繼續文學創作的唯一手段則因政治因素而不被允許。

　　楊逵感嘆從日文轉換中文寫作的困難，並建議政府應該許可三年至五年的轉圜期，此期間報紙可以以中、日文混合出版。相反的，呂赫若則熱情地擁抱這個新的國家語言。1950年37歲離奇死亡之前，他以中文發表了三篇短篇小說（在新雜誌《新新》以及《政經報》）。[6]陳火泉在戰後的中文創作文學活動中是最活躍的。他是位多產作家，並於1981年得獎，完全回復了他曾因身為皇民作

---

5　道上（2000）敘述對1950年代台灣文學創作的法西斯式掌控，指出此時期即使以中文寫作也是一種冒險。而日文創作無論其內容如何都被冠以嫌疑。

6　呂的死亡充滿了謎團。為人所知的版本是他躲藏於台北近郊的洞窟中，為共產黨工作，之後被毒蛇咬傷因而死亡。他死後家人銷毀他的日記以及其他作品。1996年他殘存的日記被發現（主要寫關於他在東京就讀時期），而這對他在東京的文學以及音樂活動的再解讀極為有幫助。

家而跌落谷底的聲譽，但大部分以日文寫作的殖民地作家在新的強制性母語政策下，選擇沉默。

　　台灣日本語文學的遺產雖然僅局限於小團體之間，卻從來未曾完全消失，特別是詩歌傳統特別興盛。1960年代後期開始，短歌形式在受過日語教育的年長世代之間再度復活。這個小型但充滿活力運動的中心人物——孤蓬萬里（吳建堂博士，1926-1999）是典型的「日本語世代」，他們在日本帝國消失時年約20歲左右。他在就讀高等學校時，曾隨著名的《萬葉集》學者犬養孝研讀萬葉集。[7]戰後他在台灣和日本兩地習醫。1968年創設短歌雜誌《台北歌壇》，定期舉行聚會和詩歌競賽，孕育了擁有日本詩歌傳統興趣的團體。孤蓬萬里是許多受過台灣殖民地教育知識分子的典型：不僅精通漢詩與日本短歌，[8]也是一位優秀的劍士。[9]這位業餘詩人曾經感嘆「台灣的短歌形式常被認為是不合時宜」，而實際上他自傲於詩人大岡信欣賞他素樸且未經雕琢的短歌形式，大岡信曾將孤蓬萬里選入他知名的《朝日新聞》專欄「時節之歌」（折々の歌）19次（參照孤蓬萬里編著〔1994: 8-11〕）。1994年，著名的出版社集英社發行了兩卷題為《台灣萬葉集》的短歌集，也因此孤蓬萬里獲得了菊池寬賞。[10]在小說方面，1975年張文環在日本出版的《地底者》（地に這うもの）值得記上一筆。張文環是無法（或是拒絕）從日文轉換中文寫作的作家之一。戰爭結束後，他曾經短期間參與政治，並被選

---

7　犬養孝在1942至1945年間任教於台灣。他也為這本書的台灣版寫序。日文版的序文作者是大岡信。

8　孤蓬萬里這個不尋常的筆名是取自李白的〈送友人〉：
　　青山黃北部　白水遠東城
　　此地一為別　孤蓬萬里征

9　孤蓬萬里擁有劍道八段，同時是第3次世界大賽個人賽冠軍。

10　分別於1981、1988和1993年，這本書首次在台灣以三卷選集的形式出版，之後集英社再以兩卷的形式於1994年再度發行。

為台中縣縣議員。之後離開政治圈，成為銀行員。張文環很快地在
同時期放棄了寫作。經過30年後，他再次開始創作。《地底者》是
以殖民地時期台灣的農民為主角。作者張文環能以某種距離的客觀
性來凝視台灣的殖民地時期。敘事者小心翼翼地對讀者敘述殖民地
台灣各種特殊的特徵（例如改日本姓名政策，以及連座法制度）。
這本小說對於殖民地政府的批判，要遠比張文環在戰爭結束前所出
版的小說來得嚴峻。實際上這本小說沒有機會在台灣出版（除了自
行出版之外），張文環的潛在讀者群應該是戰後的日本語世代。在
戰後的台灣，日文書寫本身便是一種抗爭的政治行為。戰後經過三
十年，張文環認為有必要喚醒在日本快速成長，以及前所未有的繁
榮當中逐漸消逝的殖民地記憶。小說主要重心是窮困村民張姓人家
和農民，在日本的統治下苦苦掙扎，希望能過著像樣的生活，這與
1970年代日本的輝煌繁盛成了無情的強烈對比。日本圖書協會將
此圖書選為當年的特定圖書（選定図書），但是並未受到太多的矚
目。其他幾位在戰後以日文寫作的作家，讓戰後日本語文壇的歷史
和社會文脈更加明確。邱永漢（邱炳南，1924-）是知名的股市天
才，財經專家，同時也是成功地對日本股份公司宣傳全亞洲商機的
資本家。他在事業上的成功為自己在日本贏得了「股神」的封號，
但很少人注意到其實他來自於日本的前殖民地，同時他前身是位新
進作家，活躍於戰後不久期間的台灣獨立運動。[11]

　　邱永漢在西川滿的《文藝台灣》展露頭角，以日文發表詩作與
戲曲，但在日本統治結束之後才開始專注於自己的文學創作。從東
京大學取得經濟學學位後，他的返台之路被二二八事件所阻隔，國
民政府透過武力鎮壓本土的示威運動，鞏固統治政權，導致超過萬

---

11 關於邱永漢的細節探討，參照岡崎郁子（1996a），以及丸川哲史（2000b: 47-
　180）。

人的台灣人遭殺害或處決，同時肅清左傾知識分子。[12]由於台灣強制
實施戒嚴法，邱永漢被迫轉道香港，於此地加入剛萌芽的台灣獨立
運動。之後邱永漢在日本開始過著自我強制的流亡生活，並開始致
力於創作。他在日本出版的第一部作品，是〈偷渡者手記〉（密入
国者の手記〔1954〕），是以告白體描述非法偷渡者被發覺而且遭
逮捕入獄的短篇小說。[13]

　　這篇短篇小說敘述了許多人提心吊膽的體驗，例如男主人公游
天德。受教於日本的高等學府，游天德無法忍受國民政府的高壓政
治統治。由於參與二二八事件，游天德被迫逃避國民政府警察的追
捕而逃離台灣，到自己的第二祖國——日本以尋求庇護，但卻失望
地發現自己已經不再是日本國民，並被認為是非法移民。最後為了
避免被強制遣返，主人公請求法官讓自己滯留日本。為了自我辯
護，他送上自己以及兄長游文德文情並茂的生平年表。

　　簡而言之，私小說的敘述方式與邱本人的人生相似，同時也
反映那個世代許多人的經驗。生於1920年代，晚於作家例如呂赫
若和王昶雄約10年，也是迄今為止受過最好教育的世代，許多人
都畢業自日本的菁英大學（主人公游天德與兄長游文德都就讀於
東京帝國大學的法科和經濟科）。但是他們也是最疏離於傳統中國
文化，同時從日本人轉換成被中國化的世界之過程中是最苦苦掙
扎的。不同於他們的經驗，或維持殖民地時期前台灣社會生活的父
母或祖父母世代，這個世代只認識「日本方式」，他們對於戰後立
刻產生的政治和文化上立即和強制性的方向轉變，採取了最激烈

---

12 政治肅清的犧牲者估計約有3萬人。

13 最初發表於《大眾文藝》（1954年1月），之後被收入與小說同名的選集（現代
　　社〔1994〕），同時也收入較近期出版的選集《邱永漢短篇小說傑作選：看不
　　見的國界》（新潮社〔1994〕）。此處所探討的以黑川創的文本為主（1996, v. 1:
　　261-83）。

的抵抗。新成立的中國政權對他們抱持同樣的質疑。認定這些製造麻煩的年輕人是「中了日本奴化教育的毒，偏離了正道」（黑川創 1966, v. 1: 274）。彼此的不信任成為這個最大武力衝突的關鍵要素，而這個世代牽扯在其中的程度也最深。較年長的世代還能夠將中國的所強加的統治視為回歸從前的生活方式，如果對此還依稀有著記憶的話。但當戰爭結束時，這些還年輕的世代——我稱為「懷舊世代」——對於占領時期的記憶逐漸凋零，必須妥協於已經建構的殖民地定義之自我概念，這是由外力強加於他們身上而違反他們的意志，同時是他們所不承認的新文化認同。邱永漢敘述這個世代最大的悲劇——他們從來無法決定自己到底是誰：

> 由於我誕生於台灣，日本的殖民地，我的命運經常掌握在別人手中，察覺我的命運掌握在別人手中，經常激起我的反抗心，有時讓我感到更不自由……在秋天，對台灣人和韓國人實施了志願兵制度。雖然他們說那是志願制，但是那確實是一種強制的手段。如果來自殖民地的學生不志願的話，我們就會被學校退學，並被通知將被課以嚴苛的勞動服務。他們控制所有的行動。當然，我們沒有選擇的權利。我們所擁有的是登記的自由，如果你稱那為自由的話。（262-65）

一開始的幸福感是來自於自由的殖民地統治解放，事實上則是由另一個宣稱與自己族群相同的外來政權統治的開始——對待台灣人仍然如同二等公民——被背叛的感覺非常深刻。邱永漢在此時所創作的這些以及其他許多故事，豐富地表現了懷舊世代的困惑、沮喪以及疏離。故事中從這時期開始的錯置感是抽象的，也是心理的，對許多人而言，如邱永漢，也是地理位置的。

故事中來自日本舊殖民地的喪失祖國的主人公，讓許多人產生

多種的共鳴。事實上，邱永漢的故事被呈上當作台灣獨立運動者王育德官司的證物，因為他在當時尋求政治庇護。邱永漢的故事是否真的影響了法官一事不置可否，但是王育德得到了日本居留權，同時也免於被遣送回台灣。邱永漢後來充滿感性地回憶他與王育德生活的這段期間：

> 回到殖民地時期，我與王，雖然都來自殖民地，但是都是日本人。日本戰敗，我們都在違反意志的情況下成為外國人。接著我們成為國民政府追捕的對象。我們並不要求日本政府提供我們生計──我們所要的只是在日本角落的小小空間，在此我們存活⋯⋯（1994: 8）

邱永漢的文學活動集中於1954至1956年之間。1955年他發表了〈故園〉、〈敗戰妻〉，以及〈檢察官〉，1956年發表了〈石頭〉。他的小說〈香港〉（1955）贏得直木賞，這是芥川賞的姊妹賞，也是由菊池寬所設立，一年兩次頒給大眾流行小說，而這奠定了他流行作家的地位。當時日本正急切地想脫身自過去帝國的陰影，以新而優質經濟基礎再次進入全球的共同體。來自前殖民地、同時以日文寫作，邱永漢努力地將個人的故事與日本人最想要忘卻的殖民地記憶做連結，卻得到了冷淡的反應。邱永漢沮喪地表示：「文學獎的功用便是，你只要得獎便確立了自己的地位，但至少就我來說，並不是那樣的。因為報章雜誌的編輯潛意識中有偏見，認為小說人物如果不是日本人，那麼就不會出現在日本人的起居室，[14]我也從來沒有得到任何實質的報酬」（丸川哲史 2000b: 94-95）。邱永漢後來轉換跑道成為金融顧問，同時成為成功的企業家。1980年邱永漢歸化

---

14 譯者註：意味著被普遍閱讀。

為日本公民，同年出馬競選參議員但是失敗。之後，邱永漢穿梭於日本、香港以及其他亞洲的據點，維持越境，漂泊異國的流動性。

邱永漢在流亡的日本成功地以作家身分，甚至更成功的是以日本金融集團的一分子揚名立萬，而與黃靈芝（黃天驥，1928-）——與邱永漢相同的另一位在戰後開始專注於寫作的日本語作家——的文學創作成為強烈對照。[15] 透過私人出版，黃靈芝匯集了出色的主要著作，那是長久以來都幾乎完全被日本和台灣的評論家所漠視的。與最後轉換成以中文寫作的楊逵或吳濁流不同的是，黃靈芝的堅持是因為他完全只以日文創作，同時從未踏入日本一步。[16]

在脫殖民化的過程中拒絕將日文視為只是過渡期的工具，黃靈芝主動地維持殖民地語言認同，同時非常清楚在當時的政治氛圍與市場現實中，這樣的行為無疑是文學自殺。在這個觀點上，黃靈芝與其他《台灣萬葉集》詩人是類似的；他們將語言視為文學表現的主要工具，同時清楚地選擇了最適合他們的藝術表現之語言。

黃靈芝私人出版了自己14卷的《黃靈芝作品集》，內容包括6卷小說和俳句、短歌、漢詩、評論、散文以及翻譯作品。他絕大部分作品都以日文創作，少數是以中文和法文。[17] 在岡崎郁子孜孜不倦的努力下（1998, 1999a, 1999b, 2000a, 2000b），至目前為止不為人知的作家逐漸浮現了較為完整的形象，而黃靈芝作品的更進一步研究也將會在不久的將來出現。岡崎郁子指出了黃靈芝書寫的三個

---

15 黃靈芝出身於台南的菁英家庭。父親黃欣受日本教育，是位成功的商人，同時活躍於地方政壇。黃英擅長漢詩同時也以日文創作小說和戲曲。黃靈芝受教於以殖民者為對象的小學校，雖然他對文學感興趣，但他最喜愛的是藝術。即使就讀於台北帝國大學，他大部分時間花費在私人工作室學習雕刻，同時在法國的藝術競賽中得獎。

16 黃靈芝於1950年代初期想要前往日本接受治療但卻無法獲得出境簽證。見岡崎郁子（1998: 7-9）。

17 關於黃靈芝各種不同領域的作品，詳細參照岡崎郁子（1998: 7-9）。

特徵：首先是他小說創作的形式極為洗練，第二是他毫無缺點的優雅的日語，以及最後是他作品中的脫政治性。關於黃靈芝文學的本質，岡崎郁子強調：「是描繪偶然住在叫做台灣這個島嶼上不知名的庶民群眾，他們每日的生活與想法」（1998: 8-9）。

　　與吳濁流將日文定位為讓台灣較易與世界文化接軌的務實觀點相同，黃靈芝有意識地選擇日文作為他的藝術語言，正反映了他相信這個語言最適用於在自己的創作。黃靈芝偶爾以中文和法文創作，同樣地顯示出他創作語言的選擇，比起藝術表現的強制性，國界和國籍的限制性是較少的。在這個意義上，雖然有時遭到民族主義傾向的評論家和作家的批判，但是吳濁流和黃靈芝共同擁有的是，何謂語言，以及語言如何被使用者用來強化自己的全球化觀點。

　　作家的決定，如黃靈芝以台灣的前宗主國語言來進行書寫讓許多人感到困惑。在一場座談會中，文學評論家川村湊、歷史學家原田龍一，以及韓裔日本語言學家李妍淑全都同意戰後台灣的日本語文學揭露了殖民地文學的另一面：本土台灣人使用日語以對抗國民黨的威權統治下，對殖民地遺產的漠視（川村湊　1999: 140-50），他們也戒慎地指出日本人或許會為此事實感到欣慰，並解讀成是一種對日本統治的懷舊——甚至是日本殖民主義一種未曾預期的台灣民族主義之誕生。

　　我們必須記得在戰爭結束之後，以日文創作文學，在由來自中國而不諳台灣話的國民政府統治之下，是與殖民地時期的日本語文學創作極為不同的。台灣話不是北京話，同時通常被稱為中文的方言而可能使人誤解。田中勝彥在討論方言和官方標準語的關係時，強調了這種關係的獨斷性特徵，他指出如下的論述：「某種特定語言是否是獨立語言，或是其他語言的附庸要素，取決於政治立場和使用此種語言者的欲求」（1981: 9）。在日本五十年的統治中，日

語從殖民者和少數特權本土菁英階級，成長至島上三分之二的人口所使用的語言。[18]戰後，特別是國民政府於1949年遷移至島上後，北京話成為主流而阻礙台灣話的使用，雖然台灣話成為社交語言仍在私人領域中殘存。直至民主化於1990年代形成主流，本土語言才在公有領域中開始有了進展。[19]而對於台灣話缺乏普遍認識，意味著作者只能選擇傳統的，已大多被遺忘的古文為書寫媒介，或是年輕時期所學的日文，或者是北京白話。當地語言在該階段混合了北京話、台灣話、日語、英語的混雜化（creolization），是這些文化的相互滲透與交流的結果。[20]語言相互重疊的式微與缺陷顯示了語言並非是固定的記號，它與族群和文化認同有緊密的關係，同時也被說話者的「政治立場和欲求」強烈影響。

身為韓裔日本公民，李妍淑對於作家像黃靈芝為何選擇以日語寫作感到困惑。但是李妍淑的評論中與後殖民的韓國所做的暗示性比較未必是恰當的。雖然戰後韓國在政治體上一分為二，但是比起本土台灣人與大陸人，他們從未在族群或是文化認同上有分裂，同時南北韓人都使用同樣的語言。政治上中華民國台灣屬於中國分裂的一部分。但是與兩韓進行表面上的比較（起源自西方的資本主義國家南韓和台灣v.s.共產國家北韓和中華人民共和國〔中國〕）是會再次引起誤解的。二戰之後的南韓自動地歸屬韓國人統治，如果使用殖民地時期所被強制熟習的語言，將被視為背叛自治的理想。帶著流亡政府與他們想像的帝國中來自各省的影子國代，台灣的新主

---

18 關於殖民地日語人口變遷的統計圖，參照藤井省三（1998: 31-36）。

19 戰前世代的主要語言是台灣話，而次要語言是日語。而戰後第一世代的主要語言仍是台灣話，次要語言是北京話。而第二世代在國語運動的滲透和高度集中的情況下，北京話成為主要語言，而台灣話被管控，成為次要。

20 當地語言的克里奧爾化（Creolization）在青年文化當中特別顯著。參照丸川哲史（2000b: 34-40, 62-76）。

人毫無疑問地當然會將黃靈芝這樣的作家視為中華民國政府的背叛者。但是黃靈芝和其他選擇以日文創作的作家認為自己是台灣人，而日文只不過是他們台灣認同當中的一部分。事實上，他們的文化特點的確有其特徵，而這是來自大陸的「新弟兄」，以及新領袖所沒有的。

　　在日本時期結束之後，長久以來以日語寫作的意義無疑地因人而異。對於成長在日本殖民環境的台灣人世代，日語仍然帶有強烈的象徵。有人因懷舊而使用日語，有些人則因為他們從來無法轉換北京話成為自己知曉的語言，或者是因為日語仍然是他們創作動力的最佳表達媒介。但是對某些人而言，它是最起碼的策略性選擇——對過去強加於台灣長達半世紀之久的大陸中國文化表示抵抗。這個行動被李妍淑視為作家主張主體性的立場：勇敢且大膽的自我認同，將作家定位於「質疑」的主體位置。日本的殖民遺產並不只有在鐵道系統，以及總統府的新殖民樣式建築才被發現，它仍然存在於文化元素中如食物與生活習慣，台灣人的自我認同要素，以及語言的混種性。最近這個混種性的最好例子便是女性主義作家李昂根據日本占領時期的女性社會運動家謝雪紅波瀾萬丈的生涯所寫成的自傳小說，小說的書名為：《自傳の小說》（1999），是漢字與假名的混合。

　　固定的語言認同並不只局限於作家，所有在殖民地統治下的受教育者多少都面臨了一些改變。[21]但這並非是台灣特殊的經驗——非洲以及加勒比海的法國或是英國殖民地的第三世界作家在強制性脫離殖民地過程中，證明了經歷同樣被扭曲的痛苦經驗。但是戰後書寫領域的存在，使得殖民地歷史與後殖民時期的援用之間，有了明顯的發展性連結。由於日本語作家缺乏穩固緊密的地政學關係，以

---

21 關於個人的語言認同掙扎，參照Kleeman（2000b: 286）。

及長久以來的文化認同危機，而終在20世紀後半期掙扎。我們不
應該讓殖民地的懷舊幻想掩蔽了暗藏的事實，以及讓語言暴力的犧
牲者背負著殖民地的傷痕。

　　丸川哲史也適時地警告對殖民地懷舊可能潛在的誤解，仍然在
台灣人某些世代中滲透著。[22]他警告：某些日本人無視於錯綜複雜的
身分認同政治，或許會天真地認為日本已經彌補了對殖民地過往的
罪行。司馬遼太郎的台灣紀行便是這種誤讀的主要典型。[23]當然司馬
遼太郎在訪問這個島嶼時並未察覺表面下即將一觸即發的族群政治
狀態，而且他似乎接受了在表面上的所聽所聞，同時接受了殖民地
懷舊的邂逅，並無深思熟慮。小林善紀的漫畫新作《新傲骨宣言：
新台灣論》（2000）更露骨地榨取這樣的懷舊感，並與改造後的新
保守主義——這是小林善紀首次在連載於《Sapio》以及其他雜誌
的《新傲骨宣言》中所做的主張——結合。

　　對於日本、日本人以及日語的情感，最近被三個相關的連結
詞彙所描繪：對於昔日美好殖民地時代抱有懷舊情感的「媚日族」
（大都是台灣人），鄙視日本的「仇日族」（大部分是大陸人），以
及成長於沒有殖民地記憶包袱的較年輕世代，認為日本所有的東
西——從科技、時尚到流行文化，如漫畫、動畫和日本流行歌曲
都優於西洋和本土的「哈日族」。[24]1999年一群醫師在台灣南部城

22 參照丸川哲史（2000b: 10-22）。

23 參照司馬遼太郎《台湾紀行　街道を行く》（台灣紀行）（東京：東京朝日新聞
　　社，1997）。這是司馬遼太郎從1980年代早期開始的旅記系列，是他到日本各地
　　的懷舊旅記，同時也回憶當中的人與歷史。後來這個系列向海外延伸至荷蘭、愛
　　爾蘭以及台灣。這個系列受到廣大歡迎，1990年代持續再版，附加錄影帶的新
　　版本則在2000年出版。

24「族」（zoku）的用法，源自「tribe」，意味著某個世代或社團共同擁有某些相同
　　或不同者，而這個用法源自於日語「族」（zoku），這個詞彙源自於1960年代，
　　日本媒體對某些社群的敘述，例如「太陽族」或者是「sun tribe」，也就是衝浪

市──台南建立了後藤新平（1857-1929）的雕像，他是兒玉總督
（1898-1906）麾下第一任殖民地民政長官，同時也是將現代醫學介
紹到台灣來，具有貢獻的人物。這證明了愛恨交織的曖昧態度仍然
在關心島上殖民地遺產的許多人當中擴散著。在本書的最後，我以
引自《台灣萬葉集》（孤蓬萬里編著　1994: 38）的短歌作為終結。
這首短歌傳達處於被摒棄狀態下的詩人們在某處土地上書寫著，所
選擇用來表達的語言在此已大多被遺忘。直到所有的日語教育世代
帶著他們最後一縷的殖民地記憶、語言以及詩歌完全辭世為止，否
則後殖民時期將不會真正地來臨。

　　　身處日語泯滅地
　　　續吟短歌有幾人

---

　　者。第三族群的名稱「哈日族」的「哈」，是取自英文「hot」的諧音，因為這個
　　族群認為日本所有的東西都很「hot」。這些詞彙本身也證明了台灣後殖民時期的
　　語言混種性。

# 譯後記

當初接下這份翻譯工作其實是誠惶誠恐的。這本書在美國出版時正值研究生生涯接近尾聲，書中所探討的日本帝國時期日本語文學（japanese literature），不僅讓我重新思考日本近代文學既定的範疇以及定義，也對自己生長的土地——台灣與日本在地理、文學，以及文化上那近乎遠又似近的撲朔迷離感提供了部分的解答。除了對日本近代文學與台灣殖民時期文學兩者的關聯性，對個人的研究與自己生長土地之間的關係也都有了重新的認識。

這些問題意識其實沉潛已久，而這源自於個人成長過程點滴的累積。小時候與外祖父母同住時間極長，家中的飲食以及語言習慣所殘存的日本殖民時期氛圍，是在成長之後才猛然驚覺的。隨著對日本逐漸的認識和赴日留學後，發現自己與祖父母共度的日常生活混雜著大量的日式元素：日式的醃蘿蔔與海苔醬是餐桌上的必備食品，幼稚園遠足時外婆特地訂製的雙層壽司便當，當祖父母以日文低語時，我便明白那是大人不想讓我窺聽的祕密。而自己人生的記憶則起源於那棟位於高雄柴山半山腰有著緣廊的日式木造房屋的住家。柴山成為我自由來去的大遊樂場，但是我絕對不會誤闖大人一再告誡絕不能進入的日式神社建築——忠烈祠；它是高雄神社的前址，是鬼影幢幢的廢墟；戰前的日本神祇、戰後漂洋過海的戰死英靈，以及在此懸梁以求解脫現世苦痛的遊蕩孤魂似乎都群聚於此。

這些孩提記憶對我而言是神祕且撲朔迷離的，禁忌與隱諱都塵

封於大家了然於心的禁口令中。被歷史迷霧重重包圍的生活感覺與
教科書或當時流通的書籍之間存在的,是失去歷史脈絡連結的斷
層。直到青春期接觸了近代日本文學,如芥川龍之介、三島由紀
夫、川端康成以及谷崎潤一郎等人的小說,才在當中發現與自己一
直以來覺得神祕不可解的生活感覺有著那麼一絲似曾相識的連結。
為了抓住那種無可名狀的感覺,瘋狂似地閱讀我所能到手的所有日
文小說,在日本近代文學中執著追尋那無可名狀的感覺,但解答並
不存在。

　　阮斐娜老師這本書的靈感源頭,似乎也是來自她在台灣的孩提
記憶,經過檢證與爬梳,如今證明這似曾相識的感覺曾經真正地存
在於這塊土地上,我的感覺並非虛幻的,在戰前台灣文學作品的風
景中斑斑駁駁地浮現,在台灣文學史脈絡逐漸顯現那模糊的輪廓,
雖然距離終點還很遙遠,但是卻越來越有真實感,不禁讓我想對青
春期十來歲時的自己呼喊:「喂!我似乎找到了入口了!」Angela
Aki那首成人的我與十五歲的自己對話歌曲的意境,用來形容此時
的心境再貼切不過:

　　拝啓、ありがとう、十五のあなたに伝えたいことがあるの
　です。
　　自分とは何でどこへ向かうべきか、問い続ければ見えてく
　る。

　　荒れた青春の海は厳しいけれど、
　　明日の岸辺へと、夢の舟よ進め

　　今負けないで、泣かないで、消えてしまいそうな時は、
　　自分の声を信じて歩けばいいの、

　　這條在文學道路上探究自己生命根源的旅程，從青春時期開始追尋，Tsukuba、Chicago再到Tsukuba，之後返回台灣，一路上在黑暗中摸索，跌跌撞撞，但終於已經看到入口那微微透出的天光。感謝在這知識的荊棘道路上，一路對我呵護扶持的先輩與恩師。對阮斐娜老師，感謝她對我的信任與抬愛，將她的學術心血交給我，讓我擔任此書的翻譯，如果此書有任何誤謬之處，文責都在我。還有陳芳明老師，感謝他給予我這個機會同時為我打開進入台灣文學研究的大門，讓我能夠繼續在文學研究路途上當個「追夢人」。

　　在此特別感謝金羨、佳璇、啟華各階段的助理，以及金倫與子程諸位編輯，沒有大家的協助，此書的付梓或許更遙遙無期。

　　對十幾年來一路上與我相伴的貓——Tenten與Peewee，我也要說聲：「感恩。」與你們甘苦與共的異國歲月，令我畢生難忘。特別是那年冬天芝加哥公寓的火災，當時身無長物逃出火場時，也因為有你們在身旁讓我無懼芝加哥冬天雪地的風寒。感謝你們陪伴我在異國度過那漫長且似乎無窮無盡的研究生生涯。雖然你們相繼在2009年8月與9月辭世，但是你們永遠是我的摯愛，願你們在天國依舊能相伴相惜。

吳佩珍

2009年除夕夜

於指南山麓

# 參考文獻

## 外文

Anderson, Benedict. *Imagined Communities: Reflections in the Origin and Spread of Nationalism.* London: Verso, 1991.

Ashcroft, Bill, Gareth Griffiths, and Helen Tiffin. *The Empire Writes Back: Theory and Practice in Post-Colonial Literatures.* London: Routledge, 1989.

Ayyappa Paniker, K. ed. *Indian English Literature Since Independence.* New Delhi: Indian Association for English Studies, 1991.

Baskett, Michael Dennis. "The Japanese Colonial Film Enterprise 1937-1945: Imagining the Imperial Japanese Subject," M. A. Thesis, UCLA, 1993.

Bassnett, Susan, and Harish Trivedi eds. *Post-colonial Translation: Theory and Practice.* London: Routledge, 1999.

Baucom, Ian. *Out of Place: Englishness, Empire, and the Locations of Identity.* Princeton, N. J.: Princeton University Press, 1999.

Beasley, William G. *Japanese Imperialism, 1894-1945.* Oxford: Oxford University Press, 1987.

Behdad, Ali. *Belated Travelers Orientalism in the Age of Colonial Dissolution.* Durham: Duke University Press, 1994.

Bhabha, Homi. *The Location of Culture.* London: Routledge, 1994.

Boehmer, Elleke. *Colonial and Postcolonial Literature: Migrant Metaphors.* Oxford: Oxford University Press, 1995.

Bongie, Chris. *Islands and Exiles.* Stanford, Calif.: Stanford University Press, 1998.

Bosco, Joseph, and Puay-Peng Ho. *Temples of the Empress of Heaven.* Hong Kong: Oxford University Press, 1999.

Braisted, William Reynolds trans. *Meiroku Zasshi: Journal of the Japanese Enlightenment.* Cambridge, Mass.: Harvard University Press, 1976.

Brandt, Kim. "Objects of Desire: Japanese Collectors and Colonial Korea," *positions* 8(3)(Winter 2000): 711-46.

Breckenridge, Carol, and Peter van der Veer. *Orientalism and the Postcolonial Predicament.* Philadelphia: University of Pennsylvania Press. 1993.

Brooks, Barbara. "Peopling the Japanese Empire: The Koreans in Manchuria and the Rhetoric of Inclusion," in Sharon A. Minichiello ed. *Japan's Competing Modernities: Issues in Culture and Democracy 1900-1930.* Honolulu: University of Hawai'i Press, 1998, pp. 25-44.

Brooks, Barbara. *Japan's Imperial Diplomacy: Treaty Ports, Consuls, and War in China,1894-1938.* Honolulu: University of Hawai'i Press, 2000.

Castle, Kathryn. *Britannia's Children: Reading Colonialism Through Children's Books and Magazines.* Manchester: Manchester University Press, 1996.

Chang, Sung-sheng Yvonne. *Modernism and the Nativist Resistance: Contemporary Chinese Fiction from Taiwan.* Durham: Duke University Press, 1993.

Chang, Sung-sheng Yvonne. "Beyond Cultural and National Identities: Current Re-evaluation of the Kominka Literature from Taiwan's Japanese Period," *Xiandai Zhongwen wenxue xuebao*【Journal of Modern Literature in Chinese】(Hong Kong)1(1)(July 1997): 75-107.

Chang, Sung-sheng Yvonne. "Taiwanese New Literature and the Colonial Context," in Murray A. Rubinstein ed. *Taiwan: A New History.* New York: Sharpe, 1999a, pp. 261-74.

Chang, Sung-sheng Yvonne. "Literature in Post-1949 Taiwan, 1950-1980s," in Murray A. Rubinstein ed. *Taiwan: A New History.* New York: Sharpe, 1999b, pp. 403-18.

Chao, Yuen Ren. *Aspects of Chinese Sociolinguistics.* Stanford, Calif.: Stanford University Press, 1976.

Chen, Ai-li. *"The Search for Cultural Identity*: Taiwan 'Hsiang-t'u'Literature in the Seventies," Ph. D. Dissertation, Ohio State University, 1991.

Chen, Kuan-hsing. "The Decolonization Question," in Kuan-hsing Chen et al. eds. *Trajectories: Inter-Asia Cultural Studies.* London: Routledge, 1998.

Chen, Robert L. "Language Unification in Taiwan," in Murray A. Rubinstein ed. *The Other Taiwan: 1945 to the Present.* New York: Sharpe, 1994.

Chen, Yu-shih. "The Historical Template of Pan Chao's Nü chieh," *T'oung Pao* 82(1996): 229-97.

Ching, Leo T. S. "Tracing Contradictions: Interrogating Japanese Colonialism and Its Discourse," Ph. D. Dissertation, University of California, San Diego, 1994.

Ching, Leo T. S. "Imaginings in the Empire of the Sun," in Rob Wilson et. al. eds. *Asia/Pacific as Space of Cultural Production.* Durham: Duke University Press, 1995.

Ching, Leo T. S. "Yellow Skin, White Masks: Race, Class ,and Identification in Japanese Colonial Discourse," in Kuan-hsing Chen et. al. eds, *Trajectories: Inter-Asia Cultural Studies.* London: Routledge, 1998.

Ching, Leo T. S. "Savage Construction and Civility Making: The Musha Incident and Aboriginal Representations in Colonial Taiwan," *positions* 8 (3)(Winter 2000): 795-818.

Ching, Leo T. S. *Becoming "Japanese": Colonial Taiwan and the Politics of Identity Formation.* Berkeley: University of California Press, 2001.

Ching, Leo T. S. Forthcoming. "From Identity to Consciousness: Colonial Historiography in *The Orphan of Asia,*" in Germaine Hoston ed. *Competing Modernities in 20ᵗʰ-Century Japan. Pt. 2: Empires, Cultures, Identities,*

*1930-1960.*

Chiu Yen Liang【Fred】. "From the Politics of Identity to an Alternative Cultural Politics. On Taiwan Primordial Inhabitants' A-Systematic Movement," in Rob Wilson et. al. eds. *Asia/Pacific as Space of Cultural Production.* Durham: Duke University Press, 1995.

Chow, Eileen Cheng-yin. "A Peach Blossom Diaspora: Negotiating Nation Spaces in the Writing of Taiwan," *South Atlantic Quarterly* 98(1999): 143-62.

Chow, Tse-tsung. *The May Fourth Movement: Intellectual Revolution in Modern China.* Stanford, Calif.: Stanford University Press, 1960.

Christy, Alan S. "The Making of Imperial Subjects in Okinawa," in Tani Barlow ed. *Formations of Colonial Modernity in East Asia.* Durham: Duke University Press, 1997.

Darby, Phillip. *The Fiction of Imperialism: Reading Between International Relations and Postcolonialism.* London: Cassell, 1998.

DeFrancis, John. *Nationalism and Language Reform in China.* Princeton, N. J.: Princeton University Press, 1950.

DeFrancis, John. *The Chinese Language: Fact and Fantasy.* Honolulu: University of Hawai'i Press, 1984.

Denoon, Donald et. al. eds. *Multicultural Japan: Palaeolithic to Postmodern.* Cambridge: Cambridge University Press, 1996.

Dikotter, Frank ed. *The Construction of Racial Identities in China and Japan: Historical and Contemporary Perspectives.* London: Hurst, 1997.

Dissanayake, Wimal ed. *Colonialism and Nationalism in Asian Cinema.* Bloomington: Indiana University Press, 1994.

Dixon, Robert. *Writing the Colonial Adventure.* Cambridge: Cambridge University Press, 1995.

Doak, Kevin Michael. *Dreams of Difference: The Japan Romantic School and the Crisis of Modernity.* Berkeley: University of California Press, 1994.

Doak, Kevin Michael. "Building National Identity Through Ethnicity: Ethnology in Wartime Japan and After," *Journal of Japanese Studies* 27(1)(Winter 2001): 1-40.

Donaldson, Laura E. *Decolonizing Feminisms: Race, Gender, and Empire-Building.* Chapel Hill: University of North Carolina Press, 1992.

Durix, Jean-Pierre. *Mimesis, Genres, and Post-Colonial Discourse: Deconstructing Magic Realism.* New York: St. Martin's Press, 1998.

Eagleton, Terry, Fredric Jameson, and Edward Said. *Nationalism, Colonialism and Literature.* Minneapolis: University of Minnesota Press, 1990.

Ericson, Joan E. *Be a Woman: Hayashi Fumiko and Modern Japanese Women's Literature.* Honolulu: University of Hawai'i Press, 1997.

Fanon, Frantz. *The Wretched of the Earth.* Constance Ferrington trans. New York: Grove Weidenfield, 1961.

Fanon, Frantz. *Black Skin, White Masks.* Charles L. Markmann trans. New York: Grove Weidenfield, 1967.

Fessler, Susanna. *Wandering Heart: The Work and Method of Hayashi Fumiko.* Albany: State University of New York Press, 1998.

Fix, Douglas L. "Conscripted Writers, Collaborating Tales? Taiwanese War Stories," *Harvard Studies on Taiwan: Papers of the Taiwan Studies Workshop* 2(1998): 19-41.

Fix, Douglas L. Forthcoming. "From 'Taiwanese Experience' to the Traveling Doctor's Subaltern Tales: Colonial Modernity and Its Radical Vernacular Critique," in Germaine Hoston ed. *Competing Modernities in 20th-Century Japan. Pt. 2: Empires, Cultures, Identities, 1930-1960.*

Fogel, Joshua A. *The Cultural Dimension of Sino-Japanese Relations: Essays in the Nineteenth and Twentieth Centuries.* Armonk, N. Y.: Sharpe, 1994.

Fogel. Joshua A. *The Literature of Travel in the Japanese Rediscovery of China 1862-1945.* Stanford, Calif.: Stanford University Press, 1996.

Fulford, Tim, and Peter J. Kitson eds. *Romanticism and Colonialism: Writing and Empire, 1780-1830*. Cambridge: Cambridge University Press, 1998.

Gandhi, Leela. *Postcolonial Theory*. New York: Columbia University Press, 1998.

Garon, Sheldon. "Luxury Is the Enemy: Mobilizing Savings and Polpularizing Thrift in Wartime Japan," *Journal of Japanese Studies* 26(1)(Winter 2000): 41-78.

Gikandi, Simon. *Maps of Englishness: Writing Identity in the Culture of Colonialism*. New York: Columbia University Press, 1996.

Glissant, Edouard. *Caribbean Discourse: Selected Essays*. J-Michael Dash trans. Charlottesville: University Press of Virginia, 1989.

Gotō Ken'ichi（後藤乾一）. "Indonesia Under the 'Greater East Asia Co-Prosperity Sphere'," in Donald Denoon et. al. eds. *Multicultural Japan: Palaeolithic to Postmodern*. Cambridge: Cambridge University Press, 1996, pp. 160-73.

Gottlieb, Nanette. *Kanji Politics: Language Policy and Japanese Script*. London: Kegan Paul International, 1995.

Haddon, Rosemary M. "Nativist Fiction in China and Taiwan: A Thematic Survey," Ph. D. Dissertation, University of British Columbia, 1992.

Haddon, Rosemary M. *Oxcart: Nativist Stories from Taiwan, 1934-1977*. Dortmund: Projekt Verlag, 1996.

Hanazaki Kohei. "Ainu Moshir and Yaponesia: Ainu and Okinawa Identities in Contemporary Japan," in Donald Denoon et. al. eds. *Multicultural Japan: Palaeolithic to Postmodern*. Cambridge: Cambridge University Press, 1996, pp. 117-34.

Hawkes, David. *The Songs of the South*. New York: Penguin, 1985, 2nd ed.

Hershatter, Gail. *Dangerous Pleasures: Prostitution and Modernity in Twentieth-Century Shanghai*. Berkeley: University of California Press, 1997.

Heylen, Ann. "The Chinese Language in Colonial Taiwan," *Ricci Bulletin* 3(2000a): 75-76.

Heylen, Ann. "A Re-examination of Taiwan's Colonial Past," *Ricci Bulletin* 3(2000b): 77-78.

Hoston, Germaine A. *The State, Identity, and the National Question in China and Japan.* Princeton, N. J.: Princeton University Press, 1994.

Hou, Ching-lang. *Monnaies d'offrande et la notion de tresorie dans la religion chinoise.* Paris: Collège de France, 1975.

Howell, David L. "Ethnicity and Culture in Contemporary Japan," *Journal of Contemporary History* 31(1996): 171-90.

Ivy, Marilyn. *Discourses of the Vanishing: Modernity, Phantasm, Japan.* Chicago: University of Chicago Press, 1995.

Ka, Chih-ming. *Japanese Colonialism in Taiwan.* Boulder: Westview, 1995.

Kaplan, Caren. *Questions of Travel: Postmodern Discourses of Displacement.* Durham: Duke University Press, 1996.

Keene, Donald. *Yokomitsu Riichi Modernist.* New York: Columbia University Press, 1980.

Keene, Donald. "The Sino-Japanese War of 1894-95 and Japanese Culture," *Appreciations of Japanese Culture.* New York: Kodansha International, 1981.

Keene, Donald. *Dawn to the West: Japanese Literature of the Modern Era, Fiction.* New York: Holt, 1984.

Keene, Donald. *Modern Japanese Diaries.* New York: Columbia University Press, 1998.

Kerr, George H. *Formosa: Licensed Revolution and the Home Rule Movement, 1895-1945.* Honolulu: University of Hawai'i Press, 1974.

King, Anthony. *Culture, Globalization, and the World System: Contemporary Conditions for the Representation of Identity.* Minneapolis: University of Minnesota Press, 1997.

Kleeman, Faye Yuan. "The Boundary of Japaneseness: Between Nihon bungaku and Nihongo bungaku," *Proceedings of the Association for Japanese*

*Literary Studies* 8(2001a): 377-88.

Kleeman, Faye Yuan. "Colonial Ethnography and the Writing of the Exotic: Nishikawa Mitsuru in Taiwan," *Proceedings of the Association for Japanese Literary Studies* 9(2001b): 355-77.

Kobayashi, Hideo（小林秀雄）. *Literature of the Lost Home: Kobayashi Hideo — Literary Criticism,1924-1939.* Paul Anderer trans. Stanford, Calif.: Stanford University Press, 1995.

Konishi, Jin'ichi（小西甚一）. *A History of Japanese Literature.* Vol. 1: *The Archaic and Ancient Ages.* Aileen Gatten and Nicholas Teele trans. Princeton, N. J.: Princeton University Press, 1984.

Lamley, Harry. "Assimilation Efforts in Taiwan: The Fate of the 1914 Movement," *Monumenta Serica* 29(1970-1971): 496-520.

Lazarus, Neil. *Nationalism and Cultural Practice in the Postcolonial World.* Cambridge, New York: Cambridge University Press, 1999.

Lestringant, Frank. "Travels in the Eucharitia: Formosa and Ireland from George Psalmanzar to Jonathan Swift." *Yale French Studies* 86(1994): 109-25.

Li, Lincoln. *The China Factor in Modern Japanese Thought: The Case of Tachibana Shiraki, 1881-1945.* Albany: State University of New York Press, 1996.

Liao, Xianhao. "From Central Kingdom to Orphan of Asia: The Transformation of Identity in Modern Taiwanese Literature in the Five Major Literary Debates," *Literature East and West* 28(1995): 106-26.

Loomba, Ania. *Colonialism/Postcolonialsim.* London: Routledge, 1998.

Low, Gail Ching-Liang. *White Skins/Black Masks: Representation and Colonialism.* London: Routledge, 1996.

MacDonald, Robert H. *The Language of Empire: Myths and Metaphors of Popular Imperialism, 1880-1918.* Manchester; New York: Manchester University Press; New York: Distributed exclusively in the USA and Canada by St. Martin's Press, 1994.

Martin, Daniel. "A Glimmer of Light Between the Clouds: The Vision That Formosan Military Personnel Serving in the Japanese Army Held for Post-War Reconstruction in Formosa as Seen Through the Mei Tai Ho," (雲間の曙光——「明台報」に見られる台湾籍日本兵の戦後台湾像) *Journal of Asian and African Studues* (東京外国語大学アジア・アフリカ言語文化研究) 51(1996): 151-70.

Martin, Helmut. "The History of Taiwanese Literature: Towards Cultural-Political Identity: Views from Taiwan, China, Japan, and the West," *Hanhsüeh Yen-chiu* (漢學研究) 14(1)(1996): 1-51.

McClintock, Anne. *Imperial Leather: Race, Gender, and Sexuality in the Colonial Contest.* London: Routledge, 1995.

McClintock, Anne, Aamir Mufti, and Ella Shohat eds. *Dangerous Liaisons: Gender, Nation, and Postcolonial Perspectives.* Minneapolis: University of Minnesota Press, 1997.

Minichiello, Sharon A. *Japan's Competing Modernities: Issues in Culture and Democracy 1900-1930.* Honolulu: University of Hawai'i Press. 1998.

Mizuta Noriko (水田宗子). "In Search of a Lost Paradise: The Wandering Woman in Hayashi Fumiko's Drifting Clouds," in Paul Gordon Schalow and Janet A.Walker eds. *The Woman's Hand: Gender and Theory in Japanese Women's Writing.* Stanford, Calif.: Stanford University Press, 1996.

Moore, David Chinoi. "Is the Post-in Postcolonial the Post-in Post-Soviet? Toward a Global Postcolonial Critique," *Proceedings of the Modern Language Association* 116(1)(January 2001): 111-28.

Morgan, Susan. *Place Matters: Gendered Geography in Victorian Women's Travel Books About Southeast Asia.* New Brunswick: Rutgers University Press, 1996.

Morris-Suzuki, Tessa. "A Descent into the Past: The Frontier in the Construction of Japanese History," in Donald Denoon et. al. eds. *Multicultural Japan:*

*Palaeolithic to Postmodern.* Cambridge: Cambridge University Press, 1996, pp. 81-94.

Morris-Suzuki, Tessa. "Unquiet Graves: Kato Norihiro and the Politics of Mourning," *Japanese Studies* 18(1)(May 1998a): 21-30.

Morris-Suzuki, Tessa. *Re-inventing Japan: Time, Space, and Nation.* New York: Sharpe, 1998b.

Myrsiades, Kostas, and Jerry McGuire eds. *Order and Partialities: Theory, Pedagogy, and the 'Postcolonial'.* Albany: State University of New York Press, 1995.

Nakajima, Atsushi（中島敦）. *Light, Wind, and Dreams: An Interpretation of the Life and Mind of Robert Louis Stevenson.* Akira Miwa trans. Tokyo: Hokuseido, 1962.

Norman, Jerry. *Chinese.* Cambridge: Cambridge University Press, 1988.

Ohnuki-Tierney, Emiko. *Rice as Self: Japanese Identities Through Time.* Princeton, N. J.: Princeton University Press, 1993.

Oson, Gary A., and Lynn Worsham eds. *Race, Rhetoric, and the Postcolonial.* Albany: State University of New York Press, 1999.

Osterhammel, Jürgen. *Colonialism: A Theoretical Overview.* Shelley L. Frisch trans. Princeton: M. Weiner, 1997.

Peattie, Mark R. "The Nan'yo: Japan in the South Pacific," in Mark R. Peattie and Ramon H. Myers eds. *The Japanese Colonial Empire, 1895-1945.* Princeton, N. J.: Princeton University Press, 1984a, pp. 172-212.

Peattie, Mark R. and Ramon H. Myers eds. *1895-1945.* Princeton, N. J.: Princeton University Press, 1984b.

Peattie, Mark R. *Nan'yo: The Rise and Fall of the Japanese Empire in Micronesia, 1885-1945.* Honolulu: Center for Pacific Islands Studies, School of Hawiian, Asian, and Pacific Studies, University of Hawaii : University of Hawai'i, Press, 1988.

Peattie, Mark R., Ramon H. Myers, and Peter Duus eds. *The Japanese Informall*

*Empire in China, 1895-1937*. Princeton, N. J.: Princeton University Press, 1989.

Peattie, Mark R., Ramon H. Myers, and Peter Duus eds. *The Japanese Wartime Empire, 1931-1945*. Princeton, N. J.: Princeton University Press, 1996.

Phillips, Richard. *Mapping Men and Empire: A Geography of Adventure*. London: Routledge, 1997.

Phillipson, Robert. *Linguistic Imperialism*. Oxford: Oxford University Press, 1992.

Pincus, Leslie. *Authenticating Culture in Imperial Japan: Kuki Shuzo and the Rise of National Aesthetics*. Berkeley: University of California Press, 1996.

Pratt, Mary Louise. *Imperial Eyes: Travel Writing and Transculturation*. London: Routledge, 1992.

Rimer, J. Thomas. *Culture and Identity: Japanese Intellectuals During the Interwar Years*. Princeton, N. J.: Princeton University Press, 1990.

Robertson, Jennifer. *Takarazuka: Sexual Politics and Popular Culture in Modern Japan*. Berkeley: University of California Press, 1998.

Rubinstein, Murray A. "The Revival of the Mazu Cult and of Taiwanese Pilgrimage to Fujian," *Harvard Studies on Taiwan: Papers of the Taiwan Studies Workshop* (Fairbank Center for East Asian Research) 1(1995): 89-125.

Rubinstein, Murray A. *Taiwan: A New History*. New York: Sharpe, 1999.

Ruitenbeek, Klaas. "Mazu, the Patroness of Sailors, in Chinese Pictorial Art," *Artibus Asiae* 58(3-4)(1999): 281-329.

Said, Edward W. *Orientalism*. New York: Vintage, 1978.

Sears, Laurie J. *Shadows of Empire: Colonial Discourse and Javanese Tales*. Durham: Duke University Press, 1996.

Sharpe, Jenny. *Allegories of Empire: The Figure of Woman in the Colonial Text*. Minneapolis: University of Minnesota Press, 1993.

Shepherd, John Robert. *Statecraft and Political Economy on the Taiwan*

*Frontier, 1600-1800*. Stanford, Calif.: Stanford University Press, 1993.

Shufelt, John. "Appropriating Formosa: Two Eighteenth-Century European Accounts of Taiwan," *Studies in English Literature and Linguistics* (Taiwan) 24(June 1998a): 257-75.

Shufelt, John. "Enduring Memories of False Formosa: An Assessment of Psalmanazar's Fraudulent Description of Formosa of 1704," Paper presented to the Fourth Annual North America Taiwan Studies Conference, University of Texas at Austin, May 29 to June 1, 1998b.

Shufelt, John. "Formosa as the Center of the Periphery in the Writings of Psalmanazar and Benyowsky," Paper presented to the Third Annual Conference of the Research Group for Taiwanese History and Culture, Columbia University, August 20-23, 1998c.

Smith, Vanessa. *Literary Culture and the Pacific: Nineteenth-Century Textual Encounters.* Cambridge; New York, NY, USA: Cambridge University Press, 1998.

Spivak, Gayatri Chakravorty. *A Critique of Postcolonial Reason: Toward a History of the Vanishing Present.* Cambridge, Mass.: Harvard University Press, 1999.

Swann, Nancy Lee. *Pan Chao: Foremost Woman Scholar of China.* New York: Russell, 1932.

Tai, Eika. "Kokugo and Colonial Education in Taiwan," *position* 7(2)(1999): 503-40.

Tal, Kali. *Worlds of Hurt: Reading the Literatures of Trauma.* Cambridge: Cambridge University Press, 1996.

Tan, K. T. 1978. *A Chinese-English Dictionary: Taiwan Dialect.* Taipei: Southern Material Center.

Tani Barlow ed. *Formation of Colonial Modernity in East Asia.* Durham: Duke University Press, 1997.

Teng, Emma Jinhua. "A Search for the Strange and a Discovery of the Self:

Yu Yung-ho's Small Sea Travelogue as a Work of Self-Representation," *Harvard Papers on Chinese Literature* 1(Spring 1993).

Teng, Emma Jinhua. "Travel Writing and Colonial Collecting: Chinese Travel Accounts of Taiwan from the Seventeenth Through Nineteenth Centuries," Ph. D. Dissertation, Harvard University.【DAI 1997 58(5): 1715-A. DA 9733198】, 1997.

Teng, Emma Jinhua. "An Island of Women: The Discourse of Gender in Qing Travel Writing About Taiwan," *International History Revivew* 20(2)(June 1998): 353-70.

Teng, Emma Jinhua. "Taiwan as a Living Museum: Tropes of Anachronism in Late-Imperial Chinese Travel Writing," *Harvard Journal of Asiatic Studies* 59(2)(1999): 445-84.

Tierney, Robert. "Anti-Colonialism and the Colonial Novel: Nakajima Atsushi's Light Wind and Dreams," Paper presented at the annual metting of the Association of Asian Studies, Chicgo, March, 2001.

Tiffin, Chris, and Alan Lawson eds. *De-Scribing Empire: Post-colonialism and Textuality.* London: Routledge, 1994.

Tobin, Beth Fowkes. *Picturing Imperial Power: Colonial Subjects in Eighteenth-century British Painting.* Durham: Duke University Press, 1999.

Tomiyama, Ichirô. "Colonialism and the Sciences of the Tropical Zone: The Academic Analysis of Difference in the 'Island People'," in Tani Barlow ed. *The Formation of Colonial Modernity in East Asia.* Durham: Duke University Press, 1997.

Torgovnik, Marianna. *Gone Primitive: Savage Intellects, Modern Lives.* Chicago: Chicago University Press, 1990.

Treat, John William ed. *Contemporary Japan and Popular Culture.* Honolulu: University of Hawai'i Press, 1996.

Trivedi, Harish. *Colonial Transactions: English Literature and India.* Manchester: Manchster University Press, 1995.

Tsurumi, E. Patricia. *Japanese Colonial Education in Taiwan, 1895-1945.* Cambridge, Mass: Harvard University Press, 1977.

Tsurumi, E. Patricia. "Colonial Education in Korea and Taiwan," in Peattie, Mark R. and Ramon H. Myers eds. *1895-1945.* Princeton, N. J.: Princeton University Press, 1984, pp. 275-311.

Varadharajan, Asha. *Exotic Parodies: Subjectivity in Adorno, Said, and Spivak.* Minneapolis: University of Minnesota Press, 1995.

Wachman, Alan. *Taiwan: National Identity and Democratization.* Armonk, N. Y.: Sharpe, 1994.

Willims, Patrick, and Laura Chrisman eds. *Colonial Discourse and Post-colonial Theory: A Reader.* New York: Columbia University Press. 1994.

Wills, John E., Jr. "Seventeenth-Century Transformation: Taiwan Under the Dutch and the Cheng Regimes," in Murray A. Rubinstein ed. *Taiwan: A New History.* New York: Sharpe, 1999, pp. 84-106.

Wu, Cho-liu. *The Fig Tree: Memories of a Taiwanese Patriot, 1900-1947.* Duncan B. Hunter trans; Helmut Martin ed. Edition Cathay, 1. Dortmund: Projekt Verlag, 1994.

Wu, Shu-hui. "On Taiwanese Historical Poetry: Reflections on the Shimonoseki Treaty of 1895," *Journal of Asian History* (Germany) 32(2)(1998): 157-79.

Yee, Angelina C. "Rewriting the Colonial Self: Yang Kui's Texts of Resistance and National Identity," *Chinese Literature, Essays, Articles, Review* 17(1995): 111-32.

Yoshino, Kosaku (吉野耕作). *Cultural Nationalism in Contemporary Japan: A Sociological Enquiry.* London; New York : Routledge, 1992.

Young, Louise. *Japan's Total Empire: Manchuria and the Culture of Wartime Imperialism.* Berkeley, Calif.: University of California Press, 1998.

# 中文

中島利郎編，《日據時期台灣文學雜誌總目・人名索引》（台北：前衛，1994）。

公仲、汪義生編，《台灣新文學史初編》（南昌：江西人民，1989）。

王雄倫，《1850-1920法國珍藏早期台灣影像：攝影與歷史的對話》（台北：雄獅美術，1997）。

包恆新，《台灣現代文學簡述》（上海：上海社會科學院，1988）。

古繼堂，《台灣小說發展史》（台北：文史哲，1989）。

石煇然編譯，《明治・大正・昭和台灣開發史》（台北：新科技書局，1999）。

辻義男著，柳書琴譯，〈周金波論〉，《文學台灣》8(October 1993): 237-47。

羊子喬，〈歷史的悲劇・認同的盲點──讀周金波〈水癌〉、〈「尺」的誕生〉〉，《文學台灣》8(October 1993): 231-36。

西川滿著，葉石濤譯，《西川滿小說集1》（高雄：春暉，1997a）。

西川滿著，陳千武譯，《西川滿小說集2》（高雄：春暉，1997b）。

西川滿編，《台灣繪本》（台北：東亞旅行社台北支社，1943）。

庄司總一著，黃玉燕譯，《陳夫人》（台北：文言堂，1999）。

何義麟，〈「國語」轉換過程中台灣人族群特質之政治化〉，收入若林正丈、吳密察主編，《台灣重層近代化論文集》（台北：播種者文化，2000），頁449-79。

吳文星，〈日據時期台灣總督府推廣日語運動初探（上）〉，《台灣風物》37(1)(1987): 1-32。

吳文星，《日據時期台灣社會領導階層之研究》（台北：正中，1992）。

呂紹理，《水螺響起：日據時期台灣社會的生活作息》（台北：遠流，1998）。

呂赫若著，張恒豪編，《呂赫若集》（台北：前衛，1991）。

呂赫若著，林至潔譯，《呂赫若小說全集》（台北：聯合文學，1995）。

李昂，《自傳の小說》（台北：皇冠文化，1999）。

杜國清，〈台灣文學研究的國際視野〉，收入《第二屆台灣本土文化國際學術研討會論文集：台灣文學與社會》（台北：國立台灣師範大學文學院人文教育研究中心，1997）。

阮斐娜，〈西川滿和《文藝台灣》──東方主義的視線〉，《中國文哲研究通訊》11(1)(March 2001): 135-46。

周金波著，陳曉南譯，〈「尺」の誕生〉，《文學台灣》8(October 1993a): 248-60。

周金波著，許炳成譯，〈水癌〉，《文學台灣》8(October 1993b): 261-69。

周婉窈，〈從比較的觀點看台灣與韓國的皇民化運動（1937-1945）〉，《新史學》5(2)(June 1994): 117-56。

林瑞明，《台灣文學與時代精神：賴和研究論集》（台北：允晨文化，1993）。

林瑞明，《台灣文學的歷史考察》（台北：允晨文化，1996a）。

林瑞明，《台灣文學的本土觀察》（台北：允晨文化，1996b）。

林瑞明，〈騷動的靈魂──決戰時期的台灣作家與皇民文學〉，收入張炎憲、李筱峯、戴寶村主編，《台灣史論文精選》卷2（台北：玉山社，1996c）。

林雙不編，《二二八台灣小說選》（台北：自立晚報社文化出版部，1989）。

施淑編，《日據時代台灣小說選》（台北：前衛，1992）。

星名宏修著，涂翠花譯，〈「大東亞共榮圈」的台灣作家（一）：陳火泉之皇民文學型態〉，收入黃英哲編，涂翠花譯，《台灣文學研究在日本》（台北：前衛，1994a），頁33-58。

星名宏修著，涂翠花譯，《「大東亞共榮圈」的台灣作家（二）：另一種「皇民文學」──周金波的文學型態》，收入黃英哲編，涂翠花譯，《台灣文學研究在日本》（台北：前衛，1994b），頁59-86。

洪炎秋，《老人老話》（台中：中央書局，1977）。

若林正丈、吳密察主編，《台灣重層近代化論文集》（台北：播種者文化，2000）。

翁鬧、巫永福、王昶雄著，張恒豪編，《翁鬧‧巫永福‧王昶雄合集》（台

北：前衛，1991）。

張文環著，張恒豪編，《張文環集》（台北：前衛，1994）。

梁明雄，《日據時期台灣新文學運動研究》（台北：文史哲，1996）。

笠原政治、植野弘子編，汪平譯，《台湾読本》（台北：前衛，1997）。

許俊雅，《台灣文學散論》（台北：文史哲，1994）。

許俊雅，《日據時期台灣小說研究》（台北：文史哲，1995）。

許俊雅，《台灣文學論：從現代到當代》（台北：南天書局，1997a）。

許俊雅，《台灣寫實詩作之抗日精神研究：1895-1945年之古典詩歌》（台
　　北：國立編譯館，1997b）。

許俊雅編，《日據時期台灣小說選讀》（台北：萬卷樓，1998）。

陳光興，〈為什麼大和解不／可能？——〈多桑〉與〈香蕉天堂〉殖
　　民／冷戰效應下省籍問題的情緒結構〉，http://www.inter-asia.org/
　　khchen/10219528-200109-x-43-41-110-a.pdf。

陳明台，〈戰前和戰後台灣國策文學之比較研究〉，《文學台灣》29(Jan
　　1999): 109-33。

陳芳明，《左翼台灣：殖民地文學運動史論》（台北：麥田，1998a）。

陳芳明，《殖民地台灣：左翼政治運動史論》（台北：麥田，1998b）。

陳芳明，〈殖民主義與民族主義——台灣作家葉石濤的一個困境，1940-
　　1950〉，收入彭小妍編，《文藝理論與通俗文化》（上）（台北：中央研
　　究院中國文哲研究所籌備處，1999）。

陳映真，《西川滿與台灣文學》（台北：人間，1988）。

陳浩洋著，江秋鈴譯，《台灣四百年庶民史》（台北：自立晚報社文化出版
　　部，1992）。

陳逸松口述，吳君瑩紀錄，林忠勝撰述，《陳逸松回憶錄・日據時代篇：
　　太陽旗下風滿台》（台北：前衛，1994）。

鳥居龍藏著，楊南郡譯，《探險台灣：鳥居龍藏的台灣人類學之旅》（台
　　北：遠流，1996）。

彭小妍編，《文藝理論與通俗文化》（上）（台北：中央研究院中國文哲研
　　究所籌備處，1999）。

彭小妍主編，《楊逵全集》14卷（台北：國立文化資產保存研究中心籌備處，1998-2000）。

彭瑞金，《台灣新文學運動四十年》（台北：自立晚報社文化出版部，1991）。

彭瑞金，〈用力敲打出來的台灣歷史慕情——論西川滿寫《採硫記》〉，收入陳義芝編，《台灣現代小說史綜論》（台北：聯經，1998）。

黃英哲編，涂翠花譯，《台灣文學研究在日本》（台北：前衛，1994）。

黃重添，《台灣新文學概觀》（廈門：鷺江，1986）；（台北：稻禾，1992）。

楊永彬，《日本領台初期日台官紳詩文唱和》，收入若林正丈、吳密察主編，《台灣重層近代化論文集》（台北：播種者文化，2000），頁105-82。

楊渡，《日據時期台灣新劇運動（1923-1936）》（台北：時報文化，1994）。

楊逵，《鵝媽媽要出嫁》（台北：前衛，1985）。

楊逵著，張恒豪編，《楊逵集》（台北：前衛，1991）。

楊雲萍、張我軍、蔡秋桐著，張恒豪編，《楊雲萍・張我軍・蔡秋桐合集》（台北：前衛，1990）。

葉石濤，〈清秋——偽裝的皇民化謳歌〉，《台灣文藝》77(1982): 21-26。

葉石濤，《台灣文學史綱》（高雄：春暉，1987）。

葉石濤，《台灣文學入門：台灣文學五十七問》（高雄：春暉，1997）。

葉石濤編譯，《台灣文學集1：日文作品選集》（高雄：春暉，1996）。

靳治揚，《台灣府志》11卷（台北：成文，1989）。

蔡培火，《台灣民族運動史》（台北：自立晚報社文化出版部，1983）。

魯迅，《魯迅全集》卷3（北京：人民文學，1981）。

盧修一，《日據時代台灣共產黨史（1928-1932）》（台北：前衛，1990）。

簡炯仁，《台灣共產主義運動史》（台北：前衛，1997）。

# 日文

Doak, Kevin Michael著，小林宜子譯，《日本浪曼派とナショナリズム》（*Dreams of Difference: The Japan Romantic School and the Crisis of Modernity*）（東京：柏書房，1999）。

Keene, Donald著，徳岡孝夫、角地幸男譯，〈戦争文学〉，收入《日本文学史近代・現代編4》（東京：中央公論社，1984a）。

セシルサカイ著（Cécile Sakai），朝比奈弘治譯，《日本の大衆文学》（東京：平凡社，1997）。

ハルオシラネ（Haruo Shirane），〈「日本文学」構築の歴史的検討——グローバル・ナショナリズムの視点から〉，《日本文学》48(January 1999): 13-22。

ハルオシラネ編著，鈴木登美編，《創造された古典——カノン形成・国民国家・日本文学》（東京：新曜社，1999）。

ゆりはじめ，《戦争の青春——書き残された昭和精神史（シリーズ昭和とはなんであったのか）》（東京：日本図書センター，1987）。

リービ英雄，《星条旗の聞こえない部屋》（東京：講談社，1992）。

リービ英雄，《国民のうた》（東京：講談社，1998）。

人間の星社編，《敬慕　魁星楼主人　西川満先生》（東京：人間の星社，1999）。

又吉盛清，〈台湾植民地と沖縄の関わり〉，《近代日本と植民地》月報2（岩波講座近代日本と植民地・巻2）（東京：岩波書店，1992）。

三浦信孝、糟谷啓介編，《言語帝国主義とは何か》（東京：藤原書店，2000）。

三浦雅士，《小説という植民地》（東京：福武書店，1991）。

下村作次郎，《文学で読む台湾——支配者・言語・作家たち》（東京：田畑書店，1994）。

下村作次郎、藤井省三、中島利郎、黄英哲編，《よみがえる台湾文学——日本統治期の作家と作品》（東京：東方書店，1995）。

上田博、木村一信、中川成美編，《日本近代文学を学ぶ人のために》（京都：世界思想社，1997）。

上田萬年著，久松潛一編，《落合直文，上田万年，芳賀矢一，藤岡作太郎》（明治文学全集44）（東京：筑摩書房，1968）。

上沼八郎，《伊沢修二》（東京：吉川弘文館，1962）。

上野千鶴子，〈オリエンタリズムとジェンダー〉，《ニュー・フェミニズム・レビュー》6(1995): 108-31。

上野千鶴子，《ナショナリズムとジェンダー》（東京：青土社，1998）。

丸川哲史，〈ポスト台湾ニューシネマとグローバリゼーション〉，《現代思想》（June 2000a）: 172-84。

丸川哲史，《台湾—ポストコロニアルの身体》（東京：青土社，2000b）。

久松潛一、吉田精一編，《日本近代文学辞典》（東京：東京堂，1954）。

土方久功，《ミクロネシア＝サテワヌ島民俗誌》（東京：未來社，1984）。

土方久功，《サテワヌ島日記》，《土方久功著作集》卷8（東京：三一書房，1991-1993）。

土方敬子，〈夫土方久功のこと〉，《近代日本と植民地》月報1（岩波講座近代日本と植民地・卷1）（東京：岩波書店，1992）。

大久保明男，〈《台湾万葉集》の重みと可能性〉，《朱夏》14(April 2000): 65-67。

大江志乃夫，《日本植民地探訪》（東京：新潮社，1998）。

大江志乃夫等編，〈アジアの冷戦と脱植民地化〉，《近代日本と植民地》月報8（岩波講座近代日本と植民地・卷8）（東京：岩波書店，1993）。

大村益男、布袋敏弘編，《朝鮮文学関係日本語文献目録》（東京：綠蔭書房，1997）。

大庭みな子，《やわらかいフェミニズムへ——大庭みな子対談集》（東京：青土社，1992）。

大鹿卓，《野蛮人》（東京：巢林書房，1936）。

アエラ編集部編，《民俗学がわかる》（東京：朝日新聞社，1997）。

大塚英志、森美夏，《北神伝綺》2巻（東京：角川書店，1999a）。

大塚英志、森美夏，《木島日記》巻1（東京：角川書店，1999b）。

大濱徹也編，《近代日本の歴史的位相——国家・民族・文化》（東京：刀水書房，1999）。

子安宣邦，《近代知のアルケオロジー——国家と戦争と知識人》（東京：岩波書店，1996）。

小林よしのり，《新・ゴーマニズム宣言》巻4（東京：小學館，1998）。

小林よしのり，《新・ゴーマニズム宣言SPECIAL台湾論》（東京：小學館，2000）。

小林よしのり、田原總一郎，《戦争論争戦：小林よしりVS.田原総一朗》（東京：ぶんか社，1999）。

小倉蟲太郎，〈メタ・「南島」文学論〉，《ユリイカ》407(August 1998): 170-81。

小森陽一，《構造としての語り》（東京：新曜社，1988）。

小森陽一，《出来事としての読むこと》（東京：東京大學出版會，1996）。

小森陽一，《ゆらぎの日本文学》（東京：日本放送出版協會，1998）。

小森陽一、高橋修、紅野謙介編，《メディア・表象・イデオロギー——明治三十年代の文化研究》（東京：小沢書店，1997）。

小熊英二，《単一民族神話の起源——「日本人」の自画像の系譜》（東京：新曜社，1995）。

小熊英二，〈柳田国男と「一国民俗学」「想像の共同体」日本の完成させた学問〉，収入アエラ編集部編，《民俗学がわかる》（東京：朝日新聞社，1997）。

小熊英二，《「日本人」の境界——沖縄・アイヌ・台湾・朝鮮植民地支配から復帰運動まで》（東京：新曜社，1998）。

山下晉司、山本真鳥編，《植民地主義と文化——人類学のパースペクティヴ》（東京：新曜社，1997）。

山口守，〈仮面の言語が照射するもの——台湾作家楊逵の日本語作品〉，《昭和文学研究》25(September 1992): 129-41。

山田孝雄，〈国語とは何ぞや〉，收入朝日新聞社編，《国語文化講座・巻2：国語概論篇》（東京：朝日新聞社，1941）。

山田清三郎，《プロレタリア文学史》（東京：理論社，1966）。

山田敬三，〈哀しき浪漫主義者──日本統治時代の龍瑛宗〉，收入下村作次郎、藤井省三、中島利郎、黃英哲編，《よみがえる台湾文学──日本統治期の作家と作品》（東京：東方書店，1995），頁345-70。

山室建徳，〈軍神論〉，收入青木保編，《戦争と軍隊・巻10：近代日本文化論》（東京：岩波書店，1999）。

山邊健太郎，〈台湾〉，《現代史資料》巻21（東京：みすず書房，1971）。

川本三郎，《大正幻影》（東京：新潮社，1990）。

川村湊，《アジアという鏡　極東の近代》（東京：思潮社，1989）。

川村湊，《異郷の昭和文学：満州と近代日本》（東京：岩波書店，1990）。

川村湊，《隣人のいる風景》（東京：國文社，1992a）。

川村湊，〈無文字社会の誘い──中島敦と「アジア」的なもの〉，收入勝又浩、木村一信編，《中島敦》（東京：創文社，1992b）。

川村湊，〈金史良と張赫宙──植民地人の精神構造〉，收入《岩波講座近代日本と植民地》巻6（東京：岩波書店，1993a）。

川村湊，〈大衆オリエンタリズムとアジア認識〉，收入《岩波講座近代日本と植民地》巻7（東京：岩波書店，1993b）。

川村湊，《海を渡った日本語──植民地の国語の時間》（東京：青土社，1994a）。

川村湊，《南洋・樺太の日本文学》（東京：筑摩書店，1994b）。

川村湊，《戦後文学を問う──その体験と理念》（東京：岩波書店，1995）。

川村湊，《「大東亜民俗学」の虚実》（東京：講談社，1996）。

川村湊，〈植民地主義と民俗学・民族学：柳田民俗学の見えない植民地主義を問い直す〉，收入アエラ編集部編，《民俗学がわかる》（東京：朝日新聞社，1997a，頁136-40。

川村湊，《満州崩壊──「大東亜文学」と作家たち》（東京：文藝春秋，

1997b）。

川村湊,《戦後批評論》（東京：講談社，1998a）。

川村湊,《文学から見る「満洲」――「五族協和」の夢と現実》（東京：吉川弘文館，1998b）。

川村湊,《作文のなかの大日本帝国》（東京：岩波書店，2000a）。

川村湊,《ソウル都市物語――歴史・文学・風景》（東京：平凡社，2000b）。

川村湊等,《戦争はどのように語られてきたか》（東京：朝日新聞社，1999）。

中川浩一等編,《霧社事件――台湾高砂族の蜂起》（東京：三省堂，1980）。

中西進、嚴紹璗編,《文学》（日中文化交流史叢書6）（東京：大修館書店，1995）。

中村古峽,〈番地から〉,《中央公論》31(8)(July 1916): 209-35。

中村地平,《台湾小說集》（東京：墨水書房，1941）。

中村孝志編,《日本の南方関与と台湾》（奈良：天理教道友社，1988）。

中島利郎,〈『西川満小說集1』『同2』葉石濤・陳千武訳――日本統治期台湾の日本人作家――西川満文学の復権〉,《東方》201（November 1997）: 37-40。

中島利郎,〈つくられた「皇民作家」周金波〉,收入台灣文學論集刊行委員會編,《台湾文学研究の現在――塚本照和先生古稀記念》（東京：綠蔭書房，1999）。

中島利郎、河原功編,《日本統治期台湾文学：日本人作家作品集》6卷（東京：綠蔭書房，1998）。

中島利郎、河原功編,《日本統治期台湾文学：台湾人作家作品集》6卷（東京：綠蔭書房，1999）。

中島敦,《李陵・弟子・名人伝》（東京：角川文庫，1979）。

中島敦,《光と風と夢・わが西遊記》（東京：講談社，1992）。

中島敦,《中島敦全集》3卷（東京：筑摩書房，1993）。

中根隆行，〈文学における植民地主義――1930年代前半の雑誌メデイアと朝鮮人作家張赫宙の誕生〉，收入筑波大學文化批評研究會編，《植民地主義とアジアの表象》（筑波：筑波大學文化批評研究會，1999）。

中濃教篤，《天皇制国家と植民地伝道》（東京：國書刊行會，1976）。

中嶌邦，《近代日本における女と戦争――「女と戦争」シリーズによせて近代女性文献資料叢書》（東京：大空社，1992）。

中薗英助，《鳥居龍蔵伝――アジアを走破した人類学者》（東京：岩波書店，1995）。

尹健次，《民族幻想の蹉跌――日本人の自己像》（東京：岩波書店，1994）。

井上哲次郎，《勅語衍義》（東京：敬業社，1891）。

井出勇，〈戦時下の在台日本人作家と「皇民文学」〉，收入台灣文學論集刊行委員會編，《台湾文学研究の現在――塚本照和先生古稀記念》（東京：綠蔭書房，1999）。

井東襄，《大戦中における台湾の文学》（東京：近代文藝社，1993）。

井野瀬久美惠，《女たちの大英帝国》（東京：講談社，1998）。

今泉裕美子，〈「南洋群島」をめぐる人々〉，《月刊東京》180-181(April-July/August 1998-1999)。

日本社會文學會編，《植民地と文学》（東京：オリジン出版センター，1993）。

日本記號學會編，《多文化主義の記号論》（東京：東海大学出版會，1996）。

日本植民地教育史研究會編，《植民地教育史像の再構成》（植民地教育史研究年報第1号）（東京：皓星社，1998）。

日影丈吉，《華麗島志奇》（東京：牧神社出版，1975）。

日影丈吉，《日影丈吉集》（東京：リブリオ出版，1997）。

木村一信，〈南洋行――新たな認識との出会い〉，收入勝又浩、木村一信編，《中島敦》（東京：創文社，1992）。

木村一信，〈芸術的抵抗派　中島敦〉，《もうひとつの文学史——「戦争」へのまなざし》（静岡：増進會出版社，1996）。

木村一信，〈消えた《虹》佐藤春夫の関東大震災〉，收入栗原幸夫編，《廃墟の可能性——現代文学の誕生》（文学史を読みかえる・巻1）（東京：インパクト出版會，1997）。

木村一信編，《戦時下の文学　拡大する戦争空間》（文学史を読みかえる・巻4）（東京：インパクト出版會，2000）。

木股知史編，《日本文学研究論文集成46村上春樹》（東京：若草書房，1998）。

水田宗子，〈放浪する女の異郷への夢と転落——林芙美子《浮雲》〉，收入岩淵宏子、高良留美子、北田幸恵編，《フェミニズム批評への招待——近代女性文学を読む》（東京：學藝書林，1995）。

加納實紀代，《女たちの「銃後」》（東京：筑摩書房，1987）。

加納實紀代，〈大東亜共栄圏の女たち〉，收入木村一信編，《戦時下の文学　拡大する戦争空間》（文学史を読みかえる・巻4）（東京：インパクト出版會，2000）。

加納實紀代編，《母性ファシズム：母なる自然の誘惑》（東京：學陽書房，1995a）。

加納實紀代編，《性と家族》（コメンタール戦後50年・巻5）（東京：社會評論社，1995b）。

加藤典洋，《この時代の生き方》（東京：講談社，1995）。

加藤典洋，《敗戦後論》（東京：講談社，1997a）。

加藤典洋，《みじかい文章——批評家としての軌跡》（東京：五柳書院，1997b）。

加藤典洋，《少し長い文章——現代日本の作家と作品論》（東京：五柳書院，1997C）。

加藤典洋，〈自閉と鎖国——村上春樹　羊をめぐる冒険〉，收入木股知史編，《日本文学研究論文集成46村上春樹》（東京：若草書房，1998）。

北川勝彦、平田雅博編，《帝国意識の解剖学》（東京：世界思想社，
　　1999）。

「占領と文学」編集委員會編，《占領と文学》（東京：オリジン出版セン
　　ター，1993）。

古茂田信男編，《日本流行歌史》2卷（東京：社會思想社，1994）。

司馬遼太郎，《東と西：対談集》（東京：朝日新聞社，1990）。

台灣文學論集刊行委員會編，《台湾文学研究の現在——塚本照和先生古
　　稀記念》（東京：綠蔭書房，1999）。

四方田犬彥，《心ときめかす》（東京：晶文社，1998a）。

四方田犬彥，《日本映画史100年》（東京：集英社新書，2000）。

巨大情報システムを考える會編，《「知」の植民地支配》（変貌する大学
　　シリーズ）（東京：社會評論社，1998）。

田中克彥，《ことばと国家》（東京：岩波書店，1981）。

田中益三，〈遍歷・異郷——朝鮮・中国体験の意味〉，收入勝又浩、木村
　　一信編，《中島敦》（東京：創文社，1992）。

田中敬三，〈旧植民地の文学——忘れられた作家群像〉，收入中西進、
　　嚴紹璗編，《文学》（日中文化交流史叢書6）（東京：大修館書店，
　　1995），頁429-35。

田村志津枝，《はじめに映画があった——植民地台湾と日本》（東京：中
　　央公論新社，2000）。

田鍋幸信，〈中島とヨーロッパなるもの〉，收入勝又浩、木村一信編，
　　《中島敦》（東京：創文社，1992）。

由井正臣，〈大日本帝国の時代〉（日本の歷史）卷8（東京：岩波書店，
　　2000）。

白川豐，《植民地期朝鮮の作家と日本》（東京：大學教育出版，1995）。

白樂晴（Pek Nak Cheong）著，李順愛、徐京植譯，《知恵の時代のため
　　に》（東京：オリジン出版センター，1991）。

皮提（Peattie, Mark R.）著，淺野豐美譯，《植民地：帝国50年の興亡》
　　（*The Japanese Colonial Empire*, 1895-1945）（東京：讀賣新聞社，

1996）。

矢內原忠雄，《帝国主義下の台湾》（東京：岩波書店，1929）。

矢野暢，《「南進」の系譜》（東京：中央公論社，1975）。

矢野暢，《日本の南洋史観》（東京：中央公論社，1979）。

石川達三，《若き日の倫理》（石川達三作品集）卷23（東京：新潮社，
　　1973）。

石井公成，〈京都学派の哲学と日本仏教──高山岩男の場合〉，《季刊仏
　　教：日本仏教の課題》49（Feb 2000a）: 111-19。

石井公成，〈大東亜共栄圏の合理化と華厳哲学──紀平正巳の役割を中
　　心として〉，《仏教学》42(2000b): 1-26。

石光真清，《城下の人：石光真清手記》（東京：中央公論社，1994）。

石剛，《植民地支配と日本語──台湾、満洲国、大陸占領地における言
　　語政策》（東京：三元社，1993）。

伊原吉之助，〈台湾の皇民化運動──昭和十年代の台湾（二）〉，收入
　　中村孝志編，《日本の南方関与と台湾》（奈良：天理教道友社，
　　1988），頁271-386。

伊能嘉矩，《台湾文化志》3卷（東京：刀江書院，1965）。

伊能嘉矩，《伊能嘉矩の台湾踏査日記》（台北：台灣風物雜誌社，1992）。

伊澤修二，《伊澤修二選集》（長野：信濃教育會，1958）。

任展慧，《日本における朝鮮人の文学の歴史── 1945年まで》（東京：
　　法政大學出版局，1994）。

吉田澄夫、井之口有一編，《明治以降国語問題論集》（東京：風間書店，
　　1964）。

吉野耕作，《文化ナショナリズムの社会学──現代日本のアイデンティテ
　　ィの行方》（名古屋：名古屋大學出版會，1998）。

向山寛夫，《台湾高砂族の抗日蜂起：霧社事件》（東京：中央經濟研究
　　所，1999）。

多仁安代，《大東亜共栄圏と日本語》（東京：勁草書房，2000）。

安田敏朗，《帝国日本の言語編制》（横濱：世織書房，1997）。

安田敏朗，《植民地のなかの「国語学」──時枝誠記と京城帝国大学をめ
　　ぐって》（東京：三元社，1998）。

安田敏朗，《「国語」と「方言」のあいだ──言語構築の政治学》（東京：
　　人文書院，1999）。

安部公房，〈けものたちは故郷をめざす〉，《安部公房全作品》卷3（東
　　京：新潮社，1972）。

寺崎浩，《戦争の横顔──陸軍報道班員記》（東京：太平出版社，1974）。

有精堂編輯部編，《日本文学史を読む5：近代》（東京：有精堂，1992）。

江崎淳，〈殖民地支配を告発した作品〉，《民主文学》285(1989): 121-26。

池田浩士，《大衆小説の世界と反世界》（東京：現代書館，1983）。

池田浩士，《「海外進出文学」論序説》（東京：インパクト出版會，
　　1997）。

百川敬仁，《日本のエロティシズム》（東京：筑摩書房，2000）。

竹中信子，《植民地台湾の日本女性生活史・卷1・明治篇》（東京：田畑
　　書房，1995）。

竹中信子，《植民地台湾の日本女性生活史・卷2・大正篇》（東京：田畑
　　書房，1996）。

竹內泰広，《アジアのなかの日本文学》（東京：筑摩書房，1974）。

竹田青嗣，《「在日」という根拠》（東京：筑摩書房，1995）。

西川長夫，《地球時代の民族＝文化理論──脱「国民文化」のために》
　　（東京：新曜社，1999）。

西川滿，《梨花夫人》（台北：日孝山房，1940）。

西川滿，《赤嵌記》（東京：書物展望社，1942）。

西川滿，《自伝西川滿》（東京：人間の星社，1981a）。

西川滿，《文芸台湾》（台北：東方文化，1981b）。

西川滿，《わが越えし幾山河》（東京：人間の星社，1983）。

西川滿、池田敏雄，《華麗島民話集》（台北：日孝山房，1942）；（台
　　北：致良社，1999）。

西川滿著，陳藻香監製，《華麗島顯風錄》（台北：致良社，1999）。

西成彦，《森のゲリラ宮沢賢治》（東京：岩波書店，1997）。

西原和海，〈満州文学研究の問題点〉，《昭和文学研究》25（September 1992）：93-101。

庄司肇，《吉田知子論》（東京：沖積舎，1994）。

庄司總一，《陳夫人》（東京：通文閣，1944）；（台北：鴻儒堂，1992）。

佐藤春夫，《霧社》（東京：昭森社，1936）。

佐藤春夫，〈女誡扇綺譚〉，收入《佐藤春夫》（日本文学全集）卷31（東京：中央公論社，1966）。

佐藤春夫，〈佐藤春夫〉，收入鳥居邦朗編，《作家の自伝》卷12（東京：日本図書センター，1994）。

佐藤春夫，〈魔鳥〉，收入黒川創，《「外地」の日本語文学選》（満洲・內蒙古──樺太）卷2（東京：新宿書房，1996），頁39-52。

佐藤春夫，《定本佐藤春夫全集》35卷（京都：臨川書店，1998）。

佐藤春夫，〈霧社〉，收入河原功編，日本植民地文学精選集台湾編5》卷17（東京：ゆまに書房，2000）。

佐藤静夫，《昭和文学の光と影》（東京：大月書店，1989）。

吳濁流，〈日文廃止に対する管見〉，《新新》（1946年10月17日）：12。

吳濁流，《アジアの孤児》（東京：新人物往来社，1973）。

尾崎秀樹，《旧植民地文学の研究》（東京：勁草書房，1971）。

尾崎秀樹，《近代文学の傷痕──旧植民地文学論》（東京：岩波書店，1991）。

李妍淑，《越境する文学》（東京：河出書房新社，1992）。

李妍淑，《「国語」という思想：近代日本の言語認識》（東京：岩波書店，1996）。

李妍淑，〈《日本語》と《国語》のはざま〉，《国文学解釈と鑑賞》65(7)(July 2000): 86-93。

李相哲，《満州における日本人経営新聞の歴史》（東京：凱風社，2000）。

村井紀，《南島イデオロギーの発生──柳田国男と植民地主義》（東京：太田出版，1995）。

赤坂憲雄，《東西／南北考》（東京：岩波書店，2000）。

阮斐娜，〈アメリカにおけるポスト植民地研究の紹介──日本編〉，《朱
　　夏》14(April 2000a): 113-17。

阮斐娜，〈葛藤する言語〉，《ユリイカ》32(14)(November 2000b): 286。

周金波，〈張先生〉，收入中島利郎、河原功編，《日本統治期台湾文学：
　　日本人作家作品集》卷5（東京：綠蔭書房，1999），頁65-76。

岡谷公二，《南海漂泊──土方久功伝》（東京：河出書房新社，1990）。

岡崎郁子，〈台湾文学のなかの昭和という時代〉，《昭和文学研究》
　　25(September 1992): 193-97。

岡崎郁子，《台湾文学──異端の系譜》（東京：田畑書店，1996a）。

岡崎郁子，〈「明台報」全文〉，《東京外国語大学アジア・アフリカ言語文
　　化研究》51(1996b): 151-70。

岡崎郁子，〈黄靈芝論その1〉，《吉備国際大学社会学部研究紀要》
　　8(1998): 7-21。

岡崎郁子，〈黄靈芝論〉，收入台灣文學論集刊行委員會編，《台湾文学研
　　究の現在──塚本照和先生古稀記念》（東京：綠蔭書房，1999a）。

岡崎郁子，〈黄靈芝論その3〉，《吉備国際大学社会学部研究紀要》
　　9(1999b): 1-18。

岡崎郁子，〈黄靈芝論その4 ──社会と人間を描く視点〉，《国際社会学
　　研究所研究紀要》9(2000a): 69-87。

岡崎郁子，〈黄靈芝論その5 ──恋愛小説「紫陽花」の周辺〉，《吉備国
　　際大学社会学部研究紀要》10(2000b): 1-17。

岩本由輝，〈植民地政策と柳田国男──挑戦・台湾〉，《国文学》38(8)
　　(July 1993): 46-54。

岩生成一，《南洋日本町の研究》（東京：岩波書店，1966）。

岩生成一，《続　南洋日本町の研究──南洋島嶼地域分散日本人移民の
　　生活と活動》（東京：岩波書店，1987）。

孤蓬萬里編著，《台湾万葉集》（東京：集英社，1994）。

押野武志，〈南島オリエンタリズムへの抵抗──広津和郎の「散文精

神」〉,《日本近代文学》49(1993): 27-38。

東茂美,《東アジア万葉新風景》(大阪:西日本新聞社,2000)。

林芙美子,《浮雲》(日本の文学卷47)(東京:中央公論社,1964)。

林浩治,《戦後非日文学論》(東京:新幹社,1997)。

林真理子,《女文士》(東京:新潮社,1998)。

林瑞明著,松永正義譯,〈決戦期台湾の作家と皇民作家——苦悶する魂の歷程〉,《岩波講座近代日本と植民地》卷6(東京:岩波書店,1993)。

松本直治,《大本営派遣の記者たち》(東京:桂書房,1993)。

松本健一,《竹内好「日本のアジア主義」》(東京:岩波書店,2000)。

松永正義,〈台湾の文学活動〉,《岩波講座近代日本と植民地》卷7(東京:岩波書店,1993)。

松村友視,〈《中央》と《地方》のはざま:明治文学を視座として〉,收入有精堂編輯部編,《日本文学史を読む5:近代》(東京:有精堂,1992)。

松村源太郎,《台湾昔と今》(東京:時事通信社,1981)。

松壽敬,〈上海〉,《国文学解釈と鑑賞「横光利一の世界」》65(6)(June 2000): 113-21。

河合隼雄、鶴見俊輔編,《倫理と道徳》(現代日本文化論・卷9)(東京:岩波書店,1998a)。

河原功,〈楊逵《新聞配達夫》の成立背景〉,收入下村作次郎、藤井省三、中島利郎、黃英哲編,《よみがえる台湾文学——日本統治期の作家と作品》(東京:東方書店,1995),頁287-312。

河原功,《台湾新文学運動の展開 日本文学との接点》(東京:研文出版社,1997)。

河原功,〈作家濱田隼雄の軌跡〉,《成蹊論叢》38(March 2000a): 307-20。

河原功編,《日本植民地文学精選集台湾編》卷5至卷20(東京:ゆまに書房,2000b)。

波潟剛,〈砂としての大衆,砂漠としての植民地——花田清輝の「満

州」〉，收入筑波大學文化批評研究會編，《植民地主義とアジアの表象》（筑波：筑波大學文化批評研究會，1999）。

近藤正己，《西川満札記》（東京：人間の星社，1981）。

近藤正己，〈台湾総督府の《理藩》政策と霧社事件〉，《岩波講座近代日本と植民地》卷2（東京：岩波書店，1992）。

近藤正己，《総力戦と台湾：日本植民地崩壊の研究》（東京：刀水書房，1996）。

邱永漢，《邱永漢短篇小說傑作選——見えない国境線》（東京：新潮社，1994）。

邱永漢，〈密入国者の手記〉，收入黒川創編，《「外地」の日本語文学選》（南方・南洋——台湾）卷1（東京：新宿書房，1996）。

邱若龍原著，江淑秀、柳本通彦翻譯，《霧社事件——台湾先住民（タイヤル族）、日本軍への魂の闘い》（東京：現代書館，1993）。

金子尚一，〈大日本帝国と台湾と日本語など〉，《国文学解釈と鑑賞》65(7)(July 2000): 122-32.

長志珠繪，《近代日本と国語ナショナリズム》（東京：吉川弘文館，1998）。

青木保，《「日本文化論」の変容——戦後日本の文化とアイデンテイテイー》（東京：中央公論社，1990）。

青木保編，《戦争と軍隊・卷10：近代日本文化論》（東京：岩波書店，1999）。

保昌正夫等著，《昭和文学の風景》（東京：小學館，1999）。

南富鎮，〈田中英光の朝鮮と牧羊という鏡〉，收入筑波大學文化批評研究會編，《植民地主義とアジアの表象》（筑波：筑波大學文化批評研究會，1999）。

南雲道雄，《現代文学の底流——日本農民文学入門》（東京：オリジン出版センター，1983）。

咿唖之會編，《台湾文学の諸相》（東京：綠蔭書房，1998）。

垂水千惠，〈三人の「日本人」作家：王昶雄・周金波・陳火泉〉，《越境

する世界文学―― VOICES FROM BORDER》（東京：河出書房新社，1992）。

垂水千惠，〈戰前「日本語」作家――王昶雄与周金波，陳火泉之比較〉，收入黃英哲編，涂翠花譯，《台灣文學研究在日本》（台北：前衛，1994），頁87-108。

垂水千惠，《台湾の日本語文学――日本統治時代の作家たち》（東京：五柳書院，1995a）。

垂水千惠，〈「清秋」その遅延の構造〉，收入下村作次郎、藤井省三、中島利郎、黃英哲編，《よみがえる台湾文学――日本統治期の作家と作品》（東京：東方書店，1995b），頁371-88。

垂水千惠，〈1940年代の台湾文壇と多文化主義〉，收入日本記號學會編，《多文化主義の記号論》（東京：都會大學出版社，1996）。

垂水千惠，〈中島敦はエノケンを見たのか――「わが西遊記」の裏／表側〉，《日本文学》48(January 1999): 23-31。

垂水千惠，〈呂赫若研究―― 1943年までの分析を中心として〉（東京：お茶の水女子大學人間文化創成研究科博士論文〔人文科學〕，2000）。

垂水千惠，《呂赫若研究―― 1943年までの分析を中心として》（東京：風間書房，2002）。

姜尚中，《オリエンタリズムの彼方へ》（東京：岩波書店，1996）。

後藤乾一，《近代日本と東南アジア：南進の「衝撃」と「遺産」》（東京：岩波書店，1995）。

後藤總一郎，《柳田國男の「植民地主義」を排す》（東京：明治大学　政治経済学部　後藤総一郎ゼミアル，2000）。

後藤總一郎等編，《新文芸読本　柳田国男》（東京：河出書房新社，1992）。

星名宏修，〈〈気候と信仰と持病と〉論――周金波の台湾文化観〉，收入下村作次郎、藤井省三、中島利郎、黃英哲編，《よみがえる台湾文学――日本統治期の作家と作品》（東京：東方書店，1995），頁433-50。

柄谷行人，《日本近代文学の起源》（東京：講談社，1980）。

柄谷行人，《終焉をめぐって》（東京：福武書店，1990）。

柄谷行人，〈日本の植民地主義の「起源」〉，《近代日本と植民地》月報5
　　（岩波講座近代日本と植民地・巻4）（東京：岩波書店，1993a）。

柄谷行人，《ヒューモアとしての唯物論》（東京：筑摩書房，1993b）。

柄谷行人，《シンポジウム【I】》（東京：太田出版，1994）。

柄谷行人，《シンポジウム【II】》（東京：太田出版，1997a）。

柄谷行人編，《近代日本の批評 I （昭和篇上）《（東京：福武書店，
　　1997b）。

柄谷行人編，《近代日本の批評 II （昭和篇下）《（東京：福武書店，
　　1997c）。

柏木隆雄、山口修編，《異文化の交流》（[大阪府]吹田市：大阪大學出版
　　會，1996）。

柳田國男，〈座談会柳田国男氏を囲みて　大東亜民俗学の建設と「民俗
　　台湾」の使命〉，《民俗台湾》3(12)(December 1943): 2-14。

柳田節子，〈思い出すことなど〉，《近代日本と植民地》月報2（岩波講座
　　近代日本と植民地・巻2）（東京：岩波書店，1992）。

柳宗悦，《柳宗悦全集》20卷（東京：筑摩書房，1981）。

柳書琴，〈戦争と文壇——蘆溝橋事變変後の台湾文学活動の復興〉，收入
　　下村作次郎、藤井省三、中島利郎、黃英哲編，《よみがえる台湾文
　　学——日本統治期の作家と作品》（東京：東方書店，1995），頁109-
　　30。

若桑みどり，《戦争がつくる女性像——第二次世界大戦下の日本女性動
　　員の視覚的プロパガンダ》（東京：筑摩書房，1995）。

倉澤愛子，《南方特別留学生が見た戦時下の日本人》（東京：草思社，
　　1997）。

宮下今日子，〈殖民地人スタイール〉3，《朱夏》4(1992): 28-37。

宮下今日子，〈台湾の俳句——日本の一地方といての台湾〉，《朱夏》
　　14(2000): 36-41。

島田謹二，〈外地圏文学の実相〉，《日本における外国文学——比較文学研究》下巻（東京：朝日新聞社，1976）。

島田謹二，《華麗島文学志——日本詩人の台湾体験》（東京：明治書院，1995）。

徐敏民，《戦前中国における日本語教育——台湾・満州・大陸での展開と変容に関する比較考察》（東京：エムティ出版，1996）。

殷允芃編著，丸山勝譯，《台湾の歴史——日台交渉の三百年》（東京：藤原書店，1996）。

真田信治，《標準語はいかに成立したか——近代日本語の発展の歴史》（東京：創拓社，1991）。

神谷忠孝、木村一信編，〈ジャワの徴用文学者——モフタル・ルビスの報告を軸に〉，《昭和文学研究》25(September 1992): 129-41。

神谷忠孝、木村一信編，《南方徴用作家——戦争と文学》（京都：世界思想社，1996）。

秦恒平，《作家の批評》（東京：清水書院，1997）。

酒井直樹，〈「東洋」の自立と大東亜戦共栄圏〉，《状況》12(1994): 6-20。

酒井直樹、伊豫谷登士翁、ブレット　ド・バリー編，《ナショナリティの脱構築》（東京：柏書房，1996）。

針生一郎，〈日本のポスト・コロニアリズム〉，《新日本文学》53(2)(1998): 11-17。

高橋哲哉，《戦後責任論》（東京：講談社，1999）。

高澤秀次，《評伝中上健次》（東京：集英社，1998）。

張文環，《地に這うもの》（東京：現代文化社，1975）。

張良澤，《西川満先生著作書誌・巻1・単行本之部》（東京：人間の星社，1981a）。

張良澤，《西川満先生著作書誌・巻2・戦前雑誌之部》（東京：人間の星社，1981b）。

張季琳，〈台湾プロレタリア文学の誕生——楊逵と「大日本帝国」〉（東京：東京大學博士論文，2000）。

桶谷秀昭，《文明開化と日本的想像》（東京：福武書店，1987）。

桶谷秀昭，《昭和精神史》（東京：文藝春秋，1992）。

淺田喬二，《日本殖民地研究史論》（東京：未來社，1990）。

淺田喬二，《「帝国」日本とアジア》（東京：吉川弘文館，1993）。

清岡卓行，《アカシヤの大連》（東京：講談社，1988）。

許世楷，〈公学校生活〉，《近代日本と植民地》月報1（岩波講座近代日本
　　と植民地・巻1）（東京：岩波書店，1992）。

野口鐵郎、福井文雅、坂出祥伸、山田利明編，《道教事典》（東京：平河
　　出版社，1994）。

野崎六助，《復員文学論》（東京：インパクト出版會，1997）。

陳火泉，〈道〉，收入中島利郎、河原功編，《日本統治期台湾文学：日本
　　人作家作品集》卷5（東京：綠蔭書房，1999），頁9-64。

陳培豐，《植民地台湾の国語教育政策と異民族統治国体イデオロギーを
　　中心に》（東京：富士ゼロックス小林節太郎記念基金，1996）。

陳淑梅，〈文学者が見た近代中国（二）──野上弥生子「私の中国旅行」
　　論〉，《明治大学日本文学》6(25)(1997): 34-43。

陳野守正，《大陸の花嫁──「満州」に送られた女たち》（東京：梨の木
　　舍，1992）。

陳逸雄，《台灣抗日小說選》（東京：研文出版，1988）。

陳萬益著，垂水千惠譯，〈夢と現実──王昶雄試論〉，收入下村作次郎、
　　藤井省三、中島利郎、黃英哲編，《よみがえる台湾文学──日本統
　　治期の作家と作品》（東京：東方書店，1995），頁389-406。

陳藻香，〈日據時代日人在台作家──以西川滿為中心〉（台北：東吳大學
　　日本文化研究所博士論文，1995）。

陳藻香，〈西川滿の稗史小說「赤嵌記」考〉，《天理台湾研究会年報》
　　5(June 1996): 7-24。

勝又浩、木村一信編，《中島敦》（東京：創文社，1992）。

喜田川恒男等編，《二十世紀の日本文学》（京都：白地社，1995）。

喜安幸夫，《台湾統治秘史：霧社事件に至る抗日の全貌》（東京：原書

房，1981）。

巽孝之，《日本変流文学》（東京：新潮社，1998）。

彭瑞金著，甲斐ますみ譯，〈戦前台湾社会運動の発生と新文学運動の始まり〉，收入下村作次郎、藤井省三、中島利郎、黃英哲編，《よみがえる台湾文学――日本統治期の作家と作品》（東京：東方書店，1995），頁21-45。

朝日新聞社編，《女たちの太平洋戦争》3巻（東京：朝日新聞社，1991-1992）。

森田俊介，《台湾の霧社事件――真相と背景》（東京：伸共社，1976）。

游珮芸，《植民地台湾の児童文化》（東京：明石書店，1999）。

渡部直巳、小森陽一，〈台湾「殖民地」体験としての天皇制　日本近代小説「敗北」の歴史〉，《世界》673(April 2000): 209-23。

湊谷夢吉，《虹龍異聞》（東京：北冬書房，1988）。

湯地朝雄，《プロレタリア文学運動：理想と現実》（東京：晩聲社，1991）。

湯淺克衛著，池田浩士編，《カンナニ――湯浅克衛植民地小説集》（東京：インパクト出版會，1995）。

筑波大學文化批評研究會編，《植民地主義とアジアの表象》（筑波：筑波大學文化批評研究會，1999）。

費德廉（Fix, Douglas L.）著，金築由紀譯，〈徴用作家たちの「戦争協力物語」－決戦期の台湾文学〉，收入下村作次郎、藤井省三、中島利郎、黃英哲編，《よみがえる台湾文学――日本統治期の作家と作品》（東京：東方書店，1995），頁131-66。

飯島耕一，《日本のベル・エポック》（東京：立風書房，1997）。

黃春明，《占領と文学》（東京：オリジン出版センター，1993）。

黃英哲，《台湾文化再構築1945-1947の光と影》（東京：創土社，1999）。

黃琪椿著，澤井律之譯，〈社会主義思潮の影響における郷土文学論争と台湾話文運動〉，收入下村作次郎、藤井省三、中島利郎、黃英哲編，《よみがえる台湾文学――日本統治期の作家と作品》（東京：東

方書店，1995），頁47-71。

絓秀實、清水良典、千葉一幹、山田潤治，〈座談会90年代日本文学決算報告書「リアル」は取り戻せたか〉，《文学界》(December 1999a): 176-99。

絓秀實、清水良典、千葉一幹、山田潤治，《小ブル急進主義批判宣言——90年代・文学・解読》（東京：四谷ラウンド，1999b）。

塚本照和，〈楊逵の「田園小景」と「模範村」のこと〉，收入下村作次郎、藤井省三、中島利郎、黄英哲編，《よみがえる台湾文学——日本統治期の作家と作品》（東京：東方書店，1995），頁313-44。

楊千鶴，《人生のプリズム》（台北：南天書局，1998）。

道上知弘，〈五十年代台湾における文学状況〉，《芸文研究》78(June 2000): 87-105。

鈴木貞美，《日本の「文学」を考える——文学史の書き換えに向けて》（東京：角川書店，1994）。

鈴木貞美，《日本の「文学」概念》（東京：作品社，1998）。

鈴木貞美，〈「外地」と昭和文学〉，收入保昌正夫等著，《昭和文学の風景》（東京：小學館，1999a）。

鈴木登美，〈ジャンル・ジェンダー・文学史記述——「女流日記文学」の構築を中心に〉，收入ハルオシラネ編著，鈴木登美編，《創造された古典——カノン形成・国民国家・日本文学》（東京：新曜社，1999b）。

鈴木裕子，〈母性・戦争・平和——日本の「母性」とフェミニズム〉，《ニュー・フェミニズム・レビュー》6(1995): 68-73。

鈴木裕子，《フェミニズムと戦争——婦人運動家の戦争協力》（東京：マルジュ社，1997a）。

鈴木裕子，《戦争責任とジェンダー——「自由主義史観」と日本軍「慰安婦」問題》（東京：未來社，1997b）。

鈴木經勳，《南洋探検実記》（東京：博文館，1892）；（東京：平凡社，1980，再版）；（東京：創造書房，1983）。

劉健輝，〈近代の超克と「満州」文学——雑誌《芸文誌》同人を中心に〉，《昭和文学研究》25(1992): 69-78。

劉健輝，〈漱石と「満州」——「下等遊民」発見の旅〉，《国文学解釈と鑑賞》6(62)(June 1997): 17-23。

劉健輝，《魔都上海——日本知識人の「近代」体験》（東京：講談社，2000）。

蓮實重彥，《小說から遠く離れて》（東京：日本文藝社，1989）。

蔡茂豐，《台湾における日本語教育の史的研究》（台北：東吳大學日本語學科，1989）

蔡錦堂，《日本帝国主義下台湾の宗教政策》（東京：東成社，1994）。

蔡錦堂，〈日本統治初期台湾公学校「修身」教科書の一考察〉，收入大濱徹也編，《近代日本の歴史的位相——国家・民族・文化》（東京：刀水書房，1999），頁299-312。

複數文化研究會編，《「複数文化」のために》（東京：人文書院，1998）。

駒込武，〈植民地教育と異文化認識——「呉鳳伝説」の変容過程〉，《思想》802（April 1991）: 104-26。

駒込武，《植民地帝国日本の文化統合》（東京：岩波書店，1996）。

駒込武等編，〈台湾——世界資本主義と帝国の記憶〉，*Impaction* 120(2000): 6-33。

橋川文三，《日本浪漫派批判序說》（東京：講談社文藝文庫，1998）。

戴國輝編著，《台湾霧社蜂起事件——研究と資料》（東京：社會思想社，1981）。

篠沢秀夫，《日本国家論——花の形見》（東京：文藝春秋，1992）。

簡月真，〈台湾の日本語〉，《国文学解釈と鑑賞》65(7)(July 2000): 113-21。

藤井省三，《台湾文学この百年》（東京：東方書店，1998）。

藤井省三，《現代中国文化探検——四つの都市の物語》（東京：岩波書店，1999）。

藤井省三，〈佐藤春夫《霧社》解說〉，收入河原功編，《日本植民地文学精選集　台湾編》卷5（東京：ゆまに書房，2000）。

櫻本富雄，《文化人たちの大東亜戦争——PK部隊が行く》（東京：青木書店，1993）。

櫻本富雄，《日本文学報国会：大東亜戰時下の文学者たち》（東京：青木書店，1995）。

鶴見俊輔，《鶴見俊輔集》10卷（東京：筑摩書房，1991）。

鷺只雄，〈作家案內：中島敦〉，收入中島敦，《光と風と夢・わが西遊記》（東京：講談社，1997）。

奧野政元，〈中島敦とその時代〉，收入福岡ユネスコ協會編，《世界が読む日本の近代文学》（東京：丸善株式會社，1996）。

芦屋信和，《作家のアジア体験》（東京：世界思想社，1992）。

黑川創，《「外地」の日本語文学選》（南方・南洋——台湾）卷1（東京：新宿書房，1996a）。

黑川創，《「外地」の日本語文学選》（満洲・內蒙古——樺太）卷2（東京：新宿書房，1996b）。

黑川創，《「外地」の日本語文学選》（朝鮮）卷3（東京：新宿書房，1996c）。

黑川創，《国境》（東京：メタローグ，1998a）。

黑川創，〈漂流と国境——井伏鱒二の視野から〉，收入河合隼雄、鶴見俊輔編，《倫理と道徳》（現代日本文化論・卷9）（東京：岩波書店，1998b）。

文史台灣 9

# 帝國的太陽下：日本的台灣及南方殖民地文學
*Under an Imperial Sun:* Japanese Colonial Literature of Taiwan and the South

作　　　者　阮斐娜（Faye Yuan Kleeman）
譯　　　者　吳佩珍
主　　　編　陳芳明（F. M. Chen）

特 約 編 輯　楊子過
責 任 編 輯　林俶萍
編 輯 總 監　劉麗真
總 經 理　陳逸瑛
發 行 人　涂玉雲
出　　　版　麥田出版
　　　　　　城邦文化事業股份有限公司
　　　　　　104台北市中山區民生東路二段141號5樓
　　　　　　電話：（886）2-25007696　傳真：（886）2-25001966
發　　　行　英屬蓋曼群島商家庭傳媒股份有限公司城邦分公司
　　　　　　104台北市中山區民生東路二段141號2樓
　　　　　　客服服務專線：（886）2-25007718；25007719
　　　　　　服務時間：週一至週五9:30~12:00；13:30~17:00
　　　　　　24小時傳真服務：（886）2-25001990；25001991
　　　　　　讀者服務信箱：service@readingclub.com.tw
　　　　　　郵撥帳號：19863813　戶名：書虫股份有限公司
麥田部落格　http://blog.pixnet.net/ryefield
香港發行所　城邦（香港）出版集團有限公司
　　　　　　香港灣仔駱克道193號東超商業中心1樓
　　　　　　電話：（852）2508-6231　傳真：（852）2578-9337
　　　　　　E-mail：hkcite@biznetvigator.com
馬新發行所　城邦（馬新）出版集團Cité（M）Sdn. Bhd.（458372U）
　　　　　　11, Jalan 30D/146, Desa Tasik, Sungai Besi,
　　　　　　57000 Kuala Lumpur, Malaysia
　　　　　　電話：（603）90563833　傳真：（603）90562833
印　　　刷　前進彩藝股份有限公司
初 版 一 刷　二〇一〇年九月

定價：四五〇元
ISBN：978-986-120-295-2

**城邦**讀書花園
www.cite.com.tw

國家圖書館出版品預行編目資料

帝國的太陽下：日本的台灣及南方殖民地文學／
阮斐娜（Faye Yuan Kleeman）著；吳佩珍譯. --
初版. -- 臺北市：麥田, 城邦文化出版：家庭
傳媒城邦分公司發行, 2010.09
　　面；　　公分. --（文史台灣；9）
參考書目：面
譯自：Under an Imperial Sun: Japanese Colonial
Literature of Taiwan and the South
　　ISBN 978-986-120-295-2（平裝）

1. 文學史　2. 殖民地　3. 臺灣文學史
4. 日據時期　5. 日本

861.907　　　　　　　　　　　　　　99016563